CORRESPONDANCE

Marcel **PROUST**

CORRESPONDANCE

Choix de lettres, présentation, notes,
chronologie, bibliographie et index
par
Jérôme PICON

GF Flammarion

PRÉSENTATION

CE SECOND VISAGE

On s'écrit beaucoup, dans la *Recherche du temps perdu*. Dès l'ouverture, la supplique du Narrateur enfant à sa mère afin qu'elle monte l'embrasser dans sa chambre, contre l'avis du père qui juge le rite absurde, d'un trait complète l'armure mélancolique et marque le vrai départ du roman, lorsque la durée indéfinie des premières notations à l'imparfait – « j'entendais le sifflement des trains », « je me réveillais », « j'étais dans ma chambre »[1] – rétrécit à celle instantanée du passé simple : « j'eus un mouvement de révolte, je voulus essayer une ruse de condamné. J'écrivis à ma mère[2] ». Adolescent, c'est une lettre que le Narrateur, se disant amoureux de Gilberte Swann, décide d'adresser au père de celle-ci pour protester de ses sentiments. Et jeune homme, une lettre encore, qu'il trace dans l'espoir d'attirer l'attention du peintre Elstir, un soir, dans le restaurant de Rivebelle. Plus loin, les relations du protagoniste avec Albertine sont jalonnées de messages à écrire, de missives mystérieuses, libératrices ou accablantes, où résonne l'écho

---

1. Marcel Proust, *À la recherche du temps perdu*, édition publiée sous la direction de Jean-Yves Tadié, 4 tomes (I à IV), Paris, Gallimard, « Bibliothèque de la Pléiade », 1987-1989 (ci-après abrégé en *RTP*), I, 3-7.

Une bibliographie sélective, comprenant la liste des abréviations utilisées dans les notes de ce volume, se trouve p. 357-360.

2. *RTP*, I, 28.

d'autres messages, d'autres missives. Car aux lettres
écrites et reçues s'ajoutent celles citées de biais, pro-
jetées, attendues ou épiées – lettres de Proudhon,
offertes à Saint-Loup par la grand-mère du
Narrateur ; lettre de Gilberte au Narrateur, que celui-
ci se plaît « à imaginer[1] » jusqu'à la composer lui-
même ; lettre d'Odette de Crécy à Forcheville,
interceptée et longuement scrutée par Swann... : en
tout plusieurs dizaines de billets, de cartes, de télé-
grammes[2] dont la découverte, le commentaire ou la
simple évocation amorcent un rebondissement, des-
sinent un tournant de l'action.

Autant de moments du livre où cependant le cours
des choses est suspendu. Un monde se referme ; rien
n'est plus de tout ce qui aurait pu être tant qu'on
gardait « la plume en main[3] ». Mais de résolution,
aucune : ce qui a été écrit n'est qu'« un destin qui
poursui[t] seul sa route[4] ». L'impatience et l'angoisse
du petit garçon devant l'interdit, une fois le message
confié à la bonne pour être porté, laissent place en lui
à de sereins espoirs où les conséquences de sa désobéissance semblent aussi peu envisagées que les
chances d'arriver à ses fins premières, obtenir de sa
mère une visite, un baiser : devenu billet lui-même,
désormais il se livre au songe d'« entrer invisible et
ravi dans la même pièce[5] » qu'elle. La déclaration à
Charles Swann, de son côté, n'arrache à celui-ci
qu'un « hauss[ement d']épaules[6] », tandis qu'Elstir,
sitôt lue celle qui lui est destinée, la glisse dans sa
poche et « continue [...] à dîner[7] ». Quant à la lettre

---

  1. *RTP*, I, 402.
  2. Nicole Deschamps a relevé plus de trois cents cas de « correspondance enchâssée » dans la *Recherche*, « sans oublier leur
commentaire ainsi que des réflexions plus générales sur l'art épistolaire » ; « Lettre », in Annick Bouillaguet et Brian Rogers (collectif, sous la direction de), *Dictionnaire Marcel Proust*, Paris, Honoré
Champion, 2004, p. 566.
  3. *RTP*, II, 686.
  4. *RTP*, II, 686.
  5. *RTP*, I, 29-30.
  6. *RTP*, I, 482.
  7. *RTP*, II, 183.

d'Odette de Crécy à Forcheville, elle permet à Swann, tout occupé à décrypter par transparence le texte sous l'enveloppe, de subordonner aux incertitudes de cette enquête la démonstration de l'infidélité par ailleurs avérée de sa maîtresse. Comme une étape dans la douloureuse expérience qu'elle prépare, du décalage non plus entre l'écriture et la lecture, entre l'adresse et la réception, mais entre les êtres, dans le temps, la lettre installe l'attente, elle autorise le doute.

Distance, rêverie

Simple sursis ? Esquisse d'un ailleurs intact ? Une ambiguïté comparable traverse la correspondance de Marcel Proust où alternent, sous le calcul du moment précis où le destinataire de telle lettre en prendra connaissance, le frisson, pour l'écrivain, de devenir cet « irréel étranger assis malgré vous près de votre lit si vous lisez cette lettre couché[1] », et la certitude qu'il ne lui sera ni utile, ni possible de se faire comprendre, laquelle est souvent développée, non sans bonheur comique, jusqu'à l'absurde – « Je venais te demander si tu voulais venir déjeuner ? interroge Proust, mais je vois que tu ne rentreras pas à temps[2] » ; « Je voudrais ne pas avoir écrit cette lettre et ne l'enverrai peut-être pas[3] » ; « Je ne vous écris ce petit mot que pour vous dire que je vais vous écrire [...] Je vous écrirai demain[4] » ; « J'ai des choses importantes à vous dire. Malheureusement comme je suis sorti ce soir (c'est même ce qui fait que j'ai des choses importantes à vous dire) je serai demain mercredi (aujourd'hui quand vous recevrez ce mot) en pleine crise et ne pouvant recevoir[5]. » Contradiction d'horaire ou de calendrier, conflit d'aspirations, doute, regret, rien ne

1. *Kolb*, I, 197.
2. *Kolb*, I, 282.
3. *Kolb*, II, 147.
4. *Kolb*, X, 51.
5. *Kolb*, VII, 180.

manque de ce qui peut différer ou compromettre la rencontre, c'est-à-dire l'épreuve, sur le discours, de la réalité. Au point qu'ici se configure un espace neuf, fermé à toute circulation et, suivant la formule de Vincent Kaufmann, proprement « impartageable[1] », dont Proust exploite la physique de fantaisie pour échafauder telles représentations auxquelles il finit par demeurer lui-même étranger : chacun des panoramas qu'il brosse d'une catastrophe imminente, de sa santé ou de ses finances, régulièrement refermé sur l'engagement de ne rien changer à la vie qu'il mène, chaque « plaisir profond » qu'il rapporte, entaché de « perplexités »[2], chaque soupçon qu'il articule, de trahison ou d'infidélité à sa personne, anéanti par un « je ne crois pas tout cela[3] », manifestent un même mépris d'être compris, presque une déclaration d'obscurité, un défi au lecteur de bonne volonté. Destinataire et lecteur à son tour, Proust goûte au demeurant les délices de l'équivoque lorsque, reparcourant une missive de son ami Léon Yeatman, il s'aperçoit combien différemment il l'avait interprétée une première fois, et en vient à conclure : « C'était charmant des deux façons[4]. »

Lire une lettre, c'est ainsi renoncer à savoir la vérité, comme en écrire une, à la dire. La conclusion du Narrateur devant le « peu qu'il y a d'une personne dans une lettre[5] » rejoint celle de Proust, refusant la pleine paternité de ce qu'il vient de tracer : « [J]e sens que je fausse un peu ma pensée, en la figeant dans une lettre[6] », prévient celui-ci dans le *post-scriptum* d'un long billet à Robert de Montesquiou. Mais à la souffrance du héros de roman, finalement jamais que soulagée par l'écran de papier, correspond chez l'écrivain un tout autre sentiment, d'impunité et de

---

1. Vincent Kaufmann, *L'Équivoque épistolaire*, Paris, Minuit, 1990, p. 33.

2. *Kolb*, VI, 76.

3. *Kolb*, II, 101.

4. *Kolb*, I, 319.

5. *RTP*, IV, 37.

6. *Kolb*, X, 225 – voir *infra*, p. 171.

hauteur. « Seul le silence est grand ; tout le reste est
faiblesse », dit le poète[1], et Proust avec lui, qui cite le
vers sa vie durant à la manière d'un *leitmotiv* toujours
plus paradoxal[2] : sous l'affiche du retrait comme
ailleurs sous les politesses, les révérencieuses mises en
garde et une infinie palette d'esquives, Proust prend
figure de démiurge accompli, absent de son propre
discours.

Éloquence, fiction

Une semblable toute-puissance à redessiner, à figer
le monde, n'est certes pas sans danger. Car l'« éloquence », à l'origine des « beautés » de bien des lettres,
sert d'abord à « couvrir les défaillances du caractère » : des années après avoir écrit « une lettre injuste
à Maman », le souvenir s'en retourne, perçant, contre
lui, si bien que Proust aimerait mieux « l'avoir reçue
qu'écrite »[3]. La pente fictionnelle de sa correspondance aide aussi à comprendre l'étonnante maladresse des démarches qu'effectue le romancier en vue
de la publication de la *Recherche du temps perdu*,
d'abord en 1909 sous la forme d'un feuilleton dans
Le Figaro, puis trois ans plus tard, lorsqu'il est question d'un, de deux, de trois volumes chez Fasquelle
ou aux éditions de la Nouvelle Revue Française
– l'ouvrage, à ce moment, s'intitule *Les Intermittences
du cœur*. Comptant qu'un premier volume verra le
jour dans les deux mois, et désireux de préparer
l'événement par quelque annonce et prépublication,
Proust fait tenir en novembre 1912 des pages de son
livre à Jacques Copeau, jeune directeur de rédaction
de la revue *La Nouvelle Revue française*, en lui marquant combien il souhaiterait les y voir paraître.

1. Alfred de Vigny, « La Mort du loup ».
2. Voir par exemple *Kolb*, IV, 32 ; *Kolb*, XI, 213 ; *Kolb*, XIV,
113 ; *Kolb*, XV, 63, 163 ; *Kolb*, XVII, 60, 75, 454 ; *Kolb*, XVIII,
550 ; *Kolb*, XIX, 166 ; *Kolb*, XXI, 276.
3. *Kolb*, X, 231 (décembre 1910 [?]).

« De toutes façons, pose-t-il, c'est de toutes les Revues celle où il me serait le plus agréable d'être lu ; mais ce me sera plus précieux encore, et comme une consolation, si ce livre n'est pas édité chez vous, soit que je ne puisse faire les démarches nécessaires pour reprendre ma liberté vis-à-vis de mon premier éditeur (je suis toujours alité), soit que, même le pouvant, la réponse que doit me donner M. Gallimard soit négative [1] » : derrière la pénible casuistique de l'échec – car toutes les infortunes possibles sont ici contemplées, jusqu'à celle fondamentale de la santé mauvaise –, le soin d'en donner une vue complète et logique apparaît comme un pur jeu d'écriture. À la veille de Noël, Proust apprend coup sur coup que les éditions de la Nouvelle Revue Française et Fasquelle refusent de publier son livre. N'ont-elles été assez rebutées par les mises en garde qu'il vient lui-même d'élever, assurant tour à tour que son livre « est ce qu'on appelait autrefois un ouvrage *indécent* [2] », et qu'il « a déjà un éditeur [3] » ? Dans une lettre à Louis de Robert, Proust tire quelques conclusions, toujours en forme de fantasmagorie : « le point de vue de Fasquelle, parfaitement juste commercialement, n'est même pas bête au point de vue littéraire [...]. Je le crois faux, mais on peut se tromper d'une manière intelligente. Donc [...] je ne songe plus qu'à faire éditer le volume à mes frais. Non seulement je paierais les frais mais malgré cela je voudrais intéresser l'éditeur aux bénéfices s'il y en avait [4] ».

Plus heureuse s'avère la manœuvre, au milieu de la guerre de 1914, pour reprendre *Du côté de chez Swann* à l'éditeur qui a finalement accepté de le faire paraître à compte d'auteur, Grasset, et confier les volumes restants de la *Recherche* aux éditions de la Nouvelle Revue Française – Gallimard s'étant entre-temps ravisé.

---

1. *Kolb*, XI, 289.
2. *Kolb*, XI, 255 ; à Eugène Fasquelle.
3. *Kolb*, XI, 279 ; à Gaston Gallimard.
4. *Kolb*, XI, 335.

Chargé d'approcher Bernard Grasset, lequel par ces temps de combats se trouve dans la peu avouable position de pensionnaire d'une clinique en Suisse, René Blum compose une lettre en fait inspirée, relue et commentée par Proust : « Tel que c'est, écrit Proust, je l'envoie, parce que le nombre des imperfections ne me paraît pas dépasser celui auquel il faut toujours sagement s'attendre. Je ne devrais même vous en signaler aucune, puisque ce n'est que rétrospectif (car ma lettre, ou plutôt votre lettre sera partie quand celle-ci vous arrivera) [1]. » Et comme s'il ne lui suffisait de poser au faussaire, Proust prétend encore pénétrer l'autre à son insu, flattant Blum d'un « vous avez eu parfois en vous [...] un Marcel Proust intérieur [2] » – le décrochement d'avec soi-même est complet.

Aussi la lettre, nouvelle « *cosa mentale* » pour le Narrateur qui en dispose comme d'un « objet de rêverie » [3], pour l'écrivain n'est pas seulement un miroir tendu où se figurer sous la forme de mots, de récits et d'arguments, mais aussi un relais de cette vision, dans l'attente de trouver, par-delà le destinataire déclaré, solliciteur ou confident de passage, son véritable public. C'est là que la parole de l'épistolier, soustraite à l'expertise du sens commun et des heures, touche à ce qu'exige et promet la littérature. Il s'agirait de s'écrire pour être lu par d'autres que ceux auxquels on feint de s'adresser, ce dont une lettre de lendemain de rupture adressée par Proust à son chauffeur et secrétaire – intime ami – Alfred Agostinelli, en mai 1914, nous fournit l'exemple parfait : jamais ouverte par l'infortuné jeune homme, qui devait disparaître avant de la recevoir, elle revint à l'envoyeur et demeura tout à fait le soliloque où celui-ci avait enfermé sa justification – émaillée d'un brutal : « je ne vous explique pas [4] » –, puis fut largement

---

1. *Kolb*, XV, 225 – voir *infra*, p. 247.
2. *Kolb*, XV, 224 – voir *infra*, p. 246.
3. *RTP*, I, 491.
4. *Kolb*, XIII, 217.

reprise dans *Albertine disparue*, et offerte au regard universel en devenant roman[1].

Temps d'écrire

Alors il n'y a plus lieu de douter, de suspendre, mais d'interdire et de défendre. La lettre, « ce second visage qu'un être montre quand il est absent[2] », n'offre pas seulement la possibilité d'exister au monde malgré la conspiration des crises d'étouffement, du sommeil décalé et de la maladie, mais le moyen de justifier tout à la fois le régime et le mystère

---

1. La lettre à Alfred Agostinelli du [30 mai 1914], unique vestige de la correspondance entre Proust et son chauffeur-secrétaire, a été retrouvée et publiée par Philip Kolb en 1966, puis reprise dans la *Correspondance de Marcel Proust* (*Kolb*, XIII, 217-223). Entre autres comparaisons à faire entre cette lettre et celles échangées par le Narrateur et Albertine dans *Albertine disparue*, voir par exemple : « Je vous remercie beaucoup de votre lettre (une phrase était *ravissante* (crépusculaire etc.) [...]) » (*Kolb*, XIII, 217), à rapprocher de « croyez que je n'oublierai pas cette promenade deux fois crépusculaire » (*RTP*, IV, 50-51) ; « Mais ne croyez pas qu'il ait, lui, un intérêt quelconque sur ces ventes » (*Kolb*, XIII, 217), à rapprocher de « Vous vous laisseriez monter le coup par ces gens qui ne cherchent qu'une chose, c'est à vendre » (*RTP*, IV, 50) ; « En tous cas si je le [l'avion commandé par Proust pour Alfred Agostinelli] garde (ce que je ne crois pas) comme il restera vraisemblablement à l'écurie, je ferai graver sur (je ne sais pas le nom de la pièce et je ne veux commettre d'hérésie devant un aviateur) les vers de Mallarmé que vous connaissez : "Un cygne d'autrefois se souvient que c'est lui / Magnifique, mais sans espoir qui le délivre" » (*Kolb*, XIII, 217-219), à rapprocher de « Non, je préfère garder la Rolls et même le yacht. Et comme je ne me servirai pas d'eux et qu'ils ont chance de rester toujours, l'un au port désarmé, l'autre à l'écurie, je ferai graver sur le… du yacht (mon Dieu, je n'ose pas mettre un nom de pièce inexact et commettre une hérésie qui vous choquerait) ces vers de Mallarmé que vous aimiez : "Un cygne d'autrefois se souvient que c'est lui / Magnifique mais qui sans espoir se délivre…" Vous vous rappelez, – c'est la poésie qui commence par : "Le vierge, le vivace et le bel aujourd'hui. Hélas, aujourd'hui n'est plus ni vierge, ni beau" » (*RTP*, IV, 39).

2. *RTP*, II, 224. Voir aussi la lettre du [31 juillet 1918] à la princesse Dimitri Soutzo : « voici votre lettre qui arrive. Joie de l'écriture (cet *autre* cher *visage* de vous [...]) » (*Kolb*, XVII, 334 ; je souligne).

de cet isolement, jusqu'au silence : « L'état de ma
santé ne me permet pas malheureusement de vous
dire longuement (il m'est même tout à fait défendu
d'écrire) [1] », affirme Proust en 1906, à quelques mois
des premières esquisses de ce qui va devenir la
Recherche. Écrire que l'on n'écrit pas, c'est se réserver
pour d'autres travaux.

Car il y a concurrence. Proust s'émerveille de
lettres qu'on lui envoie, pour lesquelles il n'a de cesse
d'imaginer quelque recueil « tiré à bien des exemplaires [2] », quelque « édition soignée [3] », et l'intérêt
« durable [4] » du plus large public dès lors qu'elles lui
seraient données à lire. Veut-il encourager les débuts
d'un ami ? Veut-il le persuader de ses ressources
inexploitées dans l'art d'écrire ? Ce qu'il en reçoit au
courrier peut suffire. « On n'écrit pas certaines choses
dans une lettre sans donner par là une première
preuve qu'on est capable de plus hautes réalisations [5] », répond-il en 1919 à son admiratrice Violet
Schiff, dont le mari est lui-même romancier en herbe,
et abondant épistolier. Et de tâcher de convaincre
Étienne de Beaumont, sur un seul mot de deux
pages, du talent qu'il pourrait faire éclater à condition
de « secouer [6] » sa lassitude, tout comme le charmant
et léger Porel, fils de Réjane, que telle missive qu'il
vient de lui adresser est « le plus beau fruit d'un travail littéraire [7] ». Mais l'entraînement ici exalté, l'oubli
des rôles et des frontières, rencontrent une limite :
confiant à Maurice Duplay, en 1905, le regret qu'il a
d'être « plus écriveur de lettres » que son vieux camarade, et « hélas moins écrivain » [8], Proust ressent l'embarras de ses propres facilités – où perce la crainte,

---

1. *Kolb*, VI, 23, [janvier 1906 ?].

2. *Kolb*, II, 243 ; à Mlle Kiki Bartholoni.

3. *Kolb*, IV, 34 ; à la comtesse Mathieu de Noailles [9 juillet 1904].

4. *Kolb*, IV, 289 ; à Lucien Daudet.

5. *Kolb*, XVIII, 476.

6. *Kolb*, XVII, 187.

7. *Kolb*, XVIII, 426.

8. *Kolb*, V, 158.

devenue obsession chez un homme arrivé sans œuvre au milieu de sa vie, d'avoir sacrifié tout son talent au commerce privé, à la mondanité.

L'idée d'une rivalité économique l'emporte en effet sur celle d'une divergence de goût, ou d'aptitude. Il reste quelque chose d'un soupçon d'échec, et à tout le moins la reconnaissance d'un irréductible contraste lorsque, plus tard, Proust témoigne auprès de Schiff que d'aucuns, « dans l'histoire littéraire [...], se sont plus exprimés par la correspondance avec un certain être, que par la fiction ou la critique [1] ». Aussi Proust s'interroge-t-il jusqu'à sa mort sur l'opportunité de réserver, pour le consacrer à la correspondance, si peu du temps ou de la force physique nécessaires au seul chantier qui vaille. « Georges je suis si épuisé d'avoir commencé *Sainte-Beuve*, marque-t-il à son ami Lauris au début de l'été 1909, que je ne sais ce que je vous écris [2] » – épuisement dont il détaille le concret tableau, à quelques mois de là, à l'attention de Max Daireaux : « le roman auquel je me suis enfin mis me fatigue à ce point le poignet que je n'écris plus de lettres... [3] ». Ces derniers mots, dans leur provocante contradiction, signalent une rupture. Dès le jardin, au collège, en vacances, à l'âge des fantaisies lycéennes, dans le monde, au milieu des *Plaisirs et les Jours*, à l'époque du *Santeuil* et de Ruskin, avant comme après la mort de ses parents, pendant la genèse du *Contre Sainte-Beuve* puis de la *Recherche*, avant la Guerre, pendant la Guerre, après la Guerre, jusque quelques jours avant sa mort en 1922, sans jamais ou presque la moindre trêve, Marcel Proust écrit à ses proches, à sa famille, à ses amis, à ses éditeurs, aux quelques défenseurs de ses livres, à leurs quelques ennemis et à tant d'indifférents, à toute une foule d'experts et d'expertes de choses d'art et d'amour, de coquetterie et de finance. Mais l'enfant, le jeune homme, le reclus enfin ne sont pas, souligne-t-il,

---

1. *Kolb*, XIX, 602.
2. *Kolb*, IX, 116.
3. *Kolb*, IX, 235.

l'écrivain, le romancier ou l'essayiste qu'ailleurs, dans le silence conquis sur le siècle et ses devoirs, il est appelé à devenir.

Tant de correspondances

La multiplication sans précédent des éditions de lettres, suivant le progrès général de la librairie au XIXᵉ siècle, n'y est sans doute pas étrangère[1] : Proust se prépare et prépare son œuvre à subir l'enquête qui ne manquera d'être un jour conduite, à partir de tout ce qu'on trouvera écrit de sa main, parmi les liasses de papiers qu'il aura laissés, jusque et y compris ses échanges de caractère intime. De fait, la découverte récente de fonds de correspondances des XVIIᵉ et XVIIIᵉ siècles, la révision des séries les plus célèbres grâce au retour méthodique aux manuscrits – suivant l'exemple des travaux de Régnier sur Mme de Sévigné – contribuent alors à asseoir la légitimité de ce que les maîtres de la critique, Sainte-Beuve, Barbey d'Aurevilly ou les Goncourt ont naguère reconnu et imposé comme un genre. Au cours de la seconde moitié du XIXᵉ siècle, ce qu'on va bientôt appeler la « littérature épistolaire[2] » s'est en outre enrichi de contributions de plus en plus contemporaines, jusqu'à frôler l'actualité. Un ensemble de lettres de Paul-Louis Courier a été livré à la curiosité publique vingt-sept années seulement après la mort de l'écrivain, délai raccourci à treize ans pour Stendhal, six pour Balzac, quatre pour Lamennais.

Le vertige d'une histoire qui rattrape l'époque se creuse encore sous le regard nouveau porté à la matière, ces traces des temps et de la vie privée autrefois négligées, désormais interrogées au titre de la

1. Cf. José-Luis Diaz, « Le XIXᵉ siècle devant les correspondances », in *Romantisme, revue du dix-neuvième siècle*, nᵒ 90, « J'ai toujours aimé les correspondances », SEDES, 1995, p. 7-26.

2. La formule sert de titre au volume sous lequel a été rassemblé en 1892 l'essentiel des pages critiques consacrées par Barbey d'Aurevilly à des éditions de correspondances.

chronique et de la littérature, où c'est bientôt l'individu qui est saisi. La vivacité, le naturel prisés dans la littérature épistolaire, s'ils se rattachent au goût d'un esprit vif et léger considéré comme caractéristique de l'Ancien Régime – âge d'or des correspondances –, à partir de l'époque romantique sont appréciés en ce qu'ils permettent d'accéder au moi profond de l'écrivain. Aussi les correspondances constituent-elles un terrain d'application privilégié pour la *méthode* de Sainte-Beuve, d'explication de l'œuvre par l'homme, entre toutes exécrée par Proust.

Celui-ci, s'il ne dissimule pas sa curiosité devant la face quotidienne, ainsi révélée, de quelques-uns de ses auteurs de prédilection – Stendhal, Michelet, Ruskin – et de beaucoup d'autres – Victor Hugo, Marceline Desbordes-Valmore, Fromentin –, jusqu'à quelques hommes illustres, étrangers à la littérature – ainsi Félix Mendelssohn [1] –, sent la déception le gagner, voire le dégoût. Affirmant que Mérimée, dont il a lu les lettres à Gobineau, « remonte dans [s]on estime [2] », ou que celles de lady de Grey la lui font admirer « prodigieusement [3] », Proust se montre moins indulgent dès que la critique entreprend d'élever les correspondances d'écrivains à la hauteur de leur œuvre principale. C'est ce qui se produit notamment avec les lettres entre Emerson et Carlyle, signalées comme un monument « plus grand qu'eux-mêmes » dans la *Nouvelle Revue Française* d'avril 1913, et que Proust juge, pour ce qui concerne celles d'Emerson, écrites « avec ennui », sans « rien de lui-même » [4] – où il faut entendre : sans rien de ce qui fait le poète. Plus net encore est le jugement appliqué à la correspondance de Flaubert, dont l'éditeur Conard a achevé en 1910 une première édition

---

1. *Kolb*, VIII, 326 (Stendhal) ; *Kolb*, X, 207 (Michelet) ; *Kolb*, XIII, 66 (Ruskin) ; *Kolb*, VI, 353 (Hugo) ; *Kolb*, V, 138 (Marceline Desbordes-Valmore) ; *Kolb*, VIII, 181 (Fromentin) ; *Kolb*, XVI, 57 (Mendelssohn).

2. *Kolb*, V, 143.

3. *Kolb*, VII, 267.

4. *Kolb*, XII, 157, 158.

complète en cinq séries et qui alimente débats et admirations dans l'immédiat après-guerre : « Ce qui étonne seulement chez un tel maître, note Proust au sujet de l'auteur de *Madame Bovary*, c'est la médiocrité de sa correspondance », où l'on peinerait à « reconnaître, avec M. Thibaudet, les "idées d'un cerveau de premier ordre" »[1]. Quant à ce qui regarde enfin les lettres de Mme de Sévigné, dont le culte réunit tout ensemble la mère de Marcel Proust, la mère et la grand-mère du Narrateur – sans parler des personnages de la *Recherche*, Mme de Villeparisis ou Legrandin, qui s'interrogent sur la personnalité de la marquise, et des références à son style que Proust multiplie dans de brefs pastiches[2] –, il est de fait qu'elles demeurent impénétrables à l'écrivain comme à son héros. Car la complicité de l'épistolière avec sa fille, Mme de Grignan, qui fixe la trame et l'horizon de leurs échanges, en réduit la portée en tant que trésor d'observation et monument littéraire. Un trait le signale, le goût qu'a Proust de citer à de si nombreuses reprises et jusque dans son livre, pour y reconnaître à son égard comme à celui du Narrateur le jugement de leurs mères, l'inhabituelle mention que Mme de Sévigné fait de son fils dans une lettre de mai 1680, où éclate plus qu'une défiance irritée, une distante haine muée en mépris : « Il trouve le moyen de perdre sans jouer, de gâcher sans sortir et de se ruiner sans paraître[3]. » Entre souvenirs

---

1. « À propos du style de Flaubert », *Écrits sur l'art*, 321. Voir aussi : « Vraiment ce serait navrant pour Flaubert d'avoir tant travaillé à ses livres et qu'ils ne fussent pas supérieurs à ses lettres » (*Kolb*, XIX, 61).
    Sur la réception critique de la correspondance d'Emerson avec Carlyle, voir aussi *Kolb*, XII, 159, note 9 appelée p. 157 ; sur la défense de la correspondance de Flaubert par le critique Paul Souday, voir *Kolb*, XIX, 594.
2. Par exemple *Kolb*, V, 246 ; *Kolb*, VI, 180.
3. *Kolb*, XV, 316. Pour une citation ou une mention proches, voir *Kolb*, XI, 32, 58, 77, et *Kolb*, XX, 396 (où la citation apparaît précédée des mots : « Ma pauvre Maman m'appliquait toujours le mot de Mme de Sévigné sur son fils : [...] »). Voir aussi : « Je me mis à lire la lettre de maman. [...] elle se disait fâchée de mes grandes dépenses : "À quoi peut passer tout ton argent ? Je suis

d'enfance, tirades domestiques et définitif mystère
d'une fusion entre femmes, nous sommes ici loin de
l'art, dans le domaine de l'émotivité familiale.

Potins

Que Proust désirât, quant il aurait pu l'obtenir, la
destruction des lettres qu'il avait écrites, on hésiterait
pourtant à l'affirmer. Bien avant la *Recherche*, dans
un passage du manuscrit de *Jean Santeuil*, il déplorait
déjà que la fausseté de la vie la plus sincère pût faire
que « telle lettre ou telle parole de compliment d'un
France ou d'un Daudet, compliment qui porte la
marque de leur suprême intelligence, f[î]t l'effet de
la photographie d'un souverain avec sa signature et
ses armes chez son usurier[1] ». Mais le dépit de
demeurer, devant les traces laissées par les maîtres,
au seuil de ce qui fait leur grandeur, ne suffisait à
renverser l'implicite résolution de les suivre, de se risquer à laisser derrière lui les mêmes traces et de s'exposer comme eux à être mal compris : « nous nous
excusons en lisant des lettres même de Flaubert
qui (celles à George Sand ou sur Renan) ne sont
évidemment pas plus sincères et qui nous font
trembler en pensant à ce que croiront de nos idées
littéraires ceux qui plus tard retrouveront certains
articles ou, si notre correspondance était publiée,
liraient certaines lettres[2] ». Il est constant que Proust,

---

déjà assez tourmentée de ce que, comme Charles de Sévigné, tu ne
saches pas ce que tu veuilles et que tu sois 'deux ou trois hommes à
la fois', mais tâche au moins de ne pas être comme lui pour la
dépense et que je ne puisse pas dire de toi : 'Il a trouvé le moyen
de dépenser sans paraître, de perdre sans jouer et de payer sans
s'acquitter'" » (*RTP*, III, 647), ou encore « Tâche, continua
maman, de ne pas devenir comme Charles de Sévigné, dont sa
mère disait : "Sa main est un creuset où l'argent se fond" » (*RTP*,
III, 406).

1. *Jean Santeuil*, 488.
2. *Ibid.*

prompt dans ses lettres à décréter le « tombeau »
synonyme de l'exigence du secret le plus absolu de la
part du destinataire[1], voire à réclamer, pour plus de
sûreté, leur restitution, enfin à déplorer l'absence
d'intérêt de ce qu'il pouvait écrire aux uns et aux
autres, ne prit aucune disposition pour empêcher que
tout cela fût jamais répandu. S'il disait souhaiter
que ne soit conservée ni *a fortiori* publiée aucune correspondance de lui[2], et si à quelques mois de sa mort
il entreprit de consulter différentes personnes au fait
des lois sur le sujet, un ami avocat ou encore le dra-
maturge Henry Bernstein, il ne s'engagea guère dans
le sens de l'interdiction[3].

Et même, un peu : au contraire. Lucien Daudet
s'est rappelé qu'à l'époque reculée de sa première

---

1. Voir par exemple *Kolb*, III, 252, et *Kolb*, III, 245 (« Pas un
mot à Bertrand de cette lettre [...] ») – voir aussi, *infra*, p. 172.
2. *Kolb*, XX, 35.
3. Voir sur ce point le témoignage de Céleste Albaret, gouvernante de Proust dans les huit dernières années de sa vie : « Un des
drames de sa fin a été l'inquiétude et le remords d'avoir entretenu
trop de correspondance. Il m'en a souvent parlé ; c'était devenu
une hantise. "– Céleste, vous verrez : je ne serai pas mort, que tout
le monde publiera mes lettres. J'ai eu tort, j'ai trop écrit, beaucoup
trop. Malade comme je suis et comme je l'ai toujours été, je n'ai
eu de contact avec le monde qu'en écrivant. Jamais je n'aurais dû.
Mais je vais prendre des dispositions. Oui, je vais m'arranger pour
que personne n'ait le droit de publier toute cette correspondance."
Cela le tourmentait ; il y revenait constamment ; il en parlait à des
gens au-dehors. Une nuit, il est rentré très déprimé, après avoir
passé la soirée avec l'auteur dramatique Henry Bernstein, à qui il
avait mentionné l'affaire et qui lui avait répondu qu'il ne voyait
guère ce qu'il y pourrait. Il est allé consulter son ami, le banquier
Horace Finaly, qui ne lui a pas non plus laissé beaucoup d'espoir.
Finalement, il s'est rabattu sur son avocat, de ses amis aussi. Et,
cette fois, il en est revenu effondré. "– Chère Céleste, cet homme
m'a dit : 'Mon pauvre Marcel, tu perds ton temps à vouloir interdire ces publications. Toute lettre de toi qui est entre les mains de
son destinataire, est la propriété de celui-ci. Il peut en faire ce qu'il
veut'" » (Céleste Albaret, *Monsieur Proust*, souvenirs recueillis par
Georges Belmont, Paris, Robert Laffont/Opera Mundi, 1973,
p. 245-246). On notera que d'un point de vue juridique, l'analyse
ici exposée concernant la propriété des textes des lettres est erronée, l'auteur d'une lettre pouvant s'opposer, comme son destinataire, à sa publication, et ce quel qu'en soit le détenteur matériel.

amitié avec Proust, au milieu des années 1890, on conservait déjà, pour les classer « parmi les "autographes" » de famille, les nombreuses lettres reçues de « ce jeune homme inconnu »[1]. Les lettres, les siennes en particulier, étaient faites pour être gardées : Proust lui-même y insiste lorsqu'en 1914 il renvoie Maurice Barrès à un précédent courrier vieux de trois ans[2], ou encore lorsque, devant travailler à la préface du livre de Jacques-Émile Blanche, *Propos de peintre*, il demande à l'artiste de lui retourner certaines lettres qu'il lui a adressées, car elles pourront lui servir de « point de repère de [s]es impressions[3] ». Gardées, voire publiées : Robert de Montesquiou en 1908 et en 1919, Jacques-Émile Blanche en 1921 placèrent dans des livres des pages que Proust leur avait écrites « dans le privé[4] », sans que celui-ci s'y opposât nettement. Aussi les recommandations de discrétion ou d'abstention doivent-elles être interprétées comme de simples mises en garde, lancées à tel ou tel détenteur de choses de lui, contre la tentation de se sentir fondé à parler en son nom, et encore, plus généralement, comme une protestation de retenue et de dignité à l'attention de tous ceux pour qui, à l'instar d'André Gide jusqu'en 1914, l'auteur de *Swann* était encore « celui qui fréquente chez Mme X et Z – celui qui écrit dans *Le Figaro*[5] ».

Les péripéties éditoriales qui suivaient sa mort devaient cependant justifier l'inquiétude : les lettres de Marcel Proust allaient parasiter son œuvre tant que ne serait pas connue cette masse énorme et singulière qui les rend irréductibles aussi bien à une simple rançon sociale qu'à un banc d'essai pour le roman – « On ne trouvera ici aucune allusion [...] aux

1. Lucien Daudet, *Autour de soixante lettres de Marcel Proust*, Paris, Gallimard, « Les Cahiers Marcel Proust », V, 1928, p. 12-13.

2. *Kolb*, XIII, 328.

3. *Kolb*, XVI, 102.

4. *Kolb*, XX, 67.

5. *Kolb*, XIII, 50 ; lettre d'André Gide à Marcel Proust, [10 ou 11 janvier 1914].

potins de la vieille douairière de la correspondance [1] »,
tranche Samuel Beckett, en 1930, dans l'avant-
propos de son étude sur l'écrivain. Proust mort
encore jeune, dans l'étonnement d'une notoriété
immense et brusque, nombre de celles et de ceux qui
l'avaient connu ou approché à une époque de sa vie
lui survivaient, soucieux de livrer tout ensemble les
messages qu'ils avaient reçus et leurs souvenirs personnels. Dès 1926, Robert Dreyfus présentait son
propre lot, non sans trier et tailler au motif de discrétion et de décence, suivi bientôt par Lucien Daudet,
et d'autres. Des lettres circulaient, revenant à la
famille ou vendues à des tiers, avancées parfois
comme les preuves d'inattendus secrets sur l'homme
– ainsi, qu'il eût été, laissait entendre Louisa de
Mornand, son amant –, interprétées de façon approximative par des témoins périphériques qui se
voyaient tous les *modèles* de personnages de son
œuvre, englués sous l'apparente afféterie de formules qu'on ne savait évaluer et comprendre. Il se
peut que la réticence de certains devant ce qui ressemblait à un déballage frivole et désordonné doive
d'ailleurs à l'apparition contemporaine d'autres textes
inédits, ceux constituant les volumes posthumes de
la *Recherche*, qui modifiait à mesure non seulement la
dimension et la portée du livre, mais ce que les lecteurs pouvaient inférer de la personnalité de son
auteur. Aussi s'explique-t-on la décision prise par
Robert Proust de publier un vaste ensemble de lettres
de son frère, dès l'édition de la *Recherche* et des *Chroniques* terminée, en 1927.

À partir de cette *Correspondance générale* en six
tomes parue de 1930 à 1936 – laquelle excluait à
son tour, parmi les lettres de Marcel Proust déjà
connues ou repérées, un certain nombre jugées inutiles à sa gloire –, un chercheur américain boursier
de l'État français, Philip Kolb, allait entreprendre des
travaux de révision, d'annotation et d'enrichissement
en vue de sa thèse, élargis plus tard aux dimensions

---

1. Samuel Beckett, *Proust*, Paris, Minuit, 1990, p. 19.

titanesques d'une édition complète. Engagée en
1970, la publication de la *Correspondance de Marcel
Proust* s'est achevée en 1993, quelques semaines
après la mort de Kolb, et comporte vingt et un
volumes, plus de dix mille pages. Monument incon-
tournable et cependant provisoire, de l'aveu même de
Kolb pour qui les cinq mille et quelques lettres
réunies ne représentent peut-être pas plus du ving-
tième de toutes celles effectivement écrites par
Proust, parmi lesquelles tant de notes perdues ou
égarées, tant de pages oubliées que la fortune n'a pas
encore ramenées au jour, tant d'autres adressées à tel
ou tel, parent ou proche, passion d'une époque
comme Robert d'Humières ou Bertrand de Fénelon,
ami régulier comme Louis d'Albufera, confident de
toute une vie comme Reynaldo Hahn, dont l'existence est attestée mais qui ont été en partie ou en
totalité soit détruites, soit mises de côté par les destinataires ou leurs ayants droit. Alors que les procédures de communication respectent, pour les
collections conservées dans des établissements
publics, les divers délais imposés par les légataires – à
la Bibliothèque nationale de France, les manuscrits
des lettres de Marcel Proust à Robert Dreyfus
demeurent inaccessibles, comme une part considérable des papiers de Reynaldo Hahn –, il ne se passe
guère de grande vente d'autographes, en France
comme à l'étranger, que n'apparaissent de nouvelles
lettres [1], qui non seulement s'ajoutent à toutes celles
déjà connues mais souvent conduisent à en modifier
la datation, l'interprétation. C'est devant ce tableau
d'une matière définitivement gigantesque et mou-
vante que le Kolb Institute de l'université d'Urbana
(Illinois), fort d'une documentation sans comparaison sur la question, a résolu de s'en remettre désormais aux possibilités de l'électronique et d'Internet

---

1. Chaque numéro du *Bulletin d'informations proustiennes* (Paris,
Éditions rue d'Ulm) comprend une rubrique « Ventes » où sont
rappelés, pour l'année écoulée, les mouvements de lettres de
Marcel Proust sur le marché.

pour tenir à jour l'œuvre de son fondateur[1], et que le
risque de saturation une fois écarté, et la science prête
à recevoir et à traiter systématiquement chaque nouvelle trouvaille, « tous les livres qu'on désire » sont
susceptibles de voir le jour, ainsi que Loïc Chotard
l'annonçait en son temps, dans une défense des
recueils anthologiques de correspondances : ici notre
propos est bien de permettre aux lettres de « redev[e-
nir] des textes »[2].

Minerai

« [S]ur le papier tout passe[3] », affirmait Proust, le
printemps où il allait avoir dix-sept ans, à son camarade Daniel Halévy – où transparaît entre menace et
désir l'absence délibérée de toute retenue, l'instante
prière d'un jeune homme que soient reconnues la sincérité et l'authenticité de ce qu'il commençait à fixer,
à mettre par écrit. Papier au demeurant encore indis-
tinct, propre à recevoir les confessions impudiques
dont il gratifiait l'entourage, comme le brouillon de
ses premières proses poétiques et critiques. L'esquisse de roman par lettres entamé en 1893 avec
Louis de La Salle, Fernand Gregh et, précisément,
Halévy[4], témoigne d'une telle ambiguïté qui, dans le
cas de Proust tenant le rôle de Pauline de Gouvres-
Dives – une femme du monde tombée amoureuse
d'un sous-officier –, s'étend de la confusion des
genres et des rôles jusqu'à celle des sexes. La fiction
épistolaire était de mode. Les quatre amis se réfé-
raient à la *Croix de Berny* écrite en 1846 par

---

1. Sur la succession de Philip Kolb, voir « L'avenir de la collection Kolb à l'université de l'Illinois », par Katherine Reeve-Kolb,
Bulletin Marcel Proust, n° 43, 1993.

2. Loïc Chotard, « Correspondances : une histoire illisible »,
Romantisme, revue du dix-neuvième siècle, n° 90 (« J'ai toujours aimé
les correspondances »), SEDES, 1995, p. 36.

3. *Kolb*, XXI, 553.

4. Voir *Écrits de jeunesse*, textes rassemblés, établis, présentés et
annotés par Anne Borrel, Illiers-Combray, Institut Marcel Proust
international, 1991, p. 225-271.

Delphine de Girardin, Théophile Gautier, Jules Sandeau et Joseph Méry ; il y avait aussi, plus près d'eux, le *Peints par eux-mêmes* de Paul Hervieu dont Anatole France venait de rendre compte dans *Le Temps*. « Bien entendu nous ne mettrons pas une lettre – et après la réponse[1] » : en intercalant de la sorte, en jouant des secrets croisés des protagonistes, y aurait-il moyen de découvrir la vérité de l'héroïne, cette figure sensible dont quelques gouttes de pluie suffisaient à tirer les larmes « en souvenir du temps où toute petite fille [elle] restai[t] des heures à [s]a fenêtre pour voir s'il ferait beau, si [s]a bonne [l]'emmènerait aux Champs-Élysées[2] » ? Outre la perspective de devoir publier leur livre par petits morceaux, à laquelle ils savaient se préparer, ces débutants piliers de revues pouvaient attendre toutes les facilités reconnues par Brunetière à la structure qu'ils avaient choisie, et notamment qu'elle leur permît de « disposer à volonté des formes interrogatives et personnelles », d'« incorporer à l'histoire du présent le souvenir du passé »[3].

La première tentative ne devait pas aboutir. Et pas non plus le projet des *Lettres de Perse et d'ailleurs*, formé à la fin des années 1890 avec Robert de Flers, alors que l'échec de Proust à finir son *Jean Santeuil*, roman écrit à la troisième personne, paraissait consommé. La pluralité des voix et des sources de récit, comme l'extension du point de vue extérieur au personnage principal, cause du « masque » déguisant à peine l'auteur, ne convenaient guère à créer le « visage littéraire »[4] qui forme le foyer principal du grand œuvre proustien. Mais l'écrivain devait garder le souvenir d'une expérience nécessaire. Dans un hommage tardif à la mémoire d'Hervieu, adressé en

1. *Kolb*, IV, 418.
2. *Écrits de jeunesse*, 251.
3. Ferdinand Brunetière, « Le naturalisme français » [1880], repris dans *Le Roman naturaliste* (nouvelle édition), Paris, Calmann-Lévy, 1896, p. 161, 164.
4. Jean-Yves Tadié, *Proust et le roman*, Paris, Gallimard, 1971 (rééd. collection « Tel », 1986), p. 22.

1922 à la baronne de Pierrebourg, Proust distingue les successifs degrés de la maîtrise artistique, où le roman par lettres formerait une manière de seconde marche après celle des « courtes nouvelles », avant celle du « roman tout court »[1].

Sur le point de devenir lui-même romancier *tout court*, Proust devait se rappeler aussi ce qu'il avait cherché et cru trouver chez cet autre, naguère poète préféré, qu'il retrouvait abîmé dans le « vide [de] l'éloquence[2] », lorsque aux prises avec la matière incomplètement sublimée du *Contre Sainte-Beuve* devenant *Recherche*, il notait en 1910 : « Musset. On sent dans sa vie, dans ses lettres comme dans un minerai où elle est à peine reconnaissable quelques linéaments de son œuvre [...]. Dans ses lettres, qui sont comme les coulisses de son œuvre, je vois traîner la petite bourse du Caprice et, toute prête, dans un coin, la perruque qui au bout d'un hameçon doit traverser la scène de Fantasio[3]. » Ainsi, lorsque le Narrateur approche premièrement le génie de Bergotte, le grand écrivain de la *Recherche*, ce n'est pas par telle page artistement composée à propos des « Clochers de Martinville », mais par ce qu'il écrit à ses proches, comme au hasard : « Il arrivait parfois qu'une page de lui disait les mêmes choses que j'écrivais souvent la nuit à ma grand-mère et à ma mère quand je ne pouvais pas dormir, si bien que cette page de Bergotte avait l'air d'un recueil d'épigraphes pour être placées en tête de mes lettres[4]. »

---

1. *Kolb*, XXI, 244.
2. « Sur la lecture », *La Renaissance latine*, 15 juin 1905 ; cf. *Écrits sur l'art*, 217.
3. La transcription exacte et complète de ce fragment de texte est la suivante : « Musset On voi On sent dans sa vie, dans ses lettres comme dans un minerai où elle est à peine reconnaissable quelques linéaments de son œuvre, dont sa vie, ses amours, sont la ce qui en reste qui n'existent que dans la mesure où ils en sont les matériaux, qui tendent vers elle et n resteront qu'en elle. Dans sa lettre corre qui, sont les comme les coulisses de son œuvre je vois traîner la petite bourse du Caprice et dans un coin la perruque qui au bout d'un hameçon doit traverser la scène de Fantasio » (*Carnets*, 109).
4. *RTP*, I, 94-95.

Mots, modèles, motifs

L'hypothèse d'une correspondance d'écrivain sou-
tenant la comparaison avec son œuvre, quoiqu'en
apparente contradiction avec les jugements dont il est
fait mention plus haut, c'est encore Proust qui
l'avance lorsqu'il soutient que, dans les lettres à sa
sœur où Balzac parle des chances de son mariage
avec Mme Hanska, « non seulement tout est construit
comme un roman, mais tous les caractères sont
posés, analysés, déduits, comme dans ses livres, en
tant que facteurs qui rendront l'action claire[1] ».
Pareille identité n'existe certes pas dans son cas : on
peinerait à cerner une marque stylistique de ses
lettres[2]. Le rapport entre celles-ci et le roman apparaît bien davantage dans la mesure où elles docu-
mentent le travail ordinaire de l'écrivain, à travers
l'intérêt qu'il attache à l'exactitude de ses références
– lieu de conservation d'un tableau, façon d'un costume, protocole d'une soirée... –, comme à travers le
va-et-vient des épreuves, qu'il détermine, l'attention
des journalistes, éditeurs et tous marchands de papier
qu'il entretient autour de ce qui est devenu le centre
de son existence, le roman. Le monumental *Index*
publié sous la direction de Kazuyoshi Yoshikawa permet ainsi de mesurer la variété et l'étendue de la
culture de Proust, de ses réseaux[3].

Mais encore, le minerai de *Jean Santeuil* et de la
Recherche, où le trouver sinon ici, dans ces « fêlures[4] »

---

1. *Contre Sainte-Beuve*, 266.

2. Voir toutefois Luc Fraisse, *La Correspondance de Proust*,
Besançon, Annales littéraires de l'université de Franche-Comté,
1998, p. 61-62.
   Kolb, XVIII, 290 ; *Kolb*, XIX, 68 ; *Kolb*, XIX, 99.

3. Kazuyoshi Yoshikawa (collectif, sous la direction de), *Index
général de la correspondance de Marcel Proust*, Kyoto, Presses de
l'université de Kyoto, 1998. Pour une approche de type biographique de la correspondance, voir aussi l'ouvrage de Luc Fraisse,
Proust au miroir de sa correspondance, SEDES, 1996.

4. *Kolb*, III, 182 ; à rapprocher de la voix de la grand-mère du
Narrateur de la *Recherche*, « fêlée » (*RTP*, II, 433) – voir *infra*,
p. 93-94, note 4.

d'une voix racontée, dans l'« inutile [1] » beauté de Paris
assiégé, dans les « constellations [2] » faites et défaites
par les avions en vol, dans ces quelques formules déjà
dessinées et comme appropriées, ce « temps perdu [3] »
que serait, assure à son père un Proust de vingt-deux
ans, toute chose à laquelle il pourrait se vouer, autre
que les lettres et la philosophie ? Les rideaux d'un lit
qu'occupe l'écrivain lors d'un séjour à Fontainebleau,
« impossibles à enlever parce qu'ils tiennent au
mur [4] », se retrouvent devant le « lit énorme » d'une
chambre d'hôtel, à Trouville, où Jean Santeuil sait
qu'il ne pourra dormir, tant il « étouff[e] sous un ciel
de lit rabattu de tous côtés (on ne pourrait pas les
enlever, ils tenaient au mur et au plafond) [5] ». Et
l'« eau banale, insaisissable, incolore, fluide, sempiternellement inconsistante, aussi vite écoulée que
coulée [6] » où il reconnaît, accusateur, son secrétaire
Albert Ben Nahmias, ressemble fort à celle « informe
qui coule selon la pente qu'on lui offre [7] » à laquelle
Swann compare Odette au cours d'une scène de
jalousie.

Les épisodes, les jugements, les perspectives qui
alimentent et orientent le roman, on pourra les chercher ici aussi, où ils ne sont plus seulement des souvenirs mais des scènes déjà, plus des idées mais des
tournures, des hypothèses constituées – ainsi le chapeau de Bertrand de Fénelon [8], qui gît déchiré et mystérieux comme plus tard celui de Charlus à la fin de

---

1. *Kolb*, XIV, 71 ; à rapprocher du tableau de Paris assiégé, dans
la *Recherche* (*RTP*, IV, 380).
2. *Kolb*, XVI, 196 ; à rapprocher des impressions de guerre du
baron de Charlus, dans la *Recherche* (*RTP*, IV, 337) – voir *infra*,
p. 258, note 1.
3. *Kolb*, I, 238 – voir *infra*, p. 53.
4. *Kolb*, II, 137 – voir *infra*, p. 73.
5. *Jean Santeuil*, 358. L'emprunt est d'autant plus saisissant que
Proust néglige de mentionner, dans le brouillon de son roman, les
rideaux qu'il faudrait pouvoir « enlever » et qui « t[ienn]ent au mur
et au plafond ».
6. *Kolb*, XI, 188 – voir *infra*, p. 193-194.
7. *RTP*, I, 285.
8. *Kolb*, III, 190 – voir *infra*, p. 98.

Guermantes ; ainsi la résistance aux observations maternelles[1], rouage de la mécanique entre le Narrateur et Albertine. Et mieux que dans le fuyant *modèle* des êtres croisés par Proust au cours de sa vie, on trouvera les personnages mêmes qu'il a créés sous des portraits réduits au format de silhouettes, cette Mme de Saint-Paul à l'appétit pleinement Verdurin[2], cette petite Benardaky imaginée au bout de tant d'années[3], aussi fixement enivrante et désespérante que Gilberte.

Il n'est jusqu'à certains facteurs de composition qu'on découvre à l'essai, en puissance. Ce sont ces motifs alignés sans raison claire, semblables dans les lettres à ce que pourraient être les éléments discontinus d'une conversation, et qu'on retrouve associés, sans d'ailleurs une autre apparente logique, dans le roman. Ainsi ceux de la guerre et de l'hypnotisme, accolés dans une lettre à Mme Straus comme ils le sont dans la *Recherche*, où les complètent des considérations parentes sur Napoléon et la doctrine militaire de 1870[4]. Ainsi, ailleurs, celui des robes de Fortuny, à proximité de deux autres qui se rapportent à l'argent et à l'audition d'un morceau de musique dans la position allongée[5]. Il en est d'autres exemples : simple expression de la contemporanéité de l'écriture d'une lettre avec celle d'un morceau du roman ou véritable expérimentation, l'écho le cède à une vraie consonance[6].

---

1. *Kolb*, III, 265 – voir *infra*, p. 102-103.
2. *Kolb*, V, 119-120 – voir *infra*, p. 130.
3. *Kolb*, XVI, 163 ; *Kolb*, XVII, 194 – voir *infra*, p. 255-256 et 275.
4. *Kolb*, XVI, 196-197 – voir *infra*, p. 257-261.
5. *Kolb*, XV, 49, 50 – voir *infra*, p. 240-241.
6. La question peut se poser, s'agissant de regroupements de motifs, de l'antériorité de la correspondance sur le roman. L'observation vaut aussi pour telle « première étape de détachement de mon chagrin » (*Kolb*, XIII, 311) dont Proust témoigne en 1914, six mois après la mort d'Agostinelli, et qui pourrait être influencée par des développements contemporains d'*Albertine disparue* ; voir là-dessus Kazuyoshi Yoshikawa, « Correspondance », in Annick Bouillaguet et Brian Rogers (collectif, sous la direction de), *Dictionnaire Marcel Proust, op. cit.*, p. 245.

Écrire l'instant

À la différence des esquisses et des successives corrections de son roman, qui en déplacent l'assise au-
delà d'elles-mêmes, les lettres de Marcel Proust se
présentent en effet comme des sommes successives
où le conflit des observations et des arguments, voire
les incohérences ou les disproportions doivent être
appréciés comme la première richesse : autant de
synthèses que l'écrivain, comme il les envoyait, avait
décidé de regarder comme closes. D'où les si fréquents « je ne vous écris qu'un mot », « je ne peux
pas vous écrire » placés en tête de longues missives,
auxquels répond en guise de conclusion quelque
« la fatigue m'arrête avant que j'aie commencé »[1] : la
lettre de Proust tient toute dans l'instant de sa
composition, qui reflète un état singulier. D'où aussi
l'orthographe inexacte ou fluctuante, la ponctuation
hasardeuse, la présentation bâclée que l'écrivain, le
premier, ne manque pas de relever[2], toutes négli-
gences plaidant en fait pour la valeur intrinsèque, singulière et détachée, du message qu'elles délivrent.

Expression du temps, la lettre l'est assurément par
ce moment particulier auquel Proust prend soin de la
rattacher, ces « quatre heures du matin[3] » dont elle
porte la marque expresse, ou dans sa durée même,
lorsque sur le point d'aborder telle ou telle matière
qui lui paraissait essentielle, l'écrivain « recommence
à étouffer[4] » : une page, dix pages, trois lignes, autant
d'éclairs. Les quelques lettres en forme de journal,
assez rares au demeurant, qu'il adresse à sa mère,
sont elles-mêmes figées au moyen d'une impression,
d'un jugement final par lequel l'auteur en ramasse les
ajouts successifs. Le tableau doit être refermé, car sa

---

1. *Kolb*, XVIII, 290 ; *Kolb*, XIX, 68 ; *Kolb*, XIX, 99.
2. Amusé, Proust rapporte le jugement de Robert de Montesquiou sur son écriture qui unit « la laideur et l'illisibilité » (*Kolb*,
XIII, 340).
3. *Kolb*, X, 309.
4. *Kolb*, X, 338.

structure et sa logique sont intérieurs : « Si dans une heure je suis bien je serai bien ennuyé d'avoir gémi ! Dis-toi que cette lettre est l'expression d'une réalité fugitive qui ne sera plus quand tu la liras [1]. »

À cette étroite définition correspondent les instructions d'usage. Proust qui, devant une lettre reçue d'elle, croit « entendre » Mme Adolphe Dreyfus lui « parler » [2], recourt pour sa part aux didascalies : « sauf (prononcer sof) [3] », recommande-t-il, au détour d'une missive à Porel. L'observation vaut aussi pour toutes les lettres qu'il écrit à Reynaldo Hahn dans leur idiome amoureux-farceur [4], lequel laisse une grande part à la transcription phonétique de chuintements complices, ou pour les dessins dont il les accompagne parfois, véritables cristallisations narratives. De telle façon que le message s'efface pour laisser place à une suite de tentatives pour le formuler, pour le porter : « Ainsi j'ai lu votre discours et votre préface et d'une main bien fatiguée je veux vous remercier, et vous récrirai plus tard », écrit Proust, en 1911, à Maurice Barrès. Puis de poursuivre sa longue missive : « Et d'abord je me disais ceci : [...] [5]. »

Dans l'instant, Proust cherche ainsi à tenir tout entier : il n'est pas de limites régulières, de modèle pour ses lettres, même celles d'ordres boursiers – « La Maison R[othschild] à qui Monsieur Léon Neuburger a dû dire en partant que j'étais un "*minus habens*" incapable de faire une lettre, m'envoie très gentiment des lettres toutes faites [6] », indique-t-il à son homme d'affaires Lionel Hauser, qu'il entretient de sa vie, de ses travaux, de ses peines. La quête permanente de l'accomplissement passe par la conscience que l'écrivain garde vive et revendique de

---

1. *Kolb*, IV, 280.
2. *Kolb*, X, 220. Voir aussi : « c'est quand vous écrivez que vous semblez parler. Quelle belle conversation que vos lettres ! » (*Kolb*, XVII, 334 ; à la princesse Dimitri Soutzo).
3. *Kolb*, XVIII, 240.
4. Voir par exemple *infra*, p. 62 et 123-124.
5. *Kolb*, X, 340 – voir *infra*, p. 181.
6. *Kolb*, XV, 251.

tout ce qu'il est, de tout ce qu'il a été. Se sentirait-il si loin des « quinze ans [1] » auxquels il dit devoir les pièces rassemblées en 1896 dans *Les Plaisirs et les Jours*, deux décennies plus tard il ne renvoie pas moins ses correspondants à cet ouvrage, alors même que *Du côté de chez Swann* – qu'il juge très supérieur – est déjà paru, et qu'il en est à corriger les épreuves de la suite de son roman. La série des pastiches sur l'affaire Lemoine publiés en 1908 et 1909 dans le *Supplément littéraire* du *Figaro* est elle aussi souvent citée par Proust, non seulement comme rappel d'une époque de sa vie littéraire, mais sous l'espèce de l'écho actuel qu'elle est susceptible de faire retentir – ainsi en 1917 dans une lettre à André Gide, de remerciement pour l'envoi d'un exemplaire des *Nourritures terrestres* [2], où Proust peut implicitement justifier le passé de journaliste qui lui avait été reproché ; ainsi encore dans une lettre à l'abbé Mugnier, de 1918 [3], où même les essais sur Ruskin sont rattachés à son parcours : il n'est guère que le *Santeuil* à demeurer définitivement extérieur à ces sortes d'auto-portraits et rétrospectives.

Dès lors s'éclaire, tout à l'opposé des protestations d'intimité, de confiance, voire de préférence dont il est prodigue, une certaine indifférence de Proust à l'écho immédiat de ses lettres. On a parfois signalé la science « tactique » et l'art de la « manipulation » que l'écrivain y aurait appliqué, faisant de lui – c'est selon les juges – un « fin stratège » ou un « vil intrigant » [4]. Sauf à le juger maladroit, obscur et étourdi – inepte en un mot –, on ne reste pas moins frappé par la confusion de ses arguments, par la contradiction de ses intentions, par tout ce qui, aparté, incidente, parenthèse, altère bien souvent la clarté de ce qu'il se propose de marquer. Ainsi la générosité de détails sur

1. *Kolb*, XVII, 113.
2. *Kolb*, XVI, 237-242 – voir *infra*, p. 265.
3. *Kolb*, XVII, 112-114.
4. Françoise Leriche, introduction à son édition des *Lettres* de Marcel Proust, Paris, Plon, 2004, p. 15.

sa vie, parfois aussi sur l'avenir de son œuvre, à
l'adresse de qui n'y joue aucun rôle ou dont il n'attend aucune lumière, aucune faveur : tel est saisi de
ses projets d'écriture qui, confie Proust, « n'a jamais
lu une ligne de moi[1] », tel de ses problèmes de vue,
qu'il consulte pour des placements boursiers ; telle
encore d'un souvenir érotique remontant à sa petite
enfance, qui vient de perdre un frère à la guerre[2].
La régularité des échanges, pas plus que la proximité
particulière avec le destinataire, ne suffit à engager
Proust dans une forme de dialogue, comme il l'avoue
lui-même à Antoine Bibesco, l'un des rares parmi ses
amis à qui il donne du *tu* par écrit : « C'est à toi que je
pense sans cesse et je t'écris pour ne te parler que de
moi[3]. » Ses interrogations mêmes, les questions qu'il
pose ou les doutes qu'il exprime n'appellent ainsi pas
de réponse, la suprême crainte de l'écrivain étant de
se retrouver lecteur forcé de lettres longues comme
les siennes, débiteur de confidences ou d'explications, prisonnier d'« un commencement de correspondance suivie, chose affreuse[4] ».

Forme ouverte

    Le peu d'intérêt que Proust marque à son destina-
taire soutient évidemment l'extension de la lettre au-
delà du simple message, lorsque même elle n'est pas
adressée, sous le couvert d'un interlocuteur de
convention, à une collectivité indéfinie de lecteurs. Il
est remarquable que Proust, à mesure qu'il avance
dans la conception et la création de son œuvre, utilise
plus souvent la forme épistolaire pour exposer ses
vues dans différents domaines qui, à certains égards,
dépendent de cette œuvre ou y reçoivent une illustration. Dès la fin de l'été 1894, alors qu'il travaillait aux

---

    1. *Kolb*, XV, 140 (il est question de Louis d'Albufera).
    2. Lettre à Louisa de Mornand, [vers juin 1917] (*Kolb*, XVI,
162-164 – voir *infra*, p. 254-256).
    3. *Kolb*, III, 196.
    4. *Kolb*, XVII, 295.

pièces bientôt réunies dans *Les Plaisirs et les Jours*, il avait incrusté une version de l'une d'elles, « Mélomanie de Bouvard et Pécuchet[1] », dans une longue missive à Reynaldo Hahn, procédé qu'il répétait et renouvelait en détachant quelques lignes d'une autre, « La Mort de Baldassare Silvande », pour les essayer à l'adresse de Suzette Lemaire – cette fois sans signaler l'importation[2]. Dans l'autre sens, de nombreuses lettres agrémentées de pastiches ou de fragments de pastiches portaient l'annonce d'une forme littéraire sur laquelle l'écrivain devait fonder, au tournant de la décisive année 1908, la renaissance de ses ambitions.

Après le début de l'écriture de la *Recherche*, dans plusieurs lettres-dédicaces l'écrivain tantôt mêle citations directes, résumé et explication de la suite de ce qu'il est en train d'écrire, comme dans celle à Mme Scheikévitch[3], tantôt recommande une lecture particulière, comme dans celle destinée à l'exemplaire de *Swann* de Jacques de Lacretelle[4]. Consacrée aux « clefs » et modèles des personnages et des œuvres d'art de la *Recherche*, cette dernière s'attache à une question d'échelle et d'interprétation de son œuvre dépassant d'emblée la seule curiosité du destinataire – qu'elle s'emploie en l'espèce à décevoir.

D'autres s'appuient sur la notoriété croissante de Proust, qui sont immédiatement livrées à la publication : la lettre à la comtesse de Maugny, pour servir de préface à son *Royaume du bistouri*[5], les réponses à *L'Opinion*, sur l'opportunité de créer une tribune française au Louvre[6], à *L'Intransigeant*, sur les métiers manuels et sur les cabinets de lecture[7], à *La*

---

1. *Kolb*, I, 320-322 (fragments). Voir aussi *Les Plaisirs et les Jours*, in Marcel Proust, *Jean Santeuil*, 62-65.
2. *Kolb*, I, 338 ; voir notamment la note 4, p. 339, appelée p. 338.
3. *Kolb*, XIV, 280-286 – voir *infra*, p. 229-235.
4. *Kolb*, XVII, 193-197 – voir *infra*, p. 273-276.
5. *Contre Sainte-Beuve*, 566-568.
6. *Contre Sainte-Beuve*, 601.
7. *Contre Sainte-Beuve*, 604-605 ; 605-606.

Renaissance politique, littéraire et artistique, sur classicisme et romantisme[1], à *La Nouvelle Revue française*, surtout, où paraît en juin 1921 la lettre à Jacques Rivière « à propos de Baudelaire[2] ». Un an et demi plus tôt, Proust avait donné à cette même *Nouvelle Revue française* son article « à propos du "style" de Flaubert[3] » que déjà il souhaitait adresser formellement au dévoué secrétaire de la rédaction : c'est à la seule demande de celui-ci, protestant que l'étude a « suffisamment la tournure d'un article pour n'avoir pas besoin d'être présentée comme une lettre[4] », qu'il y avait renoncé. Cette fois, il est tout à fait décidé et prévient : « Comme vous m'aviez dit quand j'avais voulu inscrire mon cher Rivière en tête du hâtif Flaubert, si cela vous déplaît encore je mettrai mon cher Gide [...] mais cela me semble mieux adressé à vous[5]. » La valeur de réaction à l'actualité littéraire et critique qu'assument les deux textes est ainsi soulignée, où cependant Proust laisse une manière de testament théorique. La convention de l'adresse privée, si elle déclare l'infériorité de la simple « opinion[6] » par rapport à une critique journaliste ou savante qui se doit d'être impersonnelle, ne dote pas moins ces pages d'une dimension exorbitante : c'est l'écrivain célèbre, le créateur et l'homme tout ensemble qui s'y expriment, non une seule intelligence.

Les intermittences du je

En dernière analyse, l'emploi de la première personne du singulier, plus qu'un hypothétique objet biographique ou philosophique, plus que l'adresse à tel ou tel, plus que la fonction assumée par le discours

---

1. *Écrits sur l'art*, 342-343.
2. *Écrits sur l'art*, 344-365.
3. *Écrits sur l'art*, 314-329.
4. *Kolb*, XVIII, 552 ; lettre de Jacques Rivière à Marcel Proust, 22 [décembre 19]19.
5. *Kolb*, XX, 207.
6. *Kolb*, XX, 192.

ou l'intention qu'il manifeste, permet de fédérer l'infini disparate de la correspondance. Non d'ailleurs que ce *je* recouvre une entité bien claire et constante. Indécis, décalé, fuyant ou absent, ailleurs doctrinal ou normatif, souvent prolixe, à l'évidence changeant, le sujet échappe à la situation et traverse les catégories de l'allocution – « je ne suis qu'un corps neutre [1] », prévient Proust. Mieux encore, ce sujet se diffracte par la vision qu'il exprime et dans le regard même de l'écrivain. Outre les incises qui viennent tempérer tant d'affirmations, outre les nuances et les revirements qui livrent à l'intérieur d'une même phrase ou d'un paragraphe le spectacle d'une pensée en marche, plusieurs lettres commencent par une parenthèse – « (Tu vois que je ne t'écris pas sur un ton fâché [...]) [2] » ; « (Je vous en prie ne me répondez pas, le printemps ne nous remercie pas de l'aimer) [3] » –, comme si un second sujet existait d'emblée à côté du premier, en position d'observateur et souverain juge de ce qu'énonce celui-ci : Proust, on l'a vu, *décroche* de lui-même.

C'est ainsi que le *je* de la correspondance présente les caractéristiques d'une création, qu'il est un personnage au sens romanesque. Et l'on peut distinguer d'avec Marcel Proust, de même que le héros de la *Recherche*, le *monsieur qui raconte et qui dit : Je* [4] dans la correspondance. Sur un point digne de remarque, ils se ressemblent : le déni de l'homosexualité, implicite dans les gauloiseries à l'usage de Louis d'Albufera comme dans les déclarations et confidences à Laure Hayman, à Louisa de Mornand ou à la princesse Soutzo [5] est comparable à la distance que manifeste

---

1. *Kolb*, I, 116 – voir *infra*, p. 49.
2. *Kolb*, III, 280.
3. *Kolb*, V, 307.
4. « Je ne sais pas si je vous ai dit que ce livre était un roman. Du moins, c'est encore du roman que cela s'écarte le moins. Il y a un monsieur qui raconte et qui dit : Je » (*Kolb*, XII, 91, 92 ; à René Blum, [23 février 1913]).
5. Voir *infra*, p. 50-51, 254-256 et 271-273.

le Narrateur. Mais aussi, même si avec plus d'inconstance, sur un second point essentiel : le refoulement de la vocation. Alors qu'il se laisse régulièrement entretenir des projets de ses amis, qu'il examine leurs manuscrits et les corrige, qu'il accuse réception des volumes parus et les commente, Proust, jusque tard, dans ses lettres reste avare d'indications sur l'ampleur de son œuvre. S'il se reconnaît un talent, c'est celui de sa jeunesse, définitivement perdu depuis qu'en lui une « paresse extrême » l'a emporté – le privant du même coup, déplore-t-il en mai 1920, au moment précis où il renoue avec un monde dont il s'était éloigné, où il songe à l'Académie, où il écrit près d'une lettre par jour et finit de corriger les épreuves du *Côté de Guermantes*, de « toute souplesse de métier »[1]. À l'œuvre à venir, sur l'espoir de laquelle s'achève *Le Temps retrouvé*, correspondent ainsi les « rêves[2] » encore nébuleux dont l'écrivain, sans plus de précision, saisit Émile Mâle à l'été 1907, ce « quelque chose » juste « commencé »[3] qu'il mentionne à Lucien Daudet en octobre 1909 – à cette date, le *Contre Sainte-Beuve* rédigé l'année précédente a laissé place à un roman, dont le début, « Combray », est déjà mis au net.

Le sujet de la correspondance connaît toutefois un destin singulier. On a pu souligner combien le *je* du Narrateur, « affranchi [...] d'un moi empirique », s'exprime dans un présent intemporel et « n'est même plus tout à fait un je personnel »[4] – aussi tend-il à quelque *nous* où s'exprime l'« unité fondamentale de l'humanité[5] ». Les dernières lettres de Marcel Proust témoignent d'un mouvement contraire : crispées sur

1. *Kolb*, XIX, 266.
2. *Kolb*, VII, 249 – voir *infra*, p. 148.
3. *Kolb*, IX, 200.
4. Jean-Yves Tadié, *Proust et le roman*, *op. cit.*, p. 32. Voir aussi Brian G. Rogers, *Proust's Narrative Techniques*, Genève, Droz, 1965, ainsi que la nouvelle édition de cet ouvrage, sous le titre *The Narrative Techniques of À la recherche du temps perdu*, Paris, Honoré Champion, 2004.
5. *Kolb*, XIII, 160.

les détails d'une entreprise où chaque heure est dis-
putée à la mort, rendues à l'urgence la plus concrète,
elles sont d'un homme « expulsé pour ainsi dire de
[lui]-même [1] », et composent une poignante figure qui
manque à la *Recherche*. Il n'est plus de second visage,
on ne s'écrit plus.

Jérôme PICON.

---

1. *Kolb*, XXI, 494 [début octobre 1922] ; à Gaston Gallimard
– voir *infra*, p. 347.

— le défaut d'une cathédrale qu'on croirait blanche ou gri-
prise à la nuée, à une heure, ou à une heure plus tardive.

[Du fond]

NOTE SUR LA PRÉSENTE ÉDITION

Les presque cent vingt lettres figurant dans la présente anthologie représentent à peine deux pour cent de toutes celles, aujourd'hui connues, qu'écrivit Marcel Proust. Comme aperçu de cette masse considérable, elles ont été choisies sans préférence ni exclusive de période, de longueur, de ton ou de destinataire, et sont classées suivant l'ordre chronologique présumé.

Le texte des premières éditions a servi de référence : dans les rares cas où il existe des différences importantes avec celui établi par Philip Kolb pour l'édition de la *Correspondance de Marcel Proust* (Paris, Plon, 1970-1993, 21 volumes), les écarts ou les lacunes sont indiqués en notes. Des précisions ou corrections de dates ont été opérées autant que possible, chaque fois que la datation proposée dans la première édition était par trop lacunaire ou douteuse.

La ponctuation a été le plus souvent respectée. Pour la commodité de la lecture, il est apparu nécessaire de rectifier l'orthographe chaque fois que celle-ci était erronée ou archaïque, et de rétablir au long certains mots ou expressions abrégés (par exemple « grand » pour « Gd », « première » pour « 1re », « dix-huitième siècle » pour « XVIIIe siècle »). Nous avons rétabli l'italique et les majuscules pour les titres d'œuvres, ainsi que pour les expressions en latin. Enfin nous avons renoncé aux majuscules qui apparaissaient de façon irrégulière à l'initiale de certains noms communs, de mois de l'année ou de jours de la semaine, et, à de rares exceptions près, unifié en toutes lettres les nombres qui apparaissaient sous forme de chiffres arabes (par exemple « cinq heures » pour « 5 heures », « trois mille personnes » pour « 3 000 personnes »).

Les modifications de notre fait, datation et intégration de mots manquants, sont signalées par des crochets. Le signe « [...] » indique qu'un fragment de texte est manquant.

Le lecteur se reportera à la Bibliographie (p. 357-360) pour trouver les références complètes des ouvrages mentionnés dans les notes sous forme abrégée, et à l'Index (p. 361-377) pour plus de précisions sur les destinataires des lettres ainsi que sur les personnes citées.

CORRESPONDANCE

à madame Nathé Weil[1]

Hôtel de la Paix [septembre 1886][2]

Ma chère Grand-mère

Ne me sache pas gré de cette lettre. D'ailleurs depuis le savon de l'autre jour, j'ai très peur de me faire étriller à nouveau. Mais Mme Catusse[3] m'a promis un petit air si je commençais à faire son portrait, un grand air si je le finissais et pour le tout, tous les airs que je voudrai. Ceci ne te dit rien n'est-ce pas ? Mais si tu avais entendu hier une certaine voix délicieusement pure et merveilleusement dramatique, toi qui sais toutes les émotions que le chant me procure, tu comprendrais que, pressé d'aller rejoindre des camarades qui jouent au croquet, je m'assieds au

---

1. Adèle Berncastel ou Berncastell, Mme Nathé Weil, grand-mère maternelle de Marcel Proust. Un index des personnes citées se trouve p. 361.

2. Lettre publiée dans *Catusse* (13-14) ; *Kolb* (I, 96-98). La liste des abréviations utilisées pour désigner les éditions anciennes de la correspondance de Marcel Proust se trouve p. 358-359.

3. L'ouvrage où parut la première édition des lettres de Proust à Mme Catusse – et où figure aussi la présente lettre de Proust à sa grand-mère Weil – porte le titre *Lettres à Mme C.* (Paris, Janin, 1946). Nous rétablissons systématiquement l'identité de celle qui, après avoir été l'une des meilleures amies de la mère de l'écrivain, devait rester proche de celui-ci jusqu'à sa mort.

bureau de Mlle Biraben[1] notre hôtesse pour te décrire Mme Catusse.

Je suis fort embarrassé. Mme Catusse doit voir ce portrait et bien que je le fasse, je te le jure par Artémis la blanche déesse et par Pluton aux yeux ardents, comme si jamais elle ne devait le voir, j'éprouve une certaine pudeur à lui dire que je la trouve charmante. C'est pourtant la triste réalité. Mme Catusse doit avoir de vingt-deux à vingt-cinq ans. Une tête ravissante, deux yeux doux et clairs, une peau fine et blanche, une tête digne d'être rêvée par un peintre amoureux de la beauté parfaite, encadrée de beaux cheveux noirs (Oh ! la tâche insupportable de braver Musset et de dire, surtout quand on le pense, Madame, vous êtes jolie, extrêmement jolie. Mais les divines mélodies de Massenet et de Gounod calmeront mes ennuis). La taille est petite, agréablement découpée. Mais rien ne vaut la tête qu'on ne peut se lasser de regarder. J'avoue que le premier jour je ne l'avais trouvée que jolie mais chaque jour son expression charmante m'a séduit davantage, et j'en suis arrivé à une admiration muette.

Eh bien non, je paraîtrais un imbécile à Mme Catusse et je réserve pour une lettre qu'elle ne verra pas la célébration de ses charmes physiques.

La conversation de Mme Catusse m'est venue consoler de mes chagrins multiples et de l'ennui que respire Salies pour qui n'a pas assez de « doubles muscles » comme dit Tartarin, pour aller chercher dans la fraîcheur de la campagne avoisinante le grain de poésie nécessaire à l'existence, et dont hélas, est complètement dépourvue la terrasse pleine de caquets et de bouffées de tabac où nous passons notre existence. Je bénis les dieux immortels qui ont fait venir ici une femme aussi intelligente, aussi étonnamment instruite, qui apprend tant de choses et répand un charme aussi pénétrant « *mens pulcher in corpore pulchro* ». Mais je maudis les génies ennemis

---

1. Mme J. Biraben, propriétaire de l'hôtel de la Paix à Salies-de-Béarn.

du repos des humains qui m'ont forcé de dire des fadaises devant quelqu'un que j'aime autant, de si bon pour moi et de si charmant. C'est une torture. Je t'aurais dit combien son séjour me ravit, combien je serais chagrin de son départ, j'aurais tâché de dépeindre éloquemment ses traits, et de te faire sentir sa beauté intérieure, j'aurais voulu te montrer sa grâce et te dire mon amitié, mais jamais ! mon rôle est déjà stupide ainsi.

Je t'embrasse furieux jusqu'à ce que ses « accents mélodieux, enchantant mon oreille, endorment mes douleurs ».

Bonjour Grand-mère, comment ça va-t-il ?

Marcel.

à madame Adrien Proust

Dimanche
[5 septembre 1888][1]

à toi ma chère petite Maman

ma dernière feuille de papier chic.

C'est la vérité pure qui va sortir de ma bouche.

Très bonne promenade hier soir. Conduit Georges[2] au tramway. Je l'ai pendant dix minutes entraîné au loin pour qu'il laisse partir le tramway. Ça n'a pas raté. Malheureusement, les dernières minutes, quand je l'épie, qui va partir, je suis si content, que je me trahis un peu. Il s'est mis à courir après ! C'est si chic de le voir.

---

1. Lettre publiée dans *Mère* (4-6) ; *Kolb* (I, 110-112).
2. Georges Weil, frère de Mme Adrien Proust et oncle de Marcel.

Accidents le soir. Nuit longue mais *plutôt* désagréable. Puis jusque-là toujours pas les yeux très secs.
Encore sous le coup de votre départ je me suis même
attiré un sermon de mon oncle[1] qui m'a dit que ce
chagrin c'était de l'« égoïsme ». Cette petite découverte psychologique lui a procuré de si pures joies
d'orgueil et de satisfaction qu'il m'a moralisé, devenu
impitoyable. Grand-père[2] beaucoup plus doux a seulement dit que j'étais idiot, avec beaucoup de calme,
et grand-mère[3] a hoché la tête en riant, en disant que
ça ne prouvait nullement que j'aimais « ma mère ».
Je crois qu'il n'y a guère qu'Auguste, Marguerite et
Mme Gaillard[4] qui soient sensibles à mon malheur.
Quant à Victoire et à Angélique[5] elles croient évidemment que j'ai une « petite connaissance » qui va
sécher mes larmes ! Mais ce matin m'étant levé de
bonne heure j'ai été au bois, avec Loti. Oh ! Ma petite
Maman, que j'ai eu tort de ne pas le faire encore ; et
comme je le ferai souvent. Dès l'entrée il faisait beau ;
soleil, frais, enfin j'en riais de joie tout seul ; j'avais
du plaisir à respirer ; à sentir, à remuer mes membres,
comme jadis au Tréport, ou à Illiers l'année
d'Augustin Thierry[6] – et mille fois mieux que mes
promenades avec Robert[7]. Et puis *Le Mariage de
Loti*[8] a encore accru ce bien être – bien être comme
si j'avais bu du thé – lu sur l'herbe au petit lac, violet
dans une demie-ombre, puis par endroits, du soleil
qui se précipitait faisant étinceler l'eau et les arbres.

---

1. Il peut s'agir ici de l'oncle Georges (voir note précédente),
ou du grand-oncle Louis.

2. Nathé Weil, père de Mme Adrien Proust.

3. Mme Nathé Weil.

4. Auguste, Marguerite et Mme Gaillard étaient employés, le
premier chez Louis Weil, oncle de Mme Adrien Proust, les deux
autres chez les Proust (voir l'*Index général de la correspondance de
Marcel Proust*, sous la direction de Kazuyoshi Yoshikawa, Kyoto,
Presses de l'université de Kyoto, 1998).

5. Victoire et Angélique, domestiques chez les Proust.

6. 1886.

7. Robert Proust, frère de Marcel.

8. [Pierre Loti], *Le Mariage de Loti, par l'auteur d'Aziyadé*,
Calmann-Lévy, 1880.

« Dans l'étincellement et le charme de l'heure [1]. » J'ai alors compris ou plutôt senti, combien de sensations exprimait ce vers charmant de Leconte de Lisle ! Toujours lui !

Grand-père a entièrement renoncé au thé. Fleur d'oranger. Ballet est passé grand homme parce qu'il a dit que grand-père avait bien raison de ne jamais moucher. Même par une rencontre surnaturelle – ô combien surnaturelle – : vous ne feriez qu'*exciter* ! Je me suis très bien tenu à table et n'ai pas une fois croisé un regard furibond de grand-père [2]. À peine une observation parce que je me *frottais* les yeux avec mon mouchoir. Reste de chagrin.

Dis à Robert que les ouvriers de Sa Majesté ont terminé l'instrument destiné à des affaires d'État si graves mais qu'eux – comme il convient : (voir les romans de Dumas) – ne se doutent pas de l'importance ni même du caractère de ce qu'ils ont fait. Ça m'a paru mille fois trop grand et comme une trompette de jugement dernier. Victoire m'a dit que c'était très drôle et qu'elle ne sait pas du tout à quoi ça peut servir [3] ! Embrasse mille fois Robert et toi pour moi. J'ai des remords des plus légères contrariétés que j'ai pu te causer ! Pardon. Je t'embrasse infiniment.

Marcel.

P.-S. – On vient de m'apporter le pantalon Palais de Crystal. Trop étroit. On le rapportera sans faute ce soir, arrangé. On a rendu ceux de Robert.

---

1. Leconte de Lisle, *Poèmes tragiques*, « Épiphanie ».
2. La scène se déroule dans la maison de Louis Weil, grand-oncle de Marcel Proust, située à Auteuil.
3. Il s'agit d'une cuvette de cabinet d'aisances.

à Robert Dreyfus

[7 septembre 1888][1]
(Chiffre de Joyant[2], chez qui je suis à l'Isle-Adam,
mais écris-moi à Auteuil où je reviens ce soir).

Mon cher ami,

As-tu voulu poliment me dire qu'Halévy me trouvait brac et toc ? Je te dirai que je n'ai pas très bien compris.

Je ne crois pas qu'un type est un caractère. Je *crois* que ce que nous croyons deviner d'un caractère n'est qu'un effet des associations d'idées. Je m'explique, tout en te déclarant que ma théorie est peut-être fausse, étant entièrement personnelle.

Ainsi je suppose que dans la vie, ou dans une œuvre littéraire, tu vois un Monsieur qui pleure sur le malheur d'un autre. Comme chaque fois que tu as vu un être éprouver de la pitié, c'était un être bon, doux et sensible, tu en déduiras que ce Monsieur est sensible, doux et bon. Car nous ne construisons dans notre esprit un caractère que d'après quelques lignes, par nous vues, qui en supposent d'autres. Mais cette construction est très hypothétique. *Quare* si Alceste fuit les hommes, Coquelin prétend que c'est par mauvaise humeur ridicule, Worms par noble mépris des viles passions. *Item* dans la vie. Ainsi Halévy me lâche, en s'arrangeant à ce que je sache que c'est bien exprès, puis après un mois vient me dire bonjour. Or parmi les différents Messieurs dont je me compose, le Monsieur romanesque, dont j'écoute peu la voix, me dit : « C'est pour te taquiner, se divertir, et t'éprouver, puis il en a eu regret, désirant ne pas te quitter tout à fait. » Et ce Monsieur me représente Halévy à mon égard comme un ami fantaisiste et désireux de me connaître.

---

1. Lettre publiée dans *Dreyfus* (37-40) ; *Kolb* (I, 114-116).
2. Édouard Joyant, camarade de Proust en classe de rhétorique.

Mais le Monsieur défiant, que je préfère, me déclare que c'est beaucoup plus simple, que j'insupporte Halévy, que mon ardeur – à lui, sage – semble d'abord ridicule, puis bientôt assommante – qu'il a voulu me faire sentir ça, que j'étais collant, et se débarrasser. Et quand il a vu définitivement que je ne l'embêterais plus de ma présence, il m'a parlé. Ce Monsieur ne sait pas si ce petit acte a pour cause la pitié, ou l'indifférence, ou la modération, mais il sait bien qu'il n'a aucune importance et s'en inquiète peu. Du reste, il ne s'en inquiète que comme problème psychologique.

Mais il y a la question de la lettre : est-ce x – est-ce y ? Tout est là. Si c'est x (ensemble des phénomènes d'amitié), la brouille n'a l'importance que d'un caprice, d'une épreuve, ou d'un dépit, et tout est dans la réconciliation.

Si c'est y – antipathie – la réconciliation n'est rien, la brouille est tout.

Oh ! pardon ! pour t'exposer ma théorie, j'ai pris toute une lettre et Joyant m'appelle. À une autre fois ma lettre. Mais sur cette question tu peux assurer mes investigations psychologiques. Car tu sais bien si Halévy t'a dit (et je ne lui en voudrais pas) : ce Proust, quel assommoir !

Ou ce Proust est plutôt gentil.

Il est vrai qu'il y a la troisième solution, la plus probable :

Qu'il ne t'en a pas parlé du tout.

Je ne suis qu'un corps neutre.

Éclaircis-moi ce petit problème. Je te répondrai sur ce que tu voudras.

Trois pardons :

1° De ne pas t'avoir répondu plus tôt : mais ma mère partait et mon frère. Puis départ chez Joyant.

2° Si mal écrit et galopé à tous les points de vue : Joyant m'attend.

3° T'avoir embêté avec cela... Ça m'intéresse !...

Bien à toi.

Marcel Proust.

———

à Laure Hayman

Ce mercredi matin
[début novembre 1892][1]

Chère amie, chères délices,

Voici quinze Chrysanthèmes, douze pour vos
douze quand ils seront fanés, trois pour compléter
les douze vôtres ; j'espère que les tiges seront excessivement longues comme je l'ai recommandé. Et que
ces fleurs fières et tristes comme vous, fières d'être
belles, tristes que tout soit si bête – vous plairont.
Je vous remercie encore (et si ce n'était samedi mon
examen, j'aurais été vous le dire) de votre gentille
pensée pour moi. Cela m'aurait tant amusé d'aller à
cette fête dix-huitième siècle, de voir ces jeunes gens
que vous dites spirituels et charmants, unis dans
l'amour de vous. Comme je les comprends ! Qu'une
femme simplement désirable, simple objet de convoi-
tise ne puisse que diviser ses adorateurs, les exaspérer
les uns contre les autres, c'est bien naturel[2]. Mais
quand une femme comme une œuvre d'art nous
révèle ce qu'il y a de plus raffiné dans le charme, de
plus subtil dans la grâce, de plus divin dans la beauté,
de plus voluptueux dans l'intelligence, une commune
admiration pour elle réunit, fraternise. On est coreli-
gionnaire en Laure Hayman. Et comme cette divinité
est très particulière, que son charme n'est pas acces-
sible à tout le monde, qu'il faut pour le saisir des
goûts assez raffinés, comme une initiation du sentiment et de l'esprit, il est bien juste qu'on s'aime entre
fidèles, qu'on se comprenne entre initiés. Aussi votre

---

1. Lettre publiée dans *Corr. Gén.* (V, 209-210) ; *Kolb* (I, 190-
191).
2. La destinataire, rencontrée par Proust chez son grand-oncle
Louis Weil en 1888, était une courtisane liée à de hautes personna-
lités françaises et étrangères de la fin du siècle, comme Paul
Bourget, le duc d'Orléans, le roi de Grèce ou encore Adrien
Proust, le propre père de Marcel.

étagère de Saxes[1] (presque un autel !) me paraît-elle une des choses les plus charmantes qu'on puisse voir, – et qui ont dû le plus rarement exister depuis Cléopâtre et Aspasie. Aussi je propose d'appeler ce siècle-ci, le siècle de Laure Hayman, dynastie régnante : celle des Saxes. – Me pardonnerez-vous toutes ces folies et me permettrez-vous après mon examen d'aller vous porter

Mes tendres respects.

Marcel Proust.

P.-S. – En y réfléchissant je serais assez gêné d'aller dans le foutoir de vos Saxes. Si cela vous était égal j'aimerais mieux voir chez vous en visite celui que je désire surtout voir. Comme cela s'ils me trouvent ennuyeux, ils ne me trouveront pas indiscret. Et je n'aurai pas à craindre de vengeances ducales ou comtales pour avoir dérangé des Saxes.

à Robert de Montesquiou

Ce lundi soir
[juillet 1893][2]

Monsieur,

Je vous remercie infiniment de votre envoi[3]. Mais la dédicace est trop modeste si, isolée ainsi de la pièce qu'elle résumait, elle prétend vous définir. Je trouve

---

1. Derrière les « Saxes » dont il est question dans cette lettre, il convient de voir à la fois des statuettes décoratives de porcelaine allemande et les admirateurs dévoués de Laure Hayman.
2. Lettre publiée dans *Corr. Gén.* (I, 3-5) ; *Kolb* (I, 220-222).
3. Envoi d'un exemplaire du recueil de poèmes du destinataire publié en 1893, *Les Chauves-Souris*.

que vous êtes autant le souverain des choses éternelles[1]. Voici ce que je veux dire :

Il y a longtemps que je me suis aperçu que vous
débordiez largement le type du décadent exquis sous
les traits (jamais aussi parfaits que les vôtres, mais
assez ordinaires pourtant à ces époques) duquel on
vous peint. Seul de ces temps sans pensée et sans
volonté, c'est-à-dire au fond sans génie, vous excellez
par la double puissance de votre méditation et de
votre énergie. Et je pense que jamais cela ne s'était
rencontré, ce suprême raffinement avec cette énergie
et cette force créatrice des vieux âges et cette intellec-
tualité du dix-septième siècle presque, tant il y en a eu
peu depuis. (Je crois, du reste, que pour Baudelaire et
pour vous, on pourrait montrer comme vous tenez
– et pas pour s'amuser à un paradoxe – du dix-
septième siècle le goût des maximes, l'habitude – perdue – de penser en vers). Corneille a-t-il fait un plus
beau vers que celui-ci :

Elle y voit mieux en elle, au déclin des clartés,

un plus cornélien que cet autre :

Ceux que la pudeur fière a voués au cil sec[2].

Et je crois que c'est ce qui a gardé si pure chez
vous cette générosité si rare maintenant, – et qui aura
permis au plus subtil des artistes d'écrire aussi les
vers les plus fortement pensés et qui resteraient dans
une bien mince anthologie de la poésie philosophique
en France, – qui a fait du souverain des choses transitoires le souverain des choses éternelles, et qui, enfin,
nous empêche de prévoir ce que sera la suite de votre
œuvre comme partout où il y a jaillissement spontané,

---

1. Allusion à la légende d'une photographie de Robert de
Montesquiou, adressée par lui à Proust : « Je suis le souverain des
choses transitoires. » Cette dédicace reprend le premier vers du
poème « Maestro », inclus dans le recueil de Montesquiou *Les
Chauves-Souris*.
2. Ces deux vers sont tirés du poème de Montesquiou « Laus
noctis ».

source, vie spirituelle véritable, c'est-à-dire liberté. Tout cela pour le plus grand bonheur de votre bien respectueux et reconnaissant

Marcel Proust.

––––––––––

à Adrien Proust

Jeudi dix heures
9, boulevard Malesherbes
[fin septembre 1893][1]

Mon cher petit papa

J'espérais toujours finir par obtenir la continuation des études littéraires et philosophiques pour lesquelles je me crois fait[2]. Mais puisque je vois que chaque année ne fait que m'apporter une discipline de plus en plus pratique, je préfère choisir tout de suite une des carrières pratiques que tu m'offrais. Je me mettrai à préparer sérieusement, à ton choix, le concours des Affaires étrangères ou celui de l'École des Chartes. – Quant à l'étude d'avoué je préférerais mille fois entrer chez un agent de change. D'ailleurs sois persuadé que je n'y resterais pas trois jours ! –. Ce n'est pas que je ne croie toujours que toute autre chose que je ferai autre que les lettres et la philosophie, pour moi du temps perdu. Mais entre plusieurs maux il y en a de meilleurs et de pires. Je n'en ai jamais conçu de plus atroce, dans mes jours les plus désespérés, que l'étude d'avoué. Les ambassades, en me la faisant éviter, me sembleront non ma vocation, mais un remède.

––––––––––

1. Lettre publiée dans *Mère* (52-54) ; *Kolb* (I, 238-239).
2. Cette lettre est contemporaine de l'obtention par Marcel Proust de sa licence en droit.

J'espère que tu verras ici M. Roux et M. Fitch. Chez M. Fitch il y a je crois Delpit. Je te rappelle (crainte de *break*) que c'est le frère de Mme Guyon.

Je suis charmé de me retrouver à la maison dont l'agrément me console de la Normandie et de ne plus voir (comme dit Baudelaire en un vers dont tu éprouveras j'espère toute la force)

... le soleil rayonnant sur la mer[1].

Je t'embrasse mille fois de tout mon cœur
Ton fils

Marcel.

P.-S. – Tu serais bien gentil d'écrire à Maman si tu as vu ce Kopff[2] depuis ton séjour chez les Brouardel, pour ce qui regarde mon examen d'officier.

———

à Charles Grandjean

Ce dimanche [12 ? novembre 1893][3]

Cher Monsieur

Si je ne vous ai pas immédiatement remercié, c'est que je devais aller aujourd'hui déjeuner à Louveciennes chez vos voisins Beer et sans vous prévenir pour que vous ne restiez pas chez vous à cause de

1. *Les Fleurs du Mal*, « Chant d'automne », II.
2. Médecin major de l'état-major du gouvernement militaire de Paris.
3. Lettre publiée dans *Bulletin* (6, 147-148) ; *Kolb* (I, 252-254). Cette lettre appartient, comme la suivante, à une série d'une dizaine écrites par Proust dans les derniers mois de 1893 et en 1894 à l'érudit Charles Grandjean, chartiste et membre de l'École française de Rome, bibliothécaire au Sénat, pour lui demander des conseils de carrière.

moi je comptais aller vous voir, vous dire ma reconnaissance – et vous ennuyer encore. Mais je me suis
trouvé empêché d'aller à Louveciennes. À Paris je
vais de temps en temps rue de Monceau. Mais on me
dit toujours que vous ne revenez pas – et je suis bien
triste de savoir que c'est un peu parce que vous n'êtes
pas bien.

Vous me donnez contre l'École des Chartes des
arguments terribles c'est-à-dire excellents. Mais songez que je mettrai certainement deux ans à préparer
la Cour des Comptes, que j'y échouerai sans doute
une fois. Et que si même j'y arrive, ce sera quand
j'aurais presque fini l'École des Chartes. Du moins je
n'aurais plus à faire que la thèse qui est un travail
personnel. Pour ce qui est de l'École de Rome, vous
m'aviez dit que je pourrais y aller dans tous les cas
sans traitement. Mais ce que vous me dites de
Rome sans l'École de Rome est en effet plus
séduisant.

Et maintenant avant de nous arrêter à cette sinistre
Cour des Comptes, que diriez-vous de ceci ? Que
j'aille trouver un directeur au Louvre (je ne crois
connaître que M. Heuzey) ou que je me fasse mettre
en rapport avec M. Reinach (Saint-Germain) ou
M. Saglio (Cluny) ou M... [1] (Versailles). Que je leur
demande de m'attacher à leur musée comme béné-
vole. Pendant ce temps je pourrais, si je vois que je
m'y plais, préparer à votre choix l'École des Chartes,
la licence ès lettres, l'École du Louvre ou simplement
des travaux personnels – de façon à en faire une *carrière* pour l'avenir, et en attendant le cadre noble et
discret d'une existence que je tâcherais d'inspirer et
d'élever par l'étude des belles choses qui l'entoure-
ront. Versailles et Saint-Germain me sembleraient, au
point de vue de la réflexion et de la composition, plus
convenables, mais peut-être le Louvre ou Cluny
sont-ils plus intéressants et de plus d'avenir (pour les
conservateurs) c'est-à-dire je suppose de plus de
passé, en eux-mêmes.

---

1. Peut-être Pierre de Nolhac.

Mais hélas, votre esprit si merveilleusement critique va-t-il crever ce nouveau ballon – ou plutôt je m'en réjouirais, car vous dissipez pour moi les mirages qui sont la plus dangereuse chose et m'épargnez ainsi de cruelles déceptions. Comme tôt ou tard il ne suffit plus de rêver sa vie mais qu'il faut la vivre, j'aurais de grands mécomptes – le plus grand de tous celui d'avoir manqué sa vie – si votre expérience et votre intuition n'avertissaient ma bonne volonté trop imaginative et trop mal instruite.

Mettez-moi aux pieds de Madame Grandjean.

Mille respects reconnaissants

à Charles Grandjean

Ce dimanche [19 ? novembre 1893][1]

Cher Monsieur

Mes parents me laissent *libre* mais trouvent mon plan bien peu celui d'une carrière, me demandent des choses précises, si réellement on peut être attaché à un musée, si réellement le doctorat donne *droit* à l'École de Rome et l'École de Rome à une place payée dans un musée, car l'Inspection des Beaux-Arts n'est qu'une chance et tout en la courant ils voudraient me voir quelque chose de certain. L'École du Louvre donne-t-elle les mêmes droits que le doctorat et quelle voie (licence et doctorat ou École du Louvre) serait la meilleure. Enfin a-t-on autant de temps pour écrire dans un musée qu'à la Cour des Comptes ; voici bien des questions que la confiance en votre gentillesse et patience à m'écouter m'empêchent d'éprouver quelque embarras à vous poser.

---

1. Lettre publiée dans *Bulletin* (6, 150-151) ; *Kolb* (I, 258-260).

Et si je n'avais craint de vous déranger j'aurais été le faire de vive voix.

Maintenant pour tous ces renseignements précis voulez-vous que je les fasse demander à M. Poincaré[1] ce qui me serait facile. Si au contraire vous avez l'occasion de voir M. Roujon ou M. Benoit voulez-vous le demander vous-même ? C'est ce qui vous paraîtra le mieux que nous ferons. Mais pour la question de temps plus ou moins pris, je crois que personne ne le doit pouvoir dire aussi bien qu'une personne du musée.

Pour ce qui est de Madame Lemaire puisque

votre bonté s'étend sur toute la nature[2]

de mes occupations, elle m'écrit qu'elle n'a pas le temps de commencer ses dessins[3] avant son retour à Paris, qu'elle les fera faciles à reproduire par un procédé peu coûteux (ce que je ne lui demandais pas et ce qui témoigne de la simplicité exquise de cette femme qui ne pense qu'aux autres et n'a pas le plus léger amour-propre d'artiste), qu'elle n'a pas d'éditeur, que seul M. Boussod a reproduit des illustrations d'elle mais que ce n'est pas un éditeur et que je fasse donc comme je veux. Que dois-je vouloir ?

J'espère que Madame Grandjean n'a plus la migraine et que vous voulez bien continuer à agréer mes respectueux sentiments reconnaissants

Votre tout dévoué

Marcel Proust.

———

———

1. Raymond Poincaré était alors ministre de l'Instruction publique, des Cultes et des Beaux-Arts.

2. Racine, *Athalie*, II, 7 (le vers exact est : « Et sa bonté [celle de Dieu] s'étend sur toute la nature »).

3. Il s'agit des dessins devant servir à illustrer la première édition des *Plaisirs et les Jours* de Proust, que Madeleine Lemaire livrera avec un retard considérable.

à Reynaldo Hahn

Ce dimanche matin [16 septembre 1894] [1]
Trouville Roches Noires [2], Calvados

My little Master

Votre petit mot daté vendredi soir arrive seulement
ce matin alors qu'une lettre mise le soir arrive le
matin. – ? – Il fait un temps charmant, des clairs de
lune dont vous lirez une interprétation selon vous [3].
Madame Straus à qui j'ai parlé de vos « jolies qualités » et mieux sera ravie de vous recevoir. Donc sans
vouloir prendre sur moi un tel voyage je crois que
si vous devez venir deux jours à la mer, le meilleur
moment serait maintenant – et à Trouville. Si vous
ne pouvez pas – comme Maman partira bientôt
vous pourriez venir après son départ pour me consoler. Mais dites-le car dans ce cas je resterai à l'hôtel
après le départ de Maman pensant que vous habite-
rez probablement le même puisque c'est le meilleur.
Si vous ne veniez pas ou veniez plus tôt, j'habiterais
après le départ de Maman chez les Straus ou plutôt
à Étretat chez un ami. Pourquoi « Marcel le
poney [4] » ? Je n'aime pas cette nouvelle chose ? Cela
ressemble à Jack l'Éventreur et à Louis le Hutin.
N'oubliez pas que ce n'est pas un surnom et que je
suis, Reynaldo, en toute vérité

Votre poney

Marcel.

---

1. Lettre publiée dans *Hahn* (24-25) ; *Kolb* (I, 326-327).
2. La lettre est située à l'Hôtel des Roches Noires de Trouville.
3. Allusion probable aux deux textes de Proust qui paraîtront
dans *Les Plaisirs et les Jours* sous le titre « Sonate au clair de lune »
et « Comme à la lumière de la lune ».
4. Le terme « poney » sera retenu par Marcel Proust pour désigner dans une relation masculine, et notamment celle que lui-
même entretient avec Reynaldo, la figure de l'ami tendre.

Avez-vous vu M. Carvalho. Je vous trouve sévère pour *Lohengrin*[1]. Le rôle du héraut et du roi tout entier, le rêve d'Elsa, l'arrivée du Cygne, le chœur du juste, la scène entre les deux femmes, le refalado, le Graal, le départ, le présent du cor, de l'épée et de l'anneau, le prélude, est-ce que tout cela n'est pas beau ?

———————

à Reynaldo Hahn

[Mi-novembre 1895][2]

Dîner hier chez les Daudet avec mon petit genstil, M. de Goncourt, Coppée, M. Philipe, M. Vacquer[3]. Constaté avec tristesse[4] 1° l'affreux matérialisme, si extraordinaire chez des gens « d'esprit ». On rend compte du caractère, du génie par les habitudes physiques de la race. Différences entre Musset, Baudelaire, Verlaine expliquées par la qualité des alcools qu'ils buvaient, caractère de telle personne par sa race (antisémitisme)[5]. Plus étonnant encore chez Daudet pur esprit brillant encore à travers les

———————

1. Opéra de Richard Wagner.
2. Lettre publiée dans *Hahn* (41-43) ; *Kolb* (I, 443-445). Écrite sur des pages de cahier, elle fut remise à son destinataire sans aucune adresse directe – et ne comporte pas non plus de formule de congé ni de signature.
3. Il s'agit vraisemblablement de Charles Louis Philippe, l'écrivain, et du docteur Henri Vaquez.
4. Le défaut de sujet exprimé rappelle l'usage que font de cette forme les Goncourt dans leur *Journal*, dont la présente lettre est une manière de pastiche.
5. On trouve ici une idée qui alimentera à la fin de la décennie 1900 l'essai contre Sainte-Beuve, de critique de l'explication et du jugement des œuvres littéraires à partir de faits tirés de la vie de leurs auteurs.

ténèbres et les houles de ses nerfs, petite étoile sur
la mer. Tout cela est bien peu intelligent. C'est la
conception la plus bornée de l'esprit (car tout est
conception de l'esprit) que celle où il n'a pas encore
assez conscience de lui et se croit dérivé du corps.
2° aucun d'eux (je mets tout le temps en dehors
Reynaldo dans l'esprit duquel je ne cesse d'admirer
toutes les nuances de la vérité, aussi exactement et
aussi subitement que toutes les nuances du ciel dans
la mer) n'entend rien aux vers. Une comparaison de
Daudet entre Musset et Baudelaire est vraie à peu
près comme si on disait à quelqu'un qui ne connaî-
trait ni Mme Straus ni ma concierge : Mme Straus a
des cheveux noirs des yeux noirs, le nez un peu gros,
les lèvres rouges, la taille assez belle – et de ma
concierge la même chose et qui dirait – mais elles
sont pareilles. En effet un certain essoufflement de la
rhétorique peut faire rapprocher Musset au point
de vue de la composition de Musset de celle de
Baudelaire quoiqu'ils aient à peu près autant de rapport que Bossuet et Murger. Quelqu'un qui n'aurait
jamais vu la mer et à qui on raconterait ses impressions pourrait supposer que c'est la même chose que
des montagnes russes. Quelqu'un qui ne sent pas la
poésie, et qui n'est pas touché par la vérité, n'a jamais
lu Baudelaire. D'où ces assertions que Coppée et
Goncourt ont soutenues. 3° Phrases de Daudet (dans
le jardin du directeur) extrêmement Daudet, esprit
d'observation et qui pourtant sent le renfermé, un
peu vulgaire et trop prétentieux malgré une extrême
finesse. C'est la Céline Chaumont du roman[1].
4° Mme Daudet charmante, mais combien bour-
geoise. Un malheureux jeune homme arrive, ne
connaissant que son fils qui n'était pas là. Elle a tout
fait, malgré elle sans doute, pour le glacer, au bout
de cinq minutes il était l'« intrus », et de temps en
temps elle disait, je ne connais pas Monsieur je le vois
pour la première fois. À moi déjà la première fois

---

1. Proust compare ici Daudet à une diseuse célèbre à Paris dans
le troisième tiers du XIXᵉ siècle.

qu'allant la voir je la remerciais de m'y avoir autorisé elle me répondait : « M. Hahn me l'avait demandé » mot énorme ! L'aristocratie qui a bien ses défauts aussi reprend ici sa vraie supériorité, où la science de la politesse et l'aisance dans l'amabilité peuvent jouer cinq minutes le charme le plus exquis, feindre une heure la sympathie, la fraternité. Et les Juifs aussi (détestés là au nom de quel principe, puisque celui qu'ils ont crucifié y est également banni, et du mariage du fils [1] etc.) ont aussi cela, par un autre bout, une sorte de charité de l'amour-propre, de cordialité sans fierté qui a son grand prix. Que Mme de Brantes ou Mme Lyon [2] que j'unis ici bien sincèrement font paraître pitoyable l'attitude de Mme Daudet vis-à-vis du pauvre M. Philipe. Au point de vue de l'art être si peu maître de soi, savoir si peu jouer est affreux, accru par la vue de cette taille courte. Grâces détestables de Don Juan avec M. Dimanche, grâces niaises de M. de Florian, ou grâces antipathiques de X. [3] on vous regrette presque. Mais toute l'intelligence et la sensibilité (un peu trop agaçante et à faux parfois) est ici en plus et bien intéressante. En somme personne charmante. Daudet est délicieux, le fils d'un roi Maure qui aurait épousé une princesse d'Avignon, mais trop simpliste d'intelligence. Il croit que Mallarmé mystifie. Il faut toujours supposer que les pactes sont faits entre l'intelligence du poète et sa sensibilité et qu'il les ignore lui-même, qu'il en est le jouet. C'est plus intéressant et c'est plus profond. Paresse où étroitesse d'esprit à expliquer par un pacte matériel (avec intention charlatanesque) avec ses disciples. Si c'était cela cela ne nous intéresserait plus. Et cela ne peut pas être cela.

---

1. Allusion au mariage strictement civil de Léon Daudet, en 1891, avec Jeanne Victor-Hugo.
2. Louise Marguerite May, Mme Charles Lyon-Caen.
3. Le duc de Gramont.

à Reynaldo Hahn

[Début juillet 1896] [1]

Mon bon petit Reynaldo,

Je vous ai télégraphié ma réponse. Je serais heureux que sans avoir les fatigues d'un nouveau voyage vous puissiez profiter un peu de suite de votre « bonne Allemagne » comme dit la Reine dans *Ruy Blas*. Je ne suis pas comme les Lemaire hostile à tous les endroits où nous ne pouvons pas être ensemble. Et ravi de vous savoir au calme je souhaite que vous y restiez le plus longtemps possible. Je vous jure que si les rares instants où j'ai envie de prendre le train pour vous voir tout de suite se rapprochaient et devenaient intolérables je vous demanderais de venir ou que vous reveniez. Mais cette hypothèse est tout à fait invraisemblable. Restez là-bas tant que vous y serez bien [2]. Et je suis content – *sans abnégation* – que vous restiez. Seulement je serai bien content aussi, ah ! mon cher petit, bien bien content quand je pourrai vous embrasser, vous vraiment la personne qu'avec Maman j'aime le mieux au monde. Pour en finir sur les projets et très vite (car je m'attache à ne rien vous écrire qui puisse vous agacer ou vous ennuyer [3]) si

---

1. Lettre publiée dans *Hahn* (57-60) ; *Kolb* (II, 88-92).
2. Due à Philip Kolb, la première édition de la présente lettre, que nous reprenons, comporte ici une lacune – qui sera ultérieurement comblée par Philip Kolb lui-même : « De temps en temps seulement mettez-moi dans vos lettres, rien de mosch, pas vu de mosch, parce que bien que ce soit sous-entendu par vous, je serai plus content que vous le disiez quelque fois » (*Kolb*, II, 88). À partir du milieu des années 1890, Marcel Proust recourt parfois dans sa correspondance à une langue déformée, parodique, et cela notamment lorsqu'il s'adresse à Reynaldo Hahn (cf. par exemple, *infra*, p. 123-124). Le terme « mosch » signifie sans doute « homosexuel ».
3. Même chose ici : « , n'ayant pas la faculté à distance de vous apaiser par mille petites gentillesses de poney que je garde pour le retour » (*Kolb*, II, 88) – sur le sens à réserver au mot « poney », voir *supra*, p. 58, note 4.

vous revenez je serai sans doute à Paris ou plutôt à
Versailles avec Maman, c'est-à-dire tout près de votre
petit Saint-Cloud. Puis à la fin d'août j'irais [*sic*] avec
Maman passer un mois ou un peu plus à la mer, près
de votre Villers[1], Cabourg par exemple. Si vous
aimez mieux Bex, j'irai à Bex avec Maman, ou peut-
être sans elle, mais alors je crois qu'il faudra tout de
même que j'aille avec elle à la mer qui je crois lui fera
du bien. Mais peut-être beaucoup d'air élevé pourra-
t-il le lui remplacer. D'ailleurs elle ne veut passer
qu'un mois avec moi voulant le reste du temps que
je me « distraie ». Seulement préférez-vous Bex à un
autre endroit de Suisse. Si oui c'est convenu sinon on
me dit que c'est si chaud, si brûlant. Et puis si nous
ne pouvons pas nous voir du tout nous penserons
l'un à l'autre. Pour les Lemaire je crois qu'elles parti-
ront sous peu pour Dieppe. Puis Mme Lemaire
compte louer quelque chose vers Versailles (mais tout
cela est excessivement vague et « si vous voulez que
je vous dise » je crois qu'elle ira à Réveillon) (où
Mlle Suzette qui ne peut laisser seule sa « pauvre
vieille tante[2] » est décidée à aller de toutes façons) (ici
noter que Mme Lemaire qui se porte mal à Réveillon
et ne peut y travailler hésite terriblement de peur
d'ennuyer sa fille, tandis que sa fille n'a même pas
songé une minute à abandonner Réveillon. Je le
remarque seulement et il ne faudrait pas conclure que
je trouve la mère meilleure que la fille, car elles sont
bonnes toutes deux et la fille est malgré tout plus
tendre). Mais elles sont parfaitement résignées à ne
pas nous voir cet été. Seulement je crois que cela leur
ferait plaisir si en octobre nous allions soit à Réveillon
soit à la propriété de Mme Lemaire[3]. Tu te serais
tordu si tu avais assisté hier au retour de Clairin (très

---

1. Villers-sur-Mer, dans le Calvados.
2. Sans doute Mme Herbelin, tante de Madeleine Lemaire et
grand-tante de Suzette.
3. Nouvelle coupe : « et j'avoue mon cher petit que je crois que
ce serait assez amour (ici Reynaldo : "Qu'est-ce que tu as dit :
assez amour ? ai-je bien entendu ?)" » (*Kolb*, II, 89).

changé de mine le pauvre homme) (et à qui comme
un petit menteur j'ai dit que tu m'avais demandé de
ses nouvelles dans ta dernière lettre). Notre Édouard [1]
ayant blagué Clairin à Mme Lemaire elle le prend en
pitié et le pauvre homme était déçu à voir tous ses
souvenirs de flammes sur l'Égypte aller s'éteindre un
à un au bord de Mme Lemaire immobile comme un
lac souriant et perfide. Malgré cela au bout de
quelque temps elle s'est mise à écouter avec cet air
de sérieux profond que donne une profonde distraction, ses récits d'art. Ou plutôt je crois bien qu'elle
écoutait et cela donnait à peu près ceci :

Clairin : « Car vous savez les Grecs, leur ont tout
pris, je parle des Grecs d'Ionie. »

Mme Lemaire : « Oui, oui. »

Clairin : « Et alors on sort des têtes qui ressemblent
toutes à ces têtes trop minces de la quatrième dynastie qui sont au musée de Sienne. »

Mme Lemaire : « Oh ! ça oui, ça doit être curieux. »

Clairin : « Et leur Sphinx qu'ils appellent le Père de
la Terreur. »

Mme Lemaire : « Oui, oui. »

Clairin : « Il est bien nommé et ils se rendent si
bien compte de cette impression qu'on a sous ce ciel
d'Égypte. »

Mme Lemaire, *interrompt au nom d'Égypte* : « Oui,
oui. »

Clairin, *reprenant* : « Sous ce ciel d'Égypte, des
nuits d'Égypte, où il semble que les étoiles vont tomber, que dans leurs peintures ils peignent leurs étoiles
suspendues à une ficelle. »

Mme Lemaire : « Oui, ça doit être curieux ça, ça
doit même être *(appuyant)* très curieux... *(Silence, en
souriant :)*... notre Jotte [2]... riant plus etc. etc. »

Mme Lemaire a été ravie de la fête des Castellane.
Au fond je ne sais pas très bien ce que ça a dû être.
Mme Lemaire m'a dit : « C'était tout à fait comme
au grand siècle, vous savez, du pur Louis XIV. »

---

1. Édouard Risler, pianiste virtuose.
2. Diminutif de Georges Clairin.

Mme de Framboisie m'a dit : « On se serait cru à Athènes » et notre Tur[1] dit dans *Le Gaulois* « On se serait cru au temps de Lohengrin. » Vous comprenez que je n'aie pas des idées trop exactes sur l'époque que le « jeune Comte » a reconstituée[2]. *Le Gaulois* a été à ce propos plein de perles. Par exemple vous savez que pour dire que l'armée doit céder aux lois de la magistrature, les Latins disaient « *cedant arma togae* » la *toga* étant le vêtement des hommes occupant des fonctions de ce genre, Meyer raconte que dans le ballet dansé à la fête Castellane, des guerriers terribles paraissent, mais bientôt de belles jeunes femmes se joignent à eux, les désarment et notre Tur s'écrie : *Cedant arma togae* ! Je n'ai pas la place de tout vous dire je n'ajoute que ceci. Vous savez qu'à cette fête il y avait trois mille personnes. *Le Figaro* ajoute solennellement : « Tout le grand monde parisien était là. Nous ne donnerons aucun nom. Car si le grand monde était là tout entier c'était incognito, à cause de la mort de monseigneur le duc de Nemours. » Comme ils ne portaient pas de masque, je me demande en quoi consistait l'incognito. Et c'est un bon truc pour aller dans le monde en étant en deuil. J'aurais mille autres choses à vous dire mais il se fait tard et je vous embrasse de tout mon cœur en vous priant d'embrasser votre sœur Maria.

Marcel.

Maman n'est pas trop mal. Elle me paraît prendre le dessus de son immense chagrin[3] avec plus de force que je n'espérais.

———

1. Diminutif d'Arthur Meyer.
2. Il est ici question de la fête donnée par Boni de Castellane et sa femme, le 2 juillet 1896, au bois de Boulogne, et dont la presse contemporaine fit un commentaire détaillé.
3. Allusion à la mort du père de Mme Proust, survenue le 30 juin 1896.

à Reynaldo Hahn

[Été 1896][1]

Notre amitié n'a plus le droit de rien dire ici, elle
n'est pas assez forte pour cela maintenant. Mais son
passé me crée le devoir de ne pas vous laisser
commettre des actes aussi stupides aussi méchants et
aussi lâches sans tâcher de réveiller votre conscience
et de vous le faire sinon avouer – puisque votre
orgueil vous le défend – au moins sentir, ce qui pour
votre bien est l'utile. Quand vous m'avez dit que vous
restiez à souper ce n'est pas la première preuve d'indifférence que vous me donniez. Mais quand deux
heures après, après nous être parlé gentiment, après
toute la diversion de vos plaisirs musicaux, sans
colère, froidement, vous m'avez dit que vous ne
reviendriez pas avec moi, c'est la première preuve de
méchanceté que vous m'ayez donnée. Vous aviez
facilement sacrifié, comme bien d'autres fois, le désir
de me faire plaisir, à votre plaisir qui était de rester à
souper. Mais vous l'avez sacrifié à votre orgueil qui
était de ne pas paraître désirer rester à souper. Et
comme c'était un dur sacrifice, et que j'en étais la
cause, vous avez voulu me le faire chèrement payer.
Je dois dire que vous avez pleinement réussi. Mais
vous agissez en tout cela comme un insensé. Vous
me disiez ce soir que je me repentirais un jour de ce
que je vous avais demandé[2]. Je suis loin de vous dire
la même chose. Je ne souhaite pas que vous vous
repentiez de rien, parce que je ne souhaite pas que
vous ayez de la peine, par moi surtout. Mais si je ne
le souhaite pas, j'en suis presque sûr. Malheureux,
vous ne comprenez donc pas ces luttes de tous les
jours et de tous les soirs où la seule crainte de vous

---

1. Lettre publiée dans *Hahn* (55-56), *Kolb* (II, 100-102).
2. Selon Philip Kolb, Marcel Proust aurait obtenu du destinataire, quelques jours avant la présente lettre, la promesse qu'il lui
dirait « tout » ; voir *Kolb*, II, 102, note 3 appelée p. 100.

faire de la peine m'arrête. Et vous ne comprenez pas que, malgré moi, quand ce sera l'image d'un Reynaldo qui depuis quelque temps ne craint plus jamais de me faire de la peine, même le soir, en nous quittant, quand ce sera cette image qui reviendra, je n'aurai plus d'obstacle à opposer à mes désirs et que rien ne pourra plus m'arrêter. Vous ne sentez pas le chemin effrayant que tout cela a fait depuis quelque temps que je sens combien je suis devenu peu pour vous, non par vengeance, ou rancune, vous pensez que non, n'est-ce pas, et je n'ai pas besoin de vous le dire, mais inconsciemment, parce que ma grande raison d'agir disparaît peu à peu. Tout au remords de tant de mauvaises pensées, de tant de mauvais et bien lâches projets je serai bien loin de dire que je vaux mieux que vous. Mais au moins au moment même, quand je n'étais pas loin de vous et sous l'empire d'une suggestion quelconque je n'ai jamais hésité entre ce qui pouvait vous faire de la peine et le contraire. Et si quelque chose m'en faisait et était pour vous un plaisir sérieux comme Reviers, je n'ai jamais hésité. Pour le reste je ne regrette rien de ce que j'ai fait. J'en arrive à souhaiter que le désir de me faire plaisir ne fût pour rien, fût nul en vous. Sans cela pour que de pareilles misères auxquelles vous êtes plus attaché que vous ne croyez aient pu si souvent l'emporter il faudrait qu'elles aient sur vous un empire que je ne crois pas. Tout cela ne serait que faiblesse, orgueil, et pose pour la force. Aussi je ne crois pas tout cela, je crois seulement que de même que je vous aime beaucoup moins, vous ne m'aimez plus du tout, et cela mon cher petit Reynaldo je ne peux pas vous en vouloir.

Et cela ne change rien pour le moment et ne m'empêche pas de vous dire que je vous aime bien tout de même. Votre petit Marcel étonné malgré tout de voir à ce point –

Que peu de temps suffit à changer toutes choses[1]

---

1. Victor Hugo, *Les Rayons et les Ombres*, « Tristesse d'Olympio ».

et que cela ira de plus en plus vite. Réfléchissez sur tout cela mon petit Blaise[1] et si cela nourrit votre pensée de poète et votre génie de musicien, j'aurai du moins la douceur de penser que je ne vous ai pas été inutile[2].

                                                    Marcel.

————

à Reynaldo Hahn

Établissements Thermal & Casino
Mont-Dore (Puy-de-Dôme),
Le ... [août] 189[6][3]

Mon cher petit Reynaldo

Si je ne vous télégraphie c'est pour éviter si vous êtes parti qu'on ne décachète ma dépêche. Et pourtant je voudrais bien que vous le sachiez tout de suite. Pardonnez-moi si vous m'en voulez, moi je ne vous en veux pas. Pardonnez-moi si je vous fais de la peine, et à l'avenir ne me dites plus rien puisque cela vous agite. Jamais vous ne trouverez un confesseur plus tendre, plus compréhensif (hélas !) et moins humiliant, puisque, si vous ne lui aviez demandé le silence comme il vous a demandé l'aveu, ce serait plutôt votre cœur le confessionnal et lui le pécheur, tant il est aussi faible, plus faible que vous. N'importe et pardon d'avoir ajouté par égoïsme comme vous dites aux douleurs de la vie. Et comment cela ne

————

1. Allusion à *Pauvre Blaise*, roman de la comtesse de Ségur.

2. Ici manque la phrase suivante : « Votre petit poney qui après cette ruade rentre tristement tout seul dans l'écurie dont vous aimiez jadis à vous dire le maître » (*Kolb*, II, 101). Sur le sens à donner au mot « poney », voir *supra*, p. 58, note 4.

3. Lettre publiée dans *Hahn* (60-63) ; *Kolb* (II, 104-108).

serait-il pas arrivé ? Il serait peut-être grand, il ne serait pas naturel de vivre à notre âge comme Tolstoï le demande. Mais de la substitution qu'il faudrait faire ici, du petit détour pour rentrer enfin dans la vie, je ne puis vous parler, car je sais que vous ne l'aimez pas et que mes paroles seraient mal écoutées. Ne craignez nullement de m'avoir fait de la peine. D'abord ce serait trop naturel. À tous les moments de notre vie nous sommes les descendants de nous-mêmes et l'atavisme qui pèse sur nous c'est notre passé, conservé par l'habitude. Aussi la récolte n'est pas tout à fait heureuse quand les semailles n'ont pas été tout à fait pures de mauvais grains. « Le raisin que nos pères mangeaient était vert et nos dents en sont agacées » dit l'Écriture [1]. Mais d'ailleurs je ne suis nullement agité. Ou plutôt je me trompe. Je suis un peu agacé de ce qui arrivera à Chicot [2] et je voudrais que s'il doit mourir, le roi sût au moins tout ce qu'il a fait pour lui. Si j'avais des peines, elles seraient effacées par le plaisir qu'a pour le moment Bussy. Et plaisirs ou peines ne me paraîtraient pas beaucoup plus réels que celles du livre, dont je prends mon parti. Je n'ai donc nul trouble, une extrême tendresse pour mon chéri seulement à qui je pense comme je disais quand j'étais petit de ma bonne, pas seulement de tout mon cœur, mais de tout moi. La gentille Mlle Suzette [3] m'a écrit l'autre jour une charmante lettre et comme on dit d'un grand intérêt. Mais comme elle aime à être plainte. Elle vous disait qu'elle ne m'avait pas laissé voir son chagrin, mais elle m'écrit qu'elle vous dissimule sa détresse. Il y a trop d'artifice dans tout cela. On voudrait qu'elle relise *La Mort du loup* de Vigny.

> Prier, crier, gémir est également lâche
> ... Souffre et meurs sans parler

---

1. Ancien Testament, Ézéchiel, 18, 2.
2. Personnage de *La Dame de Monsoreau* d'Alexandre Dumas, tout comme Bussy, quelques lignes plus loin.
3. Suzette, fille de Madeleine Lemaire.

(Ce n'est pas très exactement cité)[1]. Je reconnais que c'est d'une sagesse stoïque qui n'est pas très bonne au fond pour personne mais surtout qu'on ne peut exiger d'une jeune fille, excepté dans Corneille. Mais vraiment que dites-vous de ce truc de vous dire qu'elle me cache son chagrin et vice versa. Elle me fait l'effet d'une personne qui tournerait le dos pour qu'on ne voie pas qu'elle pleure, mais après qu'elle se serait assurée qu'on l'apercevra dans la glace. Calcul habile qui fait qu'elle sera à la fois plainte pour sa douleur, et admirée pour son héroïsme. Elle n'a pas l'âme si vilaine et tout cela est sans doute sans grand calcul, et j'espère, naturel. Mais il faut avouer que chez elle le naturel est parfois bien affecté. Tout cela revient aux scènes de théâtre : « Qu'avez-vous, ma mère ? » « Moi rien, un instant de faiblesse... la trop grande chaleur... ces roses, mais mon fils vous voyez bien que je ne me suis jamais si bien portée, que je n'ai rien, rien, rien » et elle tombe morte, au moins... ou « que je n'ai jamais été si gaie, d'une gaîté, d'une gaîté » et elle fond en sanglots. Gardons-nous mon chéri de ne plaindre la douleur que sous les formes qui nous sont le plus sympathiques et qui nous gênent d'ailleurs le moins, mais n'imitons jamais l'appareil théâtral ou les démonstrations artificielles de peines souvent imaginaires. Je ne vous ai pas télégraphié que je revenais demain de peur de vous empêcher d'aller à Villers. J'ai d'autant mieux fait que je vais peut-être persister malgré le découragement de Maman qui veut absolument me ramener. Nous accusions à tort ce traitement. La cause est que partout ici on fait les foins. Vous connaissez trop la Sévigné pour ne pas savoir ce que c'est que le fanage[2]. C'est une jolie chose mais qui me fait mal. Il y avait ici Mme Conneau avec qui j'ai été invité à

---

1. « La Mort du loup » de Vigny se termine par : « Gémir, pleurer, prier, est également lâche, [...] Puis, après, comme moi, souffre et meurs sans parler. »

2. Allusion à la lettre du 22 juillet 1671 de Mme de Sévigné à Coulanges, sur les foins.

dîner chez un Dr Shlemmer[1] à qui Hillemacher[2] a dédié une mélodie et qui a appris l'harmonie. Je me méfie mais il est bien intelligent. Ce n'est pas lui qui me soigne. Je suis au milieu du second volume de *La Dame de Monsoreau* et j'avance, mais plus lentement, dans *Les Confessions* de Rousseau. Aujourd'hui je suis tout musique et j'aimerais vous entendre me chanter

Des Saints l'invisible main,

et bien d'autres choses.

Vous avez dû recevoir trois *Plaisirs et les Jours*, un pour vous (qui n'est pas un cadeau) j'ai dit à Calmann de vous l'envoyer à ses frais, un pour votre sœur Élisa, et un pour votre cousine[3]. J'ai travaillé un petit peu ces deux jours-ci. Je n'ai rien décidé pour mes vingt-huit jours. Dites-moi dans votre prochaine lettre si, d'après ce que je vous ai dit, vous acceptez ou non d'être délié des petits serments, et si en septembre vous iriez volontiers en Suisse ou ailleurs. Sans cela même sans vingt-huit jours j'irai peut-être passer à Versailles le mois de septembre, pas à cause de vous, de sorte que cela ne vous lie en rien. Que de pages ! et je ne vous ai pas encore parlé du petit Baudelaire. Ce sera pour la prochaine fois. Et avez-vous reçu l'appendice de Mme de Sévigné avec les fac-similés ?

Je vous embrasse tendrement et vos sœurs, sauf celle dont le mari est jaloux[4]. Moi qui ne le suis plus, mais qui l'ai été je respecte les jaloux et je ne veux pas leur causer l'ombre d'un ennui, ou leur faire le soupçon d'un secret.

                                                        Marcel.

———————

1. Sans doute le docteur Georges Schlemmer, qui possédait une villa au Mont-Dore.

2. Il s'agit de l'un des deux frères Lucien et Paul Hillemacher, compositeurs.

3. Non identifiée.

4. Élisa Hahn, Isabel Hahn – Mme Emil Seligman –, Maria Hahn – Mme Raymond de Madrazo ; sœurs de Reynaldo Hahn.

à madame Adrien Proust

Mercredi neuf heures et demie du matin
[2 septembre 1896 ?] [1]

Ma chère petite Maman

Je suis content de te savoir à Dieppe. Je te « vois » mieux. Je crois que tu ferais bien en arrivant de présenter les lettres de créance à Mme Lemaire qui sans cela croira à des mystères. En tout cas, comme j'attends ton avis pour donner à Mlle Suzette [2] la réponse prompte que demande sa lettre, dis-moi dans ta prochaine lettre ce que je dois dire de toi. Je voudrais aussi écrire à M. de Saint Maurice pour qu'il te fasse visiter sa maison. Tu me donneras également avis à ce sujet. On vient d'apporter une cuvette pour moi mais elle est trop comme cela

et pas assez comme cela

Je crois que le plus simple est d'attendre ton retour. (Félicie qui avait pourtant remarqué le défaut l'a bêtement payée « mais dans ces maisons-là » etc.) Voici qu'on m'a donné avec mon plateau un bulletin médical, un argus de la Presse (éloge de papa dans un journal de province) tout cela ne doit-il donc pas aller à Vichy. Donne tes ordres et plutôt à moi, je les transmettrai oralement ce qui est plus persuasif. Par exemple il est venu aussi pour Papa des brochures je crois que ce serait cher à faire suivre.

1. Lettre publiée dans *Mère* (70-72) ; *Kolb* (II, 115-117).
2. Suzette Lemaire, fille de Madeleine.

Je peux dire au point de vue de ma nuit : « Après toi le déluge. » Mais je mérite tes éloges. Rentré à onze heures juste. Oppressé (malgré plusieurs Espics [1] dans la journée) fumage. Tout très long pour la 1re fois seul. Couché minuit 1/4, relevé, recouché minuit 1/2 (heure de ton cabinet de toilette) poitrine gênée malgré fumage. 2 perles d'amyle. Vite endormi. Cinq heures 1/2 réveillé par oppression ou au moins avec oppression et même râles assez forts. Levé fumage énergique d'Escouflaire et de Legras [2] qui m'a littéralement [3]

à madame Adrien Proust

Mercredi matin, neuf heures et demie
[21 octobre 1896] [4]

Ma chère petite Maman

Il pleut à verse. Je n'ai pas eu d'asthme cette nuit. Et c'est seulement tout à l'heure après avoir beaucoup éternué que j'ai dû fumer un peu. Je ne suis pas très dégagé depuis ce moment-là parce que je suis très mal couché. En effet mon bon côté est du côté du mur. Sans compter qu'à cause de nombreux ciels de lit, rideaux etc. (impossibles à enlever parce qu'ils tiennent au mur) cela, en me forçant à être toujours du côté du mur m'est très incommode, toutes les

---

1. Des cigarettes « Espic », considérées comme remèdes contre l'asthme.
2. Les poudres d'Escouflaire et Legras dégageaient en se consumant des fumées considérées comme remèdes contre l'asthme.
3. La fin de la lettre manque dans la première édition ainsi que dans *Kolb*.
4. Lettre publiée dans *Mère* (87-91) ; *Kolb* (II, 137-140).

choses dont j'ai besoin mon café, ma tisane, ma bou-
gie, ma plume, mes allumettes etc. etc. sont à ma
droite c'est-à-dire qu'il me faut toujours me mettre
sur mon mauvais côté, etc. J'ai eu la poitrine très libre
hier toute la matinée, journée, soirée (excepté au
moment de me coucher comme toujours) et nuit.
(C'est maintenant que je suis le plus gêné.) Mais je
ne fais pas des nuits énormes comme à Paris, ou du
moins comme ces temps-ci à Paris. Et une fois
réveillé au lieu d'être bien dans mon lit je n'aspire
qu'à en sortir ce qui n'est pas bon signe quoi que tu
en penses. Hier la pluie n'a commencé qu'à quatre
heures de sorte que j'avais pu marcher. Ce que j'ai vu
ne m'a pas plu. La simple lisière de bois que j'ai vue
est toute verte. La ville[1] n'a aucun caractère. Je ne
peux pas te dire l'heure épouvantable que j'ai passée
hier de quatre heures à six heures (moment que j'ai
rétroplacé avant le téléphone dans le petit récit que je
t'ai envoyé et que je te prie de *garder* et en sachant
où tu le gardes car il sera dans mon roman[2]). Jamais
je crois aucune de mes angoisses d'aucun genre n'a
atteint ce degré. Je ne peux pas essayer de le raconter.
Pour avoir reparlé à quelqu'un j'ai été à onze heures
attendre à la gare Léon Daudet qui revenait de Paris.
Il veut absolument prendre ses repas avec moi. D'où
pension va s'imposer avec Jean[3]. L'hôtel est certainement remarquable. Mais personne n'y veut causer
avec moi. Sans doute parce que les domestiques

1. Fontainebleau.

2. Comme l'a indiqué Pierre Clarac, le récit en question correspond à l'épisode « [La voix de la mère de Jean au téléphone] » dans
Jean Santeuil (*Jean Santeuil*, 1026, note 4 appelée p. 358). Voir
aussi la parenté entre la description, dans la présente lettre, des
« nombreux ciels de lit, rideaux, etc. (impossibles à enlever parce
qu'ils tiennent au mur) » et le passage suivant, dans le manuscrit
du roman : « Mais alors ses yeux rencontrèrent le lit qu'ils n'avaient
pas encore vu, un lit énorme qui étouffait sous un ciel de lit rabattu
de tous côtés (on ne pourrait pas les enlever, ils tenaient au mur
et au plafond), et qui soutenait sur son édredon rose une odeur de
renfermé » (*Jean Santeuil*, 358).

3. Jean Lazard, fils de Simon, fondateur de la banque du même
nom.

n'ont jamais été que chez un Doudeauville quelconque. « Je me porte bien. » Aussi je ne puis leur dire
« Je me porte mal » et leur expliquer ni avoir ces
bonnes intimités à la Renvoyzé[1], à la Fermont[2]. etc.
etc. etc. Tu as vu le prix. Je crois qu'il sera encore
grossi par les feux que je suis obligé de me faire et la
lampe car à cause de la saison il n'y a pas de salon
d'allumé le soir, on n'a que sa chambre. Je n'ai rien à
lire et me demande si Reynaldo a oublié mes livres.
Si ce n'était pas une telle affaire de changer de
chambre, j'en changerais bien pour avoir un lit tourné
à l'inverse. Je t'embrasse tendrement. J'ai encore une
lettre de Reynaldo ce matin que je te garde parce
qu'elle t'amusera.

                                    Ton petit Marcel.

P.-S. Je viens de parler à la femme de chambre,
elle va me mettre mon lit autrement, tête au mur
(parce qu'on ne peut ôter les ciels de lit), mais le lit
au milieu de la chambre. Je crois que ce sera plus
commode pour moi. La pluie redouble. Quel temps !
Je suis étonné que tu ne me parles pas du prix de
l'hôtel. Si c'est exorbitant ne ferais-je pas mieux de
revenir. Et de Paris je pourrais tous les jours aller à
Versailles travailler.

2° *P.-S.* Léon Daudet voudrait que nous allions
habiter à Marlotte hôtel meilleur marché, connaissant
un asthmatique qui s'y trouve bien. Mais, je crois que
c'est bien moins près de Paris, moins de trains etc.
qu'en dis-tu ? Seulement je n'aurais plus Jean Lazard
je crois... Demande donc à papa quelque chose
contre mon rire nerveux. J'ai si peur de fâcher Léon
Daudet.

---

1. Mme Renvoyzé, hôtesse de Marcel Proust lorsqu'il se trouvait à Orléans pendant son service militaire.
2. Hôtel Fermont, où Marcel Proust et Reynaldo Hahn logèrent
en 1895, durant leur séjour de vacances à Beg-Meil.

3° *P.-S.* Non pas de trional[1].

4° *P.-S.* Brissaud qui connaît si bien ce pays nous eût comparé Nemours, Marlotte, etc., etc.

à madame Adrien Proust

Splendide Hôtel & Grand Hôtel des Bains
Évian-les-Bains
Mardi [12 septembre 1899][2] deux heures

Ma chère petite Maman

Je viens de payer dix francs cinquante d'*Union morale*[3] qui a envoyé ici sans enveloppe (pas sous enveloppe – *sans* enveloppe) une traite comme si j'étais un malfaiteur. Tu serais bien gentille d'écrire un mot à cette Revue pour lui dire que je ne m'abonne plus. Sans cela il n'y a pas de raison pour que cela finisse. [(]À moins que cela n'ait l'air d'être pour l'affaire où ils ont été très bien et à cause de l'arrêt[4], enfin vois.) – .

Hier la rencontre successive du Dr Cottet, de M. de Polignac, puis de Mme de Polignac a été cause (parce que Mme de Polignac était perdue sur la route etc.) que j'ai marché énormément. Et tout en allant merveilleusement et sans oppression j'ai si peu dormi que, ayant peu dormi la veille et ayant eu à cause de

---

1. Réponse à une lettre de sa mère, datant du 20 octobre 1896, demandant à Marcel Proust s'il a pu « rompre tout pacte avec l'impie trional » (*Kolb*, II, 136).

2. Lettre publiée dans *Mère* (111-115) ; *Kolb* (II, 310-314).

3. *L'Union pour l'action morale*, revue fondée en 1892 par Paul Desjardins.

4. Le 9 septembre 1899, le Conseil de guerre de Rennes, saisi de l'affaire Dreyfus, avait rendu un arrêt déclarant la culpabilité de l'accusé, lui reconnaissant toutefois des circonstances atténuantes.

cela un fou rire qui m'a beaucoup ennuyé devant la Princesse Brancovan, j'ai pris ce matin pour ne pas trop refumer etc., un peu de trional qui a été suivi d'un sommeil réparateur et m'a très bien réussi, ce qui n'arrive pas toujours. Ai-je besoin de te dire que c'est une exception et que « nous ne retombons pas dans les médicaments ». D'ailleurs tu sais bien qu'il y avait douze jours que je n'en avais pris. Et ce matin le roulage de l'omnibus à six heures et demie est aussi une chose exceptionnelle. Je ne suis pas allé hier chez les Brancovan (c'est sur la route qu'a eu lieu ce fou rire, il faut dire que la Princesse Brancovan le donnerait à n'importe qui par la folie de ses manières. C'est une âme toute de bonté et de distinction morale mais Mme Tirman est une personne calme à côté d'elle et c'est un composé d'impulsion nerveuse et d'extravagance orientale qui fait sourire dédaigneusement M. de Noailles disant : que voulez-vous elle est nerveuse[]). Et le soir j'ai préféré me promener seul après dîner jusqu'au casino (où je n'entre pas) et revenir. Je sais maintenant que si le Prince de Chimay[1] n'est pas à la villa, c'est surtout à cause de l'Affaire, il ne pense pas comme le reste de la famille quoique très modéré et on lui ferait la vie impossible. C'est aussi à cause de la chasse mais je ne crois pas qu'il trouve un gibier qui vaille sa femme[2]. – M. de Polignac m'a raconté qu'il (lui, Polignac) avait fait une campagne boulangiste avec Barrès et Paul Adam pour tâcher de se faire nommer député. Il faisait des discours dans les réunions publiques et il plaisante lui-même très finement l'insincérité de l'attitude qu'il prenait. « Un ouvrier m'ayant demandé si j'étais socialiste, j'ai répondu : mais voyons, comment avez-vous pu en douter un instant ! » – .

– Je crois que je ne bougerai pas tantôt. Le temps reste à la pluie. Je ferai quelques pas mais pas trop. Quant au soir une dépêche de Maugny m'annonce

---

1. Alexandre de Caraman-Chimay.
2. Hélène Bassaraba de Brancovan, princesse Alexandre de Caraman-Chimay.

qu'il viendra dîner avec moi. Je n'ai pas le moyen de
le décommander, ni les moyens de le recevoir ainsi.
Je lui dirai que si jamais il vient je préfère le déjeuner
(4 et 4 = 8 – 7 et 7 = 14).

Ci-joint cette lettre de Poupetière. Parle à Robert[1]
pour la ligue des Droits de l'Homme *et dis-moi sa
réponse, celle d'Abel.* C'est très pressé. Sans cela je pro-
fiterai peut-être de la présence de M. de Kertanguy,
l'ami de Maugny à Thonon, pour voir pour les Assurances Générales. D'autre part (je ne lui ai rien donné
depuis des mois) la situation me paraît si grave que
je crois que tu devrais lui envoyer en *ton nom* vingt-
cinq francs en lui disant d'attendre à Renaison que je
lui écrive (c'est Renaison Loire M. Pierre Poupetière). Enfin pour Mlle Bailby tu ne me dis rien. Je
ne sais quand elle se marie, n'ose écrire. Je t'en prie,
vois, et que nos lettres ne se croisent pas dans le
vague mais *se répondent* les unes aux autres. Les
tiennes me font un plaisir infini ; écourte-les pour ne
pas te fatiguer. À chaque instant je te remercie men-
talement de penser ainsi à moi et de me faire la vie si
facile et qui serait si douce si j'étais tout à fait bien.
Je le suis aujourd'hui à peu près. Embrasse Papa et
Robert pour moi. Dis bien des choses à Eugénie et
aux Gustave[2] et que je ne les ai pas trompés dans
l'Affaire, que si Dreyfus était un traître ces juges si
hostiles ne seraient pas revenus sur la condamnation
de 94 en abrégeant de tant d'années sa captivité et en
la rendant plus douce et moins étroite – et que deux
n'auraient pas voulu sa réhabilitation. M. de Polignac
m'a dit que le *Petit Bleu*[3] à Bruxelles avait paru
encadré de noir. Chevilly m'écrit que dans un château près de Lyon où il était on a voulu boire du
champagne et illuminer pour fêter la condamnation

---

1. Robert Proust, frère de Marcel.
2. Nous n'avons pas identifié les « Gustave ».
3. Découvert en 1896, le « petit bleu » – une carte-télégramme
de couleur bleue – permit d'établir la culpabilité du commandant
Esterhazy dans l'affaire d'espionnage au profit de l'Allemagne qui
s'était d'abord conclue par la condamnation de Dreyfus.

mais on a fait observer qu'elle était trop sévère pour pouvoir triompher. As-tu vu le Forain ? Dans le même *Écho*[1] il y a un Lemaître bien troublant comme d'ailleurs le Barrès du verdict[2] aussi médiocre que celui que je t'avais donné était beau, mais d'une apparente sincérité, d'une conviction qui me désole. Si tu apprends des détails dis-les-moi. Il paraît que Chauvelot est plus violent que les plus violents drey-fusards. M. Pina m'a demandé de vos nouvelles. J'ai frémi en pensant combien tu avais dû te livrer devant Antoine[3] quand il t'a annoncé la nouvelle. J'ai vu avec plaisir que Jaurès avait dit à un de ses amis qui voulait lui parler de la condamnation : pas un mot dehors, quand nous serons chez nous. J'ai vu chez M. Cottet *La Petite République* dont la manchette excellente portait à peu près : Arrêt de lâcheté, pour-quoi des circonstances atténuantes.

Mme Deslandes vient d'être très malade et en pro-fite pour demander que je lui écrive longuement.

Reporte-toi à la page 2 de ma lettre. À une ligne de distance tu verras Polignac écrit trois fois et avec deux *P* différents (dédié aux graphologues et à Bertillon, dirait un journal[4]). Et pourtant ma lettre n'est pas un document forgé. À propos de Bertillon dans un jeu de petits papiers chez les Brancovan on a demandé des détails circonstanciés sur Bertillon (je n'y étais pas mais c'est Constantin qui me l'a raconté). Mme de Noailles a répondu « je ne sais pas, je n'ai jamais koutché avec lui ». Le mari voit cela, le frère le raconte. Évidemment cela ne se passerait ni

---

1. Allusion à *L'Écho de Paris* du 12 septembre 1899, dans lequel figurent une charge de Forain contre Joseph Reinach et un article de Jules Lemaître approuvant l'arrêt de condamnation du Conseil de guerre de Rennes.

2. Allusion à un article de Barrès paru dans *Le Journal* du 11 septembre 1899, appelant à « aimer ceux qui [...] châtièrent » le traître.

3. Peut-être Antoine Bertholhomme, concierge.

4. Allusion à l'intervention d'Alphonse Bertillon, chef du service de l'identification à la Préfecture de police de Paris, pour faire accuser Dreyfus dès son premier procès.

chez les Gomel ni chez le père de Waru. Il est vrai
que le verdict n'y serait pas accueilli par des sanglots.

Mille tendres baisers

Marcel.

_____

à Marie Nordlinger

[Mars 1900] [1]

Je suis plus touché que je ne peux vous dire de
votre gentillesse pour moi. Mais je ne vous permets
plus de m'envoyer *un seul* article de journal [2]. Autant
les indications que vous me donnez et qui me permettent de m'en procurer me sont précieuses, autant
je suis ennuyé de recevoir toutes ces choses qui me
feraient plus de plaisir si la peine de se les procurer
était pour moi et non pour vous [3]. Donc si vous m'envoyez désormais autre chose que des indications, ce
sera de la désobéissance, mot qui n'implique de ma
part aucune prétention, croyez-le, mais la croyance

_____

1. Lettre publiée dans *Nordlinger* (16-19) ; *Kolb* (II, 390-392).

2. La destinataire, cousine anglaise de Reynaldo Hahn, allait
devenir la principale collaboratrice de Proust, avec la mère de
celui-ci, pour ses traductions et essais sur Ruskin.

3. Quelques jours plus tôt, au début de février 1900, Proust
écrivait à Marie Nordlinger : « (Si jamais vous m'envoyiez ainsi
des fragments de lettres ou des passages de Ruskin ce qui m'intéresse de lui en ce moment surtout, c'est ce qu'il a écrit sur les
cathédrales françaises excepté celle d'Amiens – en dehors des *Sept
Lampes de l'architecture*, de la *Bible d'Amiens*, de *Val d'Arno*, des
Lectures d'architecture et de peinture, de *Praeterita* car je connais par
cœur ces livres. Mais si jamais vous lisez quelque chose de lui dans
d'autres ouvrages ou des Mémoires à vos universités sur la Poésie
ou l'architecture ou ailleurs, je ne sais – sur Chartres, Abbeville
Reims, Rouen etc. etc. cela m'intéressera beaucoup.[)] » (*Kolb*, II,
387).

au droit d'autorité réciproque que confèrent l'une à l'autre et réciproquement deux personnes qui sont en sympathie.

Vos vers sont charmants et évoquent dans mon souvenir le délicieux bouquet de printemps que vous m'avez rapporté une fois d'une excursion que vous aviez faite et que ma fièvre des foins m'a empêché d'imiter. Mais vous êtes poète et vous n'avez pas besoin d'aller dans les champs pour rapporter des fleurs. Ne vous plaignez pas de ne pas avoir appris. *Il n'y a rien à savoir.* Même ce qu'on appelle habileté technique n'est pas un savoir à proprement parler, car il n'existe pas en dehors des mystérieuses associations de notre mémoire et du tact acquis de notre invention quand elle approche des mots. Le savoir, dans le sens d'une chose qui est toute faite en dehors de nous et qu'on peut apprendre comme dans les Sciences, est nul en art. Au contraire, c'est quand les rapports scientifiques entre les mots ont disparu de notre esprit et qu'ils ont pris une vie où les éléments chimiques sont oubliés dans une individualité nouvelle, que la technique, le tact, qui connaît leurs répugnances, flatte leurs désirs, connaît leur beauté, touche leurs formes, assortit leurs affinités, peut commencer. Et ceci n'existe que quand un être est un être et n'est plus tant de carbone, tant de phosphore, etc. Victor Hugo, dont j'ai peur de ne pas aimer le *Shakespeare*, dit

Car le mot, qu'on le sache, est un être vivant[1].

Vous le savez. Aussi vous aimez les mots, vous ne leur faites pas de mal, vous jouez avec eux, vous leur confiez vos secrets, vous leur apprenez à peindre, vous leur apprenez à chanter. Et votre *horreur du jaune* est une *symphonie en jaune* qui est tout à fait exquise ; c'est Dieu qui semble avoir voulu donner un échantillon de tout ce qu'il possède de jaune de la fleur de la prairie à la lueur du firmament. On ne

---

1. *Les Contemplations*, I, VIII.

pourrait pas écrire cela en peinture et vous l'avez peint en écrit.

Cette *Poésie de l'architecture*, de Ruskin, dont vous me parlez[1], contient-elle quelque chose sur les cathédrales ? Sur lesquelles ? Et les ouvrages dont vous me parlez parlent-ils même incidemment de certaines cathédrales ?

Savez-vous ce que c'est qu'un mémoire de Ruskin sur l'architecture flamboyante aux bords de la Somme[2] ? Dans une prochaine lettre je vous parlerai de Julien Édouard que j'ai vu il y a un mois. Mais c'est seulement Saint-Ouen qu'il montre et non la cathédrale. Que vous a-t-il dit de Ruskin[3] ? Il prétend que Ruskin lui disait que Saint-Ouen était le plus beau monument gothique du monde, et dans *Seven Lamps*, Ruskin dit que c'est un affreux monument !

Votre respectueux ami,

Marcel Proust.

à madame Adrien Proust

Samedi [31 août 1901][4]

Ma chère petite Maman

« Misère des misères ou mystère des mystères ? » C'est le titre d'un chapitre de Dumas qui pourrait s'appliquer à moi en ce moment. Hier après t'avoir écrit j'ai été pris d'asthme et coulage sans interruption

---

1. *The Poetry of Architecture ; Giotto and his Work in Padua.*
2. Allusion à *The Flamboyant Architecture of the Valley of the Somme* de Ruskin.
3. Julien Édouard était sacristain de l'église Saint-Ouen à Rouen – où Proust s'était rendu en janvier 1900 – et avait connu Ruskin.
4. Lettre publiée dans *Mère* (174-178) ; *Kolb* (II, 443-447).

m'obligeant à marcher en deux, à allumer des cigarettes à chaque bureau de tabac etc. Et ce qui est
pire je me suis couché bien à minuit, après de longs
fumages, et trois ou quatre heures après la vraie crise
d'été, fait unique pour moi. Cela ne m'est jamais
arrivé en dehors de mes crises. – . La journée d'aujourd'hui a été beaucoup meilleure au point de vue
de l'asthme. Cela recommence un tout petit peu ce
soir (il est sept heures et demie) mais à peine, je n'ai
même pas besoin de fumer. Si cela se renouvelait ces
nuits-ci je serais momentanément obligé de renoncer
à mes heures, parce que ma crise se trouve avoir lieu
en pleine nuit, sans personne pour allumer mon bou-
geoir, me faire quelque chose de chaud après. Ce
n'est plus Pékin qui est le vrai mais Fachoda, et
Marchand obligé de quitter la position prise[1]. Mais
je pense que cette hypothèse ne se réalisera pas et
que je vais repasser des bonnes nuits. Bien entendu
ce n'est pas à ma nouvelle vie que j'attribue ces
incompréhensibles accès. Ils doivent avoir une cause
précise mais que j'ignore. Ce n'est pas le bois car
après huit jours j'y avais renoncé et ne faisais avec
Roche que des courses. Je me suis demandé si sa voiture avait une odeur quelconque mais comme demain
est le dernier jour où je l'ai je verrai bien. Marie se
demandait si le safran dont elle se sert pour tes
devants etc. mais je ne le crois pas. Je m'étais
demandé sur une page de Brissaud[2] si comme
M. Homais je n'avais pas d'helminthes[3]. Et j'ai voulu
demander conseil à Bize. Mais il n'a pas répondu au

---

1. Allusion à deux événements récents de Chine et d'Afrique :
le maintien à Pékin des Occidentaux, en 1900, malgré la révolte
indigène et le siège des légations étrangères ; le départ du commandant Marchand et des troupes françaises de Fachoda, en 1898,
sous la pression britannique.

2. Édouard Brissaud, médecin et auteur en 1896 de *L'Hygiène
des asthmatiques*, ouvrage paru dans la collection de la « Bibliothèque d'hygiène thérapeutique » de Masson, que dirigeait Adrien
Proust.

3. Allusion au pharmacien de *Madame Bovary* de Gustave
Flaubert.

téléphone. Du reste je suis bien ce soir. Tout cela ne m'a pas empêché de faire vers deux heures et demie un repas composé de deux tournedos dont je n'ai pas laissé une miette, d'un *plat* de pommes de terre frites (à peu près vingt fois ce que Félicie faisait), d'un fromage à la crème, d'un fromage de gruyère, de deux croissants, d'une bouteille de bière pousset (je ne pense pas que la bière puisse donner de l'albumine ?).

Je voulais rester à la maison après à me reposer. Mais la Princesse de Polignac m'avait fait demander d'aller la voir à six heures et demie et comme je n'étais pas rasé je suis sorti vers cinq heures pour ne pas être bousculé. Elle m'a fait penser rétrospectivement à la fatigue que tu prenais ma pauvre petite Maman à Auteuil la nuit près de moi en me racontant les nuits qu'elle passait près de son mari[1] où ils causaient de Mark Twain à trois heures du matin. Elle avait voulu faire venir une garde anglaise pour le soigner mais elle l'agaçait tellement qu'il la renvoyait tout le temps, de sorte qu'elle avait dû la remplacer par elle-même. Comme il trouvait toutes les anglaises pareilles il lui disait quand il voyait la garde avec son petit col blanc etc. « Je n'ai rien à dire à la Princesse de Galles à trois heures du matin. » Elle m'a dit que quand elle l'avait épousé, tous ceux de ses parents à lui qu'il appelait « les gros rouges » tous ceux qui ne pouvaient pas le comprendre lui avaient dit qu'elle épousait un maniaque insupportable – et qu'elle n'avait au contraire jamais vu quelqu'un de si facile à vivre, parce qu'il craignait tant de déranger. Aussi son sans-gêne américain à elle le gênait. Pendant sa maladie comme il avait retenu des chambres à Amsterdam (parce que quand il avait été dans un hôtel il notait les numéros des chambres et leur exposition pour être sûr d'avoir les mêmes) elle lui a dit : il faut que je télégraphie à Amsterdam pour dire que vous ne prendrez pas les chambres. Alors il lui avait dit « c'est cela, vous voulez me donner l'air d'un sauteur. Ils croiront que je n'avais pas l'intention de

---

1. Le prince Edmond de Polignac était mort le 8 août 1901.

prendre ces chambres » et il s'était éreinté à écrire
huit pages au Directeur de l'Hôtel[1]. – . Ma faible
oppression se passe entièrement au cours de cette
conversation avec toi ma chère petite Maman, dont
j'éprouvais un tendre besoin. Je vais avoir une bonne
nuit et villégiaturerai peut-être les premiers jours de
la semaine ici ou là. Donne-moi des renseignements
sur le degré de plein ou de vide de l'hôtel. Repasse-
ras-tu quelques jours à Évian (Mme de Chimay[2] va
y revenir m'a dit Mme de Polignac). J'ai trouvé la
lettre de Maugny idiote et le parfait modèle de la
lettre à ne pas écrire. Je pense que c'est plutôt par
Mme Paraf que par la renommée que M. Richelot a
su mon prénom. Dis-moi si André Michel a fait un
second Amiens[3]. J'ai vu passer M. Barrère qui ne
ressemble pas à saint François d'Assise. Remercie
Dick[4] de sa tendresse qui lui était rendue par
anticipation

Mille tendres baisers

Marcel.

Tu devrais m'envoyer de l'argent (bien que j'en aie
encore) pour si je m'absentais. J'aurai dépensé à peu
près deux cents francs en trois semaines. Je sais que
tu m'en avais laissé trois cents mais tu sais que j'avais
quarante francs de pris d'avance, puis quarante
francs à Félicie et un louis dans leurs divers théâtres
que je t'expliquerai.

N'accuse pas la constipation de cette fièvre des
foins car l'oppression ou toute autre cause fait que
depuis quelques jours je suis au contraire dérangé.

---

1. Sur le ménage Polignac, Proust aura l'occasion de revenir
dans un texte, « Le salon de la princesse de Polignac, Musiques
d'aujourd'hui, échos d'autrefois », paru dans *Le Figaro* du 6 septembre 1903 (Marcel Proust, *Écrits sur l'art*, 154-160).

2. La princesse Alexandre de Caraman-Chimay.

3. Allusion à une causerie artistique sur la cathédrale d'Amiens
qu'André Michel avait fait paraître dans *Le Journal des Débats* en
août 1901 – une seconde devait paraître en septembre.

4. Surnom donné à Robert Proust.

Quant au lait je n'en prends presque plus jamais et d'ailleurs en prenais moins de toutes façons qu'avant, n'ayant plus les cafés au lait ni le potage. J'en prends un peu froid.

————————

à madame Adrien Proust

Lundi soir [18 août 1902][1],
après dîner neuf heures
salle à manger, 45, rue de Courcelles

Ma chère petite Maman,

Ne t'ayant pas écrit hier, je vais reprendre où j'en étais. Donc avant-hier soir mes ennuis ont été momentanément calmés. J'en ai profité pour me coucher vers trois heures, ou même plus tôt (de la nuit) et pour ne pas prendre de trional. J'ai dormi par bribes mais enfin bien (sauf asthme qui me restait) et tout étonné de me réveiller sans apercevoir devant moi la désolation. J'en ai profité pour rester douze heures dans mon lit, mon pouls est tombé de 120 à 76 et j'ai pu hier aller dîner chez Durand[2] avec Brancovan sans avoir de crise ni pendant le dîner, ni après, ni cette nuit, ce qui est une nouveauté depuis mes soirées quotidiennes. Bien plus, moi qui ces jours-ci faisais des ravages de poudre (ayant été repris de mon asthme), j'ai fumé à peine vers cinq heures du matin en me mettant au lit et plus une seule fois jusqu'à huit heures ce soir, c'est-à-dire infiniment moins que quand j'étais couché. J'ai refait douze heures de lit et je me suis levé pour dîner vers huit heures, mais mes ennuis sont un peu repris,

————————

1. Lettre publiée dans *Mère* (191-194) ; *Kolb* (III, 108-111).
2. Le restaurant Durand, à Paris.

hélas. – Je n'ai toujours pas repris de lavements ce
qui prouve qu'ils ne sont pas si nécessaires. – . Ton
absence, même survenue dans une période si désas-
treuse de ma vie, commence pourtant à porter ses
fruits (ne prends pas cela avec susceptibilité comme
Mme Roussel !). Ainsi hier soir et ce soir j'ai supprimé pour m'habiller le deuxième caleçon et cette
nuit et tantôt, chose infiniment plus difficile, j'ai supprimé dans mon lit, le deuxième tricot des Pyrénées.
Comme j'ai pris froid tantôt je ne sais si je pourrai
refaire la même chose ce soir, mais enfin cela reste en
tout cas acquis et je ne l'espérais plus. Mes nombreux
dîners au restaurant ont remis mon estomac à neuf.
J'y mange pourtant beaucoup plus. Mais beaucoup
plus lentement. Et puis c'est mon Évian, mon dépla-
cement, ma villégiature à moi qui n'en ai pas[1]. Du
reste on me trouve très bonne mine. L'asthme me
paraissant enrayé, je crois que si mes ennuis pouvaient s'apaiser... mais hélas. – . Tu me dis à cet
égard qu'il y a des gens qui en ont autant et qui ont
à travailler pour faire vivre leur famille. Je le sais. Bien
que les mêmes ennuis, de bien plus grands ennuis,
d'infiniment plus grands ennuis, ne signifie pas forcément les mêmes souffrances. Car il y a en tout ceci
deux choses : la matérialité du fait qui fait souffrir.
Et la capacité de la personne – due à sa nature – à en
souffrir. Mais enfin je suis persuadé que bien des
gens souffrent autant, et bien plus, et cependant tra-
vaillent. Aussi apprenons-nous qu'ils ont eu telle ou
telle maladie et qu'on leur a fait abandonner tout travail. Trop tard, et j'ai mieux aimé le faire trop tôt. Et
j'ai eu raison. Car il y a travail et travail. Le travail
littéraire fait un perpétuel appel à ces sentiments qui
sont liés à la souffrance (« Quand par tant d'autres
nœuds tu tiens à la douleur[2] »). C'est faire un mouvement qui intéresse un organe blessé qu'il faut au

—————

1. Les parents de Marcel Proust avaient quitté Paris pour Évian
le 12 août 1902.
2. Alfred de Musset, *Premières Poésies*, « Don Paez », II (« Amour,
fléau du monde, exécrable folie, / Toi qu'un lien si frêle à la volupté
lie, / Quand par tant d'autres nœuds tu tiens à la douleur [...] »).

contraire laisser immobile. Ce qu'il faudrait au
contraire c'est de la frivolité et de la distraction. Mais
nous sommes au mois d'août. Et puis malgré tout,
cela va mieux, au moins en ce moment. Même
aujourd'hui je me trouve heureux ! – Quant à tes critiques elles sont extraordinaires. Tu te plains que
prendre mon repas un soir à neuf heures, et le lendemain à une heure de l'après-midi est irrégulier. C'est
vrai. Mais puisque je faisais l'irrégularité de rester
levé ce jour-là et de sortir toute la journée, pouvais-
je (surtout n'ayant même pas *touché* mon lit) ne pas
manger avant neuf heures du soir – . Et ayant, défaill-
lant, mangé à une heure, fallait-il risquer de ne pas
me coucher encore la nuit suivante, en remangeant à
neuf heures. La vérité c'est qu'on ne devrait jamais
rien te dire, car tu juges trop toutes choses « *ab uno* ».
Tu trouves étonnant que je sois allé voir Vaquez et
tu dis à ce propos que tous les médecins disent la
même chose. Comme ils m'ont tous dit le contraire,
je ne suis pas de ton avis. Mais ayant quelque chose
que je n'avais jamais eu et qui me forçait à renoncer
au traitement qui me faisait du bien, il fallait bien que
je consulte à la fois pour mon cœur, et pour mon
estomac-intestin (que je croyais un peu cause de mes
malaises, à tort). Faisans était absent, Papa parti, Bize
occupé, j'ai pensé à Vaquez qui est un bon garçon
intelligent et sérieux. Je ne te dis pas que j'y sois allé
avec la certitude que si j'avais quelque chose au cœur
il me le dirait. Mais du moins du moment qu'il n'y a
pas d'indications spéciales, et que je n'ai pas à m'occuper de mon estomac, c'est une grande chose que
de le savoir. Pour en finir avec les consultations,
demande à Papa ce que signifie une brûlure au
moment de faire pipi qui vous force à interrompre,
puis à recommencer, cinq ou six fois en un quart
d'heure. Comme j'ai pris ces temps-ci des océans de
bière peut-être cela vient-il de là. – .
   J'ai demandé un service pour *Le Figaro* (pas pour
moi, pour Fénelon) à Baya [1] qui a été fort aimable. Je

---

1. E. Rabaya, membre de la rédaction du *Figaro*.

me suis peut-être (tu vois que je m'expose sans peur à la critique) un peu pressé de devancer les désirs de Fénelon en ceci, car il ne tenait pas à cette chose du *Figaro*. D'ailleurs j'ignore encore la fin. – . Je n'ai pas continué le récit de mes nuits. J'ai continué, encore calme, à ne plus prendre de trional, et j'ai refait, demi-heure par demi-heure, une nuit suffisante et j'ai été vraiment excessivement bien. À ce propos Arthur[1] me parle de[2]

_____

à Antoine Bibesco

Lundi [3 novembre 1902][3]

Mon petit Antoine,

Quand je pense que tu ne me permettais même pas de te parler de ce que je ne savais pas encore tes inquiétudes, j'ai peur que tu ne jettes avec colère une lettre de moi en ce moment[4]. Je sais bien que moi, comme tous ceux qui ont peu connu ta mère, qui ne peuvent rien te rappeler d'elle, sont devenus pour toi des étrangers. Mais tout de même, permets-moi, sans troubler un instant ta douleur, de te dire à quel point j'en suis possédé. Si tu savais depuis ce matin combien de fois j'ai refait, mon pauvre petit, ton voyage, le moment où tu as appris tout, ton arrivée trop tard et tout ce qui a pu suivre. J'ai peur de

_____

1. Domestique des Proust.
2. La fin de la lettre manque dans *Mère* et *Kolb*.
3. Lettre publiée dans *Bibesco* (60-62) ; *Kolb* (III, 168-169). Datée de 1903 par le destinataire (*Bibesco*, 60), elle a été écrite immédiatement après la lecture de l'annonce de la mort de la princesse Alexandre Bibesco, mère de celui-ci, parue dans *Le Figaro* le lundi 3 novembre 1902.
4. Voir note précédente.

la violence de ton chagrin, je voudrais pouvoir être près de toi sans que tu le saches ; cela me rendrait bien malheureux de te voir ainsi, mais peut-être moins que de ne rien savoir, de trembler à tout moment, de me dire à chaque minute qu'en ce moment même tu as un sanglot à te briser. Ma tendresse pour maman, mon admiration pour ta mère, ma tendresse pour toi, tout cela s'unit pour me faire ressentir ta souffrance à un point que je ne croyais pas qu'on pouvait souffrir du malheur d'un autre, même quand cet autre était devenu un peu vous-même, tant on avait pris l'habitude d'en faire la plus grande partie de son bonheur, qui se trouve détruit en même temps que le sien. Quand je pense que tes pauvres yeux, tes pauvres joues, tout ce que j'aime tant parce que ta pensée et ton sentiment y habitent, s'y expriment, y vont et viennent sans cesse, pas en ce moment, seront si longtemps, seront toujours remplis de chagrin, et maintenant pleins de larmes. Cela me fait mal physiquement de t'imaginer ainsi. Je t'écrirai, je ne t'écrirai pas. Je te parlerai de ta peine, je ne t'en parlerai pas, je ferai ce que tu voudras. Je ne te demande pas d'avoir de l'affection pour moi. Tous les autres sentiments doivent être brisés. Mais je n'ai jamais senti que j'en avais autant pour toi. Je suis très malheureux.

                                                    Marcel Proust.

———

à Antoine Bibesco

Lundi [novembre 1902] [1]

Mon petit Antoine,

Je ne sais rien de toi, et malgré cela j'en sais trop, car j'éprouve, en pensant à toi, c'est-à-dire tout le temps, ce qu'on éprouve dans la jalousie, bien que cela n'ait aucun rapport. Je veux dire, sans pouvoir rien savoir de précis, imaginer sans cesse tout ce qui peut le plus vous torturer, c'est-à-dire te voir à toute minute, ou pleurant à me désespérer de te voir ainsi ou, avec un calme effrayant, à te désoler [2] de ne plus te voir pleurer pour te détendre un peu. Et je n'imagine pas seulement ta pauvre figure, ton insomnie, si tu dors ton sommeil, tes horribles rêves, tes rêves plus horribles s'ils sont doux, tes réveils, mais toutes tes pensées, et c'est ce qui me fait le plus de mal ; et je me dis tout de même ceci : la princesse Bibesco admirait son fils à un degré inouï. Tout de même ce serait une joie pour Antoine de penser qu'elle est encore avec lui, qu'elle a mal et souffre de le voir se faire mal à avoir tant de chagrin, de s'efforcer d'avoir non pas moins de chagrin, non pas d'oublier – ce que tu ne feras jamais – mais de rendre son chagrin compatible avec l'énergie de la vie intellectuelle qui seule – pardonne-moi, mon petit Antoine, de te dire déjà des paroles de courage – te permettra de devenir ce que ta mère voulait et d'avoir les triomphes qu'elle ambitionnait pour toi. Sans doute ils seront maintenant sans douceur, car la pensée de lui faire plaisir était ton plus grand stimulant et tu ne pourras plus la voir sourire et lui apporter, et mettre à ses pieds, tes couronnes. Mais tu les déposeras sur sa tombe. Mon

---

1. Lettre publiée dans *Bibesco* (62-64) ; *Kolb* (III, 172-174). Sur la datation erronée de cette lettre par le destinataire (1903), voir *supra*, p. 89, note 3.

2. La phrase perd ici son sens : sans doute faut-il lire « *me* désoler » plutôt que « *te* désoler ».

petit Antoine, dans des jours où j'étais malheureux, j'ai contracté une grande tendresse que j'ai gardée depuis pour ces paroles de Ruskin que je n'ai, pour croire vraies et certaines, que de penser qu'un esprit comme le sien, tellement plus grand que le nôtre et qui eût bien plus vite que nous aperçu les objections, mais qui les avait dépassées, tenait pour vraies et certaines : « If parting with the companions that have given you all the best joy you had on earth, you desire ever to go where eyes shall no more be dim, not hands fail, if feeling no more gladness, you would care for the promise to you of a time when you should see God's light again, and know the things I have longed to know, and walk in the peace of everlasting love [1] », etc. Si tu penses que de tels accents peuvent être, en ce moment, écoutés par ton frère [2] et lui sembler doux, cite-lui ce passage. Je lui ai écrit il y a deux jours, mais je n'ai pas osé lui citer ces paroles. Je me souviens pourtant du bien qu'elles m'ont fait. Et je ne pense pas que leur pouvoir apaisant soit à jamais épuisé. Maintenant, je n'aime plus que les personnes qui peuvent me parler de ta mère ou de toi. Crois, mon petit Antoine, à ma tendresse profonde.

Marcel Proust.

---

1. Citation incomplète ou imparfaite d'un passage du chapitre IV de *The Bible of Amiens*, ainsi rendu par Proust dans sa traduction parue deux ans plus tard : « Si, vous séparant des compagnons qui vous ont donné toute la meilleure joie que vous ayez eue sur la terre, vous gardiez le désir de [rencontrer de nouveau leurs regards et de presser leurs mains,] là où les regards ne seront plus obscurcis, ni les mains défaillantes ; si, [vous préparant vous-mêmes à être couchés sous l'herbe dans le silence et la solitude sans plus voir la beauté,] sans plus sentir la joie, vous vouliez vous soucier de la promesse qui vous a été faite d'un temps dans lequel vous verriez de nouveau la lumière de Dieu et connaîtriez les choses que [vous aspirerez] à connaître, et marcheriez dans la paix de l'éternel Amour [– *alors* l'Espoir de ces choses pour vous est la religion ; leur substance dans votre vie est la Foi.] » (*La Bible d'Amiens*, Mercure de France, 1904, p. 340).

2. Emmanuel Bibesco.

Reviendras-tu bientôt ? Je crois qu'on me fera quitter Paris cet hiver, mais je voudrais attendre de t'avoir revu.

_____

à Antoine Bibesco

Jeudi [fin 1902][1]

Mon petit Antoine

J'avais beau penser tout le temps à ton chagrin et l'imaginer cruellement, quand j'ai reçu ta pauvre lettre, quand j'ai vu ta petite écriture entièrement changée, presque pas reconnaissable, avec ses lettres diminuées, rétrécies, comme des yeux qui sont devenus tout petits à force de pleurer ; ç'a été pour moi un nouveau coup comme si pour la première fois j'avais la sensation nette de ta détresse[2]. Je me rappelle que quand maman a perdu ses parents[3], (ce qui a été pour elle une douleur après laquelle je me demande encore comment elle a pu vivre), j'avais eu beau la voir tous les jours et toutes les heures chaque jour, une fois que j'étais allé à Fontainebleau je lui ai téléphoné, et dans le téléphone tout d'un coup m'est arrivée sa pauvre voix brisée, meurtrie, à jamais une autre que celle que j'avais toujours connue, pleine de fêlures et de fissures, et c'est en en recueillant dans le récepteur les morceaux saignants et brisés que j'ai eu pour la première fois la sensation atroce de ce qui s'était à jamais brisé en elle[4]. Ainsi de ta lettre où se

_____

1. Lettre publiée dans *Bibesco* (64-69) ; *Kolb* (III, 182-186).
2. Le destinataire avait perdu sa mère, la princesse Alexandre Bibesco, le 31 octobre 1902.
3. Jeanne Proust avait perdu sa mère en 1890 et son père en 1896.
4. Sur ce motif célèbre, voir *Jean Santeuil* (« Puis tout d'un coup – c'est comme si tout le monde s'étant allé de la chambre il tombait

sent ta lassitude infinie d'écrire, aussi bien de parler
de ton chagrin que de n'en pas parler. Ta lettre m'a
fait plaisir si je peux dire ainsi, mais m'a rendu bien
malheureux. Quant à te rejoindre tu n'as pas
compris ma proposition. Autant il *faudra* que je quitte
Paris autant il ne m'est à peu près pas matériellement
possible de le quitter tout de suite. Et bien que la
raison en soit encore absolument secrète, je te la dirai,
si tu veux, et pour que tu en juges. Je ne te demande
pas d'écrire maintenant que j'ai senti quel effort
c'était pour toi. Mais ne peux-tu me faire dire par
quelqu'un tes intentions et si ma proposition d'aller à
Corcova passer mars, avril, mai, juin si tu veux (et s'il
n'y a pas de fleurs) t'irait. Je sens que tu vas revenir à
Paris presque au moment où je le quitterai et cela me
désole, ou plutôt cela ne me désole pas, car alors je
ne le quitterai pas, quoi qu'il arrive, et m'arrangerai
toujours à passer un bon mois près de mon pauvre
petit Antoine, à pleurer près de lui, ou plutôt à ne pas
pleurer, à tâcher de le rattacher à la vie, à être gentil,
gentil, tout ce que je pourrai. Hélas déjà je me repro-
chais, dans mes lettres de ne t'avoir parlé que de ta
douleur et je voulais commencer à te parler de choses
et d'autres en commençant par les moins offensantes
pour ta peine et celles qui, ayant un petit intérêt d'intelligence ou un petit attrait d'habitude, retrouve-
raient le plus aisément et en te faisant le moins de

---

dans les bras de sa mère – vient là tout contre lui, si douce, si
fragile, si délicate, si claire, si fondue – un petit morceau de glace
brisée – la voix de sa mère. "C'est toi, mon chéri ?" C'est comme
si elle [lui] parlait pour la première fois, comme s'il la retrouvait
après la mort dans le paradis. Car pour la première fois, il entend
la voix de sa mère », *Jean Santeuil*, 360) et *Le Côté de Guermantes*
(« [...] ma grand-mère m'avait déjà demandé ; j'entrai dans la
cabine [...] cette voix m'apparaissait changée [...] je découvris
combien elle était douce [...]. Elle était douce, mais aussi comme
elle était triste, d'abord à cause de sa douceur même, presque
décantée, plus que peu de voix humaines ont jamais dû l'être, de
toute dureté, de tout élément de résistance aux autres, de tout
égoïsme ; fragile à force de délicatesse, elle semblait à tout moment
prête à se briser, à expirer en un pur flot de larmes, puis l'ayant
seule près de moi, vue sans le masque du visage, j'y remarquais,
pour la première fois, les chagrins qui l'avaient fêlée au cours de
sa vie », *RTP*, II, 432-433).

violence, « le chemin de ton cœur [1] ». Mais ta pauvre
lettre me rejette au bas du chemin que j'avais gravi
avec mes petites nouvelles qui pouvaient non pas t'intéresser, mais enfin entrer dans ton attention. Et je te
sens si épuisé, si détaché – ou si absorbé – que je
n'ose plus rien te dire et n'ose plus rien te raconter
de ce que je voulais. Je vais te dire (jure-moi que tu
ne le répéteras pas) la chose qui m'empêche de partir
tout de suite (à moins que je ne te sois indispensable),
auquel cas je partirai quand même, c'est que mon
frère va sans doute se marier, qu'il va falloir que j'aille
voir la jeune fille que je ne connais encore pas, etc.
Seulement, ceci, personne ne le sait et ne doit le
savoir. Si, en décembre, tu veux faire quelque chose
tout de même sans moi, plutôt que d'aller en Égypte,
tu ferais mieux d'aller à Constantinople [2]. Tout le
monde parle de toi avec une grande et triste sympathie. Plusieurs amies à toi que j'ai connues depuis
peu comme Mme Le Bargy et Mme Tristan Bernard
m'ont très touché en me parlant de toi. Mais je vais
te dire ce qui m'a le plus touché. J'étais allé chez Gallé
pour faire arranger quelque chose à un vase. On me
répond que les ouvriers ne peuvent travailler,
M. Gallé père étant mort le jour même. Je réponds
à l'employé que ce doit être une grande peine pour
M. Gallé. – « Monsieur Gallé ne le sait pas. »
– « Comment cela se fait-il ? » – « Il est en ce moment
dans un état de désespoir qui a compromis sa santé
au point qu'on n'ose pas lui annoncer une nouvelle
qui pourrait lui être fatale. » – « Ce désespoir est-il
causé par la maladie de son père ? » – « Non, il ne
savait pas que son père fût malade. Mais M. Gallé a
perdu il y a un mois la personne qu'il admirait le plus

    1. Racine, *Phèdre*, IV, 6.
    2. Bibesco, destinataire puis éditeur de cette lettre, a ici sup-
primé un bref passage, rétabli par Kolb, dans lequel Proust justifie
sa recommandation d'aller à Constantinople par le fait que s'y
trouve Bertrand de Fénelon et que « ton ancienne amitié pour lui
te rendrait en somme sa compagnie assez douce et de celles pour
lesquelles on n'est pas obligé de faire taire son chagrin et qui sont
si insupportables » (*Kolb*, III, 183).

au monde, la princesse Bibesco, et depuis ce jour-là il est dans un abattement tel qu'on a dû l'isoler, lui interdire toute occupation. Et Monsieur, nous le comprenons tous, c'était une femme si bonne », ... etc. et cet employé ne se doutait pas que je te connaissais. Et cela c'est cent fois que je l'ai entendu dire.

Pardon, mon petit Antoine, je ne te dis que des choses qui peuvent te faire de la peine. Maintenant, c'est fini. Je ne t'écrirai plus et quand je te verrai, je ne te parlerai que de choses et d'autres. Si tu ne te sens pas la force de me lire, tu ne me liras pas, et de m'écouter, tu me quitteras, mais cette complicité avec ta douleur serait trop coupable et je ne me la permettrai plus. Ta mère blâmerait durement l'ami criminel qui entretient, je ne dis pas à plaisir mais par faiblesse et désolation, les larmes de son fils. Je suis sûr, si je te voyais, que nous trouverions dans des occupations sérieuses et graves un compromis entre des consolations que tu repousserais et des distractions qui n'en seraient pas pour toi, et une douleur où tu ne dois tout de même pas t'abîmer quand cela ne serait que pour garder la force et l'intégrité et la pureté du souvenir, de la vision d'un passé que les larmes finiraient par troubler et par obscurcir. Aussi ce mariage tombe-t-il insupportablement. Mais avant même que je le sache d'une façon certaine, je t'avais dit que ma proposition ne s'appliquait qu'à fin février, mars, avril, et aussi tard que tu voudrais. C'est sur cela que je voudrais bien une réponse, quitte à venir tout de suite, si la chose se trouvait rompue. Quant à rester tout l'hiver à Paris, je ne le pourrai pas, ni physiquement, ni moralement. Mais cependant si tu reviens en janvier, ou à quelque époque que tu reviennes, je retarderai mon départ pour rester près de toi un peu, si tu crois que tu voudras bien me voir un peu, et que le chagrin que j'ai de ton malheur te rendra plus supportable de ma part la réinitiation à l'intérêt de la vie, aux formes diverses de la vie de l'esprit et aux modes de l'activité. J'ai trouvé Mme Le Bargy pas du tout comme je la croyais, et tout à fait comme tu me

l'avais dit, très très intelligente. J'ai fait sa connaissance le soir de la répétition de *Joujou*[1]. Sée m'avait
mené chez elle à deux heures du matin lui en annoncer le four. Et quand on a vu une personne, tous les
jours suivant on la revoit. Dans la semaine j'ai dîné
deux fois à côté d'elle chez Mme de Pierrebourg et
chez Mme Straus et je l'ai trouvée vraiment très bien.
J'ai dîné ce soir chez les Noailles avec ta cousine
Marghiloman[2] que je sais que tu aimes bien, mais je
n'ai pas eu l'occasion de lui parler. Du reste j'ai dîné
plusieurs fois chez tes cousines qui sont bien gentilles.

Mais tu es la seule personne que j'aimerais vraiment voir en ce moment. Et je t'embrasse comme je
t'aime, de tout mon cœur.

                                        Marcel Proust.

_____

à madame Adrien Proust

[Début décembre 1902][3]

Ma petite Maman,

Puisque je ne peux pas te parler je t'écris pour te
dire que je te trouve bien incompréhensible. Tu sais
ou devines que je passe toutes mes nuits dès que je
suis rentré à pleurer, et non sans cause ; et tu me dis
toute la journée des choses comme : « je n'ai pas pu
dormir la nuit dernière parce que les domestiques se
sont couchés à onze heures ». Je voudrais bien que
cela soit ça qui m'empêche de dormir ! Aujourd'hui

_____

1. Comédie d'Henry Bernstein, dont la répétition générale eut
lieu au théâtre du Gymnase le 24 novembre 1902.
2. Mme Alexandre Marghiloman.
3. Lettre publiée dans *Mère* (202-205) ; *Kolb* (III, 190-192).

j'ai eu le tort, étouffant, de sonner (pour avoir à fumer) Marie qui venait de me dire qu'elle avait fini de déjeuner et tu m'en as instantanément puni en faisant, dès que j'ai eu pris mon trional, clouer et crier toute la journée. J'étais par ta faute dans un tel état d'énervement que quand le pauvre Fénelon est venu avec Lauris, à un mot, fort désagréable je dois le dire qu'il m'a dit, je suis tombé sur lui à coups de poing (sur Fénelon, pas sur Lauris) et ne sachant plus ce que je faisais j'ai pris le chapeau neuf qu'il venait d'acheter, je l'ai piétiné, mis en pièces et j'ai ensuite arraché l'intérieur[1]. Comme tu pourrais croire que j'exagère je joins à cette lettre un morceau de la coiffe pour que tu voies que c'est vrai. Mais tu ne le jetteras pas parce que je te demanderai de me le rendre pour si cela peut encore lui servir. Bien entendu si tu le voyais pas un mot de ceci. Je suis du reste bien content que cela soit tombé sur un ami. Car si sans doute à ce moment là Papa ou toi m'aviez dit quelque chose de désagréable, certainement je n'aurais rien fait, mais je ne sais pas ce que j'aurais dit. C'est à la suite de ça que j'ai eu si chaud que je n'ai plus pu m'habiller et que je t'ai fait demander si je devais dîner ou non ici. À ce propos tu crois faire plaisir aux domestiques et me punir à la fois en me faisant mettre en interdit et en disant qu'on ne vienne pas quand je sonne, qu'on ne me serve pas à table etc. Tu te trompes beaucoup. Tu ne sais pas comme ton valet de chambre était gêné ce soir de ne pouvoir me servir. Il a tout mis près de moi et s'est excusé en me disant : « Madame me commande de faire ainsi. Je ne peux pas faire autrement. » – Quant au « meuble » que tu m'as retiré comme du dessert, je ne peux m'en passer. Si tu en as besoin, donne m'en un

----

1. L'incident est évidemment à rapprocher de celui du chapeau de Monsieur de Charlus, détruit par le Narrateur à la fin du *Côté de Guermantes* (*RTP*, II, 847). On relève qu'à la présence des valets de pied épiant la scène, dans le roman, correspond ici celle, muette et quelque peu accusatrice à l'égard de Mme Proust, de sa femme de chambre Marie.

autre ou alors j'en achèterai un. J'aimerais mieux me passer de chaises. – Pour ce qui est des domestiques tu sais que je suis psychologue et que j'ai du flair et je t'assure que tu te trompes du tout au tout. Mais cela ne me regarde pas et je serai toujours content de seconder tes vues à cet égard quand tu m'en auras prévenu car je ne peux deviner que quand Marie a fini de déjeuner je m'expose à la faire renvoyer en lui demandant du feu dans une chambre où Fénelon et Lauris n'ont pu rester malgré leur paletot, et à fumer. Mais je suis affligé – si dans la détresse où je suis, toutes ces petites querelles me laissent bien indifférent[1] – de ne pas trouver dans ces heures vraiment désespérées le réconfort moral sur lequel j'aurais cru pouvoir compter de ta part. La vérité c'est que dès que je vais bien, la vie qui me fait aller bien t'exaspérant, tu démolis tout jusqu'à ce que j'aille de nouveau mal. Ce n'est pas la première fois. J'ai pris froid ce soir ; si cela se tourne en asthme qui ne saurait tarder à revenir, dans l'état actuel des choses, je ne doute pas que tu ne seras de nouveau gentille pour moi[2], quand je serai dans l'état où j'étais l'année dernière à pareille époque. Mais il est triste de ne pouvoir avoir à la fois affection et santé. Si j'avais les deux en ce moment ce ne serait pas de trop pour m'aider à lutter contre un chagrin qui surtout depuis hier soir (mais je ne t'ai pas vue depuis) devient trop fort pour que je puisse continuer à lutter contre lui. Aussi j'ai voulu mais trop tard ravoir ma lettre pour M. Vallette[3]. D'ailleurs je pourrai lui écrire en sens contraire ; Nous en reparlerons.

Mille tendres baisers.

Marcel.

---

1. Proust semble vouloir dire ici le contraire de ce qu'il écrit.

2. Plus exactement : « que tu seras de nouveau gentille pour moi ».

3. Il s'agit d'une lettre du 6 octobre, dans laquelle Proust annonce à Alfred Vallette, directeur du Mercure de France, qu'il s'apprête à finir sa *Bible d'Amiens* et envisage de se mettre à préparer une anthologie de *Pages choisies* de Ruskin (*Kolb*, III, 187).

à Pierre Lavallée

Samedi soir [mars 1903][1]

Mon petit Pierre,

Souffre qu'une amitié qui fut étroite et intime – qui
est déjà ancienne – et qui, à la nouvelle du malheur
affreux qui te frappe, sent renaître pour toi toute sa
tendresse d'autrefois, vienne par ce petit mot, non
pas troubler ta grande douleur, mais te dire du fond
du cœur combien elle s'y associe[2]. Ton frère si fin,
si charmant, si bon, qui t'aimait, qui t'admirait tant,
jamais, jamais plus nous ne le verrons ! Cette chose
atroce me désespère et me révolte. Il y avait bien
longtemps que je n'avais vu ton frère. Mais, dans
l'isolement où la maladie m'a réduit j'avais pris l'habitude de penser souvent et sans raison à ceux pour qui
j'avais eu de la sympathie ou de l'amitié, avec tant
d'intensité que leur compagnie spirituelle me valait
une réelle présence. Ton frère était de ceux que j'ai
peu connus mais dont la silhouette charmante, la distinction, la douceur exquises étaient restées dans mon
souvenir et que j'évoquais constamment avec un
grand désir qu'il soit heureux, que la vie lui soit douce
et longue. Hélas ! Mais tu penses le renforcement
atroce que prend mon chagrin et le regret que je ne
perdrai jamais de lui, quand je pense à votre désespoir à tous et de sa jeune femme délicieuse, si douce,
une des personnes les plus accomplies que j'aie
jamais connues. Mais surtout ta douleur à toi, mon
petit Pierre, me fait mal, m'est presque impossible
physiquement à imaginer. Je t'écris du fond de mon
lit, et ces quelques lignes, lambeau seulement de mes

---

1. Lettre publiée dans *Corr. Gén.* (IV, 25-26) ; *Kolb* (III, 256-
258).

2. Pierre Lavallée, condisciple de Proust à Condorcet, puis son
camarade à l'époque de leurs études de droit, venait de perdre
son frère Robert, le 27 février 1902.

pensées constantes qui depuis que j'ai appris cet affreux malheur sont toutes à toi, à lui, à vous tous et de longtemps ne s'en détacheront, c'est tout ce que je peux t'apporter de sympathie et d'amitié, pouvant si difficilement sortir. Si cependant, ces premiers jours passés, une causerie avec quelqu'un qui ne demande qu'à pleurer avec toi pouvait t'être douce, je viendrais chaque soir que tu voudras, tous les soirs pendant quelque temps, si tu veux. Je suis tout à toi et, pour tout ce que tu voudras, à ta disposition entière. Mais fais-moi signe. Car je ne veux pas être indiscret et je sais qu'il y a des heures où ceux qui sont les plus affligés de notre peine sont encore des indifférents qui nous rappellent trop peu de celui que nous aimons, pour pouvoir supporter leur vue. Tu verras toi-même ce que tu sens à cet égard et si tu crois que ma sympathie et mon chagrin sincères te feront plutôt du mal ou du bien.

Tout à toi dans ces affreux jours,

Marcel Proust.

à madame Adrien Proust

[9 mars 1903] [1]

Ma chère petite Maman,

Avec l'inverse prescience des Mères, tu ne pouvais plus intempestivement que par ta lettre faire avorter immédiatement la triple réforme qui devait s'accomplir le lendemain de mon dernier dîner en ville (celui de jeudi dernier, Pierrebourg) et que mon

1. Lettre publiée dans *Mère* (206-210) ; *Kolb* (III, 265-269).

nouveau refroidissement avait retardée. C'est malheureux car après il sera trop tard. À partir du mois
de mai jusqu'à la fin de juillet, même si je m'étais levé
avant à cinq heures du matin, je ne me serais levé en
aucun cas avant sept heures du soir sachant trop ce
qui en résulte pour mon asthme à cette saison. Mais
tu devais bien penser que si j'avais l'intention de
changer il suffisait de me dire : « change, ou tu n'auras pas ton dîner » pour que je renonce immédiatement à changer – et en ceci me montrant non pas
frivole et capricieux, mais grave et raisonnable – et
que si je n'avais pas l'intention de changer, ce n'était
pas une menace ou une promesse qui me ferait changer, ce qui à mes propres yeux et à tes propres yeux
m'aurait donné l'air de quoi[1] ? –. Quant au fait même
du dîner que tu appelles avec tant de délicatesse un
dîner de cocottes, il aura lieu à une date qui n'est
pas encore choisie mais qui sera vraisemblablement
le 30 mars, ou peut-être le 25, parce que je ne peux
pas faire autrement et qu'il est plus important pour
moi qu'il ait lieu avant Pâques que ne pourra être
nuisible pour moi la faillite où il va me mettre. Car
c'est au restaurant que je le donnerai inévitablement,
puisque tu me refuses de le donner ici. Et je ne me
fais aucune illusion : bien que tu dises que tu n'agis
pas par représailles, tu ne me donneras pas pour le
donner au restaurant une somme représentant ce
qu'il t'aurait coûté ici. Tout ceci est d'autant plus singulier que sans parler d'autres raisons peut-être plus
graves et dont je n'ai pas à parler ici, Calmette pour
ne prendre que lui, ou Hervieu, sont aussi utiles
pour moi que Lyon-Caen pour Papa ou ses chefs

---

1. Dans *Sodome et Gomorrhe*, les recommandations faites au
Narrateur par sa mère afin qu'il s'éloigne d'Albertine ont pour
conséquence que, s'apprêtant à voir moins la jeune fille, il suspend
sa décision : « Je dis à ma mère que ses paroles venaient de retarder
de deux mois peut-être la décision qu'elles demandaient et qui sans
elles eût été prise avant la fin de la semaine » (*RTP*, III, 407). On
relève dans ce passage du roman le motif de la prodigalité du fils,
également développé dans la présente lettre (« sa main est un creuset où l'argent se fond » ; *RTP*, III, 406).

pour Robert. Et le désordre dont tu te plains ne t'empêche pas de donner les dîners qu'ils désirent. Et l'état où je peux être ne m'empêche pas si souffrant que je sois ce jour-là d'y venir. Tu me feras donc difficilement croire que s'il ne s'agit pas de représailles, ce qui est possible quand il s'agit d'eux, devienne impossible quand il s'agit de moi. La vérité c'est que j'aurais besoin de quatre ou cinq dîners, un pour Cardane, un pour Vallette en tous cas. Mais je ne peux les avoir avec les gens chics que désire Calmette, de même que je ne puis avoir Hervieu avec Mme Lemaire, et que je suis obligé de commencer par l'un des deux, pour avoir l'autre ensuite. Je ne comprends donc pas pourquoi ces dîners possibles quand ils sont utiles à Papa ou à Robert, et pour lesquels mon concours, pourtant plus difficile à donner dans mon état de santé que le vôtre, ne vous a jamais fait défaut, deviennent impossibles quand il s'agit de dîners utiles pour moi. Ou plutôt je le comprends, mais en l'interprétant autrement que toi. – . J'ai en ayant beaucoup de fièvre travaillé cette nuit à Ruskin et je suis très fatigué [ce] qui est surtout le sentiment qui domine chez moi devant tous les obstacles que la vie oppose tour à tour à tous mes essais de la reprendre et je ne t'écris pas plus longuement. Je te disais vers le 1er décembre quand tu te plaignais de mon inactivité intellectuelle que tu étais vraiment bien impossible, que devant ma vraie résurrection, au lieu de l'admirer et d'aimer ce qui l'avait rendue possible, il te fallait aussitôt que je me remette au travail. Je l'ai fait cependant et au travail que tu désirais [1]. Si j'avais pu le faire dans un endroit plus sain, et chauffable sans bouches, cela m'aurait-il moins épuisé, je ne sais, et à vrai dire je ne le crois pas. Néanmoins

---

1. L'indication de la préférence de Mme Proust pour le travail sur Ruskin amène à supposer que son fils avait envisagé à cette époque d'en poursuivre un autre. S'agit-il de la suite de son roman (*Jean Santeuil*) ou d'un nouveau papier mondain, après l'article sur le salon de la princesse Mathilde paru dans *Le Figaro* le 25 février 1903 ?

je vis encore à peu près et malgré la dose énorme de travail que j'ai fournie tu me rapportes quotidiennement des témoignages de gens étonnés et heureux de me voir si bien, et j'ai trouvé le moyen quelque écrasant que cela ait été pour moi de participer au mariage de Robert[1]. Tout cela ne te suffit pas ou plutôt ne te compte pour rien et jusqu'au jour où je serai repris comme il y a deux ans, tu trouveras tout mal. Il n'y a pas jusqu'à cette malheureuse *Renaissance latine* ! Tu t'arranges à m'empoisonner les jours où elle paraît[2]. Et tu comprends que dans les dispositions d'esprit où je vais la recevoir je n'aurai pas beaucoup plus de plaisir du deuxième numéro[3], que à cause de toi je n'ai eu du premier. – Et comme il n'y en aura pas de troisième – Mais je ne prétends pas au plaisir. Il y a longtemps que j'y ai renoncé. Et celui-là était vraiment trop frivole. – Seulement je ne comprends pas qu'au moment où tu me demandes de faire des comptes etc. tu me rejettes de nouveau dans le déficit en me faisant donner au restaurant un dîner qui devait avoir lieu *avant les fiançailles de Robert,* puisque vous m'avez prié de le remettre après le 3 février. J'ai trop attendu, voilà tout. Au lieu de dormir tantôt je t'ai répondu et je suis brisé. Je ne sais encore si je pourrai dîner dans la salle à manger. Tâche qu'il y fasse bien chaud. Avant-hier il y faisait si froid que j'y ai pris froid, fatigué comme je suis en ce moment. Ne pouvant plus y tenir je suis sorti, tu t'en souviens, malgré le brouillard, pour me réchauffer et j'ai repris l'accès de fièvre dont je souffre en ce moment. Tu ne peux, ni n'es sur le chemin de pouvoir, me faire du bien positif. Mais en m'évitant des refroidissements trop fréquents tu m'en feras négativement et beaucoup. Cela compliquera moins une

---

1. Robert Proust, frère de Marcel, épousa Marthe Dubois-Amiot le 31 janvier 1903. Mme Proust, souffrante, n'avait pu se rendre à la mairie pour assister à la cérémonie.

2. Un premier extrait de *La Bible d'Amiens* traduite par Proust avait paru dans *La Renaissance latine* du 15 février 1903.

3. *La Renaissance latine* devait donner un second extrait de la traduction de *La Bible d'Amiens* le 15 mars 1903.

existence que je souhaiterais pour toutes raisons, mener dans une maison distincte. Mais étant donné que je paie mes poudres (ce que tout le monde trouve fantastique et que je trouve naturel) peut-être il me faudrait aussi payer mon loyer. Je me résigne donc à la vie telle qu'elle est. La tristesse dans laquelle je vis n'est pas sans donner beaucoup de philosophie. Elle a l'inconvénient de vous faire accepter aussi naturellement presque, la tristesse des autres que la vôtre propre. Mais du moins si je t'attriste c'est par des choses qui ne dépendent pas de moi. Dans toutes les autres je fais toujours ce qui peut te faire plaisir. Je ne peux pas en dire autant de toi. Je me suppose à ta place et ayant à te refuser de donner non pas un, mais cent dîners ! Mais je ne t'en veux pas et te demande seulement de ne plus m'écrire de lettres nécessitant des réponses car je suis brisé et n'aspire qu'au plus complet éloignement de toutes ces fatigues.

Mille tendres baisers,

Marcel.

à madame Adrien Proust

[Mi-juillet 1903] [1]

Ma chère petite Maman

Merci infiniment de ton petit mot. Il m'a été bien agréable, car j'étais sorti et je rentrais avec le regret de n'avoir pu te remercier de ce charmant dîner [2] et

---

1. Lettre publiée dans *Mère* (214-216) ; *Kolb* (III, 373-375).
2. Cette lettre fait vraisemblablement suite au dîner que Proust donna chez ses parents et sous leur présidence le 16 juillet 1903. Y avaient été invités Gaston Calmette, Antoine Bibesco, Léon Yeatman, Bertrand de Fénelon, Georges de Lauris, Francis de Croisset, René Blum.

en lisant avec reconnaissance ton papier, c'est comme si j'avais un peu causé avec toi. « Cette fête a été charmante » en effet comme tu dis, grâce à ta gentille prévoyance et à tes talents d'organisation. Mais j'ai bien pleuré après le dîner, moins peut-être des désagréments que me cause l'absurde sortie de Bibesco – et de la répartie si injuste de Papa – que de voir qu'on ne peut se fier à personne et que les amis les meilleurs en apparence ont des trous si fantastiques que tout compensé ils valent peut-être encore moins que les autres. J'ai dit cent mille fois à Bibesco combien la fausse interprétation que vous avez adoptée de ma manière de prendre l'existence empoisonne ma vie, et combien, dans la résignation où je suis de ne pouvoir vous prouver qu'elle est erronée vous êtes en ceci pour moi plus un sujet de préoccupation légitime que je ne suis pour vous un sujet de préoccupations gratuites. Par surcroît de précaution, avant le dîner je lui ai rappelé : « pas de plaisanteries sur les pourboires d'une part – de l'autre pas de questions saugrenues à Papa : "Monsieur, croyez-vous que si Marcel se couvrait moins" » etc. – Comme il a un reste de nature sauvage, fâché de ce que j'avais raconté qu'il avait joué *en revenant de la Revue* dans l'église il a cru exercer une vengeance, dont il a protesté depuis qu'il n'avait pas compris la portée, en disant exactement les choses que je lui avais défendu de dire (je veux dire le genre de choses, car bien entendu je ne lui avais pas défendu de dire que j'avais donné soixante francs, puisque j'avais donné cinquante centimes). Je crois que la vue de mon chagrin, lui a donné des remords. Mais cela m'est égal et j'ai refusé de lui pardonner. Ce n'est pas un enfant, ni un imbécile, et s'il est capable, une fois averti, de grossir démesurément entre Papa et moi des malentendus qu'il n'est plus ensuite en mon pouvoir de dissiper, s'il m'atteint par conséquent dans des affections de famille qui me sont plus chères que mon affection pour mes amis, il est quelqu'un dont il faut autant se méfier que d'un être plein de cœur et de merveilleuses qualités mais qui par moments, par effet alcoolique, ou autre, vous donnerait des coups de couteau. Je sais que je lui fait beaucoup de peine en n'oubliant pas comme il le voudrait – et peut-être comme la sincérité de son repentir le mérite peut-être – sa vilaine action. Mais je ne le puis. Et quelque plaisir que cela puisse être pour moi d'avoir à la maison des amis, et de les sentir si gentiment et si brillamment reçus, je préfère n'en avoir jamais, si les réunions les plus intimes et qui devraient être les plus cordiales dégénèrent ainsi en luttes qui laissent ensuite des traces profondes dans l'esprit de Papa et fortifient des préjugés contre lesquels toute l'évidence du monde ne pourrait lutter.

Bonsoir ma chère petite Maman, je te remercie encore du charmant et gentil dîner, et étant très refroidi je te quitte. Je traiterai une autre fois la question budget, ayant écrit pour ce soir, plus longuement déjà que je ne voulais. Je ne dînerai pas en même temps que vous demain. Car si refroidi je me lèverai un peu plus tard qu'aujourd'hui et vous dînez plus tôt. Et d'un autre côté je ne crois pas que je dînerai sans m'habiller pour ne pas être bloqué toute la soirée. Car je n'aurai pas encore mes épreuves du *Mercure*[1], d'après le mot que Vallette m'a écrit ce soir.

Mille tendres baisers

Marcel.

———————

———————

1. Il s'agit des épreuves de la traduction de *La Bible d'Amiens* de Ruskin, que Proust attend depuis le début du mois de juin précédent.

à Georges de Lauris

[Fin juillet 1903] [1]

Cher ami

Après le départ d'Albu [2], je me remets à penser à
vos sacrées lois [3], et dans un état de dépression et de
stupidité inouï, peut-être inséparable du parti dont je
me fais l'avocat, je note les humbles petites réflexions,
à peine réflexions de simple sens commun, très au-
dessous d'Yves Guyot et j'ose le dire du degré d'alti-
tude où s'étaient jusqu'ici situées nos discussions sur
ce sujet. Aussi déchirez vite cette lettre, je rougirais
trop que quelqu'un puisse la lire ! Je n'ai jamais pensé
jusqu'ici qu'aux vertus et aux dangers du christianisme
et à son droit à l'existence et à la liberté, mais j'essaye
maintenant de descendre à l'organisme même de vos
lois et à ce qu'elles peuvent représenter pour vous. Je
ne me rends pas compte du tout de ce que vous voulez. Est-ce faire *une* France (comme vos idées subsi-
diaires sur Saint-Cyr et celles-là trop spéciales pour
que je puisse les discuter, semblent le faire supposer)
je ne pense pas que vous souhaitiez tous les Français
pareils, rêve heureusement irréalisable puisqu'il est
stupide, mais sans doute vous désirez que tous les
Français soient amis ou du moins puissent l'être en
dehors des causes particulières et individuelles qu'ils
pourront avoir de se haïr et ainsi qu'aucune inimitié a
priori ne puisse, le cas échéant, fausser l'œuvre de la
justice comme il y a quelques années [4]. Et vous pensez

---

1. Lettre publiée dans *Lauris* (61-71) ; *Kolb* (III, 381-389).
2. Louis d'Albufera.
3. La loi du 1er juillet 1901 sur les congrégations non autorisées
qu'Émile Combes, président du Conseil et ministre de l'Intérieur et
des Cultes depuis le 7 juin 1902, avait entrepris de faire appliquer
strictement. À en croire ses souvenirs publiés (Marcel Proust, *À
un ami*, Paris, Amiot-Dumont, 1948, préface de G. de Lauris),
Georges de Lauris avait entrepris de défendre l'action de Combes
devant Marcel Proust.
4. À l'occasion de l'affaire Dreyfus.

que les écoles libres apprennent à leurs élèves à détester les francs-maçons et les Juifs (ce soir c'est en effet plus particulièrement l'enseignement qui a paru, joint à la présence d'Albu, éveiller votre colère jusqu'à vous faire mettre ma bonne foi en doute touchant Cochin, etc.) et il est vrai que depuis quelques années dans un monde sorti de ces écoles on ne reçoit plus de Juifs ce qui nous est égal en soi mais ce qui est le signe de cet état d'esprit dangereux où a grandi l'Affaire. Mais je vous dirai qu'à Illiers, petite commune où mon père présidait avant-hier la distribution des prix, depuis les lois de Ferry on n'invite plus le curé à la distribution des prix. On habitue les élèves à considérer ceux qui le fréquentent comme des gens à ne pas voir et de ce côté-là tout autant que de l'autre on travaille à faire deux France, et moi qui me rappelle ce petit village tout penché vers la terre avare, et mère d'avarice, où le seul élan vers le ciel souvent pommelé de nuages mais souvent aussi d'un bleu divin et chaque soir transfiguré au couchant de la Beauce, où le seul élan vers le ciel est encore celui du joli clocher de l'église, moi qui me rappelle le curé[1] qui m'a appris le latin et le nom des fleurs de son jardin, moi surtout qui connais la mentalité du beau-frère[2] de mon père adjoint anticlérical de là-bas qui ne salue plus le curé depuis les décrets[3] et lit *L'Intransigeant* mais qui depuis l'Affaire y a ajouté *La Libre Parole*, il me semble que ce n'est pas bien que le vieux curé ne soit plus invité à la distribution des prix comme représentant dans le village quelque chose de plus difficile à définir que l'Office social symbolisé par le pharmacien, l'ingénieur des tabacs retiré et l'opticien mais qui est tout

---

1. Peut-être Joseph Marquis, curé d'Illiers depuis 1872 – voir l'entrée « Marquis, Joseph » dans le *Dictionnaire Marcel Proust* publié sous la direction de A. Bouillaguet et B. Rogers, Honoré Champion, 2004.

2. Jules Amiot.

3. Il s'agit en fait des lois de Jules Ferry sur la dissolution des congrégations enseignantes non autorisées.

de même assez respectable, ne fût-ce que pour l'intelligence du joli clocher spiritualisé qui pointe vers le couchant et se fond dans ses nuées roses avec tant d'amour et qui tout de même à la première vue d'un étranger débarquant dans le village a meilleur air, plus de noblesse, plus de désintéressement, plus d'intelligence et, ce que nous voulons, plus d'amour que les autres constructions si votées soient-elles par les lois les plus récentes. En tous cas le fossé entre vos deux France s'accentue à chaque nouvelle étape de la politique anticléricale et c'est bien naturel. Seulement ici vous pouvez répondre ceci : si vous avez une tumeur et vivez avec, pour vous l'enlever je suis obligé de vous rendre très malade, je vous donnerai la fièvre, vous ferez une convalescence mais au moins après vous serez bien portant. C'était d'ailleurs mon raisonnement pendant l'Affaire [1]. Si donc je pensais que les congrégations enseignantes détruites le ferment de haine entre les Français le serait aussi, je trouverais très bien de le faire, mais je pense exactement le contraire. D'abord il est trop clair que tout ce que nous pouvons détester dans le cléricalisme, d'abord l'antisémitisme et pour mieux dire le cléricalisme lui-même s'est entièrement dégagé des dogmes et de la foi catholique. Alphonse Humbert, Cavaignac, radicaux antisémites me paraissent des gens dont il ne faut pas faire souche. Et les prêtres je ne dis même pas dreyfusards mais tolérants me paraissent des gens tolérables exactement dans la mesure où ils sont tolérants. Aujourd'hui (et c'est la honte du catholicisme d'accepter leur appui, mais rappelons-nous que nous avons accepté Gohier et combien d'autres, des méchants aussi et des antisémites au fond) les grands électeurs du catholicisme ne sont pas croyants et les cléricaux s'en fichent car ils savent qu'un curé de campagne, qu'un moine, qu'un évêque, qu'un pape peuvent marcher avec le gouvernement, mais qu'un rédacteur à *La Libre Parole* ne le

---

1. Allusion au rejet par Proust, durant l'affaire Dreyfus, de l'argumentation consistant à passer sous silence les manipulations et les erreurs de l'armée, à seule fin de ménager son prestige.

peut pas et les absolvent entièrement de ne pas aller à l'église, d'insulter à peu près tout le clergé et le pape d'abord. Les congrégations parties, le catholicisme éteint en France (s'il pouvait s'éteindre, mais ce n'est pas par les lois que les idées et les croyances dépérissent, mais quand ce qu'elles avaient de vérité et d'utilité sociale se corrompt ou diminue), les cléricaux incroyants d'autant plus violemment antisémites, anti-dreyfusards, antilibéraux, seraient aussi nombreux et cent fois pires. Les maîtres (professeurs des écoles) fussent-ils mauvais ce n'est pas l'influence des maîtres qui forme les opinions des jeunes gens (excepté pour ceux qui vont jusqu'à l'enseignement supérieur et qui alors sont aussi fervents adeptes d'un Boutroux, ou même d'un Lavisse qu'ils sortent de Stanislas ou de Condorcet) c'est la Presse. Au lieu de restreindre la liberté de l'enseignement, si l'on pouvait restreindre la liberté de la Presse on diminuerait peut-être un peu les ferments de division et de haine, mais le « protectionnisme intellectuel » (dont les lois actuelles sont une forme méliniste cent fois plus odieuse que Méline[1]) aurait bien des inconvénients aussi et dans tout cela nous ne parlons que des autres, de ceux qui nous haïssent mais nous-mêmes nous avons donc le droit de haïr ? Et une seule France ça ne voudra pas dire l'union de tous les Français mais la domination, etc., je n'en puis plus. Je veux prendre un exemple où il n'y a aucune haine et au contraire une petite malice gentille de vous et de Bertrand[2]. Quand Bertrand rigole en pensant à des « religieuses » obligées de voyager, quand vous êtes agacé en voyant un clérical lire *La Libre Parole*, tout de même votre état d'esprit sans être atroce, n'est pas sensiblement différent de celui d'un officier très gentil agacé de voir un Juif dans un wagon qui lit *L'Aurore* et qui à son tour lit *La Libre Parole*, croyez que pour les intelligences qui ne s'ouvriront pas, le maître c'est *L'Écho*, c'est *L'Éclair*, c'est le journal ou la société

---

1. Républicain, opposé à la révision de l'affaire Dreyfus, Jules Méline soutenait une doctrine protectionniste.
2. Bertrand de Fénelon.

qui à son tour alimente et forme les conversations, les idées, si cela peut s'appeler ainsi dans cette société, et pour l'intelligence qui s'ouvre c'est le Maître en Sorbonne ou l'abbé à « idées modernes », et alors qu'il soit né Fénelon, Radziwill, Lauris, Gabriel de La Rochefoucauld, Guiche ou simplement Marcel Proust les idées sont pareilles (ou même celles des congréganistes plus avancés). Soyez sûr que le fait d'exiger la Licence ès lettres pour le service militaire a plus fait pour la cause de la République libérale avancée, que toutes les expulsions de moines. Les autres, ceux qui n'ont pas « travaillé » en restent aux idées politiques de leur société, c'est-à-dire de leurs journaux. Du reste tout cela n'effleure même pas la question. Et elle est moins simple que vous ne croyez. Ainsi nous parlons, et moi le premier et Albu de même, très légèrement des Jésuites. Or si nous étions plus instruits nous saurions sur les Jésuites des choses qui donnent à réfléchir, notamment celle-ci qu'Auguste Comte, que le Général André admire mais qu'il connaît sans doute imparfaitement, avait une telle admiration pour l'Ordre des Jésuites, et croyait tellement que rien en France ne pourrait être fait de bon que par eux qu'il s'aboucha avec le Général de l'Ordre pour fondre en une seule organisation l'école positiviste et l'ordre des Jésuites. Le Général de l'Ordre se méfiant, les pourparlers échouèrent. On nous dit toujours que les monarchies absolues n'ont pu tolérer les Jésuites mais est-ce bien là quelque chose de très grave contre les Jésuites ? Tout de même, je crois qu'en fin de compte je serais contre eux mais au moins que les anticléricaux fassent un peu plus de nuances et visitent au moins, avant d'y mettre la pioche, les grandes constructions sociales qu'ils veulent démolir. Je n'aime pas l'esprit jésuite mais enfin il y a une philosophie jésuite, un art jésuite, une pédagogie jésuite, y aura-t-il un art anticlérical, tout cela est beaucoup moins simple que cela ne paraît. Quel est l'avenir du catholicisme en France et dans le monde, je veux dire combien de temps et sous quelles formes son influence s'exercera-t-elle encore, c'est une question que nul ne peut même poser car il grandit en se transformant et depuis le dix-huitième siècle où il paraissait le refuge des Ignorantins, il a pris même sur ceux qui devaient le combattre et le nier une influence que n'aurait pu prévoir le siècle précédent. Même au point de vue de l'antichristianisme, de Voltaire à Renan le chemin parcouru (parcouru dans le sens du catholicisme) est immense. Renan est bien encore un antichrétien mais christianisé : « *Græcia capta* » ou plutôt « *Christianismus captus ferum victorem cepit*[1] ». Le siècle de Carlyle, de Ruskin, de Tolstoï même fût-il le siècle d'Hugo, fût-il le siècle de Renan (et je ne dis même pas s'il devait jamais être le siècle de Lamartine ou de Chateaubriand) n'est pas un siècle antireligieux. Baudelaire lui-même tient à l'Église au moins par le sacrilège, mais en tous cas cette question n'a rien à voir avec celle des écoles chrétiennes. D'abord parce que l'on ne tue pas l'esprit chrétien en fermant des écoles chrétiennes et que s'il doit mourir il mourra même sous une théocratie. Ensuite parce que l'esprit chrétien, et même le dogme catholique n'a rien à voir avec l'esprit de Parti que nous voulons détruire (et que nous copions). Je suis excédé et je vous serre la main en vous conjurant de brûler illico cette lettre idiote.

Tout à vous.

Marcel Proust.

Quant à Denys Cochin (je ne parle pas d'Aynard[2] qui est un homme admirable, un grand esprit) il doit être, je suppose bien infecté de conservatisme, de réaction et de cléricalisme. Comme il parle admirablement et exprime les idées qui me plaisent et est d'autant plus libéral qu'en ce moment il ne désire naturellement que la liberté (comme nous ne parlions que de justice et d'amour quand nous ne demandions qu'un acte de justice et d'amour) ses discours m'enchantent. Je n'irais pas jusqu'à lui offrir un portefeuille mais un

---

1. Allusion à Horace, *Épîtres*, II, 1 : « *Græcia capta ferum victorem cepit* » (« La Grèce conquise a conquis son farouche vainqueur »).
2. Banquier et homme politique avocat des idées libérales.

ministère soutenu par lui ne m'effraierait pas plus, quoique je sois très avancé, qu'en 1898 Monsieur de Witt quoique royaliste n'était effrayé d'un ministère soutenu par les collectivistes [1] car l'intérêt pressant était alors de réviser les injustices de l'État-major, aujourd'hui de réviser les injustices du Gouvernement, si nous ne voulons pas qu'un formidable parti se dresse contre nous avec cette puissance de croissance qu'ont les partis qu'enfle la Justice (exemple le socialisme dreyfusard). En ce moment, les socialistes, en étant anticléricaux, font la même faute qu'en 1897 les cléricaux en étant antidreyfusards. Ils l'expient aujourd'hui, nous l'expierons demain.

à madame Mathieu de Noailles

Lundi [octobre 1903] [2]

Madame,

Vous êtes infiniment gentille. Je serais ravi de dîner mercredi. Mais je dois sortir jeudi (et ne peux guère faire autrement, c'est une chose déjà remise quatre fois parce que j'ai toujours été malade). Et je ne peux pas sortir deux jours de suite, étant malade plusieurs jours après chaque sortie. J'ai par moments de cette vie où chaque plaisir se paye, sans que d'ailleurs il soit même goûté, cette sorte de « répugnance triste, de sentiment pauvre et désespéré [3] » qu'éprouvait la pauvre, chère et sublime Sabine à voir les meubles de

---

1. Député de droite, Conrad de Witt vota néanmoins en faveur de la révision du procès de Dreyfus.

2. Lettre publiée dans *Corr. Gén.* (II, 53-55) ; *Kolb* (III, 432-434).

3. Citation approximative de *La Nouvelle Espérance* (1903), roman de la destinataire.

son salon remués et son domestique balayant. J'aimerais au moins être retiré, laborieux et fructifiant dans quelque grand monastère dont vous seriez, toute en blanc, l'admirable abbesse. (Bien que mon cléricalisme soit – passagèrement – atténué, parce que je viens de relire l'histoire de l'affranchissement des communes et que je vois tout ce que ces pauvres bourgeois et paysans enthousiastes eurent à souffrir de tous ces cochons. Cela m'a d'autant plus frappé que l'histoire la plus douloureuse et qui donne le plus grand frisson « civique » comme vous diriez, est celle de cette pauvre commune de Vézelay dont je suis allé il y a un mois – au prix de combien de crises d'asthme ! – admirer sans rancune et avec conscience la merveilleuse église abbatiale sans me douter de la cruauté de l'abbé Pons de Monboissier.) Mais j'oublierai tout cela à cause de mon amour des églises où je reviens toujours « Comme la guêpe vole au lis épanoui[1] » et puis parce que ces bourgeois étaient encore plus féroces si c'est possible. Et puis je ne sais pas un mot d'histoire. Et je viens de lire *Vieux papiers, vieilles maisons* et *Batz* de Lenôtre[2]. Et tout de même c'est fort que Clemenceau se réclame de la Terreur et en tous cas ne permette pas qu'on l'isole du Bloc. Madame vous n'êtes pas mon confesseur et je ne sais pas pourquoi je ne vous fais grâce d'aucune de mes absurdes pensées et j'essaye d'effacer cette effusion audacieuse par le plus passionné respect.

                                        Marcel Proust.

Dites à Régnier des choses pleines d'admiration et à Beaunier des choses pleines de sympathie.

———

1. Verlaine, *Sagesse*, II, IV, 7 (« – Certes si tu le veux mériter, mon fils, oui, / Et voici. Laisse aller l'ignorance indécise / De ton cœur vers les bras ouverts de mon Église / Comme la guêpe vole au lis épanoui »).
2. Georges Lenôtre, *Paris révolutionnaire. Vieilles maisons, vieux papiers*, Paris, Perrin, 1900 ; Georges Lenôtre, *Le Baron de Batz. Un conspirateur royaliste sous la Terreur*, Paris, Perrin, 1896.

à madame Mathieu de Noailles

Jeudi [décembre 1903] [1]

Madame,

Vous êtes trop gentille. Dans les âges croyants je comprends qu'on aimât la Sainte Vierge, elle laissait s'approcher de sa robe les boiteux, les aveugles, les lépreux, les paralytiques, tous les malheureux. Mais vous êtes meilleure encore, et, à chaque nouvelle révélation de votre grand cœur infini, je comprends mieux la base inébranlable, les assises pour l'éternité de votre génie. Et si cela vous fâche un peu d'être une encore meilleure Sainte Vierge, je dirai que vous êtes comme cette déesse carthaginoise qui inspirait à tous des idées de luxure et à quelques-uns des idées de piété. Madame, il ne faut pas me plaindre, quoique je sois très malheureux. Mais c'est ma pauvre Maman dont je n'ai même pas le courage de *penser* sincèrement quelle pourra être la vie, quand je me dis que la seule personne pour qui elle vivait (je ne peux même pas dire le seul être qu'elle aimait, depuis la mort de ses parents [2], car toute autre affection était si loin de celle-là) elle ne la verra plus jamais. Elle lui avait donné, à un point qui serait à peine croyable à qui ne l'a pas vu, toutes les minutes de sa vie. Toutes maintenant, vidées de ce qui faisait leur raison d'être et leur douceur, viennent lui représenter chacune sous une autre forme et comme autant de mauvaises fées ingénieuses à torturer, le malheur qui ne la quittera plus. Ce n'est pas d'ailleurs que personne puisse s'en rendre compte. Maman est d'une telle énergie (l'énergie qui ne prend aucun air

---

1. Lettre publiée dans *Corr. Gén.* (II, 47-52) ; *Kolb* (III, 446-448) – Proust répond ici à un message de condoléances adressé à l'occasion de la mort de son père, le professeur Adrien Proust, le 26 novembre 1903.
2. M. et Mme Nathé Weil.

énergique ne laisse pas soupçonner qu'on se domine) qu'il n'y a aucune différence apparente entre elle il y a huit jours et elle aujourd'hui. Mais moi qui sais à quelles profondeurs et avec quelle violence, et pour quelle durée le drame se joue, je ne peux pas ne pas avoir peur. Aussi je ne peux guère penser à mon chagrin. Et pourtant j'en ai beaucoup. Vous qui aviez vu papa seulement deux ou trois fois, vous ne pouvez pas savoir tout ce qu'il avait de gentillesse et de simplicité. Je tâchais non de le satisfaire – car je me rends bien compte que j'ai toujours été le point noir de sa vie – mais de lui témoigner ma tendresse. Et tout de même il y avait des jours où je me révoltais devant ce qu'il avait de trop certain, de trop assuré dans ses affirmations, et l'autre dimanche je me rappelle que dans une discussion politique j'ai dit des choses que je n'aurais pas dû dire. Je ne peux pas vous dire quelle peine cela me fait maintenant. Il me semble que c'est comme si j'avais été dur avec quelqu'un qui ne pouvait déjà plus se défendre. Je ne sais pas ce que je donnerais pour n'avoir été que douceur et tendresse, ce soir-là. Mais enfin je l'étais presque toujours. Papa avait une nature tellement plus noble que la mienne. Moi, je me plains toujours. Papa quand il était malade n'avait qu'une pensée qui était que nous ne le sachions pas. Du reste ce sont des choses auxquelles je ne peux pas encore penser. Cela me fait trop de peine. La vie est recommencée. Si j'y avais un but, une ambition quelconque cela m'aiderait peut-être à la supporter. Mais ce n'est pas le cas. Mon vague bonheur n'était qu'un reflet de celui que je voyais auprès de moi entre papa et maman, non sans avoir le remords – combien plus douloureux maintenant – de sentir que j'étais son seul nuage. Maintenant toutes les petites choses de la vie, en lesquelles je faisais consister sa douceur sont douloureuses. Mais enfin c'est la vie recommencée, et non pas un désespoir brusque et court qui n'aurait qu'un temps. Aussi je pourrai bientôt vous revoir et en vous promettant de ne plus vous parler égoïstement de choses que je ne peux même pas vous expliquer parce que je n'en parlais jamais. Je peux presque dire que je n'y pensais jamais. Ma vie en était faite. Mais je ne m'en apercevais pas. Dites à la princesse de Chimay que je voulais lui écrire ces jours-ci avant de commencer à répondre aux lettres ce qui va être une fatigue inouïe. Mais voilà que maman apprenant que j'avais renoncé à Ruskin[1] s'est mis en tête que c'était tout ce que papa désirait, qu'il en attendait de jour en jour la publication. Alors j'ai dû donner des ordres contraires et me voilà à recommencer toutes mes épreuves, etc. Aussi dites à la princesse de Chimay que je serai peut-être quelques jours sans lui écrire, mais pas une minute sans m'appliquer comme un baume, le seul que je connaisse, ses paroles inouïes de gentillesse, les plus gentilles qu'on m'ait écrites. Acceptez Madame mes respectueuses amitiés.

Votre admirateur reconnaissant,

Marcel Proust.

———

à madame Adrien Proust

[vers décembre 1903][2]

Ma chère petite Maman je t'écris ce petit mot, pendant qu'il m'est impossible de dormir, pour te dire que je pense à toi. J'aimerais tant, et je veux si absolument, pouvoir bientôt me lever en même temps que toi, prendre mon café au lait près de toi. Sentir nos sommeils et notre veille répartis sur un même espace de temps aurait, aura pour moi tant de charme. Je

---

1. C'est-à-dire au projet de traduction de *The Bible of Amiens*.
2. Lettre publiée dans *Mère* (231-232) et *Kolb* (III, 445-446).

m'étais couché à une heure et demie dans ce but mais ayant eu besoin de me relever[1] il m'a été impossible de retrouver mon épingle anglaise (qui ferme et rétrécit mon caleçon). Autant dire que ma nuit était finie[2]. J'ai cherché à en trouver une autre dans ton cabinet de toilette etc. etc. et n'ai réussi qu'à attraper un fort rhume dans ces promenades (fort est une plaisanterie) mais d'épingle pas. Je me suis recouché mais sans repos possible. Du moins très bien tout de même je charme la nuit du plan d'existence à ton gré, et plus rapprochée encore de toi matériellement par la vie aux mêmes heures, dans les mêmes pièces, à la même température, d'après les mêmes principes, avec une approbation réciproque, si maintenant la satisfaction nous est hélas interdite[3]. Pardon d'avoir laissé le bureau du fumoir en désordre, j'ai tant travaillé jusqu'au dernier moment. Et quant à cette belle enveloppe, c'est la seule que j'aie sous la main. Fais taire Marie Antoine et laisser fermée la porte de la cuisine qui livre passage à sa voix.

Mille tendres baisers.

Marcel.

Je sens que je vais très bien dormir maintenant.

————

1. Il semble que Philip Kolb a ici omis les quelques mots suivants dans la première édition de cette lettre, qu'il a rétablis dans la seconde : « une seconde pour aller aux cabinets » (*Mère*, 231 ; *Kolb*, III, 445).

2. Même chose ici : « mon ventre n'était plus maintenu ».

3. Adrien Proust était mort le 26 novembre 1903.

à Henry Bordeaux

45 rue de Courcelles
Lundi [vers début avril 1904] [1]

Cher Monsieur,

Pardonnez-moi d'avoir tant tardé à vous dire l'admiration que m'a inspirée votre *Voie sans retour* [2] et la reconnaissance que je vous garde pour la gentille pensée que vous avez eue de m'en envoyer un exemplaire. Connaissez-vous dans les *Mémoires d'outre-tombe* le dialogue de Chateaubriand avec la jeune Canadienne [3] ? Je ne croyais pas qu'il existât dans la littérature française un tableau aussi délicieux, dans sa grâce à la fois arrêtée et fragile, dans ses traits si peu appuyés, si marqués cependant. Je trouve que votre poursuite de Flora en jetant des bouquets de violettes et le dialogue qui suit est digne d'être comparé à cette page immortelle. Et le dernier départ de Flora et sa figure immobile à l'avant du bateau. Cette forme si originale et si heureuse d'un journal lu par fragments entre personnages qui sont eux-mêmes déjà romanesques fait de ce roman comme le roman d'un roman, l'ombre d'un reflet et d'un rêve. Cela achève de spiritualiser ce conte philosophique écrit par un artiste infiniment sensible à la beauté des choses et merveilleusement habile à la rendre. Les beaux lieux où vous nous promenez voluptueusement m'ont rappelé la belle promenade où nous nous sommes connus et le péripatétisme renouvelé par la civilisation. C'est votre don d'ailleurs, presque votre « spécialité » d'extraire l'âme des paysages. J'ai souvent lu les beaux pèlerinages que vous racontez au *Figaro* [4]. Avez-vous reçu

---

1. Lettre publiée dans *Bordeaux* (II, 143-144) ; *Kolb* (IV, 97-99).

2. Henry Bordeaux, *La Voie sans retour*, Paris, Plon-Nourrit, 1902.

3. Il s'agit de la jeune marinière rencontrée par Chateaubriand lorsqu'il se rend de l'île Saint-Pierre au Cap-à-l'Aigle pour voir se lever le soleil (*Mémoires d'outre-tombe*, Ire partie, livre VI, chapitre v).

4. Allusion aux chroniques données par le destinataire au *Figaro*, depuis juin 1903, sous le titre *Pèlerinages romanesques*.

le petit récit infiniment plus gauche et moins évocateur, que j'ai fait d'un pèlerinage à Notre-Dame d'Amiens, sur les traces de Ruskin[1] ?

Pour revenir à *La Voie sans retour*, c'est encore la fin que j'en ai préférée avec des vérités profondes et contrastées. C'est déjà d'une philosophie de la vie très profonde que ceci : « Qui donc disait qu'on ne passe pas deux fois dans le même chemin[2] ? » C'est très neuf et très beau cette reprise de possession du passé. Mais à cette philosophie profonde, mais « jusqu'à un certain point seulement » comme dit Pascal, une plus profonde répond : « Non, la voie est sans retour, malheur à qui prétend reprendre au Temps un peu de jeunesse. Il vous retire alors les souvenirs qu'il vous avait laissés en s'enfuyant. » Et tout ce double rythme autour du bonheur ancien de l'aveu qui éveille la jalousie, puis des preuves d'un amour plus grand même qu'aux jours les plus heureux ne se le figurait Hervé[3]. Et pourtant si, il y a une reprise de possession possible du passé. C'est celle qu'on tente en remontant le cours de souvenirs enchantés et en écrivant un beau livre. À celle-là vous avez réussi. *La Voie sans retour* est sans retour dans la réalité. Mais non dans l'art. Et par là encore l'art mérite le nom de consolation. C'est ainsi que votre livre, par le fait même que vous avez réussi à l'écrire, contient une philosophie plus optimiste que celle qu'il exprime. Vérité dans le monde des sens. Erreur au-delà.

Croyez, cher Monsieur, à mes meilleurs sentiments.

Marcel Proust.

———

1. Marcel Proust, *Pèlerinages ruskiniens en France*, *Le Figaro*, 13 février 1900.

2. Dans le roman d'Henry Bordeaux, la question est posée par un officier de marine, Hervé d'Erlouan, revenant de deux années passées au Soudan, lorsqu'il retrouve la jeune femme qu'il aime.

3. Personnage principal du roman d'Henry Bordeaux *La Voie sans retour* (voir la note précédente).

à Marie Nordlinger

[?] [1]

Chère amie,

La plus jolie chose que j'aie jamais vue, c'est une fois, à la campagne, dans un miroir qui était adapté à une fenêtre, un morceau du ciel et du paysage avec un bouquet choisi d'arbres fraternels. Et cet enchantement forcément fugitif d'une heure déjà lointaine, il me semble que c'est lui-même dont vous venez de me faire présent pour toujours. Et le verre même du miroir couvre encore de sa protection mystérieuse et lucide le bouquet d'arbres qui semblent être venus vivre là par choix, parce qu'ils se plaisaient ensemble et forment un groupe imposant, et l'heure passagère du ciel triste. Combien je vous sais gré de ce présent merveilleux, de ce don d'un lieu de la nature, d'une heure de temps, d'une nuance et d'une minute de votre âme attentive à la nature, et pleine aussi de secrets qui ne sont qu'à elle. Je vous remercie vraiment de tout mon cœur [2].

Votre

Marcel Proust.

---

1. Lettre publiée dans *Nordlinger* (28-29) ; *Kolb* (IV, 205-206).
2. Philip Kolb propose de rapprocher de cette lettre le passage suivant de *Sur la lecture*, texte paru dans *La Renaissance latine* du 15 juin 1905 : « pendant que nous travaillons, les carillons du XVIIe siècle étourdissent si tendrement l'eau naïve du canal qu'un peu de soleil pâle suffit à éblouir entre la double rangée d'arbres dépouillés dès la fin de l'été qui frôlent des miroirs accrochés aux maisons à pignons des deux rives. » Proust précise en note : « Je n'ai pas besoin de dire [...] que tout ce morceau est de pure imagination » (Marcel Proust, *Écrits sur l'art*, 210).

à Reynaldo Hahn

[9 septembre 1904] [1]

Cher Mossieur de Binibuls

Je ne suis pas venu ce soir puisque vous avez dit. Alors sorti, alors, crise. Alors dites si voulez de moi *dimanche soir* (en me laissant la faculté de ne venir que lundi si trop souffrant). Mais comme lettres n'arrivent pas dimanche journée, envoyez petit télégramme – afin que sache. – Pleuré en lisant souffrances de mon Buncht. Comme voudrais pouvoir faire souffrir mal qui vous torture. Quand Clovis entendit le récit de la passion du Christ, il se leva, saisit sa hache et s'écria : « Si j'avais été là avec mes braves Francs, cela ne serait pas arrivé ou j'aurais vengé tes souffrances [2]. » Mais moi je ne puis même pas dire cela car je n'aurais pu empescher et ne saurais qui châtier, pas même la vieille P. [3] « qui porte sur la tête des plumets qui seraient à leur place sur des corbillards et jusqu'à des décorations, intermédiaires entre la croix des cent gardes et le ruban bleu des Enfants de Marie » (R. de Montesquiou). Vous savez qu'il achève un livre qui est divisé en deux parties : I. la beauté qui ne laisse pas voir sa noble vieillesse : la comtesse de Castiglione. II. la laideur qui exhibe sa décrépitude : la vieille P., ouvrage dont il a donné l'autre jour un avant-goût – dans une lettre au *Siècle* [4]. – À Saint-Moritz comme quelqu'un avait perdu une superbe lorgnette il a dit ce doit être à Mme de Rothschild – ou à Mme Lambert – ou à Mme Ephrussi – ou à Mme Fould. Et le lendemain il a

---

1. Lettre publiée dans *Hahn* (71-77) ; *Kolb* (IV, 245-248).

2. Ici manque la phrase suivante : « Ce qui est bien poney de la part de si moschant roi qui et qui » (*Kolb*, VI, 245). Sur le sens à donner au mot « poney », voir *supra*, p. 58, note 4.

3. La comtesse Potocka.

4. Il s'agit d'un projet de livre de Robert de Montesquiou connu par une lettre de celui-ci publiée dans *Le Siècle* du 22 août 1904, qui devait finalement aboutir à *La Divine Comtesse : étude d'après Mme de Castiglione*, parue en 1913.

dit : j'avais encore visé trop haut c'était à M. Untermayer, au-dessous de Mayer, moins que M. Mayer, pensez ce que c'est. » – Cher Binibuls je voudrais que l'écrin de ma mémoire fût plus riche pour [vous] distraire[1]. Mais ne sais rouen. Encore ceci pourtant. Meyer est comme enivré. Il « notifie » son mariage à tous les souverains ou au moins ducs. Ses témoins à lui seront les ducs de Luynes et d'Uzès. Il a rencontré Barrès et lui a dit : je pars pour Versailles, voulez-vous que je salue de votre part mon cousin Louis XIV ? Il a écrit à la vielle Brancovan qu'il allait faire vivre tous les Fitz-James et il laissera *Le Gaulois* au frère de sa fiancée[2] qu'il va y attacher de son vivant. Encore d'autres folies de ce genre. Lui qui autre-fois plus piteux racontait ainsi son duel, excusant sa célèbre parade : « Que voulez-vous, je croyais que j'allais trouver un gentilhomme et je me suis trouvé en face *d'une espèce de fou qui aurait pu me tuer* »[3] ! (Mot digne de M. Jourdain, l'autre bourgeois gentilhomme, et qui tenait aussi à sa peau) – C'est du même duel qu'il disait : « Pour que cela s'oublie il faudra au moins dix ans – ou alors une guerre. » Mais vous savez tout cela[4]. On a joué chez Larsue[5] (d'ou crise et crise) si jolie musiquech que tout le monde et tout le monde, et c'était :

Puisque ici-bas toute âme[6].

Et Antoine Bourbesco[7] a dit que c'était ressem-blant aux trios de Mozart (?)

---

1. Il semble qu'au lieu de « pour [vous] distraire », Proust ait écrit : « pour distraire petit maladch chersi » (*Kolb*, IV, 246).

2. Arthur Meyer devait épouser Marguerite de Turenne le 7 octobre 1904.

3. Allusion au duel qui eut lieu, le 24 avril 1886, entre Arthur Meyer et Édouard Drumont.

4. Ici nouvelle lacune : « cela et petit beser de bonsjour de birnuls » (*Kolb*, IV, 246).

5. Le café restaurant Larue, à Paris (?).

6. Ce vers de Victor Hugo, extrait des *Voix intérieures* (« Puisque ici-bas toute âme / Donne à quelqu'un / Sa musique, sa flamme, / Ou son parfum »), avait été mis en musique par Reynaldo Hahn à l'adolescence.

7. Antoine Bibesco.

à madame Adrien Proust

Samedi soir [24 septembre 1904] [1]

Ma chère petite Maman

Il me semble que je pense encore plus tendrement
à toi si c'est possible (et pourtant cela ne l'est pas)
aujourd'hui 24 septembre [2]. Chaque fois que ce jour
revient, tandis que toutes les pensées accumulées
heure par heure depuis le premier jour devraient nous
faire paraître tellement long le temps qui s'est déjà
écoulé, pourtant l'habitude de se reporter sans cesse
à ce jour et à tout le bonheur qui l'a précédé, l'habitude de compter pour rien que pour une sorte de
mauvais rêve machinal tout ce qui a suivi, fait qu'au
contraire cela semble hier et qu'il faut calculer les
dates pour se dire qu'il y a déjà dix mois, qu'on a
déjà pu être malheureux si longtemps, qu'on aura
encore si longtemps à l'être, que depuis dix mois mon
pauvre petit Papa ne jouit plus de rien, n'a plus la
douceur de la vie. Ce sont des pensées qu'il est moins
cruel d'avoir quand nous sommes l'un près de l'autre
mais quand comme nous deux on est toujours relié
par une télégraphie sans fil, être plus ou moins près
ou plus ou moins loin, c'est toujours communier
étroitement et rester côte à côte. – J'ai fait faire mon
analyse, plus l'ombre de sucre ni d'albumine. Le reste
à peu près pareil (il faudrait que j'aie l'autre pour
comparer). Mon interprétation est la suivante. Ou
bien la fatigue de dormir peu et d'être peu couché
sur le bateau m'avait donné un peu d'albumine et
de sucre [3]. Mais à vrai dire je ne le crois pas, car en
somme j'avais bien du repos tout de même et c'était

---

1. Lettre publiée dans *Mère* (264-269) ; *Kolb* (IV, 293-298).
2. Le professeur Adrien Proust avait été frappé le 24 novembre
1903 par l'hémorragie cérébrale qui devait lui être fatale, soit dix
mois jour pour jour avant cette lettre.
3. Proust avait fait du 9 au 14 août 1904, au départ du Havre,
une croisière en mer.

si compensé par l'air etc. Ou bien de faire deux repas au lieu d'un m'en avait donné et je ne le crois pas non plus car nos deux repas étaient fort légers et très « huilés ». En un mot je ne crois pas que j'étais moins bien à ce moment-là qu'en ce moment où je suis *souffrant*. Resterait donc l'hypothèse (mais ceci c'est peut-être anti-physiologique un médecin seul pourrait nous le dire) où le sucre et l'albumine peuvent ne pas être éliminés en ce moment où je prends peu d'air, et me donner d'autant plus de malaise, et l'avoir été sur le bateau (mais c'est peut-être impossible et fantaisiste). Ou l'air rendant la transpiration difficile le sucre et l'albumine pouvaient être obligés de passer par l'urine et actuellement sortiraient par la peau[1]. Mais je ne suppose pas que cela se passe ainsi. – . Je suis toujours fort patraque. Je suis rentré sans crise hier soir et me suis couché en somme dans le même état que si je n'étais pas sorti. J'ai eu en revanche une longue crise sans spasme aucun dans la matinée qui m'a obligé à me rendormir fort tard, à me lever un peu précipitamment ce qui m'a rendu mon malaise et n'a servi à rien car *wird später gesagt*[2] tout a été fort long. Pour tâcher de mettre fin à mon mal de tête constant, à mon mal de gorge etc. etc. j'ai pris fortement du cascara ce soir et j'espère que cela me retapera. En tous cas je suis décidé à aboutir coûte que coûte. Et comme je trouve que cela traîne trop ainsi, maintenant que je suis désénervé tout à fait, je resterai tout bonnement un soir couché et me lèverai le lendemain matin. Je ne pouvais pas le faire ce soir parce qu'après une crise (même peu forte mais enfin ayant assez duré) je me dégage mieux en mangeant debout. Du reste si j'avais su que je prendrais ce système je

---

1. Manquent ici dans la première édition de cette lettre quelques lignes, ultérieurement rétablies par Kolb, dans lesquelles Proust détaille qu'il a envoyé de « l'urine de 26 ou 28 heures à peu près », ayant auparavant « par mégarde uriné deux fois aux cabinets », et ajoute que les « deux fois supprimées étaient après le repas », de telle façon qu'il est « donc possible que le sucre et l'albumine soient sortis à ce moment » (*Kolb*, IV, 294).

2. Littéralement : *sera dit plus tard*.

n'aurais pas ainsi avancé mes heures, car quand je me réveillais à sept ou huit heures il m'était beaucoup plus facile de rester couché que maintenant où je me réveille vers deux ou trois heures et où cela me paraît plus triste de rester couché. Hier soir quoique ayant dîné avant cinq heures je ne me suis couché que tard relativement (trois heures et demie) parce que j'avais été obligé d'ouvrir ma fenêtre comme je t'ai écrit hier et que j'étais resté tard à t'écrire. Comme j'ai fumé la matinée, je me suis rendormi jusqu'à quatre heures et demie, le temps de me lever, *wird später gesagt warum*[1] etc. le dîner n'a été prêt qu'à six heures et demie[2]. J'ai admiré Emmanuel Arène cédant la présidence du Conseil Général corse pour ne pas voter un buste de Napoléon comme grand homme corse dans la salle du Congrès. – Hier j'ai lu un Beaunier sur la séparation, toujours mêmes plaisanteries, des citations d'Henri Maret, de *L'Action*, de Ranc etc. Des nouvelles mondaines quelconques, M. de Nédonchel en villégiature chez les Ligne etc. et une où j'ai cru relever une erreur « une fille de M. Legrand dont la sœur est fiancée à M. Georges Menier » (or elle est non fiancée, mais mariée). Or le hasard m'a fait voir que c'était un vieux *Figaro* de 1903. Tout était pareil et je t'assure qu'on aurait pu le lire d'un bout à l'autre sans s'apercevoir de rien. Seule la date différait. – . Je suis très bien au moment où je t'écris et en somme ce n'est que le contraste avec le bien-être que j'avais il y a seulement huit jours qui m'agace. Mais je n'ai pas de malaise du tout. Je découvrirai peut-être la cause par hasard. Mme Lemaire écrit à Reynaldo pour lui demander si j'ai eu « le courage d'aller me soigner etc. » et sa fille pour lui dire que sa mère lui rend la vie insupportable. Voilà quelque chose que je ne peux pas dire !

---

1. Littéralement : *sera dit plus tard pourquoi*.
2. Manquent ici dans la première édition de cette lettre un très bref passage, ultérieurement rétabli par Kolb, dans lequel Proust signale que le cascara n'ayant pas encore fait d'effet, il a eu un peu de diarrhée « comme quand on mange n'étant pas bien » (*Kolb*, IV, 295).

ma chère petite Maman ! qui serait si contente de me voir désétouffé comme je suis en somme, puisque ma crise de ce matin a été la seule et je te dis fort peu violente ; par exemple pas mal d'éternuements comme quand je me levais le jour. Tu as tort de trop attribuer les paroles de Croisset à la rage. En somme Faguet disait que cela vient en droite ligne de Marivaux et c'était cent fois trop aimable [1]. Non, mais c'est devenu un chic chez les jeunes gens de taper sur Faguet comme autrefois sur Sarcey. Et c'est très bête d'appeler sa lourdeur de l'ignorance du français. Car c'est voulu et il sait très bien ce qu'il fait. S'il y a au contraire une chose défendable c'est sa forme. Je te colle ici une note d'un article d'un M. Alfassa dans *La Revue de Paris*, qui n'a d'ailleurs aucun intérêt (la note) mais simplement parce que le nom de Papa est dedans. J'ai été tout seul aujourd'hui mais Antoine Bibesco m'a fait dire qu'il viendrait un instant un peu tard. Si j'étais bien demain grâce au cascara j'irais peut-être à la campagne, mais j'en doute fort. Peut-être comme je suis couvert maintenant dans mon lit est-ce que je prends froid en me levant. Peut-être ai-je pris atténué le malaise de Reynaldo (qui va maintenant très bien). Si tu as lu le *Temps* où était la lettre de Lintilhac tu as dû lire celle de Mirbeau sur Mme de Noailles. Quels éloges ! Précise-moi toujours bien pour le premier jour de guérison dans quelles conditions je pourrais venir habiter à Dieppe. – Félicie s'est encore couchée de très bonne heure, moins pourtant qu'elle n'aurait pu, mais enfin je suppose vers neuf heures et demie bien que je n'aie pas regardé l'heure à ce moment. Marie est restée un peu à m'expliquer ses divers projets et très gentiment s'est refusée à ce que je fasse venir Baptiste si j'avais besoin de rester

---

1. Allusion à une interview de Francis de Croisset parue dans *Le Figaro* du 22 septembre 1904, où l'auteur revient sur l'accueil réservé à sa pièce, *Le Paon*, récemment donnée à la Comédie-Française, et notamment sur le compte rendu défavorable d'Émile Faguet dans *Le Journal des Débats* du 11 juillet 1904, pour riposter : « Entre nous, M. Faguet a cédé à une délicate attention : il sait que je suis né à Bruxelles ; il a tenu à écrire son article en belge. »

un soir couché, disant qu'elle le ferait très volontiers.
Elle m'a dit de te dire qu'elle t'avait terminé un cor-
sage. Comme la porte d'entrée ne sonnait plus (mais
absolument plus) (du reste je te l'ai peut-être dit hier)
nous avons fait venir l'électricien de la rue de
Monceau, Mme Gesland [1] ignorant l'adresse du tien.

Mille tendres baisers

Marcel.

P.-S. Je me sens extrêmement bien ce soir et vais
me coucher bien plus tôt quoique ayant dîné plus
tard.

à madame Émile Straus

Vendredi [28 avril 1905] [2]

Madame,

J'ai rencontré hier Jacques [3] (depuis que vous êtes
partie je n'ai pu sortir de chez moi que deux fois et
j'ai eu la chance les deux fois de rencontrer Jacques
chez Weber [4]). Il m'a présenté à sa femme à qui je
n'ai pas pu parler parce que j'avais déjà beaucoup
d'asthme, mais je l'ai trouvée ravissante, et avec
quelque chose de tellement sympathique et de tellement rare, distingué et supérieur, que j'ai pensé beaucoup à ses yeux. (Je pense que cela n'a rien qui puisse
déplaire à Jacques !) Il m'a dit que si je voulais vous

---

1. Mme Gesland, ou plutôt Mme Gélon, concierge du 45, rue
de Courcelles.
2. Lettre publiée dans *Corr. Gén.* (VI, 27-31) ; *Kolb* (V, 119-
124).
3. Jacques Bizet, le fils de Mme Straus.
4. Le café Weber, à Paris.

écrire un peu, il croyait que je le pouvais et que cela
ne vous fatiguerait pas. Malgré cela, il m'a dit que
vous étiez toujours fatiguée ce qui m'a beaucoup
ennuyé. Comme je ne vois personne je ne peux vous
« tenir au courant » de rien. J'ai tellement travaillé
depuis deux mois, dans les moments de répit que me
laissent mes crises, que je n'ai pu avoir de visites
d'amis même chez moi. Il paraîtra un tout petit morceau de mon travail dans *La Renaissance latine* du
15 juin[1]. À ce moment-là vous serez revenue et si
cela ne vous fatigue pas je vous le donnerai. Une des
fois où je suis sorti (ce n'est pas très convenable mais
nous sommes malades tous les deux) j'ai entendu à
la sortie d'un concert Mme de X...[2] qui disait,
comme *chaque* fois que je l'entends parler, des choses
involontairement obscènes. Elle trouvait que les morceaux avaient été mal chantés. « Ma chère je vais me
faire faire cela par Plançon » (je suppose que cela
voulait dire me le faire chanter) « ce sera une vraie
jouissance. Jeudi prochain dix heures. Avis aux ama-
teurs qui auraient envie d'assister ». Un remous de
foule m'a un peu éloigné et je n'entendais plus, mais
j'ai été de nouveau rejeté vers elle et voici ce que j'ai
entendu : « Ma chère qu'est-ce que vous voulez
Madeleine aime avoir une bonne cuisine, moi je préfère vous donner de bonne musique. Elle donne deux
mille francs à son cuisinier, je préfère les donner à
mes artistes. C'est toujours la même somme. Madeleine aime qu'on la lui mette dans la bouche, moi je
préfère qu'on me la mette dans l'oreille[3]. Chacun son

---

1. *Sur la lecture* ; ce texte, retouché, servira de préface à la traduction de *Sésame et les lys.*
2. Il s'agit de Mme de Saint-Paul.
3. Cf. les propos prêtés à Mme Verdurin dans *Du côté de chez
Swann* : « Est-elle assez appétissante cette vigne ? Mon mari prétend que je n'aime pas les fruits parce que j'en mange moins que
lui. Mais non, je suis plus gourmande que vous tous, mais je n'ai
pas besoin de me les mettre dans la bouche puisque je jouis par
les yeux. Qu'est-ce que vous avez tous à rire ? Demandez au docteur, il vous dira que ces raisins-là me purgent » (*RTP*, I, 204-
205).

goût ma chère, nous sommes bien libres, je pense. »
Je ne sais pas si vous avez lu l'article de *L'Écho de
Paris* où F...[1] croyant être très agréable à Primoli et
pour le flatter a dit combien il avait été heureux de
dîner avec lui chez Calvé[2]. Et il ajoute : « Ce vieillard
entièrement chauve, avec sa longue barbe blanche,
me fait invinciblement penser à quelque Père Éternel
d'une majesté indulgente. » Je ne sais pas si au fond
Primoli aura été si content que cela ; je ne sais pas
non plus si ce sont mes yeux déjà assez vieux pour
ne plus voir qu'à travers le rideau mensonger des
anciennes images, mais il me semble que sa barbe est
blonde même si elle a un peu blanchi, et qu'il n'est
pas vieillard vénérable du tout. Je suis exténué de
lettres de Montesquiou. Chaque fois qu'il fait une
conférence, qu'il donne une fête, etc. etc. il n'*admet*
pas que je sois malade et ce sont avant des mises en
demeure, des menaces, des visites d'Yturri qui me
fait réveiller, et, après, des reproches de ne pas être
venu. Je crois qu'on arriverait encore à guérir s'il n'y
avait pas « les autres ». Mais l'épuisement qu'ils vous
donnent, l'impuissance où on est de leur faire
comprendre les souffrances qui parfois pendant un
mois, suivent l'imprudence qu'on a commise pour
faire ce qu'ils s'imaginent un grand plaisir, tout cela
c'est la mort. Je lis tant de choses toutes les nuits que
je pourrais sans vous fatiguer vous envoyer d'innombrables extraits de lectures. Mais ce sont des choses
si ennuyeuses et si graves que je ne sais pas si cela
vous plairait. Cette nuit j'ai lu des lettres de
Mme Desbordes-Valmore, remplies de prétentions
genre Mme D...[3], etc. Au fond nous avons tort de
nous moquer de la prétention, des choses agaçantes.
Ce sont ça les gens de talent. Elle envoie à Sainte-
Beuve des petits billets comme celui-ci :

> Si vous étiez toujours notre ange
> Et sans qu'un tel vol vous dérange

---

1. Le journaliste Albert Flament.
2. La cantatrice Emma Calvé.
3. Mme Alphonse Daudet.

Vous viendriez demain
À votre sœur serrer la main.
Pour la reposer de la terre
On nous l'envoie en Angleterre
On la mettra sur un bateau
Où j'irai la chercher malgré ma peur de l'eau [1].

Ce qui est effrayant c'est de voir là-dedans comme
l'amour est égoïste. Dès que l'amant est mort,
comme on n'en attend plus rien, c'est fini (ce n'est
pas vrai pour tout le monde du reste). Mais enfin elle
avait aimé à la folie Latouche. Il avait été abominable
pour elle. Rien n'avait pu le lui faire oublier. Il meurt.
Sainte-Beuve qui veut faire un article sur Latouche
demande à Mme Desbordes des renseignements sur
cet homme « qui avait passé si près du talent » (c'est
bien de Sainte-Beuve n'est-ce pas ?). « Je voudrais en
parler (ajoute-t-il avec bienveillance) avec l'indulgence qu'on doit à un homme qui n'a pas fait tout
le mal qu'il aurait pu faire. » Je pensais que
Mme Desbordes, indignée, allait au moins le supplier
de faire un bon article. Elle laisse passer quelque
temps et répond. D'abord témoignages de douleur,
« je vous écris, les yeux obscurcis par les larmes qui
ne cessent de couler », etc. etc. Puis elle arrive à l'article projeté. « Vous voulez en parler avec l'indulgence qu'on doit à un homme qui n'a pas fait tout le
mal qu'il aurait pu faire, dites-vous. Oh ! c'est cela,
c'est bien cela, il a fait bien du mal mais, etc. Cet
homme qui a passé si près du talent. Que c'est bien
cela. À vrai dire je ne sais même pas cela et ne puis
vous renseigner, car *je n'osais pas ouvrir ses derniers
livres de peur de les trouver trop mauvais.* Tout le
monde me disait que cela ne valait rien, etc. » Quelle
rosserie ! Et quand on pense qu'elle était à ses pieds
au point d'être folle de joie que son prénom (Joseph
de Latouche) se retrouvât dans le sien (Josèphe).
« Ton nom ! Tu sais que dans le mien le ciel daigna

---

1. Proust cite approximativement, ici et dans la suite de la lettre,
un texte figurant dans un ouvrage de Léon Séché, *Études d'histoire
romantique, Sainte-Beuve* (volume 2 : « Ses mœurs »).

l'écrire ! » (ce qui avait fait croire comme elle s'appelait aussi Marceline que ses lettres étaient adressées à M. de Marcellus.) Maintenant j'interprète peut-être à faux sa lettre à Sainte-Beuve. Il faudrait demander à quelqu'un connaissant la question. On m'avait toujours dit que c'était un ange. J'ai été un peu étonné. Madame je voudrais que vous alliez bien tout de suite et je vous envoie mes respectueuses et profondes affections.

Marcel Proust.

———

à Georges de Lauris

[Vers 1905 ?] [1]

Cher Georges,

Après le téléphone malaisé de ce soir je vous ai écrit mais arrivé à la quatrième page, j'ai trouvé ma lettre à peine commencée et qu'elle me fatiguerait trop à finir (néanmoins j'en garde le début pour vous être montré comme preuve de bonne volonté). Je vous expliquais comment le silence par lequel j'ai répondu (si l'on peut dire) à votre lettre était dû non à la négligence mais à un scrupule de délicatesse que vous apprécierez je crois. Plutôt qu'un historique fatiguant à écrire (car maintenant je n'ai plus aucune raison de ne pas rompre le silence), je vous raconterai cela quand vous viendrez, cela qui est d'ailleurs entièrement dénué d'intérêt, sauf celui qu'il y a pour moi à ce que vous ne me jugiez pas trop paresseux avec vous. Mes heures sont un peu meilleures. Donc vous pourriez venir me voir peut-être et même une fois

———

1. Lettre publiée dans *Lauris* (80-81) ; *Kolb* (V, 236).

vous pourriez risquer, téléphonez si vous voulez, vers
sept heures et demie, sept heures et quart [;] je suis
impropre aux longues causeries, mais l'heure elle-
même ne nous permettra pas d'atteindre mes oppres-
sions et nous aurons pu ainsi nous serrer la main
(hélas ce n'est pas tous les jours, mais c'est maintenant quelquefois) je vous envoie mille amitiés.

Marcel Proust.

_____

à madame Émile Straus

[Juillet 1906] [1]

Madame

Vous êtes trop gentille de m'avoir écrit de si exquises
lettres et je vous en remercie de tout mon cœur. Ce
que vous dites de l'affaire Dreyfus est naturellement
ce qu'on pouvait dire de plus drôle, de plus profond et
de mieux écrit sur ce sujet. Vous avez l'infaillibilité de
la grâce et de l'esprit. Il est curieux de penser que pour
une fois la vie – qui l'est si peu – est romanesque. Hélas
depuis ces dix ans nous avons eu tous dans nos vies
bien des chagrins, bien des déceptions, bien des tortures. Et pour aucun de nous ne va sonner une heure
où nos chagrins seront changés en ivresses, nos déceptions en réalisations inespérées et nos tortures en
triomphes délicieux. Je serai de plus en plus malade,
les êtres que j'ai perdus me manqueront de plus en
plus, tout ce que j'avais pu rêver de la vie me sera de
plus en plus inaccessible. Mais pour Dreyfus et pour

_____

1. Lettre publiée dans *Corr. Gén.* (VI, 47-52) ; *Kolb* (VI, 159-
163).

Picquart il n'en est pas ainsi[1]. La vie a été pour eux « providentielle » à la façon des contes de fées et des romans feuilletons. C'est que nos tristesses reposaient sur des vérités, des vérités physiologiques, des vérités humaines et sentimentales. Pour eux les peines reposaient sur des erreurs. Bien heureux ceux qui sont victimes d'erreurs judiciaires ou autres ! Ce sont les seuls humains pour qui il y ait des revanches et des réparations. D'ailleurs je ne sais pas qui dans cette réparation est le metteur en scène des derniers « tableaux ». Mais il est incomparable et même émouvant. Et il est impossible de lire le « dernier tableau » de ce matin : « Dans la cour de l'École militaire, avec cinq cents figurants » sans avoir les larmes aux yeux. Quand je pense à la peine que j'ai eue à faire parvenir à Picquart au mont Valérien, où il était détenu, *Les Plaisirs et les Jours*, cela m'ôte presque l'envie de lui envoyer *Sésame et les lys* maintenant comme trop facile. Je ne peux pas arriver à trouver dans les journaux l'histoire d'un commandant de corps d'armée, dont parlent les *Débats*[2], qui en prenant possession de son corps d'armée a fait un discours sur l'affaire Dreyfus au président du tribunal. Je suppose que c'est le général Gallieni mais je n'en sais rien et ne trouve cela nulle part. J'aurais aussi voulu savoir les noms des députés qui ont voté la promotion Dreyfus-Picquart. Où je sais que je vous agacerais, mais par lettre j'espère que cela ne vous agace pas, c'est sur le chapitre Mercier. Je n'aime pas que Barthou (dreyfusard depuis quelques semaines) se soit fait une réclame en insultant avec une violence qui fait mal, cette immonde crapule[3] qui est tout de même un vieillard de soixante-quinze ans et qui avait eu le courage de monter à la tribune du Sénat devant une assemblée

---

1. Le 21 juillet 1906 eut lieu une manière d'épilogue symbolique de l'affaire Dreyfus, avec la cérémonie au cours de laquelle, à l'École militaire, la croix de chevalier de la Légion d'honneur fut remise à Alfred Dreyfus.

2. *Le Journal des Débats*, 21 juillet 1906.

3. Ministre de la Guerre à l'époque de l'Affaire, le général Mercier fut compromis dans les manipulations ayant permis à l'armée de maintenir la condamnation de Dreyfus.

hurlante, sachant qu'il n'avait absolument rien à dire, pas un argument à donner que celui si impayable que la Cour de Cassation avait jugé à huis clos et que la procédure n'était pas régulière ! Mais pour exprimer ma pensée sur tout cela il faudrait des pages que je vous épargne. Un homme qui doit être profondément heureux et qui le mérite, l'homme le plus enviable pour le bien qu'il a voulu et réalisé, c'est Reinach. Je regrette qu'on ait dans les journaux et à la Chambre le triomphe si modeste pour lui. Il a bien plus fait que Zola. Madame au point de vue de Trouville, il serait possible que je me décide à louer avec des amis très bons pour moi près de Cabourg pour le mois d'août. C'est très incertain mais néanmoins dès que je saurai le nom de la propriété possible je me permettrai de vous l'écrire pour que vous puissiez par Jacques ou Robert Dreyfus ou quelqu'un demander à un agent de location de Trouville s'il sait ce que c'est, si c'est bien, sain, etc. Mais si je renonce à ce projet, je pourrais peut-être bien venir à Trouville même, seul, alors, avec ma cuisinière[1]. Savez-vous si le chalet d'Harcourt (le petit chalet des Crémieux[2]) est à louer, si ce n'est pas dangereux d'habiter dans un endroit si isolé, si c'est assez solide pour qu'on ne sente pas le vent et les courants d'air dans les chambres. Il faudrait aussi qu'on ne le louât pas plus de mille francs pour août, car déjà cela m'obligerait à automobile etc. et tout cela constituera une folie que je serai ravi de faire pour Trouville mais qui doit ne pas dépasser certaines limites. J'avais aussi pensé à louer un petit bateau pour moi seul avec lequel je visiterais la Normandie et la Bretagne en commençant par Trouville y couchant la nuit (dans le bateau), allant vous voir dans la journée. Mais je crois qu'à des prix possibles on n'a que des yachts trop inconfortables et très périlleux[3]. Si je ne craignais tant

---

1. Félicie Fitau.
2. La transcription du nom est douteuse.
3. Aucun des projets de louer une maison en Normandie et un bateau, dont Marcel Proust détaille ici l'intérêt et les dangers, n'allait aboutir.

le bruit qu'il doit y avoir là et l'impossibilité de faire chauffer du linge, peut-être le moins coûteux, surtout avec mon alimentation si sommaire, serait-il un appartement de deux chambres aux Roches Noires[1]. Mais il me semble que les murs sont très minces et qu'on entend tout et les cheminées probablement pas faites pour être allumées. La Normandie m'est très peu saine[2]. Et à Trouville même, les brumes de la vallée le soir me sont mauvaises et l'air de la mer un peu agitant. Pourtant si je trouvais quelque chose de bien construit, de pas humide comme immeuble, de pas poussiéreux, genre moderne et nu, pas étouffé derrière des maisons mais soit sur la plage, soit sur la hauteur, et ne dépassant pas mille francs pour le mois d'août, je le prendrais peut-être. Peut-être aussi, au lieu d'attendre septembre pour refaire le calvaire d'Évian, irais-je dès août. Le bateau serait une chose charmante, mais à voiles je le crois bien froid, et à vapeur, comme il serait tout petit, sentant bien la fumée. Pardonnez-moi de vous parler de moi et de mes projets avec cette naïve abondance. Elle est intéressée puisque vous pouvez dans une certaine mesure m'aider à les réaliser. Si je mets mille francs comme maximum de location (j'irais un peu plus loin à l'hôtel puisque là je n'aurais pas à compter en plus la nourriture etc.) c'est d'abord que c'est déjà très excessif pour moi et aussi que ne sachant jamais si un endroit ne me donnera pas des crises, je peux toujours être obligé de le quitter au bout de deux jours. Bien entendu si j'y étais parfaitement il serait possible que je reloue pour septembre. Mais je crois que le plus raisonnable serait Évian. Votre ami respectueux et reconnaissant

Marcel Proust.

---

1. L'hôtel des Roches Noires, à Trouville.
2. De 1907 à 1914, chaque année, Marcel Proust allait effectuer un séjour en Normandie.

à Marie Nordlinger

[8 décembre 1906] [1]

Chère, chère, chère, chère Mary !

D'abord :

Reynaldo vous a-t-il dit que j'avais envoyé lettre puis *Sésame* [2] dans le lieu étrange et à l'adresse où, comme je le lui ai dit, *Detroit* est le nom de la ville, n'est-ce pas ? *Avenue*, de la province ? et *Lac Ontario*, du pays ? Mais jamais de réponse, et je vois bien que rien n'est arrivé, puisque vous me dites : « Et *Sésame* ? » Le voici ci-joint en réponse.

Chère amie, que vous êtes près de mon cœur, et que l'absence vous a peu éloignée de moi ! Je pense à vous constamment avec tant de tendresse et l'indestructible regret du passé. Dans ma vie ravagée, dans mon cœur détruit, vous gardez une douce place. Chère amie, permettez-moi de vous dire en deux mots une chose triviale. Si vous n'avez encore reçu aucun droit d'auteur de *Sésame*, c'est que la revue où il a paru d'abord, *Les Arts de la vie*, a fait faillite et n'a point payé, et que l'éditeur du volume, le Mercure, ne me réglera que quand la vente sera plus complète. Si d'ici là vous vouliez que je vous les avance, rien ne serait plus facile ; vous savez qu'hélas ! je n'ai plus à rendre compte de l'emploi de mon argent à personne.

Vous êtes à Manchester, je vois. Moi, depuis quatre mois à Versailles. À Versailles, puis-je le dire ? Comme je m'y suis mis au lit en arrivant et ne l'ai plus quitté (n'ai pu aller une seule fois ni au Château, ni à Trianon, ni nulle part et ne me réveille qu'à la nuit close), suis-je plutôt à Versailles qu'ailleurs je

---

1. Lettre publiée dans *Nordlinger* (103-106) ; *Kolb* (VI, 307-309).
2. La traduction par Proust – assisté de Marie Nordlinger – de *Sésame et les lys* de John Ruskin, parue en volume au début du mois de juin précédent.

n'en sais rien. Je devrais être à Paris, mais j'ai eu des ennuis d'appartement, un procès commencé, et j'ai loué depuis octobre un appartement où je ne peux entrer[1]. Mais enfin, si vous m'écrivez soit Hôtel des Réservoirs où je suis encore, soit 45 rue de Courcelles[2] où j'ai eu l'affreux déchirement de ne pouvoir rester à cause du prix de l'appartement, mais d'où ma gentille concierge me fera suivre la lettre de Mary, soit 102 boulevard Haussmann, adresse de l'appartement loué et jusqu'ici inhabitable, j'aurai votre mot. Vous me pardonnerez si je suis trop fatigué pour y répondre. Mais je tâcherai de le faire.

Travaillez-vous ? Moi, plus. J'ai clos à jamais l'ère des traductions, que Maman favorisait. Et quant aux traductions de moi-même je n'en ai plus le courage. Avez-vous vu de belles choses en Amérique ? Quelle étrange folie de m'avoir renvoyé le petit livre de classe[3] ! Si je sortais le jour, j'aimerais voir cet art égyptien et assyrien qui me paraissent bien beaux. Est-ce que M. Bing[4] vend des choses égyptiennes et assyriennes, et gothiques ?

Comment vont les vôtres ? Comment va votre tante[5] au souvenir de qui je vous prie de me rappeler et qui reste dans mon esprit une des plus curieuses *stones of Venice*[6]. Rien ne pouvait attendrir, rien ne pouvait faire bouger l'inflexibilité de ses principes. Mais comme elle me plaisait, et comme elle avait l'air de vous aimer ! Et elle me représente les *Mornings in*

---

1. Il s'agit de l'appartement de son grand-oncle Louis Weil, 102, boulevard Haussmann, loué puis sous-loué par Proust.

2. Dernière adresse des parents de Marcel Proust.

3. Il s'agit d'une édition scolaire d'un livre de l'égyptologue Gaston Maspero (voir *Kolb*, VI, 308, note 3 appelée p. 308).

4. Plus que de Siegfried Bing (1838-1905), marchand spécialisé dans l'art de l'Extrême-Orient et dans les arts décoratifs contemporains, disparu au mois de septembre précédent, il s'agit sans doute ici de son fils Marcel.

5. Mme Caroline Hinrichsen.

6. Jeu de mot sur le titre de l'ouvrage de John Ruskin *Stones of Venice*.

Venice [1] que je n'ai jamais vus... la femme « du matin » qui ignore la « grasse matinée ».

Je n'ai cessé, chère amie, de penser toujours beaucoup à vous, constamment, et je ne cesserai jamais. Je vous baise les mains avec infiniment d'amitié.

Marcel Proust.

_____

à madame Émile Straus

[Début avril 1907] [2]

Madame,

J'ai tous les jours de meilleures nouvelles de Jacques [3] (que je téléphone à Robert) et mon plaisir se double en pensant à celui que vous avez en recevant ces mêmes nouvelles. Je voulais vous écrire hier mais j'ai eu une crise qui a duré vingt-quatre heures pendant laquelle cela m'aurait été matériellement impossible d'écrire. Je voulais vous écrire pour vous dire combien j'ai trouvé admirablement gentil et délicieusement comique que vous ayez invité M. X... à déjeuner. C'est une de ces actions pleines d'esprit et de bonté qui ne sont que de vous. Sa vache de mère hélas n'a pas cessé de construire... je ne sais quoi ! Car depuis tant de mois douze ouvriers par jour tapant avec cette frénésie ont dû édifier quelque chose d'aussi majestueux que la Pyramide de Chéops

_____

1. Jeu de mot sur le titre de l'ouvrage de John Ruskin *Mornings in Florence*.
2. Lettre publiée dans *Corr. Gén.* (VI, 73-75) ; *Kolb* (VII, 131-133).
3. Jacques Bizet, fils de Mme Straus et ami d'enfance de Proust.

que les gens qui sortent doivent apercevoir avec étonnement entre le Printemps et Saint-Augustin[1]. Moi
je ne le vois pas mais je l'entends. Et quand les coups
de marteaux redoublent une crise déjà trop forte et
que je sens que non seulement cette dame me coûte
une année où je ne fais guère que souffrir mais abrège
de plusieurs années ma vie par les crises et les
drogues, je pense à ce cri que pousse dans Sully Prudhomme l'ouvrier de cette même pyramide. Vous
devez vous rappeler cela :

> Il cria tout à coup comme un arbre cassé.
> Le cri monta, cherchant les Dieux et la Justice,
> Et depuis trois mille ans sous l'énorme bâtisse
> Dans la gloire Chéops inaltérable dort[2].

quelquefois je *rêve* que les travaux sont finis et qu'il
ne viendra pas de maçons mais en me réveillant (ou
plutôt en étant réveillé par eux) j'aperçois (comme
dans Sully Prudhomme encore) « Le laboureur m'a
dit en songe »

> De hardis compagnons montés sur leurs échelles.

(je ne sais pas du tout si le vers est exact, je veux
parler de la pièce. Il a rêvé qu'il n'y avait plus d'ouvriers *et où il est content* d'en trouver au réveil)[3].
Seulement il a fallu laisser sécher la peinture et la
mère du juge a été forcée d'interrompre quelques
jours, à peine si pendant ce temps-là elle a fait changer deux ou trois fois le siège de ses cabinets (trop
étroit je suppose) auxquels j'ai l'honneur d'être
adossé (et toujours entre sept et dix heures du matin).
Ce petit répit m'a fait grand bien et j'ai fait quelques
pas dehors devant la maison et sur le balcon. Quand
elle sera installée je renaîtrai et encore non, car une
personne si luxueuse aura des tableaux sans nombre
à faire clouer et elle choisira certainement le matin

1. Allusion aux travaux entrepris par des voisins de Proust,
102, boulevard Haussmann.
2. Citation approximative de « Cri perdu » de Sully
Prudhomme.
3. Fragments de « Un songe » de Sully Prudhomme.

pour cela. Et puis ce sera la saison des fleurs et je
ne pourrai plus sortir ! Enfin j'ai pu faire quelques
pas à l'air et malgré les crises dont j'ai payé cela, cela
m'a fait bien plaisir. J'ai trouvé le soleil une bien jolie
chose et bien singulière.

Madame, je vous ai écrit comme à une dame qui
n'a rien à faire à Dax et qui a le temps de s'ennuyer
à lire des lettres. Mais je ne veux pas abuser de vous,
ni non plus de mes forces et de ma main toujours très
fatiguée, et je voulais seulement vous remercier, vous
dire comme je pense à Jacques, comme je vous
admire, comme je vous aime, comme je vous suis très
reconnaissant

Marcel Proust.

Je crois tout de même que les travaux sont plus
doux et je crois qu'il vaut mieux ne plus rien lui dire.
Nous jugerons de sa bonne volonté en voyant si elle
commande ses tapissiers pour l'après-midi, maintenant qu'il fait jour jusqu'à sept heures.

————

à Robert de Montesquiou

[Mai 1907] [1]

Cher Monsieur,

Surtout pour vous dire que la chose me paraît impossible, pardonnez-moi de ne pas vous avoir répondu
immédiatement après avoir reçu votre lettre [2]. Mais je

————

1. Lettre publiée dans *Corr. Gén.* (I, 183-186) ; *Kolb* (VII, 150-
153). ·
2. Proust répond ici à une demande de Robert de Montesquiou,
de rédiger l'annonce de la parution du volume qu'il vient de lui
faire adresser, *Altesses Sérénissimes*, dans *Le Figaro*.

suis à peu près tué d'un article que je viens de finir[1], et
je me suis reposé un jour sans lire et écrire de lettres,
car je ne savais plus ce que je faisais. Vous m'avez peiné
en me parlant de *contrainte*. Comment pourrait-il y en
avoir quand il y a admiration si vive, plaisir si profond
à l'exprimer ? Si je crois que je ne peux pas le faire,
c'est pour deux ordres de raisons. Le premier est que
je ne parle pas, que je ne dois pas parler des livres au
Figaro. Sauf exception, pourtant, pour l'article que je
viens de faire et que M. Calmette m'avait commandé
exceptionnellement. Et comme je ne sais s'il paraîtra,
car on trouve que je fais dix fois trop long, et j'ai beau
tâcher de resserrer, m'enlever chaque fois, prise ici et
là, la livre de chair de Shylock[2] pour tâcher de peser
moins, je ne sais pas arriver aux dimensions voulues.
J'ai, en ce moment, des articles en souffrance au *Figaro*,
qui ne paraissent pas et attendent toujours de la place,
notamment la fin de celui sur lequel vous m'aviez dit
de si gentilles choses[3]. Celui-là, comme je l'ai annoncé
à la fin de l'autre, je crois qu'il paraîtra, mais je ne sais
quand. Justement dans celui que je viens de terminer
et qui passera avant les autres, s'il passe, le nom de
Gustave Moreau me donnait une parfaite occasion de
faire allusion à *Altesses Sérénissimes*. Mais je n'ai pu arriver à trouver le joint, sans que cela eût l'air, surtout
ajouté à la quantité de noms propres qu'il y a déjà dans
l'article, d'une pure carte de visite. Cela n'allait pas.
Quand je parle du Lion, j'aime bien lui donner *partem
leonis*, sinon même en quantité, au moins en qualité.

  Donc, pour que je puisse faire l'article, il faudrait
que M. Calmette me le commandât, et je ne crois
pas que cela convienne au *Figaro* que j'y fasse ce
genre d'articles pour lesquels ils ont des titulaires ou

---

  1. Il semble s'agir de l'article évoqué dans la lettre suivante, « *Les
Éblouissements*, par la comtesse de Noailles » (*Contre Sainte-Beuve*,
533-545) ; cet article paraîtra dans le *Supplément littéraire* du *Figaro*
du 15 juin 1907.
  2. Personnage du *Marchand de Venise* de Shakespeare, qui
réclame un gage de chair pour consentir un prêt d'argent.
  3. « Journées de lecture » (*Écrits sur l'art*, 241-248) ; cet article
avait paru dans *Le Figaro* du 20 mars 1907.

des intérimaires habituels, ou alors le concours exceptionnel d'un Voguë, etc., qui font cela une fois par hasard. Avec cela, leur irritation contre ma longueur, et la difficulté où elle met *Le Figaro* en ce moment avec l'article dont ils ont besoin et qui semble ne pas pouvoir passer, et d'où j'ai pourtant enlevé tout ce que je peux enlever, que je suis trop épuisé pour resserrer encore, tout cela rendrait la chose plus improbable.

Mon deuxième ordre de raisons, c'est l'extraordinaire fatigue que ce dernier article m'a causée et qui fait que je me sens incapable d'écrire quelque chose de possible (celui-là est, d'ailleurs, détestable) avant d'avoir pris quelque repos complet. La préoccupation d'un article à faire sur un sujet de ce genre, avec la crainte que *Le Figaro* ne le prenne pas, je sens que tout cela serait au-dessus de mes forces. J'ai encore d'autres raisons à vous donner, tirées du sujet lui-même (non pas *le livre mais vous*) qui me rendraient cela particulièrement fatigant. Mais je suis précisément au moment où je vous écris, si fatigué que je sens que je ne sais plus ce que je vous écris. Dans quelques heures, quand j'aurai essayé de dormir un peu, je vous écrirai peut-être une lettre très possible, mais je ne veux pas attendre, étant déjà honteux de ne pas vous avoir remercié immédiatement. Et en ce moment les mots se dérobent sous ma main et ma pensée. Et, pourtant, j'aurais seulement voulu vous dire ma reconnaissance. Quand vous pouvez avoir des articles de gens si célèbres et de si grand talent, penser à moi ! Quelle mauvaise entente et quel dédain de vos intérêts, mais aussi quelle bienveillance, quelle injustifiée et touchante prédilection !

Votre admirateur reconnaissant qui vous remercie et vous quitte, trop fatigué pour vous écrire une lettre plus affectueuse.

Marcel Proust.

à Robert de Montesquiou

[Mi-mai 1907] [1]

Cher Monsieur

Excusez-moi de ne pas vous avoir aussitôt répondu, j'ai eu une crise si terrible ces deux jours-ci que rien n'aurait pu me donner la force d'écrire. Vous me dites que ma lettre vous a amusé. La vôtre m'a peiné car vous m'y dites très volontairement deux choses très désagréables au milieu d'autres gentilles dont je vous suis très reconnaissant. Quant au sujet de l'article vous avez bien deviné [2]. Mais je ne sais si j'ai mal compris la phrase où vous m'en parlez, vous avez l'air de croire que c'est exprès que je l'avais tu (je croyais au contraire vous l'avoir dit) ; or, d'abord je ne peux pas apercevoir quelle raison j'aurais de souhaiter que vous ne le sachiez pas. Ensuite cette ruse serait vraiment par trop stupide l'article étant destiné au *Figaro* que vous lisez tous les jours, et le nom de Mme de Noailles et le mien, si glorieux que soit déjà l'un, si obscur que soit destiné à rester toujours l'autre (du moins avec mon prénom), vous étant tous deux trop familiers pour ne pas arrêter votre attention, même sans vous faire lire l'article. Je sais bien qu'on a une telle manière de lire les journaux qu'on ne peut être sûr de rien à cet égard. Beaunier avait multiplié les articles exquis à mon égard, les instantanés, etc. et mon ami d'Albufera, abonné du journal, n'en avait vu aucun, assurait-il.

Enfin Beaunier en fit un, cette fois en tête du journal, il l'intitula : *Sésame*, titre même du livre que d'Albufera venait de recevoir [3]. Comme il m'y comparait à

---

1. Lettre publiée dans *Corr. Gén.* (I, 188-190) ; *Kolb* (VII, 157-159).

2. Il s'agit de l'article de Proust « *Les Éblouissements*, par la comtesse de Noailles », qui paraîtra le 15 juin 1907 dans le *Supplément littéraire* du *Figaro*.

3. John Ruskin, *Sésame et les lys*, traduit par Marcel Proust, Paris, Mercure de France, 1906.

Montaigne et diverses autres personnes de qualité, je
n'étais pas fâché de me rendre compte de l'effet que
cela avait produit. J'en parlai à d'Albufera, qui me sou-
tint que je me trompais, qu'il n'y avait eu aucun article
sur moi dans *Le Figaro* ce jour-là, que du reste sa
femme n'en avait pas vu, etc. Enfin dernièrement, une
dame a dit à un de mes amis qui lui disait que j'avais
fait deux ou trois articles dans *Le Figaro* : Vous vous
trompez, c'est certainement dans un autre journal, car
je lis tous les jours *Le Figaro* de la première ligne à la
dernière, et vous pensez bien que s'il y avait eu un
article de M. Proust, que je connais, le nom m'aurait
frappé. De sorte qu'il n'est peut-être pas d'un mauvais
calcul quand on veut cacher à quelqu'un qu'on a fait
un article de ne pas le dire, puisque jamais on ne le
voit, ni le lit. Mais dans le cas particulier, je ne pouvais
qu'être heureux que vous sachiez que je faisais un
article sur Mme de Noailles, c'est un admirable sujet
dont vous avez été comme de tout le découvreur et
ce partage avec Jupiter, auquel je succède, hélas, après
cinquante autres, n'a rien du tout qui me déshonore.
Seulement l'article est idiot. Il l'était déjà quand je vous
ai écrit l'autre jour. Mais à peine ma lettre partie, l'article me revenait du *Figaro* où l'on me disait qu'il pren-
drait tout le journal, qu'il fallait que j'en coupe les deux
tiers. De sorte que les quelques moignons qui restent
n'ont plus forme humaine et on pourrait me faire manger ces restes de mes enfants par moi-même égorgés
sans que je les reconnaisse plus que Pélops ne fit des
siens. Je vous demande surtout pardon de vous parler
avec cette naïve abondance de ce qui me concerne et
est si peu intéressant. Si j'étais moins fatigué en arrivant à la fin de cette lettre je vous aurais, pour que si
vous aviez un jour occasion de m'écrire, vous ayez la
bonté de me les fournir, demandé quelques renseignements au sujet du chalet Shickler, ou plutôt demandé
s'il existe ailleurs, moins loin, et surtout moins haut,
des logis de ce genre, donnant (pour une autre
construction au besoin) par leur conservation ou leur

restitution une pareille impression[1]. Mais si je peux
aller un jour jusqu'à Neuilly cela m'intéressera beaucoup de vous écouter sur ce sujet – et sur tous. Tout
ce chapitre sur Saint-Moritz est délicieux. J'ai encore
très peu lu, étant très souffrant, mais tout cela me plaît
infiniment.

Votre admirateur fidèle et parfois contristé

Marcel Proust.

───────

à Émile Mâle

Grand-Hôtel, Cabourg, Calvados
102, boulevard Haussmann, Paris
Jeudi, 8 août [1907][2].

Cher Monsieur[3],

Je viens de passer une année entière dans mon lit,
avec des crises si imprévues que, n'osant pas faire un
projet une heure d'avance, je n'ai pas cru pouvoir me
permettre de solliciter de vous la faveur d'une visite,
– ce qui eût déjà été très hardi – que j'aurais pu me
trouver hors d'état de recevoir, une crise étant survenue. Je me suis levé cinq fois cette année. Dernièrement, me sentant un peu mieux, j'avais envoyé

───────

1. Allusion à un passage d'*Altesses Sérénissimes*, de Robert de
Montesquiou.

2. Lettre publiée dans *Billy* (112-116) ; *Kolb* (VII, 248-251).

3. La fréquentation de l'œuvre d'Émile Mâle, et particulièrement de son *Art religieux du XIIIᵉ siècle en France*, remonte pour
Proust à 1899 – année de publication de cet ouvrage –, alors qu'il
progressait lui-même dans la découverte de Ruskin, dont il allait
traduire *La Bible d'Amiens*. Plus tard Proust devait rencontrer
Mâle, le questionner sur les monuments de l'ouest de la France,
suivre ses indications et conseils de visite d'églises en Normandie,
enfin le saisir de différents détails ayant trait à l'art et à la civilisation médiévale, peu avant la parution de *Du côté de chez Swann*.

quelqu'un chez vous, vous exposer cette situation, et vous demander si vous consentiriez à venir me voir un soir. Mais je suis mal tombé, vous aviez quitté Paris depuis deux jours, étiez à la campagne et deviez, a dit votre concierge, repasser prochainement par Paris, mais en le traversant seulement pour reprendre un autre train. Tout projet de vous voir était donc irréalisable. Et voici que j'ai quelque chose de pressé à vous demander ; les médecins m'ayant forcé en quelques heures à quitter Paris, je voudrais profiter, peut-être du dernier voyage qui me soit concédé, pour visiter des monuments ou des sites que vous me diriez particulièrement émouvants. Je suis momentanément à Cabourg, Grand Hôtel. Mais, dans l'extrême instabilité des projets où me réduit mon état de santé (qui peut me forcer d'une heure à l'autre à rentrer à Paris, comme il peut me permettre un plus long séjour), il serait peut-être plus prudent que vous me répondiez – si vous voulez bien me répondre – 102, boulevard Haussmann, Paris. Cependant je laisserai mon adresse au Grand Hôtel. Répondez-moi ou vous voudrez. Enfin, si vous perdiez les deux adresses, vous pourriez m'écrire à mon ancienne demeure, 45, rue de Courcelles, d'où l'on me ferait suivre certainement la lettre, avec un peu de retard. Voici donc mes questions :

1° Qu'y a-t-il de plus intéressant à voir en Normandie ? Je ne me place pas exclusivement au point de vue cathédrales ni même des monuments[1]. En tout cas une ville restée intacte (comme m'a paru jadis, du chemin de fer, *Semur*, qui m'avait tant plu) serait plus féconde pour mes rêves – ou tel vieux port

_____

1. Comme on le voit ici et dans ce qui suit, Proust vient à Émile Mâle avec une idée déjà précise des renseignements qu'il attend de lui. C'est que la documentation qu'il souhaite réunir pour son œuvre lui permet souvent de simplement vérifier un savoir livresque ancien ou une impression – la ville aperçue du train, par exemple (je me permets de renvoyer là-dessus à mon article, « Un degré d'art de plus », *Marcel Proust et les arts*, catalogue d'exposition, Paris, Gallimard/Bibliothèque nationale de France/Réunion des Musées nationaux, 1999, p. 81-87).

ou enfin je ne sais quoi que vous connaissiez – qu'une cathédrale qui ne serait pas très particulière – ou vraiment sublime – et puisque nous parlons vieilles villes, puis-je quitter dès ce paragraphe et pour une seconde la Normandie, pour vous demander si Fougères, Vitré, Saint-Malo, Guérande sont des choses de premier ordre, et si elles vaudraient la peine d'un voyage ? Y a-t-il des *équivalents* (ou supérieurs) ailleurs, dans d'autres régions ? Pour revenir à la Normandie, y a-t-il des monuments (et si j'ai dit que je ne me limitais pas aux églises renouvelées par votre parole, rendues à tout leur prestige par le fait d'être indiquées par vous, elles m'enchanteront) plus intéressants à Lisieux, ou à Falaise, ou à Vire, ou à Bayeux, Caudebec, Ouistreham, etc., etc., ou à Valognes, ou à Coutances, ou à Saint-Lô, ou peut-être dans des endroits moins connus où la surprise de les trouver ne me les rende que plus touchants, surtout si le paysage conspire un peu avec elles ? Je ne tiens nullement à ces noms et accueillerai avec joie ceux que vous me direz ;

2° Si je me sens la force d'entreprendre un voyage en Bretagne, avez-vous certains points de vue à me recommander particulièrement, beautés soit d'art, soit de nature, soit d'histoire, soit de légendes ? Et accessoirement Roscoff *et* Paimpol sont-ils de premier intérêt et l'un d'eux peut-il remplacer l'autre ou tous deux peuvent-ils être remplacés par un troisième ? Enfin, si je ne pouvais ni rester à Cabourg ni aller en Bretagne, pourriez-vous m'indiquer près de Paris, en Seine-et-Oise par exemple, des choses qui vous semblent aussi frappantes pour l'imagination qu'en Normandie ou en Bretagne ? Il y a à Cabourg, si les souffrances que j'ai en ce moment se calment un peu, des taximètres automobiles qui me permettraient d'explorer assez loin la Normandie. En général, à moins qu'elles[1] ne restituent un ordre d'existence tout à fait particulier et sans partager d'ailleurs, absolument, les idées courantes à cet égard, les monuments restaurés ne me donnent pas la même

---

1. Lire « qu'ils » ?

impression que les pierres mortes depuis le douzième
siècle par exemple, et qui en sont restées à la Reine
Mathilde. (Ceci dit en pensant à Caen où je suis allé
et où je peux retourner si vous me le conseillez, et
où quelques paroles excitatrices et guidantes de vous
m'auraient été indispensables : j'y aurais eu cent fois
plus de plaisir).

Le Mont-Saint-Michel est-il un monument très
restauré ou bien une des plus belles choses de
France ? Je l'ai vu mais quand j'étais tout petit, sinon
la difficulté de l'accès m'y ferait renoncer.

Excusez-moi, Monsieur, je suis si fatigué que je
vous demande pêle-mêle des choses bien indiscrètes
et bien ennuyeuses. Et c'est un profane ignorant qui
vous sollicite. Mais vous savez aussi que c'est un fer-
vent de votre parole.

Veuillez agréer, cher Monsieur, mes excuses et
mon admiration reconnaissante.

Marcel Proust.
Grand-Hôtel, Cabourg, Calvados.
102, boulevard Haussmann, Paris.

————————

à madame Émile Straus

102, boulevard Haussmann, lundi.
[Début octobre 1907] [1]

Madame,

J'ai quitté Cabourg le même jour que vous
Trouville, mais pas à la même heure ! Un peu avant
d'arriver à Évreux (où j'ai passé quatre ou cinq

————————

1. Lettre publiée dans *Corr. Gén.* (VI, 85-89) ; *Kolb* (VII, 286-
290).

jours), nous sommes descendus dans un vallon dont, de loin, on voyait la brume et on devinait la fraîcheur. Et depuis ce moment-là jusqu'à aujourd'hui (et jusqu'à je ne sais pas quand dans l'avenir) je n'ai plus cessé d'étouffer, d'avoir des crises incessantes. Et c'est pour cela que pensant à vous à peu près à toutes les heures du jour, je ne vous ai pas écrit, je n'ai pas eu le courage de prendre une plume. Naturellement ce n'est pas ce vallon qui m'a rendu mes crises. Mais à partir de ce moment-là je n'ai plus fait que me rapprocher de Paris et à Évreux déjà j'étais très mal. J'y ai vu « aux chandelles » un évêché qui n'est pas bien beau à l'intérieur, à la nuit tombante une église Saint-Taurin qui m'a parue très jolie (romane et gothique si je ne confonds pas, puisque maintenant vous savez les styles) avec des piscines assez curieuses et de beaux vitraux. Puis une cathédrale que vous avez vue sans doute qui est de toutes les époques, avec de beaux vitraux qui trouvaient le moyen d'être lumineux à l'heure presque crépusculaire où je les ai vus, et par un temps gris, sous un ciel fermé. À toute cette lassitude d'un jour qui avait depuis le matin ressemblé à la nuit et qui allait lui faire place ils trouvaient le moyen de dérober des joyaux de lumière, une pourpre qui étincelait, des saphirs pleins de feux, c'est inouï[1]. Je suis allé tout près d'Évreux à Conches voir une église qui a gardé tous ses vitraux du seizième siècle ; beaucoup sont d'un élève de Dürer. On dirait une jolie petite Bible allemande avec des illustrations en couleur, de la Renaissance. Les vitraux ont leur légende écrite au-dessous en caractères gothiques. Mais les vitraux de cette époque-là ne

---

1. À propos des vitraux de l'église de Combray, cf. « [Ils] ne chatoyaient jamais tant que les jours où le soleil se montrait peu, de sorte que fît-il gris dehors, on était sûr qu'il ferait beau dans l'église » ; « [Ils] avaient pris la transparence profonde, l'infrangible dureté de saphirs » (*RTP*, I, 58-59). Voir aussi, *infra*, p. 273-274, la lettre-dédicace inscrite sur le *Swann* de Jacques de Lacretelle, à propos des vitraux d'Évreux, de la Sainte-Chapelle et de Pont-Audemer comme « modèles » de ceux décrits dans le roman.

m'intéressent pas beaucoup, ce sont trop des *tableaux*
sur verre.

Depuis que je suis à Paris je ne quitte pas mon
lit. Pourtant hier je suis sorti avec Jossien, le pauvre
Agostinelli ayant été obligé de partir pour Monte-
Carlo à cause de la santé de son frère. Je crois qu'il
y a bien des erreurs graves dans la façon dont est
comprise l'administration des « Unic ». Je les signa-
lerai à Jacques car j'ai la certitude qu'il pourrait faire
dix fois autant d'affaires qu'il n'en fait. Moi qui par
lui avais tous les renseignements, et la ferme volonté
d'avoir une de ses voitures j'ai mis plus d'un jour à
pouvoir être en communication téléphonique avec
elles. Des amis à qui je les avais recommandées
n'ont pas eu la même patience ou le même loisir et
ont renoncé. Dans aucun annuaire il n'y a son
garage. Si on téléphone chez Georges Richard on
répond qu'on ignore les taximètres de Monaco.
Enfin si par « *relations personnelles* » on arrive à avoir
le garage de Jacques (on ne peut pas l'avoir autrement) le concierge répond qu'il n'y a pas de voitures de Monaco etc. La conséquence c'est que
quand j'ai pris Jossien hier, c'était la première
sortie qu'il faisait depuis son départ de Cabourg
(j'avais eu deux fois Agostinelli avec une peine
extrême). Malheureusement je suis trop souffrant
ici pour être un client bien fidèle et puis c'est dix
fois trop cher pour Paris où maintenant tant de
cochers font le taxi pour presque rien. Du reste je
dirai tout cela à Jacques à qui j'ai demandé de venir
me voir [1]. J'ai vu par les journaux qu'Edwards ne
garde pas ses amis plus longtemps que ses femmes [2].
À Évreux j'ai été voir un soir à Glisolles (tout près

---

1. Fondateur de la compagnie des taximètres de Monaco dont
les véhicules Unic étaient fabriqués par Georges Richard, Jacques
Bizet permit à Proust de rencontrer plusieurs chauffeurs : Jossien,
Agostinelli – qui devait devenir plus tard son secrétaire –, Odilon
Albaret – dont il emploierait de manière fixe l'épouse Céleste dans
les huit dernières années de sa vie.

2. Allusion à un différend entre Alfred Edwards et Francis de
Croisset, qui devait se résoudre en duel.

d'Évreux) Mme et M. de Clermont-Tonnerre dans
un endroit très sympathique. Ils devaient me faire
voir des choses très belles aux environs, mais je me
suis senti si dégoûté d'Évreux que je suis parti le
lendemain matin de sorte que je n'ai fait aucune de
ces excursions, ni la visite au jardin de Claude
Monet, à Giverny, près du beau coude de rivière
qui a la chance de vous voir, à travers sa brume,
dans votre salon[1]. J'ai bien envie de donner à
M. Straus, si je pouvais le trouver dans une gentille
édition, un ouvrage délicieux qu'on m'a prêté et que
j'avais d'ailleurs lu autrefois mais qui est bien
agréable à relire et à regarder, le *Dictionnaire de l'architecture* de Viollet-le-Duc. C'est malheureux que
Viollet-le-Duc ait abîmé la France en restaurant
avec science mais sans flamme, tant d'églises dont
les ruines seraient plus touchantes que leur rafisto-
lage archéologique avec des pierres neuves qui ne
nous parlent pas, et des moulages qui sont identiques à l'original et n'en ont rien gardé. Mais il
avait tout de même le génie de l'architecture et ce
livre-là est admirable. Madame c'est tellement difficile de vous écrire ainsi de mon lit, avec un coude
qui refuse de continuer à avoir mal sur le bois de la
table, que je vous dis adieu ici et sans que j'aie
essayé de vous dire comme mon affection et mon
admiration pour vous ont encore grandi pendant ce
séjour de Trouville, et ces semaines bénies où je
vous ai revue et dont je garderai toujours un souvenir délicieux et attendri, intact à travers les fleurs.
Dites bien à M. Straus que si j'ai commis la mons-
truosité de ne vous écrire encore ni à l'un ni à l'autre
ce n'est ni ingratitude ni oubli, mais impuissance et
souffrance. Ne me répondez pas, je sais – et tâcherai
de savoir plus exactement si je peux voir Jacques ou
tâcher de trouver M. Straus rue de Miromesnil, que
vous vous reposez en Suisse et qu'écrire une lettre

---

1. Allusion à un tableau de Claude Monet, *Bras de Seine près de
Giverny* (1897), que possédaient Émile Straus et sa femme.

vous fait mal. Puisse cela ne pas vous en faire d'en
recevoir une. Votre ami respectueux et infiniment
reconnaissant.

                                        Marcel Proust.

                    ————————

à madame Émile Straus

                                    [Fin avril 1908] [1]

Madame,

Je suis bien triste que vous n'alliez pas bien, bien
triste que nos « traitements » nous séparent, sans
nous améliorer. Je me dis que si je montais des
étages j'irais encore plus mal et que si vous voyiez
du monde à Paris au lieu d'être en Suisse vous
seriez encore plus fatiguée. C'est la chance de la
médecine que notre impossibilité de savoir ce qui
serait arrivé si, toutes choses étant restées les
mêmes, nous avions suivi une autre hygiène. Car
les choses ne sont jamais les mêmes, et comment
démêler la part du temps, de mille causes in-
connues, les caprices de la maladie elle-même.
Nous avons pris – ou plutôt moi j'ai pris – un triste
pli avec vous depuis quelque temps. Dès que je suis
près de vous je suis paralysé par une timidité inconnue, je sens un abîme entre nous et je deviens
d'une stupidité qui m'exaspère d'autant plus qu'elle
se manifeste devant vous, et qu'hors de votre présence elle n'est pas toujours si constante. Le sentiment que vous me considérez comme une boîte à
potins, la nécessité de vous en fournir de nouveaux

_____

1. Lettre publiée dans *Corr. Gén.* (VI, 109-111) ; *Kolb* (VIII,
95-97).

et de scandaleux y est peut-être pour quelque chose. J'en suis en ce moment bien démuni car depuis que je ne vous ai vue je ne suis presque pas sorti de chez moi et chez moi je ne vois personne. Ce n'est guère que Reynaldo qui me dit de temps en temps ce qui se passe dans le « monde » où je ne vais jamais. Mais le fait d'en avoir connu chez vous autrefois les différents personnages me permet de m'intéresser plus facilement à ses récits. Je sais que Mme de F...[1] votre amie (et qui fut même la mienne !) a rencontré l'autre jour M. de G...[2] qui lui a reproché de ne jamais l'inviter. Elle lui a répondu « mais oui, je vous inviterai... eh ! bien non je ne pourrais pas, vous me rappelleriez trop mon pauvre Robert ! » Mot d'une authenticité indiscutable raconté par trois personnes présentes. Sa rivale a eu quelques mots agréables. Mais vraiment vous raconter les mots des autres – excepté les mots involontaires – c'est trop stupide. Dans la moindre carte postale de vous il y a tellement mieux, par exemple dans la dernière : « On n'attend que moi. » Je vois tout le temps dans les journaux des annonces d'expositions qui me tentent. Mais je me dis que j'attendrai toujours pour aller revoir des tableaux que nous puissions y aller ensemble. Et du reste je n'en ai jamais revu depuis le jour où j'avais été chez Durand-Ruel voir les admirables *Nymphéas* de Claude Monet[3]. Je crois que le dernier soir où je suis allé chez vous est celui où Helleu m'attendait. Imaginez-vous que j'ai eu l'imprudence de lui dire d'un tableau de Versailles, d'une étude, que c'était ce qu'il avait fait de mieux. Quelques jours après je le recevais ! Je suis tellement confus de sa bonté que je ne sais que faire et je voudrais trouver quelque chose de joli qui lui fasse plaisir pour le remercier. Tout le monde est tellement gentil pour moi que

---

1. Mme de Fitz-James.
2. Joseph, comte de Gontaut-Biron.
3. Il s'agit sans doute de l'exposition de novembre 1900 consacrée aux *Bassins aux nymphéas* de Claude Monet.

cela me rend malheureux de ne pas savoir moi comment faire plaisir. Adieu Madame, j'espère que vous allez bientôt revenir et que je pourrai aller vous voir.

Votre respectueux admirateur qui vous aime

Marcel Proust.

J'ai écrit dernièrement une lettre d'une extrême tendresse à Jacques[1]. Mais il ne m'a jamais répondu.

————

à Robert de Montesquiou

[Juillet 1908][2]

Cher Monsieur,

À peine j'ai fermé ma lettre, je reçois la vôtre. Pour la commission à Reynaldo dès son retour ou, même avant, par lettre, c'est entendu et aurait même pu rester sous-entendu, Reynaldo ne pouvant ressentir de ce témoignage qu'une joie mélancolique et une gratitude émue. Mais la fin de votre lettre me désole. J'ai prononcé un nom qui vous a *peiné*. Rien ne peut me chagriner comme vous faire de la peine. Mais quel nom cela peut-il être ? J'ai en effet prononcé plusieurs fois devant vous l'autre soir le nom d'amis en disgrâce, mais jamais vous ne m'avez voulu de cela, et l'autre soir vous-même parliez longuement d'eux tous et avec une équité relative qui me faisait espérer un entier retour. Mais lequel de ceux-là peut vous *peiner* ? Je voudrais le savoir, pour l'oublier, et

————

1. Jacques Bizet, le fils de Mme Straus.
2. Lettre publiée dans *Corr. Gén.* (I, 171-174) ; *Kolb* (VIII, 165-168).

comprendre. Un mot de vous me ferait plaisir là-dessus. Je sens qu'il est hors des possibilités de votre caractère de me l'écrire, mais je sais que rien n'est plus beau, plus salutaire et plus tentant pour une grande âme qu'un bond hors de ses possibilités qui ne sont que les alluvions toutes matérielles, dissidentes et obstruantes de l'habitude. Je relis le livre[1] avec un plaisir si l'on peut ainsi dire, et l'émotion de sentir la contrepartie de tout cela dans mon passé, dans mon souvenir et dans mon cœur. À ce que vous dites trop gentiment d'Horatio[2] vous dites qu'Yturri en avait parlé dans sa correspondance et vous ajoutez : « Peut-être on s'en souviendra » ! Cela veut dire, si j'ai bien compris que vous avez cité le passage complet et que le lecteur s'en souvient. Or je crois avoir lu tout le volume et je ne me rappelle pas avoir lu ce passage. Et pourtant, si je suis heureux et tendrement ému quand vous parlez de moi dans ces pages, je le serais davantage de trouver mon nom comme en caractères devenus mystérieux sous la plume de celui des mains de qui elle est à jamais tombée[3]. Mille questions frivoles en apparence se pressent encore sur mes lèvres, qui ne visent qu'à, de ce livre, rien ne me reste étranger. Pour la plupart des images, je n'ai qu'à les chercher dans ma mémoire personnelle où tant de tout cela fut vécu. Il en reste quelques autres : ce Marquis d'A... (?) se détachant sur la mer, les circonstances mystérieuses relatives à la mort de votre belle-sœur[4], d'autres choses qui m'obsédaient ce matin et qui, dans la grande fatigue où je suis ce soir, m'ont échappé. Mais ce qui revient,

---

1. *Le Chancelier de Fleurs* de Robert de Montesquiou, que celui-ci avait apporté à Proust chez lui dans les premiers jours de juillet 1908, et dont il lui avait lu le début.

2. Pseudonyme sous lequel Proust avait fait paraître « Fête chez Montesquiou à Neuilly (extraits des *Mémoires* du duc de Saint-Simon) » (*Écrits sur l'art*, 161-165) dans *Le Figaro* du 18 janvier 1904.

3. C'est-à-dire de Gabriel de Yturri, ami de Robert de Montesquiou, qui était mort en 1905.

4. La comtesse Gontran de Montesquiou-Fezensac.

c'est le regret, c'est le chagrin de vous avoir peiné,
mon cher ami, si, pour une fois, j'use d'une expression nouvelle et qui montre sa force en brisant les
barrières de déférence que j'ai volontairement élevées. Je sais que rien qu'un nom peut faire du mal
comme il peut faire du bien.

> Parfois un nom, complice intime, vient rouvrir
> Quelque plaie où le feu désire qu'on l'attise.

Un autre :

> Tombe comme une larme à la place précise
> Où le cœur mal fermé l'attendait pour guérir.

Ou encore :

> ... vient nous rendre
> Dans un éclair brûlant nos chagrins tout entiers

comme disent tous ces vers de Sully Prudhomme [1]
qui sont démodés mais que je m'obstine à trouver
délicieux.

Peut-être est-ce encore une de ces admirations que
vous me reprochez. Mais je n'en renie aucune.
Encore celle-là est-elle mêlée de bien des réserves.
Que vous avez bien fait de publier ce livre ! Moi qui
ai vu Yturri si souvent, je ne le connais que depuis
que je l'ai lu. Quelle âme ! C'est tout ce qu'a la force
de vous redire, ce soir, votre bien souffrant
admirateur

Marcel Proust.

------

1. Tirés de « Les vaines tendresses ».

à Georges de Lauris

[Début juillet 1909] [1]

Mon cher Georges,

La mauvaise chance a voulu qu'on venait de me redemander des pastiches quand vous m'avez envoyé votre roman [2]. C'était pour samedi je n'avais pas de temps à perdre. Des travaux commencés à côté m'ont rendu si malade qu'il m'a été impossible de faire mes pastiches et maintenant ils sont prêts mais ne pourront plus paraître avant quinze jours. Mais la même souffrance laissée par ces travaux m'empêchait aussi de vous lire ; enfin je vous ai lu ce soir seulement et trop vite sachant que vous étiez pressé d'avoir votre manuscrit. Cela m'a paru très supérieur à ce que j'avais lu la première fois, même ce que j'ai lu éclairé par le reste a pris son rang. C'est de tout premier ordre, nuancé comme psychologie avec une délicatesse et une sûreté comme on ne fait plus depuis le dix-huitième siècle et le commencement du dix-neuvième. C'est absurde de faire un sort à ce nom de Benjamin Constant, car vous n'avez certainement choisi son œuvre comme thème que par hasard et pas par une raison profonde mais il y a des hasards qui symbolisent commodément et bien qu'il soit plus bref et moins délié il me semble que c'est un peu le roman d'un Benjamin Constant qui aurait appris à regarder la nature et dont l'âme serait enrichie de tous les acquêts, de toutes les complications qui sont venus depuis et qui ont trouvé dans votre livre une expression d'une pureté classique, d'une grâce ancienne, d'une certitude infaillible jusque dans la subtilité la plus prolongée [3]. Vous maniez le fil

---

1. Lettre publiée dans *Lauris* (189-192) ; *Kolb* (IX, 130-133).

2. *Ginette Chatenay*, dont Proust avait lu une première version manuscrite l'année précédente.

3. Ginette Chatenay, l'héroïne du roman du destinataire, y livre une analyse d'*Adolphe* de Benjamin Constant.

d'Ariane jusque dans les profondeurs du labyrinthe comme si vous étiez au grand jour et teniez en mains des choses moins fragiles.

Il y a des choses qui m'ont paru merveilleuses, par exemple cette remarque : que « les désirs qui nous asserviront plus tard commencent par nous délivrer », c'est admirable, « les silences où un rayon de soleil reste prisonnier » m'ont paru bien jolis aussi. « L'intelligence de certaines femmes limitée à leur beauté » et le plaisir qui en naît pour leur amant est tout à fait remarquable. Mille choses sur les jambes sont ravissantes, notamment les jambes du dix-septième siècle. Du reste ce sera la perle de votre livre, les conversations.

Voilà enfin des personn[ag]es qui parlent bien et disent de ravissantes choses. La dame qui a servi de modèle doit y être pour quelque chose, et vous qui êtes un si joli causeur, je ne m'arrête pas à vous dire ce qui est bien, c'est presque tout, voici quelques fautes ou supposées telles. Quand on parle pour la première fois de Georges de Lauris à la dame, l'autre dame dit « faire l'article » c'est un peu commun, je ne suis pas fou dans la même conversation de « est-il joli garçon ? », mais cela peut aller.

Toujours dans la même partie les traits « décochés sur des gens du monde parisien » ne va pas. Gens du monde suffira. L'éclatante apparition de la « vérité sur elle » n'est pas très bien dit. La « curiosité des fossettes » est peu clair et peu français ; « c'était en harmonie avec »... n'est pas très français, elle ne « creuse » pas cette impression, pas fameux, la dame qui « coule sur elle-même » vers sa gorge des regards n'est pas français. Il faut supprimer « sur elle-même ». Georges je vous quitte je suis épuisé de fatigue. Quelle joie pour votre père, quelle belle offrande sur la tombe de votre mère.

Votre Marcel.

à Robert de Montesquiou

[Décembre 1909] [1]

Cher Monsieur,

J'ai presque regretté qu'Helleu vous ai dit qu'il devait me voir, car, non au courant de ma vie, vous en avez peut-être conclu à une amélioration de mon état qui donnerait alors à mon silence un air de négligence dans l'entretien de mon admiration et de mon attachement pour vous, dans l'exercice du culte. Non que j'aie pu « laisser une lettre sans réponse », comme vous l'auriez dit. Si une lettre de vous a pu rester sans réponse, c'est que je ne l'ai point reçue. Je ne sais pas votre nouvelle adresse et je n'ai pas osé m'en enquérir puisque vous ne me l'avez point dite. Sans cela, s'il me revenait encore un jour d'apaisement, j'irais faire chez vous une irruption tendre, soudaine et respectueuse. J'ai entrepris un long ouvrage, sorte de roman dont peut-être le début paraîtra prochainement [2]. Jusqu'à son achèvement, si je peux travailler, – car mes forces déclinent très sensiblement et j'en ai eu la mesure exacte, – je resterai bien préoccupé. Et j'ai la main si fatiguée que j'évite toute lettre. Mais comme mon admiration et mon amitié pour vous languissent de se manifester aussi peu, alors que je pense tant à vous, vous relis et me remémore vos dicts et vos gestes, j'ai voulu vous envoyer ces quelques lignes pour interrompre la prescription de votre bienveillance à l'égard de mon affection.

Marcel Proust.

———

1. Lettre publiée dans *Corr. Gén.* (I, 224-225) ; *Kolb* (IX, 227-228).

2. Lorsqu'il écrit cette lettre au début de décembre 1909, Proust croit imminente la parution en feuilleton dans *Le Figaro* de son roman *Contre Sainte-Beuve, Souvenir d'une matinée* – qui plus tard deviendra *À la recherche du temps perdu*.

à madame Gaston de Caillavet

[Fin janvier 1910][1]

Madame[2],

Je ne sais comment vous remercier de votre délicieuse lettre. Et Reynaldo venu ce soir à minuit (que je n'ai pu recevoir parce que j'avais une trop forte crise) m'a laissé un mot me disant aussi que vous demandiez à me voir. Hélas ! c'est impossible. Ce n'est pas qu'il n'y ait certains jours, à peu près une fois par mois, où je ne sois bien. Alors je me lève, je sors, mais généralement trop tard pour aller chez vous. Les autres jours je suis dans les crises, les fumigations. Je ne laisse entrer personne, pas même mon médecin. Le seul être que je vois quelquefois est Reynaldo parce qu'il vient constamment et à des heures indues, qu'une fois sur six j'ai fini ma fumigation et cette fois-là le laisse entrer, parce qu'il est si habitué à mon mal, reçoit mes réponses à ses questions, sur un petit papier si je ne peux parler, etc. L'autre jour je suis sorti à une heure et suis allé frapper chez Mme Lemaire. Je ne l'avais pas vue depuis un an. Et c'est une des personnes que je vois. Il y a sept ans que je n'ai pu voir Mme Greffulhe. Et ainsi de bien d'autres. Je vous parle beaucoup de moi et je vous assure que ce n'est qu'à vous que je pense. Il me semble à tout moment que je vais aller mieux et irai vous voir. Mais du moins ce que je ne faisais pas, je travaille un peu, je fais un long roman que j'aurais été si curieux de montrer à votre belle-mère[3]. Je

---

1. Lettre publiée dans *Corr. Gén.* (IV, 122-124) ; *Kolb* (X, 31-32).

2. Jeanne Pouquet avait épousé Gaston de Caillavet (ou Gaston *Arman* de Caillavet), fils de Mme Albert Arman de Caillavet et ami de jeunesse de Proust, en 1893. Elle en avait eu une fille, Simone, en 1894. Sur les relations entre Proust, Gaston de Caillavet, sa femme et leur fille, voir *infra*, p. 192, note 1.

3. Mme Albert Arman de Caillavet, disparue au début de janvier 1910, et dont Proust avait fréquenté le salon avenue Hoche à

repense à sa merveilleuse intelligence, à l'admiration avec laquelle elle me parlait de vous au moment de votre mariage : « Jeanne est prodigieuse, elle a un don comme je n'en ai jamais connu » disait-elle. Vous m'avez dit – et je vous crois puisque vous le dites – qu'elle fut moins bienveillante ensuite. C'est possible. C'est sans doute pendant la période où je fus malade et où un dissentiment auquel je ne puis repenser aujourd'hui sans larmes, m'éloigna d'elle[1]. Mais personnellement je n'en ai jamais rien su. Et c'est une douceur infinie pour moi de penser que s'il y a eu malentendu entre vous, il s'est dissipé complètement ces derniers temps, qu'elle vous a connue ce que vous êtes... Et que vous aussi vous l'avez comprise et admirée. Et je bénis Dieu d'avoir permis cette réconciliation grâce à laquelle Gaston dans son souvenir de sa mère pourra vous unir à elle, et à tant de raisons qu'il a de vous adorer, aura aussi la gratitude des soins que vous lui avez donnés et de votre noble attitude. C'est une grande fatigue pour moi d'écrire. J'ai pourtant voulu vous dire bien mal ce que j'ai sur le cœur. Mais il faudrait de longues lettres pour vous montrer un peu seulement de la tendresse que j'ai pour Gaston et pour vous.

Votre respectueux ami inaltérable,

Marcel Proust.

---

l'époque où elle était la protectrice et la maîtresse d'Anatole France.

1. Allusion possible à un différend au sujet d'Henry Gautier-Villars.

à madame Émile Straus

Dimanche [24 avril 1910] [1]

Chère Madame Straus

Votre pensée me tient chaque jour une si délicieuse compagnie que recevoir une lettre d'une personne qui ne quitte pas mon esprit me semble quelque chose à la fois de tout naturel et de presque miraculeux. J'ai éprouvé cela quand je suis allé à Venise ; que mon rêve fût devenu... mon « adresse », ma villégiature, cela me paraissait incroyable – et si simple ! Cela me paraissait surtout charmant [2]. C'est ce charme à la fois aisé et mystérieux que m'a donné cette lettre. Et n'est-ce pas un peu du reste votre charme particulier à vous ? Sa devise ne serait-elle pas assez bien : « Mystère et Simplicité » ? Et le mystère augmentant avec la simplicité. Souvent je lis (je n'ose pas dire : « quelquefois j'écris ») des choses qu'il me semble que vous aimeriez. Je les mets de côté. Et puis cela fait des quantités de livres que j'ai à vous apporter, et des objets aussi. Et d'autres choses encore. J'en viendrai à bout ! Seulement comme pour me lever une heure, chose que les autres personnes font tous les jours, il me faut un mois d'exercices préliminaires, pour faire des choses plus rares, il me faut si longtemps ! Si je peux seulement ne mourir que quand j'aurai rempli mes principaux vœux d'intelligence et de cœur ! Car je n'en ai pas d'autres. Ou plus d'autres. Je suis si triste que vous soyez souffrante. Pourvu que Grasse ne vous ait pas fait de mal. C'est ce qui dégoûte souvent des efforts de raison, c'est que l'inertie déraisonnable nous évite presque

---

1. Lettre publiée dans *Corr. Gén.* (VI, 123-125) ; *Kolb* (X, 78-81).

2. Proust se rendit à deux reprises à Venise en 1900. Sur l'absence de correspondance entre le rêve du voyage à Venise du narrateur de la *Recherche* et celui qu'il finit par accomplir, voir *Albertine disparue.*

toutes leurs infaillibles calamités. Pour les natures fragiles chaque tentative pour se bien porter est une entreprise si malchanceuse qu'on est comme les gens qui se croient obligés de travailler et de lancer des affaires pour gagner de l'argent et qui finissent en perdant chaque coup par trouver que ce qui leur coûte encore le moins cher c'est de dépenser simplement leur argent[1]. Je ne m'étais pas levé depuis que j'étais allé chez vous mais je me suis levé ce soir à onze heures et je suis allé au *Figaro*. On se félicitait du résultat des élections[2] ce qui m'a vivement inquiété étant donné les personnes qui étaient là, et que ceux qui jadis pensaient comme nous[3] sont les pires. D'ailleurs cela n'a probablement pas beaucoup d'importance et on ne savait que quelques résultats. Je voudrais bien que Reinach soit nommé[4]. C'est le meilleur député de la Chambre, ce n'est du reste pas une raison. Que de choses j'aurais à vous dire sur les gens, sur les livres ! Il manque quelque chose pour moi même à la lecture du journal, si nous n'en bavardons pas tous les trois. C'est vous dire qu'il y manque toujours quelque chose ! Et cette ironie de Cabourg maintenant que je ne peux plus m'y lever me rend peut-être encore plus cruel l'inutile et cher voisinage[5]. Vous savez (je vous l'ai assez dit !) que j'achève un long ouvrage. Je crois raisonnable tant qu'il ne sera pas fini de ne pas risquer de ne pouvoir le finir. Mais la dernière page finie je choisirai la folie qui me tiendra le plus à cœur et je la ferai. Et ce sera probablement tâcher de vous voir constamment jusqu'à la rupture de la corde. Et comme cette dernière page, du train de malade dont je vais, peut tarder encore plusieurs mois, peut-être plus, j'irai

---

1. Selon toute vraisemblance, Proust parle ici, à mots couverts, de lui-même. Sur les spéculations auxquelles il se livre à l'époque, voir la mention d'Yvel, à la fin de la présente lettre.

2. Il s'agit du premier tour des élection législatives d'avril-mai 1910.

3. Allusion probable aux premiers défenseurs de Dreyfus.

4. Joseph Reinach sera réélu député.

5. Mme Straus séjournait régulièrement à Trouville.

d'ici là vous voir un peu tard, en tâchant de ne pas
trop me fatiguer. J'ai fait tout ce que recommande
Yvel [1] dans *Le Figaro* et cela ne me réussit pas. Les
caoutchoucs, les pétroles et le reste attendent toujours
le lendemain de mes achats pour dégringoler !

Adieu Madame. Votre respectueux ami reconnaissant.

                                   Marcel Proust.

———————

à madame Anatole Catusse

[Vers novembre 1910] [2]

Chère Madame,

J'évite de donner à ce petit mot, né d'une brusque
pensée, l'apparence même d'une lettre. Car depuis si
longtemps que je voudrais vous voir, causer avec
vous, mes propos quotidiens échangés avec vous « en
esprit et visite » font un tel volume, une telle bibliothèque, que ce n'est pas en mots hâtifs que je puis
même les aborder. Mais à l'impuissance croissante de
mes forces qui me fait toujours remettre au lendemain ce que je n'ai pu la veille, s'ajoute l'espoir
d'avoir fini bientôt mon roman commencé et qui
depuis déjà bien longtemps, me fait ajourner à sa ter-
minaison la réalisation de chers projets dont je me
promets la fête une fois qu'il sera fini. Mais l'œuvre
s'allonge devant moi et mes forces diminuent. Donc
ce mot n'est pas une lettre mais est né d'une brusque
et affolante pensée. Je viens de me souvenir – par

———————

1. Yvel – ou Armand Yvel – de son vrai nom Armand Lévy,
était chroniqueur financier du *Figaro*.
2. Lettre publiée dans *Catusse* (149-151) ; *Kolb* (X, 214-216).

quel travail mystérieux de la mémoire – je ne sais – que vous m'avez dit autrefois et sans vouloir que je vous remisse d'argent d'avance, que peut-être vous achèteriez pour moi des objets, un dessus de cheminée, pendule, etc. en voyage. Et je pense, avec une épouvante telle que je ne revivrai que quand je penserai que vous avez eu ce mot, que peut-être vous avez fait cette dépense pour moi qui ai oublié, et que je ne me suis pas acquitté ! et je dois vous paraître l'être le plus indélicat du monde ! Madame, dites-vous bien que si vous avez fait de tels achats, c'est une joie extrême, et une *utilité matérielle* très grande pour moi. Donc dites-le-moi si cela est, et dites-moi surtout dans ce cas, ce que je vous dois. J'espère que ce sera *très* élevé. J'espère que vos santés sont bonnes et que Charles[1] a une vie intéressante, agréable et utile. Je suis allé cette année encore à Cabourg et y ai été mieux qu'à Paris. Mais ce mieux lui-même décline, à Cabourg. La première année je pus y faire des grandes promenades d'automobile, la deuxième y descendre sur la plage, la troisième y descendre tous les jours dans l'hôtel, enfin la quatrième, celle-ci, je n'ai pu descendre qu'une fois en deux mois et demi sur la plage, et tous les deux ou trois soirs seulement vers onze heures du soir dans l'hôtel (et le casino qui est dans l'hôtel)[2]. Que de choses j'aurais à vous raconter. Et cela m'amuserait de parler avec vous art, littérature, philosophie, politique, finances même ! Je vous raconterais mes « krachs », les valeurs stupides qu'on m'a fait acheter et qui sont tombées à rien !

---

1. Charles Catusse, fils de la destinataire.
2. L'historique des quatre saisons à Cabourg figure sous une formulation assez proche dans une lettre à Maurice Duplay datant du milieu du mois de septembre précédent : « Il y a trois ans je pus sortir tout le jour en auto fermée, il y a deux ans l'auto ne fut plus possible, mais je descendis sur la plage. L'année dernière je ne pus plus sortir, mais descendais tous les soirs vers neuf heures du soir dans l'hôtel (ou le casino qui est dans l'hôtel et où on va sans sortir). Cette année je ne peux plus me lever et descendre une heure ou deux que tous les deux ou trois jours. Mais enfin c'est tout de même bien plus qu'à Paris » (*Kolb* X, 167).

Tout cela, heureusement, dans une proportion assez
faible pour ne pas changer ma vie[1]. Je regrette doublement de ne plus voir Bénac[2], car je lui aurais
demandé des conseils. Et puis sa vue est maintenant
pour moi si riche du trésor, chaque jour diminué, des
jours enfuis. C'est d'eux surtout que j'aimerais parler
avec vous, vous que j'ai aimée aux jours heureux et
aux jours déchirants, vous à qui la première j'ai dit à
Évian par ce téléphone l'état de Maman et qui l'avez
vue à la gare traînée au wagon, et par qui, le jour où
vous vîntes à Évian elle voulait et ne voulait pas être
photographiée, par désir de me laisser une dernière
image et par peur qu'elle fût trop triste[3], vous que
j'ai vue la première à mon retour d'Évian. Je ne voulais vous écrire qu'une ligne. Et avec vous je ne peux
jamais ! J'ai tant à dire, je vous parle, je crois vous
voir, je ne peux plus vous quitter ! Mais je ne vous
récrirai pas parce qu'il faut que je concentre mes
forces (si j'ose dire) sur mon livre. Je me lève encore
une fois ou deux par mois et, ce jour-là, je sors généralement pour aller au Concert Mayol entendre ce

---

1. S'il lui livre de l'évolution de son état de santé un tableau
approfondi, comparable à celui destiné à un camarade tel que
Maurice Duplay (voir note précédente), sur la question de ses placements hasardeux Proust se montre avec Mme Catusse, amie très
proche et en quelque façon substitut ou vivant souvenir auprès de
lui de sa défunte mère, plus elliptique qu'avec d'autres, ainsi
Antoine Bibesco – « J'ai acheté récemment au cours de 28 francs
50 cinq cents actions de Maïkop Spies. Elles sont aujourd'hui "très
fermes" à 16 francs 25. – De Malacca Rubber au cours de
420 francs, elle cote aujourd'hui, sur un marché "très animé"
255 francs [...]. J'espère que maintenant tu ne feras jamais de spéculations sans me consulter » (*Kolb* X, 153 ; 28 juillet 1910).
2. André Bénac, administrateur de la Banque de Paris et des
Pays-Bas, « le plus vieil ami » des parents de Marcel Proust (*Kolb*,
I, 431-432, note 3 appelée p. 431).
3. Épisode à rapprocher de celui, dans *À la recherche du temps
perdu*, de la photographie de la grand-mère du Narrateur prise par
Saint-Loup, commentée par Françoise dans *Sodome et Gomorrhe
II* – « Pauvre Madame, c'est bien elle, jusqu'au bouton de beauté
sur la joue ; ce jour que le marquis l'a photographiée, elle avait été
bien malade, elle s'était deux fois trouvée mal. "Surtout, Françoise,
qu'elle m'avait dit, il ne faut pas que mon petit-fils le sache" »
(*RTP*, III, 172-173).

chanteur qui a le double avantage de ne chanter qu'à onze heures et d'avoir beaucoup de talent ! Mes grandes amitiés à Charles et vous, Madame, daignez accepter ma respectueuse et fraternelle affection.

Marcel Proust.

à Robert de Montesquiou

Mercredi [14 décembre 1910][1].

Cher Monsieur,

Il faut vraiment croire aux nombres, etc. J'avais reçu votre invitation. Une autre personne m'avait également invité. Et j'étais persuadé que c'était le 17. Or, avant-hier, lundi 12, moi qui ne quitte plus mon lit une fois par mois, je me suis levé, habillé vers deux heures du matin et me suis mis à un livre dont je vous ai peut-être parlé et qui est sinon, hélas ! une grande occupation, du moins ma grande préoccupation, et après l'achèvement duquel je remets tout, et de vivre. Et vers le matin, brisé et voulant me coucher, j'ai eu un très grand désir d'aller vous voir. (C'était le jour de la conférence[2], mais je ne le savais pas.) Je suis sorti de chez moi à neuf heures du matin, ce qui ne m'était pas arrivé depuis, je pense, dix ou quinze ans. Et j'ai dit à l'auto d'aller au Vésinet. Le soleil, caché depuis si longtemps (m'a-t-on dit, car je n'ouvre jamais les volets) brillait pour la première fois. En

---

1. Lettre publiée dans *Corr. Gén.* (I, 195-197) ; *Kolb* (X, 224-228).
2. Il s'agit de la conférence donnée le 13 décembre 1910 par Robert de Montesquiou sur le roman de Gabriele D'Annunzio *Forse che si, forse che no*.

route, j'ai vu chez une fleuriste des bouquets de pois de senteurs si jolis que je les ai pris avec moi. Ils m'ont donné – conspirant avec la fatigue – une crise et j'ai dû rentrer sans aller jusqu'au Vésinet, mais je souffrais trop pour me coucher. Et ainsi j'étais levé, chez moi, *pendant que vous parliez*, ayant voulu, sans le savoir, aller vous voir avant votre conférence, comme une autre fois j'avais voulu, en le sachant, aller vous voir à Neuilly après votre conférence sur Versailles.

Cher Monsieur, je me sens trop fatigué pour continuer cette lettre, où je ne vous ai encore parlé que de moi, mais parce que c'était pour vous parler de vous. Et je ne vous ai pas encore remercié de la vôtre ! Je ne comprends pas l'intention que vous me prêtiez. Par tempérament, je ne crois jamais qu'un artiste consente à faire d'une œuvre d'art un simple double de la vie, et « mette » dans une œuvre d'imagination, M. X... ou Y... Vos châtelains, vos ecclésiastiques, votre Grande Mademoiselle sont trop vivants pour que je les eusse jamais soupçonnés d'être vécus. D'ailleurs, quand vous voulez parler du prochain, vous mettez assez volontiers les noms, prénoms et titres, pour qu'on ajoute encore en cherchant des « clés ». Au reste convient-il d'avoir pour ses amis l'épiderme plus sensible qu'eux-mêmes.

Dans la liste que *Le Figaro* donnait des assistants ou participants à votre conférence, que je m'imagine aisément avoir été merveilleuse et que je ne me console pas de n'avoir pas entendue, j'ai retrouvé plus d'un nom que vous n'avez caressé, notamment l'un d'une que vous comparâtes jadis à cette comtesse d'Harcourt que Saint-Simon avait traitée à la Montesquiou. Quand mon livre sera fini et même avant si j'ai un jour où je ne sois pas trop mal (je suis *très* malade, mon cœur va très mal) je tâcherai d'aller vous voir, car j'en ai un bien grand désir.

Votre admirateur dévoué et reconnaissant,

Marcel Proust.

L'ouvrage auquel vous faites allusion est, sans doute, le livre d'Hermant. Or, j'ai beaucoup d'admiration et d'affection pour Hermant. Mais l'ayant, en effet, rencontré à ce moment-là, je me souviens lui avoir dit le chagrin que j'avais eu à le voir parler d'une telle manière de nos amis[1]. Il serait trop long d'expliquer ici mes raisons, et peut-être cela ne vous intéresserait-il pas. D'ailleurs, j'ai un peu changé d'avis depuis, ayant appris que si Hermant n'avait pas envoyé son livre aux intéressés, – ce qui, lié comme il était avec eux, semble signifier ses intentions, – cela tenait à une raison étrangère (Mme Bulteau etc.), toutes choses que j'ignorais alors. Du reste, je sens que je fausse un peu ma pensée, en la figeant dans une lettre où je suis trop fatigué pour apporter les nuances et les complexités nécessaires.

à Reynaldo Hahn

[21 février 1911][2]

Mon cher Buneltniguls[3]

J'espère que vous êtes bien genstil et que tout s'arrange bien. Vous pouvez dire ma sympathie à Vestris et à ton ami Bakst pour ce qui est hasrivé[4]. Je suis

------

1. Il s'agit des Noailles.
2. Lettre publiée dans *Hahn* (196-200) ; *Kolb* (X, 248-253).
3. « Buneltniguls », ou peut-être « Bunchtniguls », plus fréquent entre Proust et Reynaldo Hahn.
4. L'incident auquel il est fait allusion est le renvoi de Nijinsky – ici désigné sous le nom de l'illustre Vestris – du ballet de Saint-Pétersbourg, décidé par l'administration des théâtres impériaux au lendemain d'une représentation de *Gisèle* d'Adolphe Adam, où le danseur portait un costume exécuté par Léon Bakst. *Le Figaro* du 14 février 1911 avait rapporté l'affaire, et le scandale consécutif en Russie.

allé voir le dernier acte de la pièce d'Hermant[1]. Hélas au moment où je commence à aimer véritablement le théâtre une sorte de gâtisme m'atteint et m'y fait tellement larmoyer que je n'ose plus y mettre les pieds. La pièce d'Hermant est touchante, décantée de tout « mauve des collines » etc. et pleine d'esprit. Au risque d'ajouter [aux] nombreuses preuves de mauvais goût que j'ai déjà données à propos de Cocteau, de danseur etc., je vous dirai que Puylagarde et Bechmann[2] m'ont paru jouer parfaitement mais être forts laids. Mais je ne l'affirme pas. Quant à Lacroix, autre célébrité, il ne paraît pas dans l'acte que j'ai vu. Après je suis allé chez Larue où j'ai trouvé Flers, son épouse et Caillavet « bien gggentils » mais devenus d'une grande sévérité à l'égard de leurs confrères. Vanderem (« tombeau » pour reprendre une expression que vous aimez) leur a écrit : « Mes chers Confrères j'ai assisté à votre pièce : *Papa.* J'y ai trouvé quelques traits spirituels, quelques traits touchants. Cependant je ne puis donner mon assentiment à l'accueil favorable que lui fait le public etc. etc. » Savez-vous comment a fini l'histoire de l'Archiduc de Valon, etc. de Mme Colombel[3]. C'était un faux archiduc ! un escroc ! J'ai été reboulé[4] aujourd'hui à partir de deux heures pour m'asbituer. Nordlinger m'a télégraphié que vous aviez télégraphié bonne arrivée[5]. Content genstil. Il y a dans la *Revue des Deux Mondes* des vers de Bonnard qui m'ont enchanté, paru sublimes, puis tout d'un coup je n'y retrouve plus rien[6]. Mais c'est extraordinaire comme il « s'objective » toujours d'une façon ridicule, dansant, ou tenant une fleur, ou se parfumant, ou se déshabillant. Toujours ! Et dans *La Revue de Paris* une étude de

    1. *Le Cadet de Coutras*, dont la première représentation avait eu lieu au théâtre du Vaudeville le 9 février 1911.
    2. Sans doute non Bechmann mais Becman, acteur français.
    3. Allusion obscure.
    4. Réveillé.
    5. Il s'agit de Marie Nordlinger, et de l'arrivée de Reynaldo Hahn à Saint-Pétersboug.
    6. « Poésies », *Revue des Deux Mondes*, 15 février 1911.

R. Rolland sur Tolstoï[1] ; il a beaucoup plus de bon sens littéraire qu'il ne doit avoir (autant que je puis supposer) de musical. – Dans les ineptes conférences de Donnay où tout l'esprit consiste à dire : « Mme de Rambouillet, vous allez voir ce qu'elle prend pour son rhume » ou de tel personnage du dix-septième siècle : « c'était une casserole »[2], parmi les nuées de mauvais vers qu'il cite et où vous n'iriez peut-être pas les chercher, je vous signale ceux-ci que je trouve si amusants et où je me rappelle que Coquelin (qui ne les disait pas mais les écoutait, déguisé en femme) faisait le plus splendide chichi qu'on puisse imaginer. Je vous cite à peu près

> *Mascarille entre en femme,*
> *habillé d'une manière grotesque.*

LÉLIE

Ah ! comme elle est jolie et qu'elle a l'air mignon !

> *À ce moment Coquelin fait*
> *entendre des gloussements.*

LÉLIE

Eh quoi ? vous murmurez ? mais sans vous faire outrage
Peut-on lever le masque et voir votre visage[3] ?

C'est très joli dans son genre. Dans un genre différent, une pièce très triste de Jammes appelée *Élégie d'automne*, j'aime beaucoup ces vers descriptifs :

La grive sur un cerisier près de la vigne abandonnée
Se pose et les sentiers ruissellent de feuilles de châtaigniers
Il n'y a que du brouillard et un silence tout étonné
Quand un paysan tout à coup a éternué[4].

---

1. Romain Rolland, « Tolstoï, I », *La Revue de Paris*, 15 février 1911.

2. Conférences de Maurice Donnay sur Molière, dont le texte paraissait dans *La Revue hebdomadaire*.

3. Citation approximative de Molière, *L'Étourdi*, III, 8.

4. Francis Jammes, « Élégie d'automne », *Mercure de France*, 1er janvier 1910.

C...[1], que je n'ai point vu, mais qui écrit, me paraît « sous la coupe » de Lucien Daudet, sans s'imaginer que je sais qui c'est. – L'influence de Gide sur Bernstein n'a peut-être pas été très décisive car j'ai vu dans la scène citée par *Le Figaro* des mots tels que « Je te le demande à deux genoux » « Tu as vu mon agonie dans mes yeux » « Je suis peut-être un vilain Monsieur, mais je suis un Monsieur » Elle, « pleurant les mêmes larmes » etc. etc.[2] qui m'ont paru ne pas porter la trace très sensible de cette littérature artiste. Genstil, je vais vous agacer horriblement en parlant musique et en vous disant que j'ai entendu hier au théâtrophone[3] un acte des *Maîtres chanteurs* (puisque quand Sachs écrit sous la dictée de Walther le *Preislied*, il ne sait pas que Beckmesser le lui chipera, pourquoi écrit-il ces mots ridicules – inexplicable) et ce soir... tout *Pelléas*[4] ! Or je sais combien je me trompe dans les autres arts, au point que les vues du jardin de Gandara[5] (= 0), m'avaient charmé ; mais enfin comme Buncht ne me punira pas, j'ai eu une impression extrêmement agréable. Cela ne m'a pas paru si absolument étranger et antérieur à Fauré et même à Wagner (*Tristan*) que cela a la prétention et la réputation d'être. Mais enfin en me reportant à la personne de Debussy, comme Goncourt étonné que le gros Flaubert ait pu faire une scène si délicate de *L'Éducation sentimentale* que d'ailleurs Goncourt n'aimait pas, je suis étonné que Debussy ait fait cela. Je connais trop peu de théâtre musical pour pouvoir

---

1. Jean Cocteau.

2. Allusion à la pièce d'Henry Bernstein, *Après moi*, dont deux scènes avaient été publiées dans *Le Figaro* du 21 février 1911.

3. Abonné du théâtrophone, Proust disposait chez lui d'un appareil récepteur relié, *via* un central téléphonique, à plusieurs grandes salles parisiennes de théâtre et de concert ; sur simple appel, il était branché sur la ligne de son choix, à l'heure des spectacles.

4. *Les Maîtres chanteurs de Nuremberg*, opéra de Richard Wagner, fut donné à l'Opéra de Paris le 20 février 1911 ; *Pelléas et Mélisande*, opéra de Claude Debussy, fut donné à l'Opéra-Comique le 21 février 1911.

5. Antonio de La Gandara (1862-1917), peintre français.

savoir qui avait fait cela avant. Mais cette idée de traiter un opéra à une époque de si grande richesse, dans
le style de *Malbrough s'en va-t-en guerre*[1] et en attei-
gnant parfois à

> Ah ! si je dois être vaincue
> Est-ce à toi d'être mon vainqueur[2]

demandait tout de même de l'initiative. Il est vrai que
comme les étrangers ne sont pas choqués de Mallarmé parce qu'ils ne savent pas le français, des héré-
sies musicales qui peuvent vous crisper, passent
inaperçues pour moi, plus particulièrement dans le
théâtrophone, où à un moment je trouvais la rumeur
agréable mais pourtant un peu amorphe quand je me
suis aperçu que c'était l'entracte ! Et propos de
Pelléas, je ne veux pas faire grâce à mon Binchniguls
de quelques considérations de ma transcendantale
incompétence mais je suis trop fatigué et ce sera pour
une autre fois.

Dix-huit milliards de grands bonsjours.

                                                    B.

Fais donc bien attention à ma pagination car ayant
renversé casfé sur une page je l'ai déchirée et tout a
l'air en l'air.

---

1. Ancienne chanson populaire.
2. Vers tirés de l'*Armide* de Quinaut, mise en musique par Lully
puis par Gluck, d'ailleurs cités dans la *Recherche* (*RTP*, III, 624).

à Jean Cocteau

[Fin mai 1911] [1]

Cher Jean j'ai retrouvé une lettre adressée à vous par
moi au Cap Martin, je vous en copie quelques passages.
Dans ton Midi, pour ces raisons, je t'écris, Jean :
Le silence est de plomb, la parole d'argent
Et les mots font du bien où l'on voit l'effigie
De l'Amitié, ou de Minerve, ou bien... d'Hygie
Donc reçois tous ceux-ci comme maigre salaire
De ton charme vivant qui sait si bien me plaire.
D'abord prose ; tu sais, homme talentueux.
M'imaginant Verlainien et fastueux
Tu m'as écris sur du papier de Mercure
Pour joindre aux boulingrins un faune dont n'a cure
Ton ami qui n'est pas si féru de Verlaine
Et grogne s'il lui faut ouvrir son bas de laine.
Aussi je n'envoyai, Jean, que cinquante francs [2].
Mais j'ai honte. Faut-il doubler, tripler ? Sois franc.
Autre chose, j'irai voir *Maman Colibri* [3]
Parmi les jeunes gens ...
Qu'ils sont intéressants (j'entends, intéressés)
En dehors du classique et charmant ...
Vu par Forain pour moi dans sa ... légende.
Peut-on sentir de près les roses et les lys
De celui dont le nom hélas est Cazoli [4].
Et recuire cela de matins Jean Ken [5]
Que j'appelais confit de fromage à la Krême.

---

1. Lettre publiée dans *Empreintes* (mai-juin 1950, 114-116) ;
Kolb (X, 286-288).
2. Allusion à la somme envoyée par Proust au Comité du monument Verlaine, domicilié au Mercure de France, pour contribution
à l'érection d'une statue du poète.
3. Comédie de Henry Bataille, qui avait été reprise au théâtre
de l'Athénée en mars 1911.
4. Sans doute *Cazalis* et non *Cazoli*. Lucien Cazalis, acteur
français.
5. Sans doute *Kemm* et non *Ken*. Jean Becheret, dit Jean Kemm,
acteur français né en 1874.

Cher Jean, je n'ai pas la force d'en copier plus et j'ai beaucoup sauté. Inutile de répondre puisque *Madame Colibri* est finie. Et d'ailleurs tout cela, il faudra bien vous l'avouer, c'est de la blague. (Pas mon amitié, elle est vraie.) Adieu Cher Jean

Marcel.

Excuser le tutoiement qui était « poétique » et dont vous excuserez la familiarité et la licence en lui appliquant la même épithète atténuante.

Tendresses à Lucien[1] si vous le voyez.

Si vous étiez fort secret, je vous raconterais mille choses (inutile de vous dire que bien que cela vienne après le nom de Lucien, ces choses n'ont aucun rapport avec lui dont je n'ai à raconter rien sinon combien je l'aime et l'admire.)

———

à madame Émile Straus

[Fin mai 1911][2]

Chère Madame Straus

Je vous écris au milieu d'une crise tellement effroyable que proférer un son au téléphone ou autrement me serait matériellement impossible. Je pense que mon porteur vous a dit que le dessin de Monnier[3] a mystérieusement disparu au moment de l'emporter

———

1. Lucien Daudet.
2. Lettre publiée dans *Corr. Gén.* (VI, 127-129) ; *Kolb* (X, 292-293).
3. Proust tenait ce dessin de son père, à qui l'avait autrefois donné Caran d'Ache : de nombreuses années auparavant, Émile Straus l'avait aperçu chez les Proust boulevard Malesherbes, et s'y était intéressé.

comme dans une nouvelle de Sherlock Holmes. J'espère surtout que c'est comme dans *La Lettre volée*, qu'il nous crève les yeux et que je vais l'apercevoir. Comme vous ne languissez pas après, je ne m'en fais pas trop de tourments vous l'aurez ces jours-ci mais si on ne vous a pas fait ma commission verbale vous n'avez rien dû comprendre à ma lettre. Je n'aime pas la doublure mauve de l'enveloppe, simplement parce que ce n'est pas celle que j'ai jadis aimée. Mais au fond il faudrait, si j'avais les mêmes enveloppes, qu'elles me vinssent de vous, et m'apportassent précisément les lettres que je reçus alors de vous, et que je fusse justement dans les dispositions où j'étais alors. Décidément le bonheur est impossible. Je suis très malheureux de ne pas vous voir et deux ou trois autres personnes. Mais sans cela les gens me plaignent de choses qui ne sont pas si tristes et dont la plus cruelle leur semble être d'être obligé de rester sans *les* voir. Or rien de plus charmant. D'autant plus que ceux que j'ai entraperçus *le* soir où je suis sorti pour aller à *Saint-Sébastien*[1] m'ont paru très empirés[2]. Les plus gentils ont versé dans l'intelligence et hélas pour les gens du monde l'intelligence, je ne sais pas comment ils font, n'est qu'un multiplicateur de la bêtise, qui l'amène à une puissance, à un éclat inconnus. Les seuls possibles sont ceux qui ont eu l'esprit de rester bêtes. Si je vais mieux j'irai à Cabourg et cette année, la dernière, je serai encore raisonnable pour travailler. Mais si le Palace de Trouville était aussi confortable avec des murs aussi épais je pourrais peut-être aller plutôt là pour être plus près des Mûriers[3].

Adieu Madame, à bientôt. Votre respectueux ami

Marcel Proust.

---

1. La répétition générale du *Martyre de saint Sébastien*, mystère de Gabriele D'Annunzio avec une musique de Claude Debussy et des décors et des costumes de Léon Bakst, avait eu lieu le 21 mai 1911.

2. La conjonction de l'audition musicale et de la redécouverte des mondains vieillis ne peut que faire penser au « bal de têtes », l'épisode final du *Temps retrouvé*.

3. Nom de la propriété où séjournaient les Straus.

à Georges de Lauris

Cabourg.
[Fin août 1911] [1]

Mon cher Georges,

Je pense toujours beaucoup à vous. Ma tendresse
comme ces nouvelles flammes sans matière que la
science suppose, n'a pas besoin d'aliment intellectuel
pour être entretenue sans interruption, mais pourtant
dès qu'une question un peu haute se pose à moi je
me demande : qu'en penserait Georges, que dirait-il,
sentirait-il comme moi ? Je me disais tout cela l'autre
jour en lisant les articles de Maeterlinck [2] et j'essayais
de deviner si à une distance que j'ignorais, vous
éprouviez aussi la petite déception qu'ils m'ont donnée. Ballot m'en a paru fort enthousiaste. Peut-être
a-t-il moins pensé à la mort que moi. D'une façon
générale je trouve qu'il y a contradiction dans les
termes à parler ainsi de l'Inconnaissable comme de
son cabinet de toilette en disant quand il y a doute :
« Il y a trois infinis possibles. Le second est presque
certain, le troisième est encore probable. Le premier
n'a presque aucune chance d'être vrai [3]. » Je sais bien
qu'il y a le pari de Pascal, mais enfin cet Infini
gagnant et cet Infini *placé* me choquent étrangement.
Et puis la beauté même du style, la lourdeur de sa
carrosserie ne conviennent pas à ces explorations de
l'Impalpable. Je dis carrosserie parce que je crois que
c'est ainsi que parlent nos amis qui ont des automobiles et que je me souviens que je me suis permis
devant vous de petites irrévérences à l'endroit de
Maeterlinck – ma grande admiration du reste – en

---

1. Lettre publiée dans *Lauris* (220-222) ; *Kolb* (X, 337-340).

2. *La Mort* de Maurice Maeterlinck avait paru en feuilleton dans
Le Figaro au début d'août 1911. Sur la proximité des termes utilisés
par Proust au moment de la parution de l'ouvrage en volume, voir
infra, p. 209.

3. La citation est parodique.

parlant d'Infini 40 chevaux et de grosses voitures marque Mystère. Mais ici mon objection est plus grave et mon livre (j'ai dû renoncer à le faire par maladie sans cesse aggravée, mais j'en fais transcrire et j'en publierai une partie qui sera tout de même un tout de huit cents pages) vous montrera en quoi elle consiste. Non que j'y parle de ces articles. Il y avait bien longtemps que ce que j'y ai écrit sur la mort était terminé quand ils ont paru, mais vous verrez que tout mon effort a été en sens inverse pour ne pas considérer la mort comme une négation ce qui n'a aucun sens et ce qui est contraire à tout ce qu'elle nous fait éprouver. Elle se manifeste d'une façon terriblement positive. Et toute la beauté dont Maeterlinck veut l'entourer n'est qu'une manière de nous détourner de ce que nous sentons véritablement en face d'elle. Cher Georges voici que je recommence à étouffer, je n'ai pas commencé à vous parler de vous, de votre femme, de votre belle-mère[1] (je ne crois pas que votre père soit avec vous) et il faut vous quitter. Cher Georges, comme je ne vous aurais pas parlé de Maeterlinck pour commencer, si j'avais su que mes forces m'avaient été si parcimonieusement mesurées ! Je vous récrirai. Mais avez-vous même besoin d'une lettre, d'un mot pour avoir confiance et ne savez-vous pas reconnaître l'inaltérable amitié de mon silence.

Votre Marcel.

_____

1. La baronne de Pierrebourg, maîtresse de Paul Hervieu.

à Maurice Barrès

Cabourg, août 1911[1]

Cher Monsieur,

Un même jour m'apporte votre admirable discours et *La Ville enchantée*[2] qu'on ne m'avait pas fait suivre parce que je ne devais pas rester ici et puis j'ai été trop souffrant et n'ai pu repartir. Ainsi j'ai lu votre discours et votre préface et d'une main bien fatiguée je veux vous remercier et vous récrirai plus tard. Et d'abord je me disais ceci : Maurice Barrès à propos de Chateaubriand et d'autres a parlé du désir que de grands artistes ont eu de commander à leur pays, d'être des chefs politiques. Il me semblait (je n'entre pas ici dans les raisons que je me donnais) que c'était chose contradictoire, impossible, maintenant du moins, et périmée. Peut-être l'aviez-vous désiré aussi, sous cette forme d'autrefois et ne l'avez-vous pas atteint. Seulement j'aurais dû me dire qu'il en est des chefs-d'œuvre de l'action comme des chefs-d'œuvre de l'art, que ceux, dignes des anciens, que l'on exécute, c'est non en imitant les grandeurs passées, mais en obéissant sans le savoir à un génie original qui fait quelque chose en apparence de tout autre et qui est précisément cela, la continuation des chefs-d'œuvre anciens, sous la forme nouvelle et créée, sans laquelle ils eussent été des pastiches et non des chefs-d'œuvre. Or il est arrivé qu'étant ce grand écrivain que vous êtes, et d'autre part ayant cet amour de la Lorraine et de ses morts, ces deux choses-là se sont tout à coup combinées dans l'esprit du peuple. Et ce que des velléités politiques n'eussent pu atteindre, voilà que vous êtes devenu ce

---

1. Lettre publiée dans *Mes Cahiers* (IX, 161-164) ; *Kolb* (X, 340-344).

2. Il s'agit d'un discours prononcé à Metz par le destinataire – des extraits en avaient été publiés dans *Le Temps* au cours du mois d'août 1911 –, et de la traduction de *La Ville enchantée*, de Mrs. Oliphant, avec une préface du destinataire, récemment parue.

que personne peut-être n'a jamais été (ce qu'on nous dit des Grecs est trop difficile à juger sainement), ce que certes Chateaubriand n'a jamais été à aucun degré un grand écrivain qui est en même temps reconnu et obéi comme le chef le plus haut, par sa patrie, par l'unanimité du peuple. Cela n'est pas né d'un désir d'imiter telle ancienne théocratie ou autre pouvoir et qui eût été stérile. Cela a été produit comme un précipité merveilleux *inconnu* jusqu'à ce jour (car Lamartine ce ne fut qu'une heure) par deux tendances entièrement désintéressées, ne cherchant que la satisfaction intime de votre âme. Et cela a fait cette espèce de gloire extraordinaire, d'une lumière spirituelle sans précédent. (Tout cela balbutié par un malade mais vous devez me deviner.) Je pensais encore bien d'autres choses. Je pensais que dans ce que vous écrivez il y a certains changements de ton qui n'existent qu'en musique. C'est au diatonisme presque barbare, aux enivrantes dissonances de certaines liturgies qu'il faudrait recourir pour donner une idée de la beauté de cette joie qui éclate sur des cymbales quand vous parlez de Metz. Et en même temps je me disais que c'est vraiment unique et sublime de penser qu'il y a une symétrie involontaire, la seule parfaite, celle de la vie d'une croissance végétale entre les fruits que vous portez sur les branches de l'action et ceux que vous portez sur les branches de l'art. On ne peut pas ne pas penser à *Colette Baudoche*[1] en lisant votre discours. Mais chez qui jamais y eut-il un développement progressif, ainsi géminé. Je cherche, je ne trouve nulle part. Mais tout cela n'est pas la centième partie de ce que j'ai pensé. C'est au plus doux jour d'octobre dans les brumes de Senlis que vient répondre ce jour d'octobre de cette préface divine aux sources de l'Euron. Toujours une couleur inattendue d'un charme qu'on n'oublie plus marque vos paysages. Vous avez des mauves, des jaunes, de ces teintes qu'un Esprit nous force à oublier comme vous dites, dont on est enivré pour la vie. Mais nulle peut-être n'était aussi douce,

---

1. Roman du destinataire.

aussi neuve, aussi étrange dans sa simplicité sans gloire que cette prairie du vert le plus doux qui suinte. Il n'y a pas une ligne de cette préface que je ne souhaiterais de rattacher par quelque indication à une des tendances fondamentales de votre pensée en la rapprochant d'autres exemples. C'est une chose admirable que chez vous le *genre* littéraire n'est que la forme d'utilisation possible d'impressions plus précieuses que lui, ou de vérités dont vous hésitez sous quelle forme vous devez les mettre au jour. Je vous imagine très bien riche encore de trésors dont vous n'avez pas encore trouvé de quelle façon ils étaient réalisables. Aussi quelle émotion de lire une phrase comme celle-ci qui vérifie si bien cette idée de vous : « J'ai eu le sentiment que je trouvais aux mains d'une étrangère le livret sur lequel j'aurais le mieux fait chanter ma musique. » Et dans la phrase qui suit la perfection des plus délicieux vers latins a passé dans une prose que vous avez pourvue de « quantités » et de tours inconnus à notre langue : « Fortune heureuse, fortune injuste, je vois fleurir sur une tige saxonne une pensée celtique. » Par moments éclate la rudesse d'un accent lorrain qui ne me ravit qu'en me choquant, tel « Holà monsieur le livre » qui sonne comme telle perruche à une foire où vous pensiez qu'on l'eût mieux accueillie que votre *Colette*. Je vous quitte et dans l'état un peu aphasique où je suis aujourd'hui je vous écris sans coquetterie en ne songeant qu'à ce que je pense de vous et non à ce que vous pensez de moi. Et je veux finir par ceci : c'est que pour ce que je disais au début, si heureux que je sois pour mon pays d'une suprématie comme la vôtre, et pour vous d'une gloire si pure qu'il n'y a pas besoin de vous connaître et de vous aimer pour s'en réjouir, pourtant j'ai tant d'affection pour l'homme que vous êtes, qui a été si bon pour moi, si respecté par mes parents, et qui m'est devenu si cher que c'est presque avec les petitesses d'un sentiment de famille que je suis joyeux et puérilement ému quand je lis : « La foule se découvre devant M. Barrès. » J'ai seulement voulu faire comme elle, je l'ai fait moins bien, avec plus de bavardage, mais agréez, n'est-ce pas mon admiration et mon attachement.

Marcel Proust.

Je ne vous ai pas dit la millième partie des choses que vous m'induisez à penser.

———

à Robert de Montesquiou

[Mi-mars 1912] [1]

Cher Monsieur,

Je vous remercie de tout mon cœur de penser ainsi à moi avec tant de bonté et de me faire le plus grand plaisir qui est de me tenir au courant des productions de votre esprit. L'article était merveilleux et singulier. L'instrument de mensuration que vous appliquez aux choses est tellement vôtre, qu'on souhaite vous entendre parler de toutes les questions d'art et posséder le plus grand nombre possible de vos « relevés » et « calculs » de positions spirituelles, que vous prenez de votre observatoire solitaire. J'avais eu dernièrement l'intention d'aller vous y voir, le malade vers l'astrologue, comme dans une fable. Mais j'ai eu pour mettre le comble à mes maux, l'exaspérant ennui de pertes à la Bourse. Je crois que j'ai fini par justifier le mot de Mme de Sévigné, sur son fils qui trouvait le moyen de perdre sans jouer et de dépenser sans paraître [2], puisque j'ai trouvé le moyen sans voir personne de faire « un pouf » sur les Mines d'or ! Je vais

———

1. Lettre publiée dans *Corr. Gén.* (I, 242-243) ; *Kolb* (XI, 58-59).
2. Voir notre présentation, p. 17.

donner au *Figaro*, avant l'apparition de mon livre, quelques petits poèmes en prose que j'avais faits[1]. Je serais bien content que vous les lisiez, car j'y avais mis le moins mauvais de mon imagination. S'ils paraissent – et ne déplaisent pas – je pourrai peut-être reprendre un peu pied dans ce journal et en publier d'autres. Mais peut-être je me les surfais et ne les aimerez-vous pas. J'ai très envie d'aller vous voir avant que la trop grande floraison ne m'en empêche. Malheureusement je ne me lève plus jamais. Et quand une fois par hasard je le peux c'est à des heures impossibles pour vous et je suis si vite épuisé que je ne sais si j'arriverais jusqu'au Vésinet.

Votre admirateur reconnaissant.

Marcel Proust.

_____

à Georges de Lauris

[Fin mars 1912][2]

Mon cher Georges

Je vous remercie infiniment de votre lettre. Vous savez que je pense toujours à vous quand j'écris. D'ailleurs je pense à vous sans cela constamment mais d'autant plus que je suis plus moi-même et vaux davantage et par conséquent surtout quand j'écris.

_____

1. Il s'agit de pages empruntées au texte du premier volume de la *Recherche*, qui devaient paraître dans *Le Figaro* en mars (« Épines blanches, épines roses »), juin (« Rayon de soleil sur le balcon ») et septembre (« L'église de village ») 1912. Proust les qualifie de « poèmes en prose » afin notamment d'affirmer leur caractère non autobiographique – voir *infra*, p. 189-190, la lettre d'[avril 1912] à Robert de Montesquiou.
2. Lettre publiée dans *Lauris* (226-231) ; *Kolb* (XI, 75-78).

(J'aimerais mieux un verbe qui signifierait le contraire de valoir et mettrais moins au lieu de plus, mais la langue française... !) Je me rappelle que pendant le petit morceau dit le *Clair de Lune*, le dialogue de mes parents[1], je vous interrogeais, je tâchais d'obtenir à distance mot pour mot votre assentiment. Et quand ces gens charmants mais terribles du journal ont fait paraître cet article en y ajoutant ce titre d'une banalité écœurante : « Au seuil ou sur le seuil du printemps » et pour justifier cette actualité ont ajouté « qui finit aujourd'hui » ma première pensée a été « mon Dieu je n'ose pas écrire spontanément à Georges pour ne pas avoir l'air de lui signaler cet article mais pourvu qu'il n'aille pas croire que ce "Au seuil du printemps" est de moi et ce "qui" [qui] a troué cette phrase comme un obus non plus ». Cher Georges pardon de vous parler de moi avec cette complaisance et cette prolixité. J'aimerais beaucoup vous voir et vous lire. La même bonne fée d'amitié qui vous aveugle sur ce que j'écris répand pour moi sur vos pages le même charme et m'y fait goûter une joie que je crois clair-voyante. Que je vous envie d'être à Montreux, d'aller au lac de Côme, mais surtout d'avoir cette femme adorable et d'être heureux. J'aurais mille choses à vous dire mais j'ai depuis trois jours des crises affreuses dans lesquelles votre lettre a été si belle et si apaisante, l'arc-en-ciel nuancé de cet orage qui ne cesse pas. Vous ne m'avez pas tenu assez au courant de votre vie. J'avais hésité à aller chez Widmer à Montreux puis au lac Majeur et si j'avais su que vous y seriez, cela m'aurait décidé, il est vrai que mon médecin (que je ne vois pas du reste plus que per-sonne) prétend que je ne suis pas en état de bouger puisque quand il y a la rougeole à l'étage au-dessous il a trouvé qu'il valait encore mieux rester que de me déplacer, mais je ne sais s'il a raison car enfin Cabourg ne me réussit pas mal. Il est vrai que pour

---

1. Allusion au fragment de la *Recherche* intitulé « Épines blanches, épines roses », qui venait de paraître dans *Le Figaro* du 21 mars 1912.

l'Italie le trajet est bien grand. Le seul visiteur – bien malgré moi il se prêtait aux pires oscillations de mon cadran – que j'aie reçu a été Reynaldo. Puis il y a un mois il a cessé de venir parce que sa mère[1] est tombée gravement malade et hélas ! lui aussi sera d'un jour à l'autre, sans mère. Vous ne l'avez pas connue je crois. C'était une femme d'un bien grand cœur et qui avait été admirablement belle. Cher Georges pour vous parler encore pas tout à fait de moi mais des vérités qui sont plus hautes que l'un ou l'autre, ma pensée vraie sur l'aubépine n'est pas dans cette page (que je suis loin de renier et dont je suis relativement content). Mais il est impossible d'aller plus avant dans un article de journal. C'est du reste un extrait, mais arrangé, d'une partie de mon livre, que vous ne connaissez pas encore (quoi que ce soit dans le même chapitre que vous connaissez[2]). Je suis très embarrassé pour la décision à prendre à l'égard de ce livre. Faut-il publier un volume de huit à neuf cents pages ? Un ouvrage en deux volumes de quatre cents pages chacun ? Deux ouvrages de quatre cents pages chacun ayant chacun un titre différent, sous un même titre général. Ceci me plaît moins mais est plus agréable aux éditeurs. Seulement alors faudra-t-il laisser un intervalle entre l'apparition des deux volumes ? C'est bien contraire à l'esprit du livre. Et pour trouver une division apparente il faudrait publier dans le premier volume, s'ils ont des titres différents, la première, la deuxième, la troisième et la cinquième partie en ne donnant la quatrième que dans le deuxième volume et en y prévenant qu'elle se place avant la dernière du premier volume. (Ceci parce qu'après la cinquième il y a une pause et que si je donnais les cinq parties dans le premier volume, il aurait sept cents pages[,] et qu'il n'y aurait plus que deux cents dans le second. Mais est-ce possible ?) Si c'est un ouvrage en deux volumes paraissant

---

1. Mme Carlos Hahn.
2. Proust avait fait lire à Lauris des extraits de la future *Recherche* dès 1909.

ensemble sous un même titre cela ne fait rien du tout, parce que alors il n'y a pas de division à faire. Je diviserai par deux le nombre total de pages et en mettrai la moitié dans un volume, l'autre moitié dans l'autre (exagéré mais enfin dans ce genre). Est-ce que je rêve, est-ce que vous ne m'avez pas dit que René Blum avait été un moment chez Fayard ou je ne sais qui. Peut-être est-il assez versé dans ces questions et saurait-il me renseigner. Calmette par excès de gentillesse doit prêter le livre à Fasquelle (qui n'est pas mon rêve) mais avant je veux savoir exactement ce que je dois demander pour ne pas laisser l'éditeur ne s'occuper que de sa commodité. Cher Georges, je voulais vous écrire deux lignes et ne sais pourquoi j'ai commencé à vous parler presse et impression. Inutile de me répondre car je pense bien que vous n'avez pas d'idées particulières là-dessus. Si vous aviez été à Paris vous auriez peut-être pu demander conseil pour moi à votre éditeur [1] qui passe pour très intelligent. Mais c'est impossible par lettre et quand vous serez revenu ce sera décidé. Donc ne craignez rien, je ne vous embêterai pas. Savez-vous que j'ai joué ou plutôt fait jouer à la bourse sur des mines d'or achetées à terme et que j'ai perdu quarante mille francs. Le *lendemain* du jour où j'ai eu liquidé elles ont remonté au galop. Je crois que je vous ai déjà cité le mot de Mme de Sévigné sur son fils « il trouve le moyen de perdre sans jouer et de dépenser sans paraître [2] », je trouve qu'il me convient si bien.

Tendrement à vous.

Marcel.

———————

1. Bernard Grasset.
2. Voir notre présentation, p. 17.

à Robert de Montesquiou

[Avril 1912] [1]

Cher Monsieur,

Pour vous parler pêle-mêle de choses de différente importance je suis confus d'avoir eu l'air de quêter un surplus excessif de compliments qui (sous leur première forme) étaient déjà plus que mon dû [2] ! Et en vous remerciant infiniment de ce que vous dites, j'éprouve quelques remords d'avoir semblé vous prier de me le dire. Quant à ce que vous dites du côté *Souvenir d'enfance*, hélas, c'est la condamnation de l'idée d'écrire ces articles qui vont d'avance créer un malentendu au sujet de mon livre si composé et concentrique et qu'on prendra pour des *Mémoires* et *Souvenirs d'enfance* [3]. Je vous remercie plus encore de m'avoir envoyé cette ravissante *Prière des objets* [4] conçue à la fois dans le caractère de vos *Prières* [5] et du gémissement des Dieux Détrônés de *La Tentation de saint Antoine* [6], entre lesquels je ne juge pas indignes de prendre place vos fleurs des Jardins du Nil [7] et vos flammes macbethiques ou baudelairiennes. C'est un frêle Panthéon puéril, subalterne,

---

1. Lettre publiée dans *Corr. Gén.* (I, 166-168) ; *Kolb* (XI, 90-92).

2. Proust fait ici allusion à une lettre reçue quelques jours plus tôt dans laquelle le destinataire de la présente l'assurait que sa page parue dans *Le Figaro* du 21 mars (« Épines blanches, épines roses »), véritable « fragment de *Mémoires, souvenirs d'enfance* » selon lui, était « charmante » (*Kolb*, XI, 83).

3. Voir *supra*, p. 185, note 1, sur la notion de « poèmes en prose » des extraits livrés au *Figaro* en 1912.

4. Allusion à l'article du destinataire, « Inutiles plaintes », paru dans *Gil Blas* du 3 avril 1912.

5. Allusion au recueil poétique de Robert de Montesquiou, *Prières de tous*, paru en 1902.

6. Il s'agit ici du livre de Gustave Flaubert.

7. « Jardins du Nil », ou plutôt « Jardins de fil » : « Nous étions les fleurs des jardins de fil » (Robert de Montesquiou, « Inutiles plaintes », *Gil Blas*, 3 avril 1912).

mécanique, gémissant et délicieux. Comme votre érudition et votre goût ajoutent à ces points et à ces jours, en y brodant les raies, en y « utilisant » ces cheveux blancs et ces « bonnets » d'évêque [1]. J'ignore les salons. Je suis plus que d'accord avec vous sur Meyer et peut-être quelque jour le déclarerai-je. Mon pauvre ami Reynaldo est bien, bien malheureux [2]. Il vivait avec sa mère dans une intimité de tous les instants et de toutes les pensées. Il a perdu

> Celle qui longtemps
> Éloigna les destins contraires
> De ses jours et de ses instants [3].

J'espère toujours aller bientôt mieux et vous voir. Veuillez en attendant agréer cher Monsieur mes respectueux hommages reconnaissants.

Marcel Proust.

Mon rêve (et fort intéressé car j'y confronterais avec joie un chapitre de mon livre qui traite ce sujet) serait de vous voir continuer pour les robes, les chapeaux, les manteaux, les appartements, les souliers, les bijoux !

———

1. Proust poursuit les allusions aux travaux d'aiguilles, aux « jardins de fil » (voir note précédente).
2. Allusion à la mort de Mme Carlos Hahn, mère de Reynaldo, le 24 mars précédent.
3. Citation approximative d'un poème de Montesquiou.

à madame Gaston de Caillavet

[Avant juin 1912] [1]

Madame,

Comme on peut aimer des types physiques opposés. Car me voici amoureux de votre fille [2]. Comme elle est méchante d'être aimable, car c'est son sourire qui m'a rendu amoureux, et qui a donné sa signification à toute sa personne. Si elle avait été grinchue comme je serais tranquille. Je cherche à quelle espèce appartiennent les fleurs dont les pétales sont exactement comme ses joues quand elle sourit. Je voudrais bien la revoir sourire. Il est vrai que si je la revoyais peut-être me ferait-elle un pied de nez, symbole d'ailleurs de l'attitude à mon égard de ses parents et notamment de son père à qui j'ai écrit les plus tendres choses. Si jamais Calmette trouve le temps de publier un article de moi [3] qu'il a depuis longtemps et qui est un souvenir [4] d'un amour d'enfant que j'ai eu (et qui n'est pas mon amour pour vous ; c'était *avant*) vous y verrez cependant amalgamé quelque chose de cette émotion que j'avais quand je me demandais si vous seriez au tennis. Mais à quoi bon rappeler ces choses au sujet desquelles vous avez pris l'absurde et méchant parti de faire semblant de ne vous en être jamais aperçue ! Comme votre

---

1. Lettre publiée dans *Corr. Gén.* (IV, 119-120) ; *Kolb* (XI, 136-137).

2. Simone de Caillavet.

3. Il s'agit du texte paru sous le titre « Rayon de soleil sur le balcon » dans *Le Figaro* du 4 juin 1912 (voi *supra*, p. 185, note 1).

4. Sur la notion de « souvenir » associée au texte dont il est ici question, voir cependant *supra* les précisions et mise en garde de Proust à Robert de Montesquiou (p. 185, note 1).

fille sourit joliment ! Comme elle est jolie ! Elle me
plaît infiniment[1].

Votre respectueux,

Marcel Proust.

———————

à Albert Ben Nahmias

[21 août 1912][2]

Cher ami[3],

Malgré ma fatigue et ma hâte à être prêt pour un
dîner auquel je ne peux manquer ce soir, je tiens à
vous écrire ce mot pour que, si vous appreniez que
je vais réunir ces jours-ci les jeunes gens de Cabourg
et autres, vous ne puissiez pas, avant mes explications, voir dans le fait de ne pas vous inviter, une
preuve mesquine de ressentiment aussi indigne de
vous que, j'ose le dire, de moi. Vous savez qu'un petit
fait, si insignifiant qu'il soit, peut souvent, quand il
amène la sursaturation d'un état invisible mais sur-
chargé, prendre une grande importance. Je n'étais pas
bien hier, mais comme vous m'aviez donné rendez-
vous entre six et sept sur la digue, et que je pensais
que peut-être vous hâtiez votre retour de Deauville

———————

1. On pourra rapprocher ce prétendu transfert des sentiments
anciens de Proust pour la destinataire en sentiments actuels pour
sa fille, des pages de la *Recherche* dans lesquelles le narrateur fait
la connaissance de la fille de Gilberte : « je la trouvais bien belle
[...] elle ressemblait à ma jeunesse » (*RTP*, IV, 609).

2. Lettre publiée dans *Le Disque vert* (décembre 1952, 17-20) ;
Kolb (XI, 187-190).

3. Albert Ben Nahmias fut employé par Proust en 1911-1912 à
la mise au point d'une partie de la dactylographie de ce qui allait
devenir *À la recherche du temps perdu*.

pour cela, mort ou vif j'y serais allé. Et de plus, ayant su que de jolies personnes d'Houlgate étaient à Cabourg, j'ai usé de ruse pour les garder afin de vous distraire par là. Naturellement vous n'êtes pas venu, vous n'avez pas jugé à propos de me prévenir, ni même de me faire savoir si Helleu était parti (ce qui n'a pas d'importance, car j'ai envoyé Nicolas[1] à Trouville et il en a parlé avec lui).

Tout en dînant au restaurant du Casino ensuite, puis au Music-Hall, je me disais tristement des choses dont je vous épargne l'énumération mélancolique. Mon cher X..., il faut me pardonner. J'ai été gâté par des amis plus âgés que moi. J'ai vu Alphonse Daudet au comble de la gloire et de la souffrance, qui ne pouvait plus tracer une ligne sans pleurer tant cela lui faisait mal dans tout le corps, me récrire deux fois à sept heures, quand je dînais chez lui le soir à huit heures, pour savoir si tel ou tel détail insignifiant du repas ne me donnerait pas plus de plaisir par un voisinage ami. J'ai vu France remettre huit jours de suite une promenade à Versailles pour que je puisse y aller, et chaque jour envoyer chez moi pour voir si cela ne me fatiguerait pas... et je ne vous cite exprès que de petites choses, et j'en pourrais citer mille. Alors j'étais bien portant, une sortie, un rendez-vous n'étaient pas ce qu'ils sont pour moi maintenant. Et quand je vous vois, habitant à deux pas, n'ayant rien à faire, permettez à ma hâte de ne pas prendre le temps d'expliquer ce que vous comprenez très bien.

Si ma lettre n'avait pas simplement pour but de ménager votre amour-propre, par égard pour l'amitié si profonde et si vraie que j'ai eue pour vous, elle n'en aurait aucun. Car je sais que vous n'êtes pas perfectible. Vous n'êtes même pas en pierre, qui peut être sculptée si elle a la chance de rencontrer un sculpteur (et vous pourriez en rencontrer de plus grands que moi, mais je l'eusse fait avec tendresse), vous êtes en eau, en eau banale, insaisissable, incolore, fluide, sempiternellement inconsistante, aussi

---

1. Nicolas Cottin, domestique chez Marcel Proust.

vite écoulée que coulée[1]. On peut vous regarder
passer pour les gens que cela amuse, quotidien, sans
« moi ». On ne peut pas faire davantage. Moi qui ai
eu pour vous une affection vive, cela me donne envie
tantôt de bâiller, tantôt de pleurer, quelquefois de me
noyer[2]. Excusez-moi donc de quitter à tout jamais
ses rives. Je vous ai deviné, votre vraie nature, le jour
où vous m'avez dit avec cette énergie : « Mais je ne
peux pas, *puisqu*'il y a le raout Foucart. » Mais on
veut toujours espérer, on n'aime pas s'être trompé.
Et si gentiment, trop gentiment, car mieux valait les
lilas non fleuris d'alors que l'infecte odeur des lilas
pourris d'aujourd'hui, vous m'avez peint votre caractère si différent.

Et de fait cette amitié (je parle de la mienne) que je
croyais si fragile, je l'ai sentie solide comme rarement.
Vous êtes un des seuls que je vis cette année. Vous
pouvez dire que vous êtes passé à côté d'une
fameuse possibilité d'amitié, et que vous l'avez
gâchée.

---

1. Ce morceau sur l'eau doit être rapproché du discours d'accusa-
tion que Swann adresse à Odette dans *Du côté de chez Swann* : « Ce
qu'il faut savoir, c'est si vraiment tu es cet être qui est au dernier
rang de l'esprit, et même du charme, l'être méprisable qui n'est
pas capable de renoncer à un plaisir. Alors, si tu es cela, comment
pourrait-on t'aimer, car tu n'es même pas une personne, une créa-
ture définie, imparfaite, mais du moins perfectible ? Tu es une eau
informe qui coule selon la pente qu'on lui offre, un poisson sans
mémoire et sans réflexion qui, tant qu'il vivra dans son aquarium,
se heurtera cent fois par jour contre le vitrage qu'il continuera à
prendre pour de l'eau » (*RTP*, I, 285-286). Suivant les auteurs de
l'édition critique de *Du côté de chez Swann* dans la « Bibliothèque
de la Pléiade », « Proust a, curieusement, utilisé les mêmes arguments [dans son roman et] dans une lettre à Albert Nahmias datée
du 20 août 1912. Le passage existait déjà sur la dactylographie »
(*RTP*, I, 1222, note 1 appelée p. 285). L'antériorité du texte du
roman sur celui de la lettre surprend, et à tout le moins doit orien-
ter notre lecture de celle-ci, dans la mesure où le destinataire ayant
participé, précisément, à la mise au net du texte du roman, les
remontrances que Proust lui adresse ici ne pouvaient que prendre
un caractère parodique à ses yeux, et s'en trouver affaiblies ou
faussées.

2. Proust vient de comparer le destinataire à de l'eau.

Je finis ; je sais que M.D. ou M.V. ne sont pas plus que vous à 11,75[1], mais du moins leur fréquentation ne m'attriste pas, parce que je ne l'ai jamais cru, et ne fus jamais dans l'illusion. Et peut-être sont-ils plus harmonieux que vous, car, semblables au fond, ils n'ont pas du moins cet essor brisé, cet effort vers un mieux non réalisé, ces velléités prises pour du talent, etc. Si j'étais bien portant, je prendrais mon parti de voir mon ex-ami. Je déteste ennuyer, et quand hypocritement vous prenez votre air triste, je suis si navré que je cède immédiatement. Mais j'en suis la victime.

Vous n'êtes même pas capable de venir sur la digue à sept heures ! Et moi, pour qui cela représente tant de fatigue etc., j'en ai tout l'ennui. Je suis trop fatigué pour revoir un ami qui même matériellement, en manquant les rendez-vous, etc., soit une cause d'énervement et de fatigue. J'ai besoin d'amis qui m'en épargnent, et non qui m'en ajoutent. Mon cher ami, par pitié pour ma santé, ne cherchez pas le leurre d'une réconciliation que vous n'êtes pas capable de tenir même un mois. Ce que vous appelez vos chagrins, ce sont tout simplement ce que vous croyez des plaisirs, une sauterie, une partie de golf, etc. Un jour je peindrai ces caractères qui ne sauront jamais, même à un point de vue vulgaire, ce que c'est que l'élégance, prêt pour un bal, d'y renoncer pour tenir compagnie à un ami. Ils se croient par là mondains et sont le contraire[2]. Je n'ai plus le temps d'écrire une ligne et je vous quitte une fois pour toutes. Mais je veux en finissant vous dire que je ne veux pas que vous croyiez que je vous dis cela d'un cœur léger ; j'ai eu, je vous le dis parce que je pense que cela vous fait plaisir et vous donne quelque orgueil, beaucoup de chagrin ; et mon cœur n'est pas de ceux qui sans un serrement amer mettent à l'imparfait, au passé, ce qui (même souvent un simple

1. Proust formule une parodie de cote boursière appliquée à des personnes de ses relations.

2. Ainsi dans *Le Côté de Guermantes*, la duchesse de Guermantes recevant, au moment de sortir, Swann malade (*RTP*, II, 866-884).

objet) fut comme vous le fûtes la prédilection de leur présent et l'espérance de leur avenir. Renvoyez-moi cette lettre, et laissez-moi ici vous serrer la main en ami.

Marcel.

———————

à madame Émile Straus

[Mi-octobre 1912][1]

Madame

Vous m'avez écrit une lettre adorable la plus jolie et la plus gentille que j'aie jamais reçue de vous. Et je ne dis pas « la plus jolie » pour vous « encourager » à ce qu'elles soient gentilles comme on dit aux enfants qu'ils seront plus beaux s'ils sont sages, et tous ces mots qu'efface celui qu'enfant vous disiez à M. Perrin « oui, mais faut pas loucher »[2]. Si gentille que je serai même privé d'en montrer les choses irrésistiblement drôles à Reynaldo, parce que les choses trop gentilles je ne pourrais pas les montrer, il me semble qu'un peu de leur charme ne resterait plus pour moi, que je le diviserais, qu'il n'est pas comme celui dont Hugo dit « Chacun en a sa part, et tous l'ont en entier[3] ».

Je voudrais vous dire mille choses et je n'ai pas dormi une heure depuis quatre jours, je peux à peine écrire.

———————

1. Lettre publiée dans *Corr. Gén.* (VI, 132-138) ; *Kolb* (XI, 239-245).

2. La source de l'anecdote reste obscure.

3. *Les Feuilles d'automne*, « Ce siècle avait deux ans » (« Ô l'amour d'une mère ! amour que nul n'oublie ! / Pain merveilleux qu'un dieu partage et multiplie ! / Table toujours servie au paternel foyer ! / Chacun en a sa part, et tous l'ont en entier »).

Ce que vous m'avez dit de Trianon (que ne m'avez-vous dit que vous y étiez, j'y serais venu en revenant de Cabourg comme j'étais mieux que maintenant, et comme c'est un hôtel qui ne ferme pas je ne l'aurais jamais quitté) m'a tellement donné la nostalgie de l'automne (connaissez-vous l'admirable *Automne à Versailles* de Barrès, en mille fois mieux ce que j'ai essayé de dire de Versailles dans *Les Plaisirs et les Jours*) que ce matin, malgré fièvre, insomnie, asthme, je me suis levé et vers trois heures quand j'ai senti que je pourrais me tenir debout (en quoi je me suis trompé) je vous ai fait demander par téléphone si vous étiez mieux et si vous ne viendriez pas goûter avec moi au Trianon Palace, puisque cela s'appelle ainsi. On m'a répondu que vous étiez sortie avec M. Straus. Et malheureusement il me sera impossible de me lever sans doute de quelques jours... Ce désir d'écrire sur Sainte-Beuve c'est-à-dire à la fois sur votre famille considérée comme un Arbre de Jessé dont vous êtes la fleur – et aussi sur Sainte-Beuve est ancien car je me rappelle que, croyant alors que mon roman paraîtrait il y a déjà trois ans, j'avais prévenu Beaunier qui comptait écrire sur Sainte-Beuve qu'il allait m'avoir dans ses plates-bandes. Mais mon roman bouche tout, et le recueil d'articles même ne peut paraître qu'après, car si je le donnais maintenant on croirait que ce livre annoncé par mes amis comme trop bien, ce n'était que ces articles. Malheureusement comme le roman aura trois volumes et que Fasquelle ne voudra certainement les publier que sous trois titres différents, à intervalles de six mois, cela est bien long et vous savez que je n'ai aucune certitude de vivre le lendemain. Et à ce propos (surtout ne croyez pas que cette « incidente » soit pour diminuer sous une apparence « dégagée » le service que je vous demande) si vous voyez prochainement Calmette que je puis si difficilement aller voir, ne pourriez-vous lui dire ceci (ce que je vais vous dire). Et d'abord il faut que vous sachiez qu'il a désiré que ce roman qui lui est dédié parût chez Fasquelle et lui fût remis par lui qui se faisait fort de le faire prendre. Il n'y a donc rien à lui demander à cet égard. Mais Calmette a beaucoup à faire, à penser. Si vous le voyez (et si cela ne vous paraît nullement gênant pour vous, sans cela il est si simple de le lui faire rappeler par quelqu'un d'autre) dites-lui que vous m'avez vu, ou que nous avons correspondu, et que je vous ai demandé de lui rappeler mon livre et de lui dire que je lui serais bien reconnaissant d'en parler à Fasquelle le plus vite possible, pour que le premier volume (où hélas votre robe rouge et souliers rouges ne seront pas, ce ne sera que dans le deuxième[1] car la Duchesse de Guermantes n'apparaît qu'un instant dans le premier volume) paraisse le plus tôt possible. Sans cela je serai mort bien avant le troisième (inutile de lui dire cela). Si dans l'intervalle il avait eu quelque difficulté à parler à Fasquelle, qu'il me le dise très franchement. Je ne tenais pas du tout à Fasquelle et avais d'autres débouchés. Je le préfère maintenant à cause du temps perdu, et parce que des amis à moi et à Fasquelle qui se font de moi une idée d'ailleurs exagérée lui ont je crois assez parlé de moi pour que je ne me sente pas en atmosphère inconnue. Mais enfin je peux aller ailleurs, si Calmette ne tient pas à le voir en ce moment. Et surtout ce que je ne saurais trop vous dire, c'est que si vous-même, pour n'importe quelle raison préférez ne pas dire cela à Calmette (il n'y a rien à lui demander, il n'y a qu'à lui *rappeler de ne pas oublier* – c'est lui qui m'a offert) ne lui en dites pas un mot, je peux si simplement le lui faire dire ! Mme Lemaire, bien d'autres, Reynaldo qu'il aime beaucoup sont des truchements tout trouvés et... moi-même ! Naturellement cela me fait plus plaisir que cela soit vous, parce que cela sera accompagné de vos paroles gentilles et cela

---

1. Cf. « Elle allait entrer en voiture, quand, voyant ce pied, le duc s'écria d'une voix terrible : "Oriane, qu'est-ce que vous alliez faire, malheureuse. Vous avez gardé vos souliers noirs ! Avec une toilette rouge ! [...]" » (*RTP*, II, 883).

me flatte extrêmement que vous parliez de moi amicalement. Mais ce plaisir d'amour-propre sentimen-
tal est tellement peu de chose auprès des joies que,
pour moi-même, et sans ostentation, j'ai à me sentir
en amitié avec vous qu'il ne compte presque pas.
Donc si vous y voyez un inconvénient ne faites rien
et ne mesurez pas l'importance de faire cela à ces
longues pages que j'y consacre, par scrupule, peur
de m'être mal expliqué, d'être indiscret etc. Surtout
ne le voyez pas pour cela ! Et d'ailleurs même si
dans l'intervalle je l'ai vu, ce ne sera jamais qu'une
excellente chose qu'on lui en rafraîchisse la
mémoire et qu'il hâte les choses [1]. Pour moi mon
manuscrit est prêt, recopié, corrigé etc. Ce que vous
dites d'une « Conquête sur le Passé » est une preuve
de plus comme vous dites que nos sensibilités
étaient accordées, et je ne peux pas vous en donner
une meilleure preuve qu'un des titres auquel j'ai
pensé pour mon livre est pour le premier volume le
Temps perdu, et pour le troisième le *Temps retrouvé*.
Mais vous avez tort de croire que ce n'était qu'une
imagination. Je vous assure que physiquement – et
si vous avez lu les choses des physiologistes récents
l'âge est un mal physique – il est certain que vous
avez cet été fait « une conquête sur le passé ». Je n'ai
pas voulu à Trouville vous ennuyer des « vous avez
bonne mine » dont on doit vous fatiguer, mais vous
deviez bien sentir vous-même combien vous étiez
mieux. Les philosophes nous ont bien persuadé que
le temps est un procédé de dénombrement qui ne
correspond à rien de réel. Nous le croyons, mais la
superstition ancienne est si forte que nous ne pouvons pas nous évader, et il nous semble qu'à une
certaine date nous sommes forcément plus vieux,
comme les administrations qui trouvent qu'il doit
faire chaud le 1er avril et qu'on n'a plus besoin de

---

1. Mme Straus parlera à Calmette, Calmette écrira à Fasquelle,
Fasquelle promettra d'éditer le roman de Proust, puis renoncera à
la fin de 1912.

calorifère. Il y a longtemps qu'on trouve cela ridicule pour l'administration et pour l'âge on ne le
trouve pas. Je peux dire (et hélas il a été emporté
accidentellement comme on peut l'être à tout âge)
que j'ai connu peu de gens aussi jeunes que le
Prince Edmond de Polignac qui avait quatre-vingts
ans et qui d'ailleurs avait eu paraît-il dès sa jeunesse
un visage de vieillard. Hélas moi je ne peux pas faire
de conquête sur le passé dans ce sens de rajeunisse-
ment durable, puisque j'ai un mal organique et
grave. Mais vous Dieu merci ! vous avez cette terrible maladie qui s'appelle bêtement « n'avoir rien »,
qui persécute les nerveux dans le « bel âge » parce
que chez eux tout est renversé, et qui ne leur
donne que plus tard la santé, l'équilibre, les préro-
gatives de la jeunesse. Leur vie est comme certaines
années désorbitées. D'ailleurs tout cela, par l'expérience intime de votre corps vous devez bien le sentir vous-même. J'en suis si profondément convaincu
que penser à vous, non pas seulement à cause de la
joie que votre gentillesse me donne, mais à cause de
tout le long bonheur que je prévois pour vous, est
dans ma vie si triste, si dénuée, un grand sujet de
consolation. Tout cela est bien mal dit, en supprimant les nuances, la mise au point nécessaire, mais
je suis brisé de fatigue, – la mauvaise, celle-là – la
dangereuse – même pour la vie – et Albaret d'autre
part qui décidément a chaque année la spécialité de
vous apporter mes longues lettres, attend depuis
tant d'heures, ayant cru me mener à Trianon et puis
devant aller rue de Miromesnil. Et il doit être si tard
que je vais peut-être lui dire de n'y aller que
demain. Mais j'avais tellement cru vous voir qu'il
fallait que je vous écrive. Et c'est une espèce de promenade écrite, de choc en retour épistolaire de la
promenade que nous n'avons pas faite, de transfert
de forces, de virement, comme la lampe électrique
qui m'éclaire quand je ne veux pas y faire chauffer
mon lait si je suis trop souffrant pour le prendre.
Mais au moins ces paroles, d'avoir été vécues et
agies prendront peut-être la force de vous

convaincre, de vous donner des raisons d'être contente, pleine d'espoir et de foi dans la vie. Que cela me ferait du bien !

Votre respectueux ami

Marcel Proust.

Et surtout ne dites rien à Calmette si cela vous ennuie SI PEU que ce soit. Et d'ailleurs cela peut être *n'importe quand*, pourvu que *lui* se presse, ou me rende ma liberté, car je ne sais pas si j'ai beaucoup de temps devant moi... Ma lettre est tellement longue qu'au lieu de paginer chaque page, je n'ai numéroté que les feuilles de 4. Et encore peut-être me suis-je trompé.

––––––––

à madame Émile Straus

[Mi-novembre 1912] [1]

Madame,

Je ne vous avais pas répondu parce que tous les jours je croyais me lever ; mais ce brouillard, sans doute, a perpétué mon état. Je vais tâcher de me lever un moment ce soir, mais il est déjà neuf heures et demie, je ne serai pas prêt avant minuit, si je peux me lever. Donc je ne pourrai pas vous voir, alors je vous écris. Et les dernières feuilles mortes sont tombées sans que j'aie pu les voir et voilà un automne de plus où je n'ai pas su la couleur de la saison. Vous êtes trop gentille pour ce que vous me dites de ces fleurs [2] (et à ce propos il

––––––––

1. Lettre publiée dans *Corr. Gén.* (VI, 139-144) ; *Kolb* (XI, 291-296).
2. Proust avait envoyé des fleurs à la destinataire à la fin du mois d'octobre, pour la remercier d'être intervenue auprès de Gaston Calmette – voir lettre précédente.

faudra que je vous montre une page de mon roman qui
n'a aucun rapport, et l'« à propos » tient à ce même
mot), mais j'ai vaguement senti à quelque chose qu'a
laissé échapper Lauris qui est venu me voir que vous
aviez dû un peu vous moquer ou être mécontente. Mais
tout simplement quand je pense à vous, j'aimerais vous
imaginer contente et si en passant je vois quelque chose
de joli, cela me fait plaisir de me dire que vous en ratta-
cherez un peu l'agrément à moi. Et c'est stupide, car je
sais bien par expérience que ce sont les choses qui
prennent leur charme des êtres et que d'un être
qui ennuie (je ne dis pas cela pour moi) tout est fasti-
dieux. Comme vous me demandez pour l'affaire de
mon livre je vous mets rapidement au courant.
Fasquelle ne m'a pas écrit. Je lui ai envoyé mon manuscrit avec une lettre. Il ne m'a pas encore répondu. Je lui
enverrai prochainement Reynaldo et s'il ne peut donner
des assurances au sujet des autres volumes, Reynaldo
reprendra le manuscrit que je peux faire publier très
simplement ailleurs et dans des conditions plus littéraires. Évidemment Fasquelle est plus flatteur, plus brillant, mais vous rappelez-vous ce que vous m'aviez dit
à Trouville sur la nouvelle bouche de Mme C... [1] ? Vous
avez dit que c'était pour avoir voulu trop bien faire,
en avoir pour son argent. Au point de vue amour-
propre je peux regretter de penser que les gens qui me
verront édité comme le serait Mme Stern, ne pourront
pas croire que, si j'avais voulu, je l'aurais été par
Fasquelle ; mais il ne faut jamais se placer à ce point de
vue-là pour rien. Ce qui me plaisait surtout dans
Fasquelle c'est que n'ayant jamais fait qu'un livre *Les
Plaisirs et les Jours*, qui a été édité avec grand luxe, illustrations etc., pour ce second ouvrage qui sera certainement le dernier (sauf des recueils d'articles, des études
critiques) il me plaisait de m'adresser à un public plus
vaste, aux gens qui prennent le train et achètent avant
de monter dans le wagon un volume mal imprimé. J'aurais bien été voir Fasquelle mais depuis que je vous ai
vue j'ai tout le temps été si malade, et si un jour j'avais

---

1. Mme Louis Cahen d'Anvers.

été bien j'aurais plutôt été à Trianon Palace (où j'avais
envoyé Albaret en fourrier), car faire publier ses
impressions anciennes c'est bien, mais en ressentir de
nouvelles c'est mieux. Bref, je crois que je vais lâcher
Fasquelle (qui se consolera !), je ne suis pas encore
décidé. Ce qui est assez symptomatique, c'est que
Calmette que j'ai été remercier au *Figaro* le soir où je
suis allé chez vous, m'a fait dire qu'il n'était pas là et il
y était, chose que je trouve en soi naturelle, mais il ne
l'a jamais faite avec moi qu'il traite toujours admirablement. Je lui ai laissé un mot de reconnaissance, il n'y a
pas répondu, il n'avait pas à y répondre ; je lui ai récrit
depuis ; il n'avait pas à me répondre non plus ; mais
enfin il ne m'a jamais rien annoncé pour Fasquelle.
Sans doute il se dit que je le sais par vous ; mais quand
on est aussi gentil que lui, et quand on a rendu service
à quelqu'un, on ne déteste pas le lui annoncer ; de sorte
que j'ai vaguement l'impression, sans ombre de certitude, que la réponse de Fasquelle n'a pas été ce qu'il
voulait et qu'il préfère ne pas s'en expliquer avec moi.
En tous cas – et pour prévenir toute intention possible
de votre grande gentillesse – ne lui en parlez plus, ne
faites plus rien ; c'est à moi à voir ce que je préfère
d'une présentation plus artistique ou d'un retentissement plus étendu. Je n'ai pas à m'inquiéter outre
mesure de la réponse de Fasquelle car je me suis découvert des appuis inconnus auprès de lui qui agiront très
volontiers après le 1er volume, comme ils auraient agi
avant. Et notamment (je ne sais si je vous l'ai dit, car il
m'arrive de croire si souvent que je cause avec vous que
je finis par ne plus savoir si je vous ai dit, – ou écrit –
les choses ou si je me suis contenté de les penser),
Rostand, qui paraît-il est un lecteur très aimable de ce
que je fais et chose invraisemblable, n'avait gardé un
télégramme à mon adresse après l'article de cet été sur
une église[1], que parce que me sachant (comment ?)
l'ami de Montesquiou, il croyait que j'étais son ennemi

---

1. Il s'agit des pages extraites du début de la *Recherche*, sous
le titre « L'église de village », qui avaient paru dans *Le Figaro* du
3 septembre précédent.

à lui et n'aimerais pas ses compliments. En tous cas il
m'a fait très gentiment offrir son appui pour la publication de mon livre, et précisément... chez Fasquelle !... Je
n'aurai donc qu'à choisir pour le mieux, en tâchant de
me conduire surtout avec délicatesse envers les uns et
les autres et à ne pas oublier mes dettes de reconnaissance, dont la plus importante, heureusement, est
envers vous. Je vous ai dit tout cela en détail pour
répondre à votre question, mais je ne veux plus vous
parler de cela, car vous allez finir par me croire terriblement utilitaire, et ce n'est pas la peine de n'avoir rien
écrit pendant vingt ans pour se rattraper en un mois à
intriguer pour être imprimé, à faire l'arriviste, à s'eni-
vrer d'encre d'imprimerie. J'ai tellement l'impression
qu'une œuvre est quelque chose qui sorti de nous-
même, vaut cependant mieux que nous-même, que je
trouve tout naturel de me démener pour elle, comme
un père pour son enfant[1]. Mais il ne faut pas que cette
idée me conduise à parler ainsi aux autres de ce qui
peut n'intéresser hélas que moi. Hervieu disait très justement l'autre jour dans *Le Figaro* que les conditions du
tournois étaient de travailler des années pour être jugé
en quelques heures. Et encore les pièces on les écoute,
mais les livres on ne les lit pas. À propos d'Hervieu, si
vous voyez quelqu'un de ce groupe, je ne tiens pas à
ce que vous disiez que Fasquelle ne peut publier *qu'un*
volume. D'abord parce que je crois que ce n'est pas
exact. Ensuite quoique ce soit sans intérêt pour eux
c'est un milieu où on parle beaucoup et quelquefois un
peu à tort et à travers. Si vous leur en avez déjà parlé
cela n'a aucune importance et c'est très bien. *Mais ne
faites plus aucune démarche* (cela a l'air stupide de dire
cela car vous n'y songez pas : mais vous êtes si gentille
qu'on ne peut jamais savoir). Je ne vous ai pas renvoyé
la lettre de Calmette[2] puisque vous m'avez dit que

---

1. Cf. « cet écrivain [...] devrait préparer son livre, minutieusement, avec de perpétuels regroupements de forces, [...] le surali-
menter comme un enfant » (*RTP*, IV, 609-610).
2. Il s'agit de la lettre de Gaston Calmette à Mme Émile Straus,
du 28 octobre 1912, assurant celle-ci que Fasquelle attendait le
manuscrit de Proust et promettait de l'éditer – Proust la conservait
pour la montrer à son ami Louis de Robert.

c'était inutile, mais je n'ai pas encore pu la montrer puisque j'ai été trop malade. Du reste je vous la rendrai tout de même.

Je suis un peu fatigué pour continuer à écrire et surtout vous devez être bien fatiguée de me lire. Et quel ennui de ne vous avoir parlé que livre, Fasquelle, etc. ! Mais je ne voulais pas, maintenant, que je n'ai plus rien à vous demander, vous en parler moins. Et puis, je crois difficilement que ce livre vous sera tout à fait étranger. Je ne peux pas dire comme Joubert : « Qui se met à mon ombre devient plus sage » mais peut-être plus heureux, en ce sens que c'est un bréviaire des joies que peuvent connaître encore ceux à qui beaucoup des joies humaines sont refusées. Je n'ai nullement cherché à ce que ce fût cela. Mais c'est un peu cela. Si vous êtes demain soir chez vous vous devriez demander le Théâtrophone. On donne à l'Opéra la charmante *Gwendoline*[1]. Vous la connaissez sans doute et les idées ne sont pas toujours choisies avec un goût très difficile comme il arrive généralement dans Chabrier. Mais le charme un peu vulgaire de mélodies d'ailleurs enchanteresses est racheté par de telles délicatesses, des raffinements nouveaux alors, et restés nouveaux, d'orchestration. Je ne sais pas si vous êtes comme moi, mais j'adore cela. Adieu Madame, je ne sais pas vous quitter. Votre respectueux ami

Marcel Proust.

Présentez mes respects à M. Straus qui a été peu aimable l'autre soir. Je pense qu'il ne se ressent plus du tout de son indisposition.

---

1. Opéra d'Emmanuel Chabrier, qui fut repris à l'Opéra le 11 novembre 1912.

à René Blum

102 boulevard Haussmann
Retenez bien l'adresse car tout le temps
on égare des lettres, et la poste met inconnu. Hélas.
Téléphone : 29205.
[Février 1913] [1]

Cher ami [2],

Je vous avais téléphoné hier soir au *Gil Blas*. Mais
comme c'est assez rare que je sois en état de téléphoner et excessivement rare, de sortir ou de recevoir, je
crois préférable de vous dire par lettre le grand service
que je voulais vous demander. Il concerne M. Grasset,
l'éditeur, dont vous êtes, je crois, l'ami. Je souhaiterais
que M. Grasset publiât, à mes frais, moi payant l'édition et la publicité, un important ouvrage (disons
roman, car c'est une espèce de roman) que j'ai terminé [3]. Ce roman comprendra deux volumes, de six cent
cinquante pages chacun. Pour faire une concession
aux habitudes, je donne un titre différent aux deux
volumes et je ne les ferai paraître qu'à dix mois d'intervalle. Cependant je mettrai peut-être en haut de la
couverture un titre général, comme par exemple,
France a fait pour *Histoire contemporaine : L'Orme du
Mail*. Si pour une raison quelconque cela vous gêne
de parler à M. Grasset, dites-le-moi très franchement
et n'ayez pas de scrupules ; car je connais beaucoup
de gens qui sont, je crois, liés avec lui. Mais si vous le
faites je voudrais vous dire : d'abord que si je vous

---

1. Lettre publiée dans *Stratégie* (29-36) ; *Kolb* (XII, 79-83).
2. René Blum était secrétaire général du quotidien *Gil Blas*.
3. Depuis qu'il avait essuyé à la fin de 1912 le refus de Fasquelle
et de la Nouvelle Revue française d'éditer son roman, Proust était
résolu à faire paraître celui-ci à ses frais. Une nouvelle réponse
négative, celle d'Ollendorf, ne devait pas l'en dissuader : c'est alors
qu'il demanda à René Blum, qui l'avait sollicité afin d'obtenir des
extraits de l'œuvre pour le *Gil Blas*, de proposer à Bernard Grasset
une publication à compte d'auteur.

l'ai demandé pour plus de franchise sans précautions oratoires, je n'en ai pas moins le sentiment que c'est un très grand service que vous me rendez. Vous le comprendrez facilement, je travaille depuis longtemps à cette œuvre, j'y ai mis le meilleur de ma pensée, elle réclame maintenant un tombeau qui soit achevé avant que le mien soit rempli et en m'aidant à accomplir son vœu vous faites pour moi quelque chose de précieux, d'autant plus que l'état de ma santé me rend très difficile de m'en occuper. Secondement, si vous pouvez me rendre ce service, rendez-le-moi comme je vous le demande ; c'est-à-dire ne me dites pas, comme tout le monde je le sais me le dirait : « Mais Cher Ami, Grasset sera enchanté de vous éditer à ses frais à lui et en vous faisant de belles conditions. Vous avez trop de talent pour payer votre édition comme un amateur. D'ailleurs c'est détestable, cela se saura, vous ridiculisera et un éditeur ne s'occupe pas d'un livre fait dans ces conditions. » Tout cela (sauf le talent que j'ignore) est vrai. Mais mon cher ami je suis très malade, j'ai besoin de certitude et de repos. Si M. Grasset édite le livre à ses frais, il va le lire, me faire attendre, me proposer des changements, de faire des petits volumes, etc. Et aura raison au point de vue du succès. Mais je recherche plutôt la claire présentation de mon œuvre. Ce que je veux c'est que dans huit jours vous puissiez me dire, c'est une *affaire* conclue, votre livre paraîtra à telle date. Et cela n'est possible qu'en payant l'édition. Pour que M. Grasset soit plus de connivence avec la réussite, je lui serais reconnaissant de me prendre en outre un tant pour cent sur la vente. De cette façon il ne dépensera pas un sou, gagnera peut-être un rien (car je n'espère guère que le livre se vende au moins avant que le public s'y soit peu à peu accoutumé) mais je crois que l'ouvrage, très supérieur à ce que j'ai jamais fait, lui fera un jour honneur. J'ajoute pour dire tous les inconvénients d'abord qu'il y a, dès la première partie dont je puis dans les vingt-quatre heures faire remettre le manuscrit à M. Grasset s'il accepte, des pages très indécentes ; et que dès la seconde (celle qui paraîtra dix mois après) d'autres qui le sont encore plus. Mais le caractère de l'œuvre est si grave et la tenue si littéraire que cela ne peut être un obstacle. – Enfin j'aimerais (mais ceci n'a plus qu'une importance tout à fait secondaire) que pendant quelque temps ceci reste entre vous, M. Grasset et moi (ma demande d'être édité à mes frais). Non pas par amour-propre ; je le proclamerais très franchement le moment venu. Mais en ce moment je crains certaines complications. Ainsi j'ai dit à certaines personnes (et les lettres que je vous montrerai vous prouveront que je disais vrai) qu'un éditeur fort célèbre avait demandé à éditer ce livre à ses frais et à des conditions brillantes pour moi. Tout le monde croira que j'ai menti si on me voit demander comme une faveur une édition à compte d'auteur. Ou bien on me trouvera falot, et le côté « personnage de Tristan Bernard » de cette lettre s'en trouve accru. Je vois d'ici Antoine Bibesco téléphonant à M. Grasset que j'ai beaucoup de talent, que c'est à lui à me payer, etc... Je crois qu'il vaut mieux éviter les complications adventices autour d'une édition qui est une chose fort grave pour moi et fort ennuyeuse pour un éditeur mis en présence d'un ouvrage de cette longueur. Remarquez que j'ai tellement peu l'habitude de cela (je n'ai jamais publié que *Les Plaisirs et les Jours* que Calmann avait fait à ses frais et mes Ruskin au Mercure dans les mêmes conditions avantageuses) que je ne me rends pas compte si malgré tout ce que j'offre, c'est encore un *service* à demander à M. Grasset. Si vous croyez que oui et que pour l'obtenir il serait bon de me faire parallèlement recommander par un homme « d'âge », je suis convaincu que Barrès ou Hervieu ou Régnier ou Calmette le feraient très volontiers. Tout ce que je crains c'est qu'ils ne veuillent pas du compte d'auteur. D'où retards, indécisions, incertitudes, et peut-être refus. Alors nouvelles fatigues, autre éditeur, etc., tout ce que je veux éviter à tout prix. Dites à M. Grasset tout ce que vous penserez pouvoir lui faire dire un oui ferme et irrévocable ; ne lui dites pas que j'ai du talent, d'abord parce que ce n'est peut-être pas vrai, ensuite parce qu'il ne faut pas trop décourager les gens dès le commencement. Mais on me dit qu'il est tellement intelligent que cela même ne le découragerait peut-être pas. J'ai entendu depuis quelques années dire des merveilles de lui. Même c'est un regret de penser que j'aurais si peu à faire à lui. Car tant que ma présence ne sera pas indispensable, c'est plutôt Reynaldo qui ira le voir pour moi ; car je ne peux bouger que si difficilement. Ne lui dites pas non plus la raison de la gravité de mon état. Car si après cela on vit encore quelque temps on ne vous le pardonne pas. Je me rappelle des gens qui ont « traîné » des années. On avait l'air de croire qu'ils avaient joué la comédie. Comme Gautier avait tant tardé à partir pour l'Espagne que des gens lui disaient : « Vous êtes revenu », ne pouvant admettre que je ne sois pas mort, on dirait que je suis « réincarné » (le nouveau livre de Maeterlinck[1], – si robuste pour parler de choses si délicates, magnifique 120 chevaux, marque mystère, familiarisé avec les conceptions si l'on peut dire[2]). Enfin, cher ami, dernière chose car cela me fatigue tellement de commencer une lettre que je voudrais tout vous dire dans celle-ci (et j'ai omis les trois quarts) voudriez-vous prendre en note de ne pas me téléphoner sur ces choses (ou du moins si vous me téléphonez de n'en parler qu'à moi et si c'est mon valet de chambre qui vous répond de ne pas lui donner d'explications) de mettre un cachet de cire à vos lettres (et M. Grasset aussi). Je voudrais que M. Grasset dise quand le livre pourra paraître afin que je puisse peut-être donner quelques extraits. Je souhaiterais « *mai* » mais je ne sais si je pourrai corriger assez vite autant d'épreuves. Je voudrais du moins qu'elles commencent tout de suite. Et à ce propos ne croyez pas que mon livre soit un recueil d'articles. Mes deux derniers articles du *Figaro* en étaient des extraits, ce qui n'a aucun rapport. Mes

---

1. Maurice Maeterlinck, *La Mort*.
2. Cf. la proximité des termes utilisés par Proust au moment de la parution en feuilleton, dans *Le Figaro*, de ce même livre de Maurice Maeterlinck, dans la lettre de [fin août 1911] à Georges de Lauris, *supra*, p. 179.

autres articles du *Figaro*, j'en ferai un recueil, si je peux les retrouver, mais plus tard et chez un autre éditeur. Quant à ce livre-ci, c'est au contraire un tout très composé, quoique d'une composition si complexe que je crains que personne ne le perçoive et qu'il apparaisse comme une suite de digressions. C'est tout le contraire. – Voyez si vous pouvez me rendre ce service, il est immense, mais seulement s'il est complet, définitif et certain.

Votre tout dévoué

Marcel Proust.

_____

à Robert de Flers

[Début novembre 1913][1]

Pardon de t'ennuyer encore.

Mon éditeur Grasset voudrait qu'on annonçât dans un écho du *Figaro* la prochaine apparition de mon livre[2]. Comme M. Hébrard[3] a chargé un de ses rédacteurs de m'interroger et de faire sur moi un article d'« atmosphère », je voulais attendre cela qui aurait fourni les éléments de la note, mais comme je ne sais quel jour je serai assez bien pour voir ce monsieur, j'ai peur que cela retarde trop car il faudrait que cette note passât d'ici un jour ou deux. Mon livre paraît le 14 et ceci est une « indiscrétion » littéraire (langage d'éditeur). L'ouvrage total s'appellera *À la recherche du temps perdu* ; le volume qui va paraître

_____

1. Lettre publiée dans *Corr. Gén.* (IV, 98-99) ; *Kolb* (XII, 298-299).

2. Collaborateur du *Figaro*, Robert de Flers en deviendra le directeur en 1921.

3. Directeur du journal *Le Temps*.

(dédié à Calmette) : *Du côté de chez Swann*. Le second : *Le Côté de Guermantes* ou peut-être : *À l'ombre des jeunes filles en fleurs* ou peut-être *Les Intermittences du cœur*. Le troisième : *Le Temps retrouvé* ou peut-être *L'Adoration perpétuelle*. Ce qu'il faut dire c'est que ce ne sont nullement des articles du *Figaro* mais un roman à la fois plein de passion et de méditation et de paysages. Surtout c'est très différent des *Plaisirs et les Jours* et n'est ni « délicat », ni « fin ». Cependant une partie ressemble (mais en tellement mieux) à *La Fin de la jalousie*. Je voudrais que le long silence que j'ai gardé et qui m'a laissé inconnu quand d'autres avaient l'occasion de se faire connaître ne fît pas qu'on annonçât cela comme un livre dénué d'importance. Sans y en attacher autant que certains écrivains qui s'en exagèrent certainement la valeur, j'y ai mis toute ma pensée, tout mon cœur, ma vie même. Si en quelques lignes tu peux annoncer ce livre, tu me ferais bien grand plaisir.

Tout à toi,

Marcel Proust.

———

à Paul Souday

11 décembre 1913[1]

Monsieur,

Je ne veux pas user d'un procédé que vous pourriez trouver désobligeant en vous répondant dans *Le*

———

1. Lettre publiée dans *Corr. Gén.* (III, 62-63) ; *Kolb* (XII, 380-383).

Temps, comme j'en aurais cependant le droit[1]. Certes, je ne pourrais que vous remercier de la bienveillance avec laquelle vous avez parlé de moi, dans la seconde partie de votre article, si vous ne m'aviez, dans la première, rendu responsable comme d'autant de fautes de français, de fautes d'impression bien trop nombreuses, je le reconnais, mais aussi bien évidentes. Mon livre peut ne révéler aucun talent ; il présuppose du moins, il implique assez de culture pour qu'il n'y ait pas invraisemblance morale à ce que je commette des fautes aussi grossières que celles que vous signalez. Quand, dans votre article, j'ai lu : « M. Marcel Proust fait preuve d'*une* sens très aiguisé », etc., je n'ai pas pensé : « M. Souday ignore que le mot *sens* est du masculin. » Je suppose que lorsque, dans mon livre, vous avez vu « destinaire » pour « destinataire » (p. 50) ; « conservation » pour « conversation » ; « s'il était resté longtemps *sur la voie* » pour « s'il était resté longtemps sans la voir » (p. 456), vous n'avez pas cru à des fautes d'ignorance. Il serait, cependant, aussi extraordinaire que j'ignorasse les règles de l'accord des temps. Je vous assure que si le « vieil universitaire » que vous proposez d'adjoindre aux maisons d'édition n'avait à corriger que mes fautes de français, il aurait beaucoup de loisirs. Permettez-moi d'ajouter (puisque, cette lettre n'étant pas destinée à la publicité, vous ne pouvez être offensé de cette malice) qu'il pourrait en employer une partie à

_____

1. Cette lettre fait suite à la parution, dans *Le Temps* du 10 décembre 1913, d'un article du critique littéraire permanent de ce journal depuis 1912, Paul Souday, sur *Du côté de chez Swann*. Proust en gardera longtemps le souvenir, la signalant ainsi à Robert de Montesquiou en 1916 et la jugeant décidément « assez spirituelle » – non sans ajouter aussitôt « c'est-à-dire fort différente de celles que vous connaissez de moi » (*Kolb*, XV, 181).

Près de neuf ans plus tard, quelques mois avant sa mort, Proust aura à nouveau l'occasion de déplorer – comme ici – un « réquisitoire prétendu grammatical » de Souday à l'occasion de la sortie de *Sodome et Gomorrhe II*. Mais s'étant lié entre-temps avec Souday, il se contentera de faire mention de la chose dans une lettre à Gaston Gallimard (*Kolb*, XXI, 206 et notes 17 et 18, p. 207, appelées p. 206).

vérifier vos citations latines. Il ne manquerait pas de vous avertir que ce n'est pas Horace qui a parlé d'un ouvrage où *Materiam superabat opus*, mais Ovide, et que ce dernier poète avait dit cela non pas sévèrement, mais en manière d'éloge[1]. Il reste que les conditions déplorables dans lesquelles j'ai dû faire corriger les épreuves de ce livre (conditions qui ne regardent pas le public, je le reconnais, et dont il a le droit de ne pas tenir compte) ont eu pour conséquence de me faire publier un livre plein de fautes énormes, mais dont l'énormité même déclarait assez qu'elles n'étaient pas imputables à l'auteur.

Veuillez agréer, monsieur, avec tous mes remerciements, l'expression de mes sentiments les plus distingués.

Marcel Proust.

———

à Jacques Rivière

102 boulevard Haussmann.
[Début février 1914][2]

Monsieur,

Enfin je trouve un lecteur qui *devine* que mon livre est un ouvrage dogmatique et une construction ! Et quel bonheur pour moi que ce lecteur, ce soit vous. Car les sentiments que vous voulez bien m'exprimer, je les ai souvent ressentis en vous lisant ; de sorte que chacun de notre côté nous avons fait les premiers pas

———

1. Le fragment est extrait des *Métamorphoses* d'Ovide : « l'art surpassait la matière » (I, 2).
2. Lettre publiée dans *Rivière* (1-3) ; *Kolb* (XIII, 98-101).

l'un vers l'autre et posé les jalons d'une amitié spirituelle. Vous ne trouvez pas mon livre sans défauts, je
n'aime pas vos articles sans réserves. Mais cela n'empêche pas d'aimer ; quoique vous ayez dit de Stendhal
dans une parenthèse indignée, absurde et charmante : « Il juge ses amis [1] ! » J'ai trouvé plus probe et
plus délicat comme artiste de ne pas laisser voir,
de ne pas annoncer que c'était justement à la
recherche de la Vérité que je partais, ni en quoi elle
consistait pour moi. Je déteste tellement les ouvrages
idéologiques où le récit n'est tout le temps qu'une
faillite des intentions de l'auteur que j'ai préféré ne
rien dire. Ce n'est qu'à la fin du livre, et une fois les
leçons de vie comprises, que ma pensée se dévoilera.
Celle que j'exprime à la fin du premier volume [2], dans
cette parenthèse sur le bois de Boulogne que j'ai dres-
sée là comme un simple paravent pour finir et clôtu-
rer un livre qui ne pouvait pas pour des raisons
matérielles excéder cinq cents pages, est *le contraire*
de ma conclusion. Elle est une étape, d'apparence
subjective et dilettante, vers la plus objective et
croyante des conclusions. Si on en induisait que ma
pensée est un scepticisme désenchanté, ce serait
absolument comme si un spectateur ayant vu, à la fin
du premier acte de *Parsifal*, ce personnage ne rien
comprendre à la cérémonie et être chassé par
Gurnemantz, supposait que Wagner a voulu dire que
la simplicité du cœur ne conduit à rien. Dans ce premier volume vous avez vu le plaisir que me cause la
sensation de la madeleine trempée dans le thé, je dis
que je cesse de me sentir mortel etc. et que je ne
comprends pas pourquoi. Je ne l'expliquerai qu'à la
fin du troisième volume [3]. Tout est ainsi construit. Si

---

1. Allusion à l'article du destinataire, « De la sincérité envers soi-
même », paru dans *La Nouvelle Revue française* du 1er janvier 1912.
2. *Du côté de chez Swann*, paru le 14 novembre 1913.
3. À l'époque de la présente lettre, Proust prévoit encore de
découper son livre en seulement trois volumes. Le troisième
volume dont il est ici question comprend ainsi la fin de la
Recherche, qui sera publiée après la mort de l'écrivain sous le titre
Le Temps retrouvé.

Swann confie si bénévolement Odette à M. de Charlus (ce qui me donne l'air d'avoir voulu rééditer les banales situations de mari confiant en l'amant de sa femme) c'est que M. de Charlus bien loin d'être l'amant d'Odette est un homosexuel qui a horreur des femmes et Swann le sait. Vous verrez de même dans le troisième volume la raison profonde de la scène des deux jeunes filles [1], des manies de ma Tante Léonie etc.

Non, si je n'avais pas de croyances intellectuelles, si je cherchais simplement à me souvenir et à faire double emploi par ces souvenirs avec les jours vécus, je ne prendrais pas, malade comme je suis, la peine d'écrire. Mais cette évolution d'une pensée, je n'ai pas voulu l'analyser abstraitement mais la recréer, la faire vivre. Je suis donc forcé de peindre les erreurs, sans croire devoir dire que je les tiens pour des erreurs ; tant pis pour moi si le lecteur croit que je les tiens pour la vérité. Le second volume accentuera ce malentendu. J'espère que le dernier le dissipera. Il m'est bien doux de sentir que du moins il n'y en a pas eu entre vous et moi et je vous prie d'agréer, pour la bonté que vous avez eue de me le dire, ma très profonde (et j'espère que vous me permettrez un jour d'ajouter très affectueuse) reconnaissance

Marcel Proust.

---

1. Allusion à la scène homosexuelle/sadique où sont aux prises Mlle Vinteuil et son amie, ultérieurement éclairée dans *La Prisonnière* (*RTP*, III, 765-767).

à André Gide

102, boulevard Haussmann,
6 mars [1914][1]

Mon cher Gide,

Je ne vous remercierai pas aussi vite de votre hin-
dou[2], préférant attendre de l'avoir bien lu, si je
n'avais grand plaisir à vous dire que je suis toujours
le captif anxieux et ravi de vos *Caves du Vatican*. Ce
n'est pas ma faute si vous nous donnez à admirer
simultanément des choses si différentes – si différentes qu'il est confondant et bien beau qu'un même
être puisse tenir tout « l'entre-deux ». Je trouve bien
noble et haute l'humilité dont vous faites preuve
devant Tagore, et je la relie à votre conscience de
juré[3]. Mais dans la création de Cadio[4], personne ne
fut plus objectif avec autant de perversité depuis
Balzac et *Splendeurs et misères*. Encore, je pense, que
Balzac était aidé, pour inventer Lucien de Rubempré,
par une certaine vulgarité personnelle. Il y a un certain « grain de peau », dans les propos de Lucien,
dont le naturel nous enchante, mais qu'on retrouve
souvent chez Balzac et même dans sa correspondance. Tandis que vous, pour créer Cadio !... J'aurais
beaucoup à vous dire de ce roman, plus passionnant
qu'un Stevenson, et dont les épisodes convergent,
composés comme dans une rose d'Église. C'est à
mon goût la composition la plus savante, mais je n'ai
peut-être pas le droit de dire cela, puisque, ayant mis
tout mon effort à composer mon livre, et ensuite à

---

1. Lettre publiée dans *Gide* (24-27) ; *Kolb* (XIII, 107-110).
2. Le destinataire avait envoyé à Proust sa traduction de
L'Offrande lyrique (Gitanjali) de Rabindranāth Tagore, parue aux
éditions de la Nouvelle Revue française au début de 1914.
3. Gide avait fait paraître en feuilleton des *Souvenirs de la cour
d'assises* dans *La Nouvelle Revue française* des 1er novembre et
1er décembre 1913.
4. Personnage des *Caves du Vatican*.

effacer les traces trop grossières de composition, les meilleurs juges n'ont vu là que du laisser-aller, de l'abandon, de la prolixité. Il y a certaines choses que je ne peux aimer, dans vos *Caves du Vatican*, qu'en me forçant. Je ne parle pas seulement des boutons de Fleurissoire[1], mais de mille détails matériels ; moi je ne peux pas, peut-être par fatigue, ou paresse, ou ennui, relater, quand j'écris, quelque chose qui ne m'a pas produit une impression d'enchantement poétique, ou bien où je n'ai pas cru saisir une vérité générale. Mes personnages n'enlèvent jamais leur cravate, ni même n'en renouvellent le « jeu » (comme au commencement d'*Isabelle*[2]). Mais je crois que c'est vous qui avez raison. Cet effort que je suis obligé de faire en suivant Fleurissoire chez le pharmacien, Balzac longtemps me l'imposa, et la réalité, la vie. Enfin je lis votre roman avec passion. C'est vraiment une Création, dans le sens génésique de Michel-Ange ; le Créateur est absent, c'est lui qui a tout fait et il n'est pas une des créatures. Je vous vois réglant les allées et venues de Fleurissoire comme le Dieu colérique de la Sixtine installant la lune dans le ciel. Je sens tout le ridicule de cette lettre qui est plutôt un remerciement anticipé pour *Les Caves du Vatican*, si vous me l'envoyez[3]. Mais non, *je vous demande de ne pas me l'envoyer*. Et quand il paraîtra, je vous écrirai une nouvelle lettre, cette fois sur Tagore. Croyez à mes sentiments amicalement dévoués.

Marcel Proust.

Je ne sais si je vous ai dit que j'ai trouvé votre préface admirable.

---

1. Autre personnage des *Caves du Vatican*.
2. Roman du destinataire.
3. Proust lit *Les Caves du Vatican* dans le feuilleton qu'en propose *La Nouvelle Revue française* depuis janvier 1914.

à Louis Brun

[Mi-avril 1914] [1]

Cher Monsieur,

Voici la copie du petit écho : « Notre critique d'art a signalé l'éclatant succès de l'exposition de J.-É. Blanche. On sait moins que ce rare portraitiste se double d'un remarquable écrivain. *L'Écho de Paris* nous en donne une preuve nouvelle et qui nous est particulièrement agréable en publiant une longue étude de J.-É. Blanche sur notre éminent collaborateur Marcel Proust et sur son roman *Du côté de chez Swann*. M. Blanche a tracé à la plume un portrait puissamment évocateur, qui ne le cède en rien à ses portraits peints. »

Votre bien cordialement dévoué

Marcel Proust.

———

à André Gide

[Vers le 11 juin 1914] [2]

Cher ami,

Je vous remercie mille fois d'avoir eu la gentillesse de m'écrire ; je crains que ce que j'ai voulu dire ait bien peu passé dans mes phrases et que ce qui seul m'a

---

1. Lettre publiée dans *Stratégie* (97-98) ; *Kolb* (XIII, 153). Proust communique ici à l'un des collaborateurs de son éditeur Bernard Grasset le petit écho qu'il a lui-même rédigé, pour paraître dans *Le Figaro* du 18 avril 1914, au sujet de l'article de Jacques-Émile Blanche, « Du côté de chez Swann », qui avait paru dans *L'Écho de Paris* du 15 avril 1914.

2. Lettre publiée dans *Gide* (38-42) ; *Kolb* (XIII, 245-247).

paru valoir la peine d'écrire demeure inconnu. Vous êtes trop bon de penser aussi à mes ennuis et à mes chagrins ; hélas, la mesure a été comblée par la mort d'un jeune homme [1] que j'aimais probablement plus que tous mes amis puisqu'elle me rend si malheureux. Bien que de la plus humble « condition » et n'ayant aucune culture, j'ai de lui des lettres qui sont d'un grand écrivain. C'était un garçon d'une intelligence délicieuse ; et ce n'est pas du reste du tout pour cela que je l'aimais. J'ai été longtemps sans m'en apercevoir, moins longtemps que lui d'ailleurs. J'ai découvert en lui ce mérite si merveilleusement incompatible avec tout ce qu'il était, je l'ai découvert avec stupéfaction, mais sans que cela ajoutât rien à ma tendresse. Après l'avoir découvert, j'ai eu seulement quelque plaisir à le lui apprendre. Mais il est mort avant de bien savoir ce qu'il était, et même avant de l'être entièrement. Tout cela est mêlé à des circonstances si affreuses que, déjà brisé comme je l'étais, je ne sais comment je peux porter tant de chagrin. Merci aussi d'avoir été indulgent à Monsieur de Charlus. J'essayai de peindre l'homosexuel épris de virilité parce que, sans le savoir [2], il est une Femme. Je ne prétends nullement que ce soit le seul homosexuel. Mais c'en est un qui est très intéressant et qui, je crois, n'a jamais été décrit. Comme tous les homosexuels du reste, il est différent du reste des hommes, en certaines choses pire, en beaucoup d'autres infiniment meilleur. De même qu'on peut dire : « Il y a un certain rapport entre le tempérament arthritique ou nerveux de telle personne et ses dons de sensibilité, etc. », je suis convaincu que c'est à son homosexualité que Monsieur de Charlus doit de comprendre tant de choses qui sont fermées à son frère le Duc de Guermantes, d'être tellement plus fin, plus sensible. Je l'ai marqué dès le début. Malheureusement

---

1. Alfred Agostinelli.

2. On relève un parallèle entre le développement initial sur Alfred Agostinelli, « mort avant de bien savoir ce qu'il était », et l'homosexuel « sans le savoir ».

l'effort d'objectivité que je fais là comme partout rendra ce livre particulièrement haïssable. Dans le troisième volume en effet, où Monsieur de Charlus (qui
ne fait qu'apparaître en celui-ci) tient une place considérable, les ennemis de l'homosexualité seront révoltés
des scènes que je peindrai[1]. Et les autres ne seront pas
contents non plus que leur idéal viril soit présenté
comme une conséquence d'un tempérament féminin.
Quant à ce volume-ci (où d'ailleurs Monsieur de
Charlus paraîtra ailleurs que dans le passage que vous
avez lu[2]), je ne sais si je dois lui laisser le titre *Le Côté
de Guermantes*. Dans les romans russes, anglais, dans
les vieux romans français, on met premier volume,
deuxième volume, et personne ne s'étonne qu'une
« Partie », commencée à la fin du deuxième volume,
s'achève au commencement du troisième. Mais avec
les titres pour chaque volume ! En réalité, la première
partie du *Côté de Guermantes* se passe encore du côté
de chez Swann, et le premier tiers du troisième volume
se passe du côté de Guermantes. Faut-il laisser ce titre
et expliquer cette inexactitude dans une note, ou trouver un autre titre pour le second volume ?

Quant à mon titre général *À la recherche du temps
perdu*, l'explication qu'en a donnée Monsieur Ghéon[3]
m'a vraiment porté malheur, car (ce qui montre du

---

1. Proust songe ici notamment à la scène initiale de *Sodome et
Gomorrhe*, devenu à sa parution en 1921 (sous le titre *Le Côté de
Guermantes II – Sodome et Gomorrhe I*) le tome IV de la *Recherche*.
2. Le passage en question est celui publié par *La Nouvelle Revue
française* du 1er juin 1914, sous le titre *À la recherche du temps perdu*.
3. Henri Ghéon, « Notes : Le roman. *Du côté de chez Swann (À
la recherche du temps perdu), par Marcel Proust* », *La Nouvelle Revue
française*, 1er janvier 1914 : « Voilà une œuvre de loisir, dans la plus
pleine acception du terme. Je n'en tire pas argument contre elle.
Sans doute le loisir est-il la condition essentielle de l'œuvre d'art ?
Il peut aussi la rendre vaine. – Toute la question est de savoir, si
l'excès de loisir n'a pas conduit l'auteur à passer ici la mesure et
si quelque plaisir que nous prenions à le suivre, nous pouvons le
suivre toujours. On sent que M. Marcel Proust a devant lui tout
le temps qu'il faut pour mûrir, combiner, réussir un ouvrage considérable. Tout le temps est à lui : il en profite à sa façon. Il le
considère d'avance comme du temps perdu. »

reste la grande influence qu'il exerce) il n'est plus un critique, hollandais ou breton, qui ne me « resserve », en moins bon langage, ses reproches. Il semble bien pourtant que ce « Temps perdu » signifie « Passé », et puisque j'annonçais le troisième volume sous le titre : *Le Temps retrouvé*, c'était bien dire que j'allais *vers* quelque chose, que tout cela n'était pas une vraie évocation de dilettante. Fallait-il donc dès le début annoncer ce que je ne découvrirais qu'à la fin ? je ne le crois pas, pas plus que je ne crois qu'il ait été d'un artiste de dévoiler tout de suite que si Swann laissait Monsieur de Charlus sortir avec Odette, c'était parce que celui-ci avait été épris de Swann dès le collège, et qu'il savait n'avoir pas à être jaloux. Cher ami, j'aime tant causer avec vous que je me fatigue trop ; je vous dis adieu et je vous remercie encore en vous assurant de mes sentiments bien profondément affectueux et admiratifs.

Marcel Proust.

————

à madame Anatole Catusse

17 octobre 1914[1]

Chère Madame,

Vous avez deviné j'espère, à travers mon silence, l'émotion avec laquelle j'avais lu votre lettre, et que ce silence, ce retard à vous répondre avaient une raison. C'est celle-ci : j'ai été pris dans le train, en quittant Cabourg, d'une crise d'étouffement infiniment plus violente que mes crises quotidiennes ; par malchance, les médicaments qui auraient pu me calmer étaient dans une malle enregistrée. Le chef de train qui n'était pas

————

1. Lettre publiée dans *Catusse* (119-122) ; *Kolb* (XIII, 306-308).

« un ami de Montaigne[1] » refusa au serviteur qui m'accompagnait (et auquel je n'avais rien pu demander étant incapable de parler, mais qui voyait ma souffrance) de chercher dans les bagages. Enfin l'autre croyant que j'allais mourir, monte plus ou moins de force dans le fourgon des bagages, cherche dans les malles en cours de route, et enfin à Évreux arrive avec le remède. Mais je suis resté quelques jours bien incapable d'écrire. Je suis honteux de parler ainsi de moi en ce moment où tout le monde souffre plus que moi, et plus utilement, et surtout de parler ainsi à la mère d'un jeune héros[2]. Mais c'est justement par peur qu'elle ne me suppose indifférent quand je pense constamment à elle et à lui. Je tenais à ce que vous sachiez l'impossibilité matérielle où j'avais été d'écrire de par cette souffrance que je bénis, d'ailleurs, car je suis un peu moins humilié de ne pas courir les dangers des autres, en n'étant pas heureux non plus. En revanche, je crains beaucoup d'être « contre-réformé », car je ne sais pas un mot du métier d'officier d'administration (c'est avec ce titre que j'ai été rayé des cadres il y a deux ans) et si je devais en exercer les fonctions, sans parler de l'incapacité résultant de ma santé, je me demande quel trouble je n'apporterais pas dans les services. Si j'avais su que vous étiez amie du directeur du service de santé de Montluçon (faisant justement partie des services de santé) je serais venu, si vous aviez pu me recommander à lui, à Montluçon, pour qu'il se rendît compte de mon état et maintînt ma réforme. Un voyage à Montluçon eût été une terrible fatigue pour moi, mais je l'aurais réparée par des mois de lit, tandis qu'une fatigue qui durerait toute la guerre serait, dès les premiers jours, au-dessus de la force de résistance de mon cœur et de mes reins. Mais quel bonheur que vous ayez eu cet ami précieux pour Charles, empêchant sa blessure de

---

1. Voir à la fin de la présente lettre l'allusion à une anecdote précédemment racontée à Proust par la destinataire, au sujet du chef de la gare de Montluçon.
2. Charles Catusse, le fils de la destinataire, avait été blessé dès le début de la Première Guerre mondiale.

s'envenimer, faisant tomber sa fièvre, le guérissant, ose-rai-je dire, trop vite, puisque Charles pense déjà à repartir. Tâchez de lui faire comprendre que, pas seule-ment pour vous, mais même pour son devoir militaire, il ferait une folie de partir trop tôt et insuffisamment guéri. J'ai été un peu épouvanté de voir dans votre lettre qu'il se promenait déjà ! Ne pourriez-vous le faire rester un peu couché ? Je ne doute pas que son intelligence jointe à son courage ne doive donner de très beaux résultats militaires, mais, malgré moi je me dis qu'il y a beaucoup d'officiers distingués et qu'il n'y a qu'une Madame Catusse. Et je voudrais que fût abrégé le plus possible le temps où elle se dévorera d'inquiétudes. Vous trouverez peut-être ces conseils bien pacifiques et je vous demande de ne pas croire qu'ils viennent d'une âme vulgaire. Mais je n'ai jamais compris qu'on fît de l'héroïsme pour le compte des autres. Bien humble comparaison : je n'ai jamais voulu que mes témoins arrangent une affaire pour moi [1], mais, quand j'ai été témoin j'ai toujours évité le duel à mon client. Ce que vous dites de l'hôpital de Montluçon me fait bien plai-sir. Que Charles ne peut-il y former le souhait de Viollet-le-Duc devant l'hôpital de Beaune, (il le trouvait si beau, et non sans raison, qu'il disait qu'on ne pouvait traverser Beaune sans souhaiter d'y tomber malade pour rester le plus longtemps possible à l'hôpital). Quelle ville où même le chef de gare lit, cite, et applique si bien Montaigne ! Tout cela semble fait pour vous. Je voudrais vous dire encore bien des choses, mais la fatigue me fait à la lettre tomber la plume des mains.

Votre respectueux ami,

Marcel Proust.

Marthe m'écrit que Robert [2] a été cité à l'ordre du jour de l'armée et fait capitaine. Mais je n'ai lu cela nulle part.

----

1. Allusion au duel qui avait eu lieu entre Proust et Jean Lorrain, le 6 février 1897, à la suite d'un article fielleux de celui-ci lors de la parution des *Plaisirs et les Jours*.
2. Robert et Mme Robert Proust.

à Lucien Daudet

[Fin février 1915] [1]

Mon cher petit, si vous voyez Mme de X... [2] à qui je trouve excessif d'écrire pour cela, voulez-vous démentir ceci qui me désole : elle a dit, paraît-il que quand on me parlait de la guerre je répondais : « La Guerre ? Je n'ai pas encore eu le temps d'y penser. J'étudie en ce moment l'affaire Caillaux. » Je ne me suis jamais occupé de l'affaire Caillaux, ne connaissant pas les Caillaux. Je n'ai donc jamais dit à personne que j'étudiais l'affaire Caillaux. Ce n'est pas seulement inexact, c'est une invention absurde. Quant à l'autre partie du propos, c'est plus insensé encore. J'ai toutes les raisons du monde, hélas ! de n'avoir pas cessé une minute de penser à la guerre depuis la veille de la mobilisation où j'ai conduit mon frère à la gare de l'Est, et même suivant « stratégiquement » ce qui est assez touchant et ridicule sur une carte d'état-major. Il est vrai que Boche ne figure pas dans mon vocabulaire, et que les choses ne me paraissent pas aussi claires qu'à certaines personnes, mais jamais je n'ai dit que cela ne m'intéressait pas, car c'est mon anxiété de tous les instants. Je suis sûr que si Mme de X... dit cela c'est qu'on le lui a dit (et je voudrais bien savoir qui). Mais on lui a dit un stupide mensonge, et qui n'a même pas pour excuse ou amorce la moindre parole même comprise de travers, n'ayant jamais rien dit d'analogue.

Mon cher petit, je n'ai pas dû non plus bien m'expliquer sur la question dont vous me parlez, car je n'ignore rien des noblesses de votre nature. Pourquoi donner une fausse interprétation à une plaisanterie

---

1. Lettre publiée dans *Cahier* (V, 135-136) ; *Kolb* (XIV, 66-67). Le texte de la présente lettre, conservée dans une collection particulière, demeure partiellement inédit.
2. La princesse Lucien Murat.

que je n'aurais pas dû faire si elle a pu vous faire douter de ma confiance et de ma tendresse...

Je vous embrasse de tout mon cœur.

Votre

Marcel.

P.-S. – J'ai voulu vous faire téléphoner pour avoir des nouvelles de Madame votre Mère. Si je ne l'ai pas fait luttant contre le grand désir de savoir si elle n'avait pas été fatiguée d'être restée levée, c'est par peur que vous ne croyiez que c'était pour vous faire venir et abuser de la gentillesse que vous avez eue ces deux soirs.

————

à Lucien Daudet

[Mi-mars 1915] [1]

Mon cher petit,

Vous êtes cruel d'avoir « relu » mes imbéciles dernières lettres. Il est vrai que vous n'aviez pas dû les lire bien, comme je pourrais vous le prouver matériellement, mais cela n'en vaut pas la peine. Je viens de recevoir à l'instant votre lettre pleine de choses ravissantes, et j'interromps ma fumigation pour vous en remercier [...] [2].

[...] (Imaginez-vous que lisant sept journaux tous les jours, et relisant dans les sept le même sous-marin

————

1. Lettre publiée dans *Cahier* (V, 141-143) ; *Kolb* (XIV, 76-80). Le texte de la présente lettre, conservée dans une collection particulière, demeure partiellement inédit.

2. Lacune, comme plus bas, dans le texte actuellement disponible.

coulé, ce qui fait que je crois qu'on en a coulé sept, et ensuite rectifiant mon tir grâce à cette expérience, que quand on en a coulé plusieurs je crois que c'est toujours le même.) Savez-vous quelle est la « clé » de *Prince d'Allemagne* de Foley [1] ?...

[...] J'avais lu seulement le premier numéro du feuilleton dont vous me parlez, d'une sincérité bien maladroite au sujet des causes de la déclaration de guerre, mais tout cela racheté par la merveilleuse bêtise [2]. J'ai beaucoup de choses insignifiantes et amusantes à vous dire, mais inécrivables.

Quant au potin de Mme de X... [3], je ne m'en suis plus occupé, mais j'ai appris, les choses venant à vous d'elles-mêmes dès qu'on ne les poursuit plus, que le mot avait été fabriqué par *** [4], persuadé qu'il « synthétisait » par là ma vie sous cloche, et très étonné que je ne fusse pas ravi.

Je ne peux pas dire combien cela montre (quelles que soient mon affection et admiration pour ***) combien à certains égards, il m'est incompréhensible. Il m'a toujours manqué une certaine dose de gaminerie, et de métaphysique qui est nécessaire pour « inventer » de ces « synthèses ». Pour ce qui est du côté « farce », peut-être êtes-vous plus près que moi de ***, mais en revanche, mon cher petit, je crois que nous avons tous les deux un trait commun, un trait commun qui est très particulier à nous deux, et donnera d'ailleurs aux gens, pendant quelque temps, une moins bonne idée de nous que nous ne méritons. C'est que chez nous deux, s'il y a communication à « l'aller » de la vie à la littérature (la vie nourrissant la littérature), il n'y a par contre aucune communication, aucun « retour » de la littérature à la vie. Nous

---

1. Charles A'Court Foley, *Prince d'Allemagne*, roman paru en feuilleton dans *L'Écho de Paris* du 6 janvier au 4 mars 1915.
2. Selon Philip Kolb, il s'agit de l'*Histoire illustrée de la guerre de 1914* de Gabriel Hanotaux, annoncée le 3 janvier 1915 pour paraître en feuilleton dans *Le Figaro* à partir du 7 (*Kolb*, XIV, 79, note 6, appelée p. 76).
3. Cf. *supra* la lettre au même destinataire de [fin février 1915], et la note 2, p. 224.
4. Jean Cocteau.

ne permettons pas à la littérature de teindre, de fausser les rapports sociaux, et d'altérer la morale habituelle de ces rapports. C'est du moins une idée que je me fais, et qui ne serait très claire que très développée, si j'étais moins malade et vous plus patient.

En rangeant un tiroir, j'ai retrouvé la belle lettre de Jammes dont je vous ai souvent parlé, et j'ai regretté de ne pas vous l'avoir montrée, car elle est ma fierté. Je ne peux pas décemment vous dire : « Telle personne a dit de *Swann* que, etc. » mais vous connaissez Jammes, vous montrer sa lettre était tout naturel, et si flatteur. Enfin ! Au revoir mon cher petit. Je vous jure que je pense bien à votre isolement à la Dickens. Je vous embrasse tendrement, mon cher petit.

Votre

Marcel.

J'ai par hasard ouvert un volume du *Journal* des Goncourt (le véronal me fait tellement perdre la mémoire, en ce moment, que je vois que j'avais entièrement oublié ce volume dont sérieusement je ne me rappelle plus *rien*). C'est inouï et assez grandiose dans l'horreur de ne rien se rappeler. Imaginez-vous que j'y ai trouvé des choses à ne pas croire, sur le jour de l'enterrement de Victor Hugo[1] ! J'ai cru lire un pastiche fait par vous ou moi [...]. Et de même sur ce qu'il dit de l'idolâtrie qu'on a pour son œuvre en Laponie[2]. Vous devriez, vous qui avez vu très

---

1. Edmond de Goncourt, dans son *Journal*, compare les funérailles de Victor Hugo à la promenade du Bœuf gras, mentionne des prostituées crêpées de noir sur le trajet du convoi, et se lamente de l'hugolâtrie ambiante.

2. « Berendsen aurait révélé à Huysmans, l'espèce d'adoration littéraire, qu'on aurait pour moi, en Danemark, en Botnie et autres pays entourant la Baltique, des pays où tout homme frotté de littérature qui se respecte, ne se coucherait pas – toujours au dire de Berendsen – sans lire un passage de la *Faustin* ou de *Chérie* » (Edmond de Goncourt, *Journal*, Robert Laffont, « Bouquins », 1989, t. II, p. 1159). Cette phrase doit être rapprochée du passage du pastiche des Goncourt par Proust, donné comme extrait du

enfant la Princesse Mathilde, me faire (me décrire)
une toilette d'elle, une après-midi de printemps,
presque crinoline comme elle portait, mauve, peut-
être chapeau à bride avec violettes, telle enfin que
vous avez dû la voir[1].

_____

_____

Journal « inédit » des deux frères dans *Le Temps retrouvé* : « Il y a
là [...] une grande dame russe, une princesse au nom en of qui
m'échappe [...] d'après qui j'aurais en Galicie et dans tout le nord
de la Pologne une situation absolument exceptionnelle, une jeune
fille ne consentant jamais à promettre sa main sans savoir si son
fiancé est un admirateur de *La Faustin* » (*RTP*, IV, 289). Du reste
on en trouvait déjà une trace possible dans le pastiche des
Goncourt inclus par Proust dans la série sur l'affaire Lemoine,
paru le 22 février 1908 dans le *Supplément littéraire* du *Figaro*, qui
met en scène Edmond de Goncourt et Lucien Daudet : « Et dans
l'escalier je rencontre le nouveau ministre du Japon qui me dit
aimablement avoir été longtemps en mission chez les Honolulus
où la lecture de nos livres, à mon frère et à moi, serait la seule
chose capable d'arracher les indigènes au plaisir du caviar [...]. Et
le ministre me confesse son goût de nos livres, avouant avoir connu
à Hong-Kong une fort grande dame de là-bas qui n'avait que deux
ouvrages sur sa table de nuit : *La Fille Élisa* et *Robinson Crusoé* »
(*Écrits sur l'art*, 267). On relève dans ces deux fragments prous-
tiens la présence de la « grande dame », tandis que l'« homme frotté
de littérature » d'Edmond de Goncourt, s'apprêtant à se coucher,
devient dans *Le Temps retrouvé* la « jeune fille » songeant à « promettre sa main ».
    1. Plus qu'il n'interroge Lucien Daudet, Proust expérimente ici
sa vision personnelle de la silhouette de la princesse Mathilde, ce
que confirme la lettre écrite par lui au même, quelques jours plus
tard, devant sa réponse : « Votre robe de la Princesse Mathilde ne
fait pas mon affaire » (*Kolb*, XIV, 86). Il est de fait probable que
le morceau sur la princesse était alors déjà rédigé, tel qu'il apparaît
dans *À l'ombre des jeunes filles en fleurs* : « [...] une dame âgée mais
encore belle, enveloppée dans un manteau sombre et coiffée d'une
petite capote attachée sous le cou par deux brides » (*RTP*, I, 532).

à Marie Scheikévitch

[Début novembre 1915][1]

Madame,

Madame, vous voulez savoir ce que Mme Swann est devenue en vieillissant[2]. C'est assez difficile à vous résumer. Je peux vous dire qu'elle est devenue plus belle :

« Cela tenait surtout à ce qu'arrivée au milieu de la vie, Odette s'était enfin découvert, ou inventé, une physionomie personnelle, un "caractère" immuable, un "genre" de beauté ; et sur ses traits décousus – qui pendant si longtemps, livrés aux caprices hasardeux et impuissants de la chair, prenant, à la moindre fatigue, des années pour un instant, une sorte de mollesse passagère, lui avaient composé tant bien que mal, selon son humeur et selon sa mine, un visage épars, journalier, informe et charmant – elle avait appliqué ce type fixe comme une jeunesse immortelle[3]. »

---

1. Lettre publiée dans *Corr. Gén.* (V, 234-241) ; *Kolb* (XIV, 280-286).

2. Quelques jours avant d'inscrire la présente lettre-dédicace en tête d'un exemplaire sur grand papier de *Du côté de chez Swann*, Proust avait adressé à la destinataire un bref message pour l'avertir des difficultés qu'il rencontrait à satisfaire sa demande concernant la suite du livre : « dans un grand désir de vous dévoiler de moi-même ce que vous en ignorez le plus, ce que le premier *Swann* contient en germe, mais invisible – et malgré mon ennui de déflorer le livre nouveau que j'aurais voulu vous offrir intact – j'ai entrepris de résumer pour vous sur les pages blanches de votre exemplaire [...] un épisode entièrement différent du reste et le seul qui puisse actuellement trouver dans votre cœur meurtri [Mme Scheikévitch avait perdu son frère quelques mois auparavant] des affinités de douleur. Mais comme il faut en six pages en résumer six cents, c'est un travail terrible » (*Kolb*, XIV, 273). De fait, Proust limite ici le résumé de la suite et de la fin de la *Recherche* au développe-ment de la relation entre le Narrateur et Albertine, qu'il analyse à la lumière d'observations faites au sujet d'Odette et de Swann.

3. Cf. *À l'ombre des jeunes filles en fleurs* (*RTP*, I, 606 – fragment proche). Nous relevons ci-après quelques-uns des autres cas de citation plus ou moins exacte, dans la présente lettre, de fragments

Vous verrez sa société se renouveler ; pourtant (sans en savoir la raison qu'à la fin) vous y retrouverez toujours Mme Cottard[1] qui échangera avec Mme Swann des propos comme ceux-ci :

« Vous me semblez bien belle dit Odette à Mme Cottard. *Redfern*[2] *fecit* ? »

« Non, vous savez que je suis une fidèle de Raudnitz[3]. Du reste c'est un retapage. »

« Hé bien, cela a un chic ! »

« Combien croyez-vous ? » « Non changez le premier chiffre. »

« Oh ! c'est très mal vous donnez le signal du départ, je vois que je n'ai pas de succès avec mon thé. Prenez donc encore un peu de ces petites saletés-là, c'est très bon[4]. »

Mais j'aimerais mieux vous présenter les personnages que vous ne connaissez pas encore, celui surtout qui joue le plus grand rôle et amène la péripétie, Albertine. Vous la verrez quand elle n'est encore qu'une « jeune fille en fleurs » à l'ombre de laquelle je passe de si bonnes heures à Balbec[5]. Puis, quand je la soupçonne sur des riens, et pour des riens aussi lui rends ma confiance, « car c'est le propre de l'amour de nous rendre à la fois plus défiant et plus crédule[6] ».

---

de la *Recherche*. (Sur la question du texte utilisé par Proust pour relever ces fragments, voir *infra*, p. 232, note 1.)

1. La « raison » de la présence de Mme Cottard dans le salon de Mme Swann – objet de la perplexité du père du Narrateur dans *À l'ombre des jeunes filles en fleurs* – semble être qu'Odette était la maîtresse de Cottard, ainsi qu'il ressort de pages de Proust non incluses dans la première version publiée de la *Recherche*, qu'on peut trouver dans l'édition de la « Bibliothèque de la Pléiade » de 1989, rattachées à l'épisode du « bal de têtes » du *Temps retrouvé* (*RTP*, IV, « *Esquisse LXIX* », 975-978).

2. Charles Poynter Redfern, couturier à Paris.

3. E. Raudnitz, couturier à Paris.

4. Cf. *À l'ombre des jeunes filles en fleurs* (*RTP*, I, 588-589 – quelques différences).

5. Proust renonce ici à entrer dans la distinction entre lui-même et le personnage du Narrateur de la *Recherche*.

6. Cf. *Sodome et Gomorrhe II* (*RTP*, III, 227 – fragment très proche).

– J'aurais dû en rester là. « La sagesse eût été de
considérer avec curiosité, de posséder avec délices
cette petite parcelle de bonheur à défaut de laquelle
je serais mort sans avoir jamais soupçonné ce que le
bonheur peut-être pour des cœurs moins difficiles ou
plus favorisés. J'aurais dû partir, m'enfermer dans la
solitude, y rester en harmonie avec la voix que j'avais
su rendre un instant amoureuse et à qui je n'aurais
dû plus rien demander que de ne plus s'adresser à
moi, de peur que par une parole nouvelle qui ne pouvait plus être que différente, elle vînt blesser d'une
dissonance le silence sensitif où, comme grâce à
quelque pédale, aurait pu survivre la tonalité du
bonheur [1]. » Du reste peu à peu je me fatigue d'elle,
le projet de l'épouser ne me plaît plus ; quand, un
soir, au retour d'un de ces dîners chez « les Verdurin
à la campagne » où vous connaîtrez enfin la personnalité véritable de M. de Charlus, elle me dit en me
disant bonsoir que l'amie d'enfance dont elle m'a
souvent parlé, et avec qui elle entretient encore de si
affectueuses relations, c'est Mlle Vinteuil [2]. Vous verrez la terrible nuit que je passe alors, à la fin de
laquelle je viens en pleurant demander à ma mère la
permission de me fiancer à Albertine. Puis vous verrez notre vie commune pendant ces longues fiançailles, l'esclavage auquel ma jalousie la réduit, et qui,
réussissant à calmer ma jalousie, fait évanouir, du
moins je le crois, mon désir de l'épouser. Mais un
jour si beau que pensant à toutes les femmes qui
passent, à tous les voyages que je pourrais faire, je
veux demander à Albertine de nous quitter, Françoise
en entrant chez moi me remet une lettre de ma
fiancée qui s'est décidée à rompre avec moi et est
partie depuis le matin. C'était ce que je croyais désirer ! et je souffrais tant que j'étais obligé de me promettre à moi-même qu'on trouverait d'ici le soir un
moyen de la faire revenir. – « J'avais cru tout à l'heure

---

1. Cf. *Sodome et Gomorrhe II* (*RTP*, III, 229 – fragment très
proche).
2. C'est-à-dire la fille homosexuelle du musicien Vinteuil.

que c'était ce que je désirais. En voyant combien je m'étais trompé, je compris combien la souffrance va plus loin en psychologie que le meilleur psychologue, et que la connaissance des éléments composants de notre âme nous est donnée non par les plus fines perceptions de notre intelligence mais – dure, éclatante, étrange comme un sel soudain cristallisé – par la brusque réaction de la douleur [1]. » Les jours suivants, je peux à peine faire quelques pas dans ma chambre, « je tâchais de ne pas frôler les chaises, de ne pas apercevoir le piano, ni aucun des objets dont elle avait usé et qui tous, dans le langage particulier que leur avaient fait mes souvenirs, semblaient vouloir me traduire à nouveau son départ. Je tombai dans un fauteuil, je n'y pus rester, c'est que je ne m'y étais assis que quand elle était encore là ; et ainsi, à chaque instant il y avait quelqu'un des innombrables et humbles moi qui nous composent à qui il fallait notifier son départ, à qui il fallait faire écouter ces mots inconnus pour lui : "Albertine est partie." Et ainsi pour chaque acte, si minime qu'il fût qui auparavant baignait dans l'atmosphère de sa présence, il me fallait, à nouveaux frais, avec la même douleur, recommencer l'apprentissage de la séparation. Puis la concurrence des autres formes de la vie... Dès que je m'en aperçus, je sentis une terreur panique. Ce calme que je venais de goûter, c'était la première apparition de cette grande force intermittente qui allait lutter contre la douleur, contre l'amour et finirait par en avoir raison [2]. » Il s'agit de l'oubli mais la page est déjà à demi couverte et je suis obligé de passer tout cela

---

1. Cf. *Albertine disparue* (*RTP*, IV, 3-4 – nombreuses différences). Comme l'indique Kazuyoshi Yoshikawa, Proust reprend ici des passages des Cahiers 55 et 56 du manuscrit de la *Recherche* : voir les *Études sur la genèse de La Prisonnière d'après des brouillons inédits*, 1976, thèse partiellement publiée, et l'entrée « *Prisonnière (La)* » par K. Yoshikawa dans le *Dictionnaire Marcel Proust* publié sous la direction de A. Bouillaguet et B. Rogers, Honoré Champion, 2004, p. 796-799, et sa bibliographie, p. 800.
2. Cf. *Albertine disparue* (*RTP*, IV, 3, 31 – fragments). Voir aussi ci-dessus la note 1.

si je veux vous dire la fin. Albertine ne revient pas, j'en arrive à souhaiter sa mort pour qu'elle ne soit pas à d'autres. « Comment Swann avait-il pu croire jadis que si Odette périssait victime d'un accident, il eût retrouvé sinon le bonheur, du moins le calme par la suppression de la souffrance. La suppression de la souffrance ! Ai-je vraiment pu le croire[1], croire que la mort ne fait que biffer ce qui existe ? » J'apprends la mort d'Albertine. – Pour que la mort d'Albertine eût pu supprimer mes souffrances, il eût fallu que le choc l'eût tuée non seulement hors de moi comme il avait fait, mais en moi[2]. Jamais elle n'y avait été plus vivante. Pour entrer en nous, un être est obligé de prendre la forme, de se plier au cadre du temps ; ne nous apparaissant que par minutes successives, il n'a jamais pu nous livrer de lui qu'un seul aspect à la fois, nous débiter de lui qu'une seule photographie. Grande faiblesse sans doute pour un être de ne consister qu'en une collection de moments ; grande force aussi ; car il relève de la mémoire, et la mémoire d'un certain moment n'est pas instruite de ce qui s'est passé depuis ; le moment qu'elle a enregistré dure encore et avec lui l'être qui s'y profilait. Émiettement d'ailleurs qui ne fait pas seulement vivre la morte mais la multiplie. Quand j'étais arrivé à supporter le chagrin d'avoir perdu une de ces Albertine, tout était à recommencer avec une autre, avec cent autres. Alors ce qui avait fait jusque-là la douceur de ma vie, la perpétuelle renaissance des moments anciens, en devint le supplice (diverses heures, saisons). J'attends que l'été finisse, puis l'automne. Mais les premières gelées me rappellent d'autres souvenirs si cruels, qu'alors, comme un malade (qui se place lui au point de vue de son corps, de sa poitrine et de sa toux, mais moi moralement) je sentis que ce que j'avais encore de plus à redouter pour mon chagrin, pour mon

_____

1. Cf. *Albertine disparue* (*RTP*, IV, 58). Voir aussi p. 232, note 1.
2. Cf. *Albertine disparue* (*RTP*, IV, 60 – fragment proche).

cœur, c'était le retour de l'hiver. Lié à toutes les saisons, pour que je perdisse le souvenir d'Albertine, il
aurait fallu que je les oubliasse toutes, quitte à les
réapprendre, comme un hémiplégique qui rapprend
à lire. Seule, une véritable mort de moi-même m'eût
consolé de la sienne. Mais la mort de soi-même n'est
pas chose si extraordinaire, elle se consomme malgré
nous chaque jour[1]. – Puisque rien qu'en pensant à
elle, je la ressuscitais, ses trahisons ne pouvaient
jamais être celles d'une morte ; l'instant où elle les
avait commises devenait l'instant actuel, non pas
seulement pour elle mais pour celui de mes « moi »
évoqués, qui la contemplait[2]. De sorte qu'aucun
anachronisme ne pourrait jamais séparer le couple
indissoluble où à chaque nouvelle coupable, s'appa-
riait aussitôt un jaloux toujours contemporain[3].
Après tout, il n'est pas plus absurde de regretter
qu'une morte ignore qu'elle n'a pas réussi à nous
tromper, que de désirer que dans deux cents ans
notre nom soit connu. Ce que nous sentons existe
seul pour nous, nous le projetons dans le passé, dans
l'avenir, sans nous laisser arrêter par les barrières fic-
tives de la mort[4]. Et quand mes grands souvenirs ne
me la rappelèrent plus, de petites choses insignifiantes eurent ce pouvoir. Car les souvenirs d'amour
ne font pas exception aux lois générales de la
Mémoire elle-même régie par l'Habitude, laquelle
affaiblit tout. Et ainsi, ce qui nous rappelle le mieux
un être, c'est justement ce que nous avions oublié
parce que c'était sans importance. Je commençai à
subir peu à peu la force de l'oubli, ce puissant instrument d'adaptation à la réalité, destructeur en nous de
ce passé survivant qui est en constante contradiction
avec elle. Non pas que je n'aimasse plus Albertine.

---

1. Cf. *Albertine disparue* (*RTP*, IV, 66 – fragment proche). Voir
aussi p. 232, note 1.
2. Cf. *Albertine disparue* (*RTP*, IV, 72).
3. Cf. *Albertine disparue* (*RTP*, IV, 72 – fragment proche). Voir
aussi p. 232, note 1.
4. Cf. *Albertine disparue* (*RTP*, IV, 109 – fragment proche). Voir
aussi p. 232, note 1.

Mais déjà je ne l'aimais plus comme dans les derniers temps mais comme en des jours plus anciens de notre amour. Avant de l'oublier tout à fait, il me faudrait, comme un voyageur qui revient, par la même route, au port d'où il est parti, avant d'atteindre à l'indifférence initiale, traverser en sens inverse tous les sentiments par lesquels j'avais passé. Mais ces étapes ne nous semblent pas immobiles. Tandis que l'on est arrêté à l'une d'elles, on a l'impression que le train repart dans le sens du lieu d'où l'on vient comme on avait fait la première fois. Telle est la cruauté du souvenir. Albertine n'aurait rien pu me reprocher. On ne peut être fidèle qu'à ce dont on se souvient, on ne peut se souvenir que de ce qu'on a connu. Mon moi nouveau, tandis qu'il grandissait à l'ombre de l'ancien qui mourait, avait souvent entendu celui-ci parler d'Albertine. À travers les récits du moribond, il croyait la connaître, l'aimer. Mais ce n'était qu'une tendresse de seconde main. – Comme certains bonheurs, il y a des malheurs qui nous arrivent trop tard, quand ils ne peuvent plus prendre en nous la grandeur que, plus tôt, ils auraient eue. Quand j'appris cela, j'étais déjà consolé. Et il n'y avait pas lieu d'en être étonné. Le regret est bien un mal physique, mais entre les maux physiques, il faut distinguer ceux qui n'agissent sur le corps que par l'intermédiaire de la mémoire. Dans ce dernier[1] cas le diagnostic est généralement favorable. Au bout de quelque temps un malade atteint de cancer sera mort. Il est bien rare qu'un veuf inconsolable, au bout du même temps, ne soit pas guéri[2]. – Hélas ! Madame, le papier me manque au moment où cela allait devenir pas trop mal !

Votre Marcel Proust.

––––––––

1. La première édition donne un « premier » au lieu de « dernier », évidemment fautif.

2. Cf. *Albertine disparue* (*RTP*, IV, 223 – fragment proche). Voir aussi p. 232, note 1.

à Emmanuel Berl

[1916][1]

Cher ami,

Je suis si malade en ce moment que je ne peux répondre à votre lettre ou plutôt à votre bel essai, à votre belle Défense de l'Amitié. Pour une fois – contre tant d'autres où les écrivains nous assomment à nous dire à la fin du volume : Clarens 1891 – Le Halgont, etc. – le lieu et la date de votre œuvre y ajoutent une émouvante signification[2]. En deux mots tout ce que vous dites me semble profond et vrai. Mais ce n'est pas de l'Amitié que vous parlez, c'est toujours de plus ou moins. Quand vous dites qu'un ami retient autour de lui (je crois que dans le troisième volume de *Swann* il y a comparaison avec un morceau d'aimant[3]) toutes les petites circonstances où il fut mêlé, cela est vrai mais peut l'être aussi bien pour une personne qui n'est pas votre ami. Je m'honore de n'être pas l'ami d'Arthur Meyer et cependant que de choses son ridicule visage me rappelle. Plus que celui d'un ami peut-être, car la puissance d'évocation tient plus au disparate des souvenirs qu'à leur continuité. Et, entre parenthèses, ce que vous dites à ce propos de la tasse de tilleul prouve que l'on ne comprend pas bien dans le premier volume ce qui sera élucidé dans le troisième, le

---

1. Lettre publiée dans *La Table ronde* (septembre 1953, 9-11) ; *Kolb* (XV, 26-30).
2. Vraisemblablement l'Hartmannswillerkopf, le sommet des Vosges où se déroulèrent en 1916 des combats auxquels prit part Emmanuel Berl.
3. « [...] les hasards rencontrés dans les réflexions que je faisais seul me fournissaient parfois de ces petits fragments de réel qui attirent à eux, à la façon d'un aimant, un peu d'inconnu [...] » (*RTP*, III, 634).

problème de la mémoire involontaire[1]. Ce qui rend si heureux dans ce genre d'impressions (je vous le dis trop sommairement pour que cela garde aucun sens) c'est qu'étant identiques dans un moment différent elles nous transportent hors du temps, sont senties par l'homme éternel (excusez-moi, en pleine crise d'asthme, de ne pouvoir m'expliquer). En outre leur caractère fortuit est la raison de leur absolue vérité, l'intelligence n'intervient pas. Autre chose. Vous parlez d'amis avec qui vous avez passé de belles heures, écoutant l'un ou plutôt l'une (Mme Duclaux que je regrette tant de ne pas connaître). Vous parlez de littérature, un autre vous jouez du Chopin etc.[2]. Mais ceci n'est pas non plus l'amitié. Vous pourriez ne pas être l'ami de Bergson ou de Risler et trouver profit à entendre l'un vous parler de Fichte, l'autre vous jouer du Beethoven. Tout à l'heure vous parliez de quelque chose qui est *moins* que l'amitié (ce que l'ami vous rappelle par association), ici vous parlez de ce qui paraît *autre chose*. Et enfin vous parlez de quelque chose qui est *plus* qu'elle quand vous parlez de ces rapports humains où la barrière individuelle s'abaisse. Schopenhauer prétendait que ce miracle est l'œuvre de la Pitié[3]. En tous cas il dépasse l'amitié, et elle n'est pas nécessaire pour l'accomplir, dans le sens courant du mot amitié. Mais me direz-vous, c'est que vous isolez différentes parties de l'Amitié, et qu'elle réunit tout ce que je dis. Et alors je suis bien obligé de confesser que vous pouvez avoir raison, car votre point de vue m'est si étranger que je ne peux sincèrement m'y placer. Croyez que j'en souffre. Personne

---

1. Allusion à l'épisode fameux de la madeleine trempée dans du tilleul, au début de *Du côté de chez Swann*, et du phénomène de la mémoire involontaire dont *Le Temps retrouvé* livre la clef.

2. Phrases incompréhensibles dans leur transcription donnée par *La Table ronde*. Il est probable que Proust écrit en fait : « Vous parlez d'amis avec qui vous avez passé de belles heures, écoutant l'un ou plutôt l'une (Mme Duclaux que je regrette tant de ne pas connaître) vous parler de littérature, un autre vous jouer du Chopin etc. » (*Kolb*, XV, 27).

3. Dans *Le Monde comme volonté et comme représentation*.

n'aimerait autant aimer d'amitié que moi, et je crois
ne saurait mieux le faire. Mais je mentirais. Pourquoi
le mettre au conditionnel puisque tel ou tel vous dira
que je suis un ami parfait etc. Donc je mens. Ma
fatalité veut que je ne puisse tirer profit que de moi-
même. Je n'essaye pas par là de justifier la vie absurde
que je mène (d'ailleurs en partie malgré moi). Ce
genre de solitude au lieu de m'exalter m'éteint, je n'y
peux jamais travailler, et tout ce que j'ai fait l'a été à
d'autres moments. Mais je ne suis moi que seul, et je
ne profite des autres que dans la mesure où ils me
font faire des découvertes en moi-même, soit en me
faisant souffrir (donc plutôt par l'amour que par
l'amitié), soit par leurs ridicules (que je ne veux pas
voir dans un ami) dont je ne me moque pas mais qui
me font comprendre les caractères. Dans les amis
dont vous me parlez, il y en a un (un qui est encore
cette fois une) qui nous est commun. Je veux parler
de Mme de Noailles. Je la connais depuis très longtemps, je l'ai connue jeune fille. Je n'admire aucun
écrivain plus qu'elle, j'ai pour elle une profonde amitié, et je reconnais que sa conversation apporte des
choses qu'on ne trouverait pas dans des livres. Pourtant (je vous parle en toute confidence n'est-ce pas)
depuis quinze ans je n'ai pas essayé de la voir trois
fois. Encore au moment où je vous l'écris en ai-je du
regret, regret salutaire puisqu'il me fait me demander
si je n'aurais pas infiniment « gagné » auprès d'elle
(puisque nous ne parlons ici que profit intellectuel).
Mais est-ce bien cela aimer dans le sens amour
humain que vous dites ? Non je ne crois pas. Tenez
(et ceci encore entre nous) il y a un vieux chasseur
de restaurant que je n'aimais pas, à qui je ne parlais
jamais que pour l'indispensable, et je ne sais pas
pourquoi. Je le croyais méchant. Dernièrement il m'a
paru qu'il était devenu très doux. Puis je lui ai trouvé
bien mauvaise mine, je lui ai demandé de ses nouvelles, il m'a dit qu'il n'avait rien, j'ai voulu lui
envoyer un médecin, il a refusé. Il est devenu de
plus en plus doux, si gai, si simple, ne parlant jamais

de lui, et quand je lui parle de [s]a[1] santé se repliant sur la mienne. J'ai appris qu'il avait un cancer. Il continue à travailler. Alors j'ai eu une infinie pitié de lui, j'ai eu d'affreux remords de m'être ruiné car sans cela j'aurais doté ses filles, je le lui aurais annoncé et cela aurait adouci sa fin. Et bien je crois que cela c'est plus humain que l'amitié. Et pourtant voilà un homme avec qui je n'ai jamais échangé dix paroles, qui ne sait rien etc. N'en parlez pas car si c'était répété et pouvait lui revenir cela pourrait lui apprendre son cancer. Or je ne sais s'il est fixé sur la nature du mal.

Tout à vous

Marcel Proust.

Je vous prie pourtant de penser que ce que je dis de l'amitié vient peut-être d'une excessive exigence théorique. J'ai cru de même longtemps que l'Art etc. ne me satisfaisait pas. Pratiquement faites-moi bénéficier des deux mots célèbres : « Un égoïste qui ne pensait qu'aux autres[2] » et : « Pauvre âme, c'est cela[3]. »

––––––––––

1. La première édition donne ici « ma [*sic*] » pour « sa », ce qui n'a guère de sens.
2. François René de Chateaubriand, *Mémoires d'outre-tombe*, IIe partie, livre XIII, chapitre VII.
3. Paul Verlaine, *Sagesse*, II, IV, 9.

à madame Raymond de Madrazo

[7 février 1916] [1]

Chère amie

Reynaldo vous transmet sans doute les tendresses dont je le charge pour vous, et vous dit sans doute aussi les raisons qui m'empêchent de vous écrire (mes souffrances des yeux). Mais comme les raisons pour lesquelles je garde l'effort de vue pour lui écrire régulièrement sont pour tâcher de le distraire un peu, aujourd'hui où je veux vous demander un renseignement qui n'aurait rien de distrayant pour lui, je vous écris directement. Vous m'avez souvent dit que vous possédiez sur les valeurs américaines des tuyaux étonnants. Je viens de vendre, vous pensez combien mal, certaines petites valeurs, pour commencer à rembourser une avance au Crédit Industriel qui me prend 8 % d'intérêts, de sorte que j'ai plus d'avantage à les rembourser, n'ayant pas fait attention depuis tant d'années à cette dette que j'ignorais et qui a déjà couvert bien des fois sa valeur. Mais avant de les rembourser je me dis que s'il y avait à ce moment quelque chose d'étonnant à faire comme valeur américaine ou mines d'or, peut-être cela compenserait-il un peu la perte faite chez eux. Et je ne les rembourserais qu'après. Si vous ne savez rien ne me répondez pas.

J'ai voulu bien des fois vous demander des conseils de toilette féminine, pour aucune maîtresse, mais pour des héroïnes de livre. La même raison m'a rendu fatigant d'écrire. Savez-vous du moins si jamais Fortuny dans des robes de chambre a pris pour motifs de ces oiseaux accouplés, buvant par exemple dans un vase, qui sont si fréquents à Saint-Marc, dans les chapiteaux Byzantins [2]. Et savez-vous

---

1. Lettre publiée dans *Bulletin* (3, 30-32) ; *Kolb* (XV, 48-51).
2. Le développement du motif Fortuny dans *La Prisonnière* – ou du « leitmotiv », pour reprendre le terme employé par Proust lui-même (voir *infra*, p. 244) –, est directement lié à l'enquête amorcée ici par l'écrivain, au sujet des robes de l'artiste, auprès de la parente

aussi s'il y a à Venise des tableaux (je voudrais quelques titres) où il y a des manteaux, des robes, dont Fortuny se serait (ou aurait pu) s'inspirer. Je rechercherais la reproduction du tableau et je verrais s'il peut moi m'inspirer.

Reynaldo m'a causé une grande joie parmi toutes celles que j'ai dues à sa permission, en me disant que Monsieur de Madrazo était rajeuni comme il ne l'avait pas vu depuis longtemps. Et j'ai senti l'œuvre de la douce fée Maria. Je pense que vous avez entendu *les sublimes valses de Reynaldo*, le point le plus haut selon moi où son art ait jamais atteint et qui m'ont causé avec certains quatuors de Beethoven, les impressions les plus extraordinaires que j'ai ressenties en musique.

Je n'ai pu malheureusement aller à la petite soirée où elles ont été exécutées car par une mauvaise chance inouïe moi qui depuis quelques mois me lève un peu plus souvent, j'ai été pris de crises d'asthme incessantes le lendemain de l'arrivée de Reynaldo, et elles ont pris fin le lendemain de son départ, quand je n'avais plus besoin de me lever ! Quant à lui je lui ai trouvé une mine superbe. Plût à Dieu que tout fût à l'unisson ! Du moins il a trouvé dans sa solitude désolée les accents à la fois les plus purs et les plus

---

par alliance de celui-ci – Maria Hahn, sœur de Reynaldo et épouse de Raymond de Madrazo. On relève qu'à la mention de « l'argent » que le Narrateur « dépens[e] pour Albertine » sous l'œil soupçonneux de sa bonne Françoise, précédant l'introduction du motif dans le roman (*RTP*, III, 869), correspond dans notre lettre un morceau de paragraphe sur les pertes subies par Proust par suite de sa dette auprès d'un établissement de crédit. Plus loin, on note aussi que le motif Fortuny voisine sans causalité explicite, comme dans le roman, avec un second motif, celui de l'audition privée et, semble-t-il, en position allongée, d'un morceau de musique (ici, des valses de Reynaldo Hahn que Proust n'a pu se lever pour réentendre ; dans *La Prisonnière*, les morceaux engagés dans le pianola par Albertine, devant le lit du Narrateur ; *RTP*, III, 874). Sur la question particulière des « oiseaux accouplés », on peut enfin se reporter, dans le même passage de *La Prisonnière*, à l'image suivante : « Parce que le vent de la mer ne gonflait plus ses vêtements, parce que, surtout, *je lui avais coupé les ailes*, elle avait cessé d'être etc. » (*RTP*, III, 873 ; je souligne).

déchirants que je connaisse. Peut-être vous a-t-il
raconté, je lui avais écrit de le faire pensant que cela
vous amuserait, le récit de certaine conversation entre
Clairin etc.

Chère amie toutes réflexions faites vous ferez bien
de ne pas vous fatiguer de répondre à cette lettre qui
vous aura du moins porté mes amitiés, parce que les
choses américaines me semblent bien peu pratiques
en ce moment, les mines d'or incertaines... La seule
valeur intéressante pour moi la Doubowaïa Balka
vous est certainement inconnue. Je vous redis encore
ma joie du mieux ou plutôt du bien de Monsieur de
Madrazo et je voudrais penser que (et aimerais savoir
si) vous êtes tous les deux bien en ce moment, dans
la mesure où la permanente Angoisse le permet. Je
vous prie chère amie d'agréer mes respectueuses
tendresses

Marcel Proust.

———

à madame Raymond de Madrazo

102 boulevard Haussmann.
[18 février 1916] [1]

Chère amie,

Quand Reynaldo me disait « ma sœur est un
Ange », il ne disait pas tout. Et d'ailleurs il disait souvent autre chose et il aime à parler de vos dons extraordinaires et variés. J'avoue pourtant que cette lettre
où (pour laisser momentanément de côté l'aspect

———

1. Lettre publiée dans *Bulletin* (3, 32-36 – fragments) ; *Kolb*
(XV, 56-60).

« gentillesse ») vous parlez avec une maestria fantastique successivement du Southern Pacific [1] et de Carpaccio, a de quoi éblouir. Que je regrette d'être un pauvre homme malade et que j'aimerais être valide et aller avec vous voir des musées et faire des affaires !

Celles dont vous me parlez ne peuvent s'appliquer à mon cas, pour des raisons trop longues à vous expliquer, je veux dire trop assommantes pour vous puisque, comme la conclusion serait négative, vous ne seriez pas, pour m'écouter jusqu'au bout, encouragée à la patience par la bonté. De vive voix je serais moins ennuyeux, et d'ailleurs cette conversation est inutile.

Quant à Fortuny j'aimerais beaucoup savoir de quels Carpaccio il s'est inspiré ou a pu s'inspirer, et dans ces Carpaccio de quelle robe exactement et dans quelle mesure. Voici pourquoi. En principe dans la suite de mon *Swann*, je ne parle d'aucun artiste puisque c'est une œuvre non de critique mais de vie. Mais il est probable, si du moins je laisse les derniers volumes tels qu'ils sont, qu'il y aura une exception unique et cette exception sera Fortuny. Si cela peut vous intéresser voici très sommairement pourquoi. Vous vous rappelez peut-être que vous m'avez aidé aussi à faire autrefois pour des jeunes filles des petites choses d'élégance que cela me faisait plaisir de donner à l'une [2]. Je crois que c'est vous ou Mme Seminario qui a vu pour moi Boni, et Mme Straus le fourreur. L'héroïne de mes deux derniers volumes, Albertine, n'a aucune espèce de rapport avec ces jeunes filles, d'ailleurs il n'y a pas une seule clef dans mon livre. Mais ce désir de la parer, avec la ressouvenance de ses parures, dans un voyage à Venise, après qu'elle sera morte et où la vue de certains tableaux me fera mal, j'ai construit les choses ainsi. (Mais ne parlez pas de cela) (*sauf à Fortuny* si

1. Compagnie américaine par actions.
2. Allusion à des montres que Proust voulait offrir en 1910 aux filles de Charles d'Alton, Colette et Hélène.

vous voulez). Dans le début de mon deuxième volume un grand artiste à nom fictif qui symbolise le grand peintre dans mon ouvrage comme Vinteuil symbolise le grand musicien genre Franck, dit devant Albertine (que je ne sais pas encore être un jour ma fiancée adorée) que à ce qu'on prétend un artiste a découvert le secret des vieilles étoffes vénitiennes etc. [1]. C'est Fortuny. Quand Albertine plus tard (troisième volume) est fiancée avec moi, elle me parle des robes de Fortuny (que je nomme à partir de ce moment chaque fois) et je lui fais la surprise de lui en donner. La description très brève, de ces robes, illustre nos scènes d'amour (et c'est pour cela que je préfère des robes de chambre parce qu'elle est dans ma chambre en déshabillé somptueux mais déshabillé) et comme, tant qu'elle est vivante j'ignore à quel point je l'aime, ces robes m'évoquent surtout Venise, le désir d'y aller, ce à quoi elle est un obstacle etc. Le roman suit son cours, elle me quitte, elle meurt. Longtemps après, après de grandes souffrances que suit un oubli relatif je vais à Venise mais dans les tableaux de xxx (disons Carpaccio puisque vous dites que Fortuny s'est inspiré de *Carpaccio*), je retrouve telle robe que je lui ai donnée. Autrefois cette robe m'évoquait Venise et me donnait envie de quitter Albertine, maintenant le Carpaccio où je la vois m'évoque Albertine et me rend Venise douloureux [2].

Donc à moins d'un remaniement (possible d'ailleurs, si je le juge nécessaire) à mon sujet, le « leitmotiv » Fortuny, peu développé, mais capital jouera son rôle tour à tour sensuel, poétique et douloureux. Mme Straus avait voulu me prêter un manteau (qui doit être pareil au vôtre d'après ce que vous me dites du vôtre) mais je n'en ai pas eu besoin et décline de même votre proposition de m'en montrer. Ce me serait inutile, j'en connais un ou deux, je regrette du reste de ne pas avoir parlé de cela à Mme de Chevigné qui m'a si gentiment renseigné pour des

---

1. *RTP*, II, 252-253.
2. *RTP*, IV, 226.

choses de toilette et de cuisine. Mais peut-être n'a-t-elle pas de Fortuny. Ce qui me serait le plus utile serait s'il existe un ouvrage *sur* Fortuny (ou des articles de lui) d'avoir le titre (remarquez que le résultat serait çà et là une ligne, mais même pour dire un mot d'une chose, et quelquefois même n'en pas parler du tout, j'ai besoin de m'en saturer indéfiniment). À défaut d'un renseignement précis sur telle robe, tel manteau (il n'a jamais fait de *souliers*[1] ?) de tel Carpaccio. Carpaccio est précisément un peintre que je connais très bien, j'ai passé de longues journées à San Giorgio dei Schiavoni et devant Sainte Ursule[2], j'ai traduit tout ce que Ruskin a écrit sur chacun de ses tableaux, tout etc. Au point de vue de mon roman un autre peintre, vénitien ou surtout padouan, eût été plus commode. Mais il n'y a pas de jour que je ne regarde des reproductions de Carpaccio, je serai donc en terrain familier.

Je ne vous ai rien dit de ce que je voulais vous dire et mes yeux et ma main ne suivent plus mon bavardage que je termine par force en vous envoyant mes tendres respects reconnaissants.

Marcel Proust.

---

1. *RTP*, III, 43.
2. Allusion à divers tableaux de Carpaccio conservés à Venise, à l'église San Giorgio degli Schiavoni (*Histoire de saint Georges, Vie de saint Jérôme*) et à l'Académie (*Vie de sainte Ursule*).

à René Blum

[Mi-juillet 1916] [1]

Mon cher René,

Votre lettre [2] me remplit non seulement de gratitude mais de confusion ; car vous déployez, dans
cette correspondance avec moi, précisément toutes
les qualités dont je vous croyais dépourvu (encore
que vous en reconnaissant tellement d'autres que
votre part restait fort belle). Mais enfin il faut se résigner à recommencer le portrait que je m'étais fait de
vous. Il était fort séduisant et le reste mais toute une
partie était manquée. Cher René, je suis très touché
par quelques mots que vous me dites de voir que j'ai
existé pour vous en dehors des moments où nous
nous sommes vus, que vous avez eu parfois en vous
(sans en exagérer d'ailleurs bien entendu la place fort
modeste qu'il a pu y tenir) un Marcel Proust intérieur. Parallèlement vous avez cheminé en moi fort à
votre insu. Les autres parfois n'y ont pas été étrangers et telle anecdote peut-être fausse en son détail,
probablement vraie en son point de départ, m'a souvent fait regretter par la curiosité de repérage de
n'oser pas m'en ouvrir à la seule personne à qui je
l'aurais pu, et qui était vous. En tous cas pour revenir
au René Blum méconnu (par lui et par moi), à René
Blum aussi ponctuel et précis correspondant que
doué des qualités qui n'impliquaient pas forcément
celle-là, ce René Blum-là je le découvre avec le grand
plaisir de constater un accroissement d'être obligé

---

1. Lettre publiée dans *Stratégie* (139-143) ; *Kolb* (XV, 224-
226). Le texte est lacunaire.
2. Proust écrit à Blum pour lui donner son sentiment sur la
lettre que celui-ci, conformément à ses instructions, a rédigée à
l'intention de Bernard Grasset, éditeur de *Du côté de chez Swann*,
dans le but de le préparer à la publication de la fin de la
Recherche dans une autre maison que la sienne (voir la lettre suivante, à Bernard Grasset).

d'annexer à votre esprit et à votre cœur des vertus
bien précieuses. Le « *Bis dat qui cito dat*[1] » me semblait ne pas pouvoir être appliqué à vous. Parce que
je pensais que vous donniez beaucoup mais aviez l'air
de ne donner que la moitié à cause des retards, des
silences etc. Or je vois tout le contraire ; et l'affectueux présent doublé. Cher ami, je me suis permis de
lire, quoique mes yeux ne voient plus clair et que
votre écriture soit bien difficile (dans le sens distingué
où on dit un auteur difficile), ce que vous avez écrit
à Grasset. Tel que c'est, je l'envoie, parce que le
nombre des imperfections ne me paraît pas dépasser
celui auquel il faut toujours sagement s'attendre. Je
ne devrais même vous en signaler aucune, puisque
ce n'est que rétrospectif (car ma lettre, ou plutôt
votre lettre sera partie quand celle-ci vous arrivera)
pourtant une doit vous être signalée afin que plus
tard si vous causez avec Grasset ou si jamais vous lui
écrivez, vous évitiez de l'aggraver et tâchiez de la pal-
lier plutôt. Je me figure que Grasset doit être heureux
d'être au repos mais malheureux qu'on l'y sache[2].
Craignant que vous ne cédiez au plaisir de le taquiner
sur l'impossibilité de le découvrir, je vous avais
recommandé d'éviter tout ce qu'en ce moment il doit
s'imaginer, même si l'on n'y songe pas, être une allusion cruelle : [...][3]. Or votre lettre commence par deux
terribles pages qui lui donneront certainement envie de
refuser, même avant de savoir ce que c'est, vos
demandes de la troisième [...]. Du reste je crois qu'il
est réellement très souffrant, de sorte que cela se dou-
blerait d'injustice. Si je vous ai signalé cette cruauté
que vous avez eue, c'est pour qu'à la prochaine rencontre avec lui, vous adoucissiez tout cela [...]. Cher
ami, j'aurais bien voulu parler des choses si fausses
que vous dites sur mon ironie (!), sur ma mémoire,
etc. Que j'aurais à dire là-dessus. Mais vous savez

---

1. « Celui qui donne vite donne deux fois » (Publius Cyrus).

2. Bernard Grasset se trouve alors dans une clinique en Suisse.

3. Cette lacune dans la première édition (*Stratégie*, p. 141), ainsi
que les suivantes, est reproduite dans *Kolb* (XV, 225).

comme j'ai mal aux yeux. Écrire une ligne tant que
je n'aurai pas été assez bien pour aller voir un oculiste
(et voilà un an que je crois tous les jours pouvoir le
lendemain et ne peux pas) c'est la fin de ma vue. J'ai
pourtant voulu, tant la reconnaissance me poussait
irrésistiblement et m'en faisait d'ailleurs un devoir,
vous écrire longuement avant d'envoyer chez Grasset
(mais ne prenez pas la peine de me répondre) car
aussitôt cette lettre-ci partie, j'enverrai chez lui et il
serait trop tard pour rien changer. Il sera seulement
préférable pour que je n'endosse pas certaines
inexactitudes (qui de vous n'ont aucune importance,
parce qu'il est trop compréhensible que vous ne
soyez pas dans le détail de la chose), que plus tard,
quand vous verrez Grasset, il soit censé que je vous
ai demandé de faire la démarche mais n'ai pas lu
votre lettre. Ainsi je ne serai pas lié par ses termes.
Je remets à plus tard de vous parler de mon amitié. Je
vous en marquerai si franchement les limites que
vous ne pourrez pas douter de moi quand je vous
dirai à quel point, dans ces limites-là, la dose la plus
infinitésimale d'ironie serait incapable de s'y mêler,
et que la perspicacité (relative) et la mémoire (hélas
bien défaillante) n'y collaborent que pour mieux discerner les charmes et me rappeler plus longtemps les
bontés.

Votre

Marcel Proust.

Il me semble que vous m'avez dit de vous envoyer
un *Swann*. Je le fais partir en même temps que cette
lettre mais sans dédicace, parce que je ne peux plus
arriver à me rappeler pour qui c'est.

à Bernard Grasset

Lundi 14 août 1916[1]

Cher Monsieur,

René Blum vient de me communiquer une lettre de vous qui m'a beaucoup froissé (je n'ai pas besoin n'est-ce pas de vous dire que ce froissement ne m'empêche pas d'apprendre avec une grande tristesse que vous avez été si malade, je ne m'en doutais pas)[2]. Je ne crois pas que vous serez très surpris de l'impression que votre lettre m'a produite, je vais en tous cas tâcher de vous la dire (pour ne pas la garder sur le cœur). Et cela ne va pas être matériellement très facile, parce qu'en dehors de ma maladie habituelle, j'ai depuis quinze jours à la suite de névralgies dont j'ignore la cause (dentaire probablement) une fièvre continue qui non seulement m'empêche de me lever même une demi-heure mais même d'absorber

---

1. Lettre publiée dans *Stratégie* (150-157) ; *Kolb* (XV, 260-265).

2. Proust répond ici à l'indignation exprimée par le destinataire lorsque René Blum lui a exposé le désir de l'auteur de *Swann* de faire publier la suite de son roman par une autre maison que Grasset. Nous connaissons la mission confiée à Blum par Proust, que celui-ci détaille dans une lettre de la fin mai 1916 : « vous lui direz : "Marcel Proust a perdu une grande partie de ce qu'il avait. Il ne peut plus être aussi indifférent qu'autrefois à gagner un peu d'argent. Votre maison est fermée, la N.R.F. ne l'est pas et peut l'éditer tout de suite. Il vous demande, pour cause de guerre, de lui permettre de reprendre sans que cela vous fâche ou vous peine, sa promesse d'éditer chez vous les autres volumes, et par conséquent de vous reprendre aussi le premier" » (*Kolb*, XV, 145). Plus loin, Proust indique encore à Blum : « J'ajoute (pour vous) que la raison que je vous donne n'est pas la vraie, car si la N.R.F. m'a offert de me faire paraître tout de suite, j'ai dit que je préférais ne paraître qu'après la Paix. Mais enfin ils feront déjà beaucoup de travail d'épreuves (ce sont quatre volumes !...) comme cela je ferai paraître le tout simultanément » (*Kolb*, XV, 146). Voir, autour de cette affaire, la lettre à René Blum de [mi-juillet 1916], *supra*, p. 246-248.

jusqu'à mon lait habituel. Aussi je suis très faible, mais je vais tâcher de rassembler mes idées.

La première chose, cher monsieur Grasset, qui m'a froissé dans votre lettre est ceci. Supposons un instant qu'aucun événement ne se soit produit dans le monde, ni dans les vies particulières, depuis le commencement de 1914, aucun événement qui rende trop naturelle ma démarche. Supposons les circonstances pareilles. Or ce que René Blum vous a demandé de ma part (par l'impossibilité où j'avais été d'avoir votre adresse) n'est pas quelque chose de nouveau, c'est quelque chose que je vous ai demandé il y a deux ans et demi. Vous m'avez dit alors que cela vous serait désagréable et j'y ai aussitôt renoncé et en ai formellement prévenu la N.R.F. Mais vous me l'avez dit affectueusement, sans songer à vous en fâcher, comprenant très bien mon idée, me laissant d'ailleurs (mais ceci est accessoire), et fort gentiment, ma pleine liberté, dont, à cause de cette gentillesse même, j'ai sur l'heure renoncé absolument à user.

Or cette même proposition d'être édité à la N.R.F. que vous écartiez affectueusement en 1914, est maintenant selon vous (et votre dire est aggravé par le fait qu'il ne me parvient pas directement) le fait affligeant d'un égoïste, seul de tous les Français à penser à lui (ce qui vous paraîtrait risible si vous saviez ma vie depuis deux ans), que dis-je, profitant de la guerre pour faire grief à un malade de n'avoir pu, ses ouvriers étant mobilisés, publier son livre. Pour ce grief, cher monsieur, il est purement imaginaire, je n'ai jamais songé une seconde à vous reprocher, même quand je ne vous savais pas malade, ni à tirer argument juridique contre vous, comme vous croyez, d'une interruption d'entreprise qui est celle de toute la France. Je vous assure que j'ai l'esprit plus large et plus élevé. Seulement je crois que la guerre a rendu certaines existences difficiles, au moins la mienne et que par la force des choses, elle a rompu bien des contrats plus graves que le nôtre (lequel d'ailleurs n'existe pas). J'ai tellement peu songé à profiter de la guerre pour vous quitter, comme vous dites (comme si c'était agréable de vous quitter) que quand il y a un an environ (je ne sais l'époque, mais vous devez vous le rappeler mieux que moi) vous êtes passé chez moi, fatigué, et pouvant avoir besoin de moi, ma réponse a été d'une amitié qui vous a touché, vous avez bien voulu m'écrire et je ne vous ai pas soufflé un mot d'affaires, ni de littérature, ni d'éditions, ni de rien. Ce n'est pas qu'à ce moment-là je ne fusse déjà en proie à de grandes difficultés. Je vous avais dit, je crois, les absurdes spéculations à la hausse qu'on m'avait fait faire en 1913, spéculations qui, à cause des baisses progressives, m'avaient en partie ruiné. La déclaration de guerre en me forçant à vendre à n'importe quel prix ayant consommé ce qui à une autre époque eût paru un désastre, mais ce qui m'a à peine ennuyé quand j'ai eu jour par jour à trembler pour les miens, à pleurer mes plus chers amis, mes parents, à vivre dans une angoisse morale qui n'est pas près de finir. Mais enfin comme ma propriétaire désirerait quelques termes etc., j'avais alors trouvé qu'il eût été sage de céder cette fois aux sollicitations de la N.R.F. Mais comme vous m'aviez dit que cela vous peinerait, que je voulais avant tout ne pas vous peiner, non seulement je ne vous en ai pas parlé, mais je n'y ai pas songé. Gide est venu me voir, je lui ai redit qu'il y avait impossibilité. Seulement la guerre s'est prolongée au-delà de tout ce qu'on croyait, elle m'oblige à bien des transformations qu'on n'avait pas prévues d'abord. Et j'avoue que celle si simple qui a pour effet de faire paraître *Swann* à la N.R.F. me semblait une chose si minime, différée indéfiniment par moi, non que je m'en exagérasse l'importance, mais par un scrupule d'amitié pour vous, que je m'attendais à une réponse diamétralement opposée à celle si blessante que Blum m'a transmise, que je m'attendais à l'affectueuse réponse de 1914 avec cette différence que vous ajouteriez : « Mais naturellement, il y a la guerre, et c'est trop compréhensible. » Puisque vous avez voulu vous placer sur le terrain commercial permettez-moi de vous

dire que vous faites une double erreur, dont je pourrais vous donner la preuve immédiatement si mon
pauvre valet de chambre[1] ne venait de mourir ; et je
suis un peu faible pour chercher dans mes papiers
maintenant. Mais ce sera des plus simples pour vous
et pour moi, puisque nous en possédons la comptabilité parallèle.

1° Je ne suis pas (sauf erreur) débiteur des
épreuves du second volume pour cette raison : nous
avions convenu de faire un livre de sept cents et
quelques pages. En route nous l'avons arrêté à la
page 525. Les premières épreuves des cent cinquante pages (représentant la partie du premier
volume dont nous décidions de faire le début du
second volume au lieu de la fin du premier) étaient
déjà tirées. C'est cela qui est presque tout ce qui a été
tiré du deuxième volume. Or cela se trouvait payé
d'avance, puisque j'avais payé pour le premier
volume. Il est vrai que quand j'ai dû faire paraître des
extraits dans la *N.R.F.* je vous ai demandé de faire
tirer des épreuves un peu plus loin. Je ne puis faire
serment sans avoir les épreuves sous les yeux, mais
je crois qu'elles vont jusqu'à la page 18. Quant aux
remaniements dont vous me parlez, je ne peux, sans
avoir demandé à être relevé d'un secret, vous dire
quelle en est la cause (je parle des dernières)[2]. En
tous cas il est impossible que dix-huit pages
d'épreuves nouvelles composent toute la fin du premier volume que j'ai payé comme s'il avait été fait et
qui n'a même jamais été mis en page (les seules
épreuves que j'ai eues de la fin de ce premier volume
sont des grandes épreuves, dites (je crois) placards.
Je les ai ici.[)] D'ailleurs je ne vous parle de cette
comptabilité que comme indication. Vos livres vous
permettront de voir si je me trompe.

2° (Et sous les mêmes réserves d'imprécision) non
je ne suis pas débiteur à la maison Grasset mais j'y

---

1. Nicolas Cottin.
2. Selon toute vraisemblance, il s'agit des développements de
La Prisonnière et d'*Albertine disparue* consécutifs à la mort
d'Agostinelli.

suis créancier. Car naturellement ce qui m'était dû
sur les éditions vendues n'a pu, par le fait de la
guerre, m'être versé. De plus depuis la guerre le livre
n'a pas cessé notamment en Angleterre (où d'ailleurs
on est obligé de le faire venir de France, toute
l'ambassade peut en témoigner) d'avoir une vente
extraordinaire. Moi-même j'ai acheté constamment
(ou plutôt fait acheter, ce qui m'est seul possible
puisque je suis alité). Beaucoup d'exemplaires portent : 6ᵉ édition, ce dont il ne m'avait jamais été parlé
avant la guerre. Pourtant vous n'avez pas dû en tirer
depuis. Et pourtant six éditions me semblent bien
peu de chose, étant donné cette vente partout. Je vous
étonnerais en vous disant jusqu'où en est le
retentissement.

Pour finir, cher monsieur, je répondrai à ce que
vous dites de votre santé et de votre firme. Je
comprends très bien que vous teniez à votre firme,
vous avez bien raison. Mais alors comprenez aussi
que je tienne à mon œuvre. Avec cette différence que
mon changement d'éditeur, chose si fréquente, n'al-
térera en rien votre Firme. Je n'ai rien d'une étoile,
mais enfin dans votre firme, firmament, mon œuvre
n'est qu'un grain de sable. Pour moi, elle est tout.
Je ne sais si je vivrai assez pour la voir enfin parue et
il est assez naturel qu'avec l'instinct de l'insecte dont
les jours sont comptés, je me hâte de mettre à l'abri
ce qui est sorti de moi et me représentera. Car vous
savez bien qu'heureusement vous n'êtes pas malade
comme moi et que les beaux jours qui depuis longtemps sont finis pour moi reviendront pour vous
bientôt et longs et nombreux. Excusez-moi de finir
vite en m'apercevant que l'envers de l'autre feuille
était une lettre commencée. J'espère que vous avez
compris cette fois et qu'aucun malentendu ne viendra
plus froisser mes affectueux sentiments.

J'ajoute au point de vue commercial que tout en
considérant que je ne dois rien pour les épreuves
(au contraire la fin du premier volume n'ayant pas
été fabriquée) si vous désirez une petite indemnité
(représentant l'ennui que vous êtes assez aimable de

me dire que vous avez de renoncer à publier cette œuvre et à ne garder le premier volume), je suis tout disposé à vous l'offrir ; si vous voulez me dire un chiffre, et qui soit modéré. Mais il sera bien entendu que cela ne m'empêchera en rien de toucher tout ce que vous me devez pour la vente de *Du côté de chez Swann* depuis notre dernier règlement de comptes (dans lequel les livres envoyés chez les libraires n'avaient pu figurer) jusqu'au jour où le livre deviendra la propriété de la N.R.F. Je ne vois pas la raison de cette indemnité que je vous offre, mais si vous le croyez juste je le ferai de grand cœur, mettant avant toutes choses 1° de ne pas vous ennuyer 2° vu l'état de plus en plus précaire de ma santé d'assurer un abri à la fin de *Swann*. Il me reste à espérer que cette fois-ci, m'expliquant moi-même, je serai mieux compris, et que par le fait même que je perdrai un éditeur, je retrouverai un ami.

Marcel Proust.

———

à Louisa de Mornand

[Vers juin 1917][1]

Ma chère Louisa,

Je ne peux vous exprimer que brièvement le grand chagrin que me cause votre lettre[2]. Ce grand chagrin est trop naturel ; vous aimant comme je vous aime, je ne peux pas ne pas être cruellement atteint par

———

1. Lettre publiée dans *Corr. Gén.* (V, 189-191) ; *Kolb* (XVI, 162-164).
2. Dans laquelle la destinataire de la présente revenait sur la mort au feu de son frère Ernest Montaud.

l'idée que vous souffrez. Et vous savez dans ce cas-
là on pense d'autant plus aux êtres qu'on aime bien
que cette pensée vous fasse mal, comme quand on
est malade on fait justement les mouvements qui font
souffrir et qu'on ne devrait pas faire. Si je vous écris
d'une façon trop courte mon affection et ma peine
c'est que ce matin tandis que je faisais mes fumigations, comme probablement même mes poudres
antiasthmatiques doivent être moins bien fabriquées
pendant la guerre, une pincée enflammée m'en a
sauté aux yeux, et m'a brûlé le coin de l'œil. Je n'ai
pas vu de médecin et je pense que cela ne sera rien,
mais cela continue de me faire assez mal, et il a fallu
la nouvelle du malheur que vous m'annoncez pour
que je prenne la fatigue d'écrire. Cela ne m'étonne
pas que L...[1] vous ait écrit une lettre délicieuse.
Comme je le disais dernièrement à un certain nombre
de dames qui ont été à peu près élevées avec lui, et
qui pourtant ne le connaissent peut-être pas aussi
bien que moi, c'est le plus grand cœur que je
connaisse et il n'y a pas de lettres que j'aime autant
que les siennes. J'admire infiniment ce que vous faites
pour la famille de votre pauvre frère. Et imaginez-
vous (il me semble du reste que je l'avais dit à L...)
que sur une photographie que j'avais vue de lui,
j'avais eu une grande curiosité de le connaître, j'ai
toujours été curieux de ce que pouvait donner la
transformation d'un visage ami, ou aimé, du sexe
masculin dans le féminin[2], et vice versa. C'est ainsi
qu'il y a trois ans je désirais beaucoup voir le petit
B..., frère d'une femme[3] qui quand elle avait quinze

---

1. Louis d'Albufera.
2. Sur cette même idée, voir la lettre du [18 juin 1903] à Louis
d'Albufera (*Kolb*, III, 349-354) et *infra* la lettre d'[avril 1918] à la
princesse Dimitri Soutzo (p. 271). Les relations entretenues avec
les couples illégitimes Louis d'Albufera / Louisa de Mornand et
Paul Morand / Hélène Soutzo constituent pour Proust un terrain
où expérimenter diverses procédures d'identification et d'adhésion
transitive, de travestissements et de retournements irréguliers – ce
qu'on pourra résumer avec lui dans l'amusante formule qui suit
du « vice versa ».
3. Dimitri et Marie de Benardaky.

ans a été le grand amour de ma jeunesse et pour qui
j'ai voulu me tuer. Il y avait bien des années de cela.
Malgré cela j'étais curieux de voir son jeune frère.
Hélas, il est mort presque au début de la guerre. Je
pourrais vous citer bien d'autres cas si vraiment mes
yeux ne m'abandonnaient, entre autres d'un M. de
F... (que je n'ai du reste jamais vu et qui est le fils
d'une femme avec qui je jouais aux Champs-Élysées
bien qu'elle fût sensiblement plus âgée que moi[1]). Au
revoir, ma chère Louisa, mon cœur ne se lasse pas de
bavarder avec le vôtre. Rappelez-moi à L... qui ne
m'écrit plus et n'a pas répondu à mes dernières
lettres, lesquelles d'ailleurs n'impliquaient aucune
réponse. Mais j'aime à rester en contact avec sa
pensée.

    Votre tout dévoué,

                                    Marcel Proust.

Je vous raconterai une fois comment j'ai tellement
cru vous reconnaître dans un restaurant que j'ai fait
demander si c'était Mlle de Mornand. La dame s'appelait si je me rappelle bien Mme Dussaud. Vous res-
semble-t-elle ?

-----

1. Antoine de Fréminville, fils de Mme de Fréminville, née
Lévesque.

à madame Émile Straus

[Fin juillet-début août 1917] [1]

Madame,

X... [2] a dû citer quelque jour (que n'a-t-il pas cité ?) ce mot de Mme de Sévigné : « C'est joli, une feuille qui chante [3]. » Moi je dirai « C'est joli une feuille de papier qui chante. » Et en effet il n'y a rien de si joli qu'une lettre de vous. (Ne croyez pas en voyant un mot raturé [4] que j'allais dire comme aurait fait X..., de Geneviève Straus, je remettais « papier » par erreur. Je suis moins savant que X..., mais moins mal élevé). Il faut avouer qu'il a l'air de chercher à l'être... Il cite des vers de Mme de Noailles dans un de ses articles et il dit : « Ces vers d'*Anna* de Noailles ». Je ne crois pas que personne d'autre aurait une pareille idée, puisque jamais elle n'a signé un vers Anna de Noailles. Je l'ai connue jeune fille et l'idée ne m'est jamais venue de dire autrement que Mme de Noailles. Pour ce qui est de X..., puisque je vous ai dit la dernière fois que je vous ai vue, que je retournais un peu dans le monde, vous ne serez pas étonnée que je l'aie rencontré une fois. Même ce qui me surprend plus c'est que c'est au seul dîner pas élégant du tout que j'ai fait, que je l'ai rencontré.

.... [5]

---

1. Lettre publiée dans *Corr. Gén.* (VI, 176-180) ; *Kolb* (XVI, 195-200).

2. Joseph Reinach. Comme on le voit dans la présente lettre, l'estime conçue et manifestée par Proust à l'égard de l'homme politique au moment de l'affaire Dreyfus s'était muée en méfiance et rancune depuis qu'en 1914 Reinach avait refusé d'aider sa réforme de l'armée.

3. Mme de Sévigné, Lettre à Mme de Grignan, 26 juin 1680.

4. Mot raturé sur la présente lettre, sans doute « papier », comme Proust l'explique plus loin.

5. Ici manquent, dans la première édition de la lettre, les quelques lignes suivantes, qui ont été rétablies par Kolb : « Il a toujours un peu, en habit, l'air de "Consul" ce singe qui savait

Il m'a semblé qu'il avait pris une grande autorité et avait tant dit « L'État c'est moi » qu'il avait fini par le faire croire, c'est-à-dire par en faire une vérité. Tel qu'il est je pourrais l'aimer si je le revoyais mais il est parti après le dîner et nous ne nous sommes pas adressé la parole. Il a d'ailleurs été particulièrement à regretter à cause d'une étonnante séance d'hypnotisme qui a suivi. À la fin de la soirée il y a eu l'alerte d'avions. Je ne vous dirai pas s'ils ont pris la droite ou la gauche de Cassiopée, je sais seulement que moi j'ai pris froid car je me suis mis au balcon et y suis resté plus d'une heure à voir cette Apocalypse admirable où les avions montant et descendant venaient compléter ou défaire les constellations. Quand cela n'aurait fait que faire regarder le ciel, cela aurait déjà été très beau tant il était merveilleux. Ce qui était inouï c'est que comme dans le tableau du Greco où en haut il y a la scène céleste, en bas la scène terrestre[1], pendant que du balcon on voyait ce sublime « Plein Ciel », en bas l'Hôtel Ritz (où tout ceci se passait) avait l'air d'être devenu l'Hôtel du Libre Échange[2]. Des dames en chemises de nuit ou

---

fumer, payer l'addition et qui dînait en ville. Même le pauvre Reinach ayant un peu blanchi, la majesté de la vieillesse semblait atteindre ce frère inférieur et par instants des lueurs presque humaines passant dans son regard, il m'a semblé qu'il quittait pour l'Institut (qu'il doit préférer) le Jardin d'Acclimatation. S'il est en ce moment votre "hôte" cette lettre achèvera sans doute de me mettre dans ses bonnes grâces, et pourtant j'aurais besoin d'elles car je n'ai toujours pas pour mon livre le renseignement sur Napoléon et le général de Négrier » (*Kolb*, XVI, 196).

Le singe Consul servait d'attraction à l'Olympia ; le « pauvre Reinach » est Salomon Reinach, frère de Joseph ; le général de Négrier est vraisemblablement François Oscar de Négrier (1839-1913), neveu du général François Négrier (1788-1848) – voir *infra*, p. 259-260, note 2.

1. Allusion à *L'Enterrement du comte d'Orgaz* du Greco, conservé dans l'église de San Tomé de Tolède, dont Proust avait pu voir la reproduction publiée par la *Gazette des Beaux-Arts* (1895, 1, 481 ; 1908, 1, 177) et dont il connaissait l'analyse que propose Barrès dans son *Greco ou le Secret de Tolède*. *L'Enterrement du comte d'Orgaz* est du reste mentionné à trois reprises dans la *Recherche* (voir notamment *RTP*, IV, 338).

2. *L'Hôtel du Libre-échange*, comédie de Georges Feydeau et Maurice Desvallières.

même en peignoir de bain rôdaient dans le hall « voûté » en serrant sur leur cœur des colliers de perles[1]. Quant à la séance d'hypnotisme elle a été d'autant plus comique qu'elle était faite par un « amateur » un M. Delagarde, de Compiègne, qui par exemple quand la Princesse Eugène Murat (X... dirait Violette) s'est réveillée d'elle-même, le magnétiseur pour faire croire que c'était lui qui la réveillait, s'est dépêché à toute vitesse de faire les gestes qui réveillent, pour tâcher d'arriver le premier. Du reste cette dame qui a tant de choses à demander (comme tout le monde) et qui a une foi absolue dans l'hypnotisme, n'a finalement trouvé à demander (sans doute par manque d'imagination) qu'à ne pas grincer des dents. Cela m'a paru une requête modeste. Il est du reste incroyable à quel point le contact avec le mystère rend insignifiant[2]. Beaumont

---

1. Voir *Le Temps retrouvé* : « Je lui parlais de la beauté des avions qui montent dans la nuit. "Et peut-être encore plus de ceux qui descendent, me dit-il. Je reconnais que c'est très beau le moment où ils montent, où ils vont *faire constellation* [...]. Mais est-ce que tu n'aimes pas mieux le moment où, définitivement assimilés aux étoiles, ils s'en détachent pour partir en chasse ou rentrer après la berloque, le moment où ils *font apocalypse*, même les étoiles ne gardant plus leur place ? [...] » (*RTP*, IV, 337-338) ; « il aurait pu, tout en contemplant l'apocalypse dans le ciel, voir sur la terre (comme dans *L'Enterrement du comte d'Orgaz* du Greco où ces différents plans sont parallèles) un vrai vaudeville joué par des personnages en chemise de nuit, lesquels à cause de leurs noms célèbres eussent mérité d'être envoyés à quelque successeur de ce Ferrari dont les notes mondaines nous avaient si souvent amusés, Saint-Loup et moi, que nous nous amusions pour nous-mêmes à en inventer. Et c'est ce que nous avions fait encore ce jour-là, comme s'il n'y avait pas la guerre, bien que sur un sujet fort "guerre", la peur des Zeppelins : "Reconnu : la duchesse de Guermantes superbe en chemise de nuit, le duc de Guermantes inénarrable en pyjama rose et peignoir de bain, etc., etc." – "Je suis sûr, me dit-il, que dans tous les grands hôtels on a dû voir les juives américaines en chemise, serrant sur leurs seins décatis le collier de perles qui leur permettra d'épouser un duc décavé. L'Hôtel Ritz, ces soirs-là, doit ressembler à l'Hôtel du libre échange" » (*RTP*, IV, 338-339). Voir aussi note suivante.

2. Voir *Le Temps retrouvé* : « [...] il est extraordinaire à quel point chez les rescapés du feu que sont les permissionnaires, chez les vivants ou les morts qu'un médium hypnotise ou évoque, le seul effet du mystère soit d'accroître s'il est possible l'insignifiance des propos » (*RTP*, IV, 336-337). On trouve ici un exemple de proximité de deux motifs étrangers l'un à l'autre, *guerre* (voir

qui, réveillé, a beaucoup d'esprit et de couleur, parlait
à peine comme eût fait Chabert, une fois endormi. Il
est vrai qu'il ne sentait pas quand on lui enfonçait des
épingles, mais ce privilège n'eût été précieux que si on
avait été obligé de lui en enfoncer dans tous les cas.
Du reste l'opérateur, ignorant de l'anatomie, avait un
air dégagé de dire à ceux qui le piquaient, et avec un
ton bonhomme qu'auraient pu prendre Thiron ou
Guy : « Tâchez de ne pas lui piquer une artère » qui
faisait frémir. – Madame je sens que dans mon état
de fatigue je fais tant de fautes de français que je m'arrête. Je ne vous ai pas parlé de la Guerre, parce que
justement je vous écris pour tâcher de vous en distraire.
Et pour cela j'aurais d'ailleurs mieux fait de vous parler
de Mme de Jaucourt ou de Mme de Béarn. Mais je ne
veux pas « abuser ». Vous me navrez en me parlant du
mauvais temps mais vous ne me dites pas quel effet il
a sur votre santé. Hélas vous avez froid, vous avez la
guerre, c'est beaucoup pour une personne qui n'est

---

note précédente) et *hypnotisme*, tout à la fois dans une lettre écrite
par Proust et dans son roman. S'agissant du « renseignement sur
Napoléon » dont l'écrivain signale à Mme Straus qu'il a besoin,
imaginant que Reinach pourrait le lui fournir (voir *supra*, p. 257-
258, note 5), on relèvera encore qu'une paperole figure dans le
manuscrit du même passage du roman, comprenant un développement également placé plus loin – où il a été retenu dans le texte
publié –, au sujet d'un plan de l'Empereur en campagne en 1812,
repris par Hindenburg en Mazurie au cours de la guerre de 1914-
1918. Dans ce même développement figure une mention de la
doctrine militaire héritée de la guerre de 1870, conflit au cours
duquel se distingua François Oscar de Négrier, officier mentionné
dans la présente lettre à Mme Straus parmi les figures sur lesquelles Proust pourrait avoir besoin d'interroger Reinach (*RTP*,
IV, 1215-1216, *b* appelé p. 338). En admettant que les questions
à poser à Reinach sur Napoléon et Négrier concernent bien l'affaire de 1812 et la guerre de 1870, le caractère complémentaire de
la paperole, annexée au manuscrit du *Temps retrouvé* dans un
second temps, permet ainsi d'avancer l'hypothèse que la lettre,
qu'elle soit antérieure ou non au manuscrit, l'est du moins à cet
ajout, l'écrivain ne joignant dans son roman les motifs *Napoléon*
et *Négrier* aux deux autres – *guerre* et *hypnotisme* –, ainsi qu'il le
fait dans sa lettre, qu'après avoir effectivement recueilli sur eux les
renseignements souhaités. La présente lettre constituerait dès lors
une première expérience de jonction de ces motifs.

déjà pas très bien portante. Je vous récrirai. En attendant partagez avec M. Straus (inégalement) mes respectueux hommages d'attachement.

Marcel Proust.

P.-S.– Ci-joint *Sésame* avec sa Préface (*Sur la lecture*)[1].

————

à Marie Scheikévitch

5 août 1917[2]

Madame,

L'excès même de ce que j'aurais à vous répondre me confine dans le silence[3]. J'espère que vous avez travaillé ou allez travailler, puisque vous vous privez volontairement de votre fils[4]. Le sacrifice sera moins cruel si vous travaillez. La mauvaise humeur de Montesquiou n'était pas contre vous, mais contre une personne que cela me chagrine de voir méconnaître (ceci ne veut pas dire que je n'eusse pas été chagrin si c'eût été vous). J'ai reçu en effet une lettre ou plutôt

————

1. *Sur la lecture* est le titre sous lequel avait paru, dans *La Renaissance latine* du 15 juin 1905, la préface écrite par Proust pour sa traduction de *Sésame et les lys* (Paris, Mercure de France, 1906).
2. Lettre (pneumatique) publiée dans *Corr. Gén.* (V, 246-247) ; *Kolb* (XVI, 202-203).
3. Un léger froid semble s'être installé en 1917 dans les relations entre Proust et la destinataire, à laquelle il écrivait au mois de juin : « Je l'ai bien vu quand je vous ai écrit par trois fois il y a quelques mois pour vous dire que je ne vous sentais plus telle que je pusse rester le même » (*Kolb*, XVI, 170). À l'origine de cela se trouve peut-être le reproche fait à Proust par Mme Scheikévitch de sortir trop tout en négligeant ses anciens amis.
4. Mme Scheikévitch avait envoyé son fils à la campagne.

un véritable mémoire explicatif de lui. Malheureusement, il est têtu dans ses préventions et il est peut-
être le seul à l'égard duquel ma volonté de paix
échoue. On peut la faire régner sur la terre entre les
hommes de bonne volonté. Mais la sienne n'est pas
tout à fait bonne. J'ai reçu aussi des lettres de X... [1],
et il est venu, mais je n'ai pu le recevoir. Ses lettres
étaient très gentilles mais m'ont étonné. Il m'y disait
notamment que cette lecture [2] était quelque chose de
sacré. Je ne réponds pas de la phrase mais l'adjectif y
était. Or si j'avais le talent de X..., ce que j'aimerais
beaucoup, il me semble que je n'attacherais aucune
importance à mon œuvre, et encore moins à sa lecture, et aux rites de sa lecture. Et je me figure que
quand Virgile a lu pour la première fois l'*Énéide* à
quelques amis, si Mécène est arrivé presque à la fin
avec des amis, l'auteur a dû fêter leur venue et leur
offrir des liqueurs. Je vous demande de garder pour
vous seule mon appréciation sur tout cela et l'adjectif
sacré. Car chacun conçoit l'art à sa façon, j'admire et
j'aime X..., je serais désolé de le peiner et me
reproche même de laisser ces lettres sans réponse.
J'ai reçu la conférence de M. W. Berry qui m'a littéralement ébloui par la révélation de cette humanité
insoupçonnée faisant du Michel-Ange cinquante
mille ans avant Jésus-Christ [3]. (C'est renversant qu'un
juriste américain écrive si admirablement en français.
Qui ne serait fier d'avoir écrit cela.)

Je rentre moulu de chez les H... [4] et vous quitte en
vous baisant respectueusement les mains.

                                  Marcel Proust.

———————

1. Jean Cocteau.
2. Lecture que Cocteau fit de son *Cap de Bonne-Espérance* chez
Paul Morand, en juin 1917.
3. Il s'agit sans doute de la conférence plus tard publiée sous le
titre *L'Art méditerranéen. Discours d'ouverture du Salon français de
Barcelone, prononcé à Barcelone, le 12 avril 1917, par M. Walter
Berry, président de la Chambre de commerce américaine de Paris*
(Paris, Eugène Figuière et Cⁱᵉ, s.d.).
4. Hinnisdael.

à André Gide

102, boulevard Haussmann.
[Octobre ? 1917] [1]

Cher ami,

J'ai bien reçu votre livre [2], mais je vois hélas que vous ne recevez pas mes lettres. Et je finis par me demander si celle pour vous remercier des *Nourritures terrestres* est la seule qui ne vous soit pas parvenue. De sorte qu'il y a certaines demandes que j'hésite à renouveler, si c'est en connaissance de cause que vous n'y avez pas donné suite – et à ne pas renouveler, si vous les avez ignorées et si, en me taisant, je risque de perpétuer par ma seule faute d'évitables malentendus. Par exemple, vous persistez à me dire « mon cher Proust » et jamais (à défaut du prénom que je n'ose demander) « cher ami ». Et vous avez mille fois raison si vous trouvez que le mot d'amitié excède un peu vos sentiments. – Pour revenir au petit volume immense, vous pensez bien que je vous ai remercié, sinon aussitôt, du moins une huitaine après les avoir reçues, ces *Nourritures terrestres* qui ont déjà alimenté une génération et sur lesquelles bien d'autres vivront. Car le grand écrivain, et plus particulièrement vous, est comme la graine qui nourrit les autres de ce qui l'a nourrie d'abord elle-même. C'est une des choses qui m'ont toujours le plus touché, dans le règne végétal et dans le cœur humain, que cette distribution des éléments qui ont été tirés de la terre et de la vie, qui ont permis la germination et

---

1. Lettre publiée dans *Gide* (59-65) ; *Kolb* (XVI, 237-242).
2. Cette lettre fait suite à l'envoi à Proust par André Gide, le 17 septembre 1917, d'un exemplaire des *Nourritures terrestres*, avec ces quelques mots : « Mon cher Proust, Je ne résiste pas à l'amical plaisir de vous envoyer ce petit livre dont l'aspect me plaît – bien qu'il ne soit qu'une réimpression – mais tiré à peu d'exemplaires, il va se faire vite assez rare... et ce m'est aussi une occasion que je saisis, de vous redire mon amitié » (*Kolb*, XVI, 227).

ensuite, du même albumen sur lequel la plantule a
vécu, nourri les peuples. Et cette idée, qui est une de
celles que je me fais le plus volontiers de l'écrivain,
prend, quand il s'agit de vous, quelque chose de si
adéquat que c'est vrai comme à un degré de plus et
sans comparaison. D'ailleurs vous ignorerez probablement toujours la plus secrète beauté de ce livre,
car vous en connaissez pleinement la substance, mais
vous ne pouvez pas en entendre l'accent. Et la nouveauté – durable, bien entendu, puisque le nouveau
en art n'est jamais dans l'ordre du temps – de ce livre,
nouveauté qui vous saisit davantage si on l'a délaissée
quelques années, est avant tout dans l'accent. Je ne
veux pas rabaisser, parce qu'il a écrit dans *Protée*[1]
une *Belle Hélène*[2] plus prétentieuse, plus scolaire, et
au moins aussi fragile que l'autre, un écrivain que
j'ai autrefois admiré. Mais qu'est-ce que c'est que les
intentions artificielles de vers libre, ou je ne sais
comment on appelle cela, de Claudel, à côté de cet
accent des *Nourritures*. Vous vivrez car vous vous êtes
laissé nourrir et vous avez nourri. Cher ami, je crois,
contrairement à la mode de quelques-uns de nos
contemporains, qu'on peut se faire une très haute
idée de la littérature, et sourire avec bonhomie. Je ne
crois donc pas vous fâcher en vous racontant que ma
femme de chambre[3], qui est d'une ignorance invraisemblable (je lui ai appris récemment que Bonaparte
et Napoléon étaient une même personne ; je n'ai pas
pu arriver à lui apprendre un peu d'orthographe et
elle n'a jamais eu la patience de lire une demi-page
de moi), mais qui est remplie de dons extraordinaires,
a eu dernièrement (comme j'avais trop mal aux yeux
et toujours pas de verres) à me lire haut quelques
pages des *Nourritures*. Dès le lendemain, tout ce
qu'elle avait à me dire de désagréable ou d'ironique,
elle me le disait dans une forme que je ne saurais

---

1. Paul Claudel, *Protée*, drame satirique publié en 1914.
2. Henri Meilhac et Ludovic Halévy, *La Belle Hélène*, opéra
bouffe, 1864.
3. Céleste Albaret.

appeler « pastichée » des *Nourritures terrestres*, car je
me fais du pastiche une idée plus littéraire, et elle
serait incapable d'en faire un, mais enfin, qui prouvait combien elle avait été frappée. Aussi, toutes les
personnes qu'elle connaît ont eu leur tour. Si j'allais
voir la Princesse Soutzo et que je priais Céleste de lui
téléphoner, Céleste commençait par me dire :
« Nathanaël, je te parlerai des amies de Monsieur. Il
y a celle qui l'a fait ressortir après des années, taxi
vers le Ritz, chasseurs, pourboires, fatigue. » Si on
sonnait : « Nathanaël, je te dirai les amis de Monsieur », et des choses assez jolies dont je ne veux
pourtant pas vous fatiguer. J'espère que vous écoutez
avec bienveillance ces enfantillages que je vous rapporte sans manquer au respect que j'ai pour ce chef-
d'œuvre, comme c'est sans en manquer non plus que
la Princesse Soutzo m'écrit tout naturellement (pour
me dire que mon absence se prolonge) : « Céleste
devra réviser ses *Nourritures terrestres* et ne pourra
plus dire : Je sais la dame, etc. » – Je voudrais retrouver un vieux livre de moi, écrit presque tout entier
pendant que j'étais encore au collège, et imprimé vers
1893[1]. Vous trouveriez çà et là une phrase (par
exemple sur les grottes vertes que sont les feuillages
des arbres) qui a quelque analogie, avec une phrase
seulement hélas, des *Nourritures terrestres*. Et sans

---

1. *Les Plaisirs et les Jours*, Paris, Calmann-Lévy, 1896. Citant
ici, après avoir fait allusion à la forme du pastiche à laquelle il
s'était particulièrement attaché dans la seconde moitié de la décennie
1900 avec sa série sur l'affaire Lemoine parue dans le *Supplément
littéraire* du *Figaro*, le premier des livres qu'il publia, Proust dessine
une vue rétrospective de ses débuts d'écrivain – sur lesquels le
destinataire de la lettre, admirateur de *Swann*, avait naguère
exprimé des réserves : « Depuis quelques jours je ne quitte plus
votre livre. Hélas ! pourquoi faut-il qu'il me soit si douloureux de
tant l'aimer ?... Le refus de ce livre restera la plus grave erreur de la
N.R.F. et (car j'ai cette honte d'en être beaucoup responsable),
l'un des regrets, des remords, les plus cuisants de ma vie. [...] Pour
moi, vous étiez resté celui qui fréquente chez Mme X ou Y, et
celui qui écrit dans *Le Figaro*. Je vous croyais, vous l'avouerais-je,
du côté de chez Verdurin ! un snob, un mondain amateur » (11 janvier 1914 ; *Kolb*, XIII, 51 et 53).

doute je ne crois pas qu'il en soit du monde de l'intelligence comme de celui des triangles, et qu'un même angle ou côté de deux esprits suffit pour qu'ils soient non pas même égaux mais semblables. Mais je crois pouvoir trouver quelquefois certaines consolations, et peut-être la possibilité de relations amicales qu'il me serait fort doux d'entretenir avec vous. Vous n'aurez qu'à me dire quand vous serez à Paris et je m'arrangerai, le premier jour de santé, pour aller vous voir ou dîner avec vous. Cher ami, je ne sais pas si je vous ai parlé de ce qu'a été pour moi une visite de vous, quand tout d'un coup, à un certain sourire que vous avez eu, j'ai vu se répandre en nappes sur votre visage (que j'aime d'ailleurs tant sans cela) ce que je croyais un mot vide de sens, au moins au point de vue physique et matériellement perceptible, la Beauté Morale. J'ai mieux compris alors le sens d'une phrase que le peintre Denis a écrite sur vous [1] et qui ne me satisfait pas du reste entièrement. Mes yeux trop fatigués ne me permettent pas de poursuivre trop longtemps cette causerie où vous m'avez peut-être, depuis pas mal de minutes déjà, laissé parler dans le vide sans plus m'écouter... Je voudrais pouvoir me dire que j'ai suivi les prescriptions que vous avez formulées avec une beauté définitive d'oracle delphique (je veux dire : suivi dans mon œuvre, vous pensez bien que je ne parle pas de ma lettre !) : « Ce qu'un autre aurait écrit aussi bien que toi, ne l'écris pas [2]. » Hélas, je sens que j'y ai trop souvent désobéi. Et pourtant les mots resteront comme une louange pour vous et un enseignement pour les autres.

Votre reconnaissant

Marcel Proust.

―――――――

1. Vraisemblablement : « [...] le sage A.G. dont le génie classique, assuré, déjà mûr [...] » (Maurice Denis, *Théories 1890-1900 Du symbolisme et de Gauguin vers un nouvel ordre classique*, Paris, Bibliothèque de l'Occident, 1912, p. 44 ; *Kolb*, XVI, 241, note 11 appelée p. 240).
2. Citation approximative des *Nourritures terrestres*.

à André Gide

20 janvier 1918[1]

Cher ami,

Votre lettre me touche beaucoup, m'attriste aussi à cause de ce que vous pensez de mon indiscrétion, me rend surtout heureux parce que je crois comprendre que vous avez un bonheur. Mais ce bonheur, je vous supplie, puisque vous n'avez pas absolument confiance en moi, de ne pas me le révéler, même partiellement (puisque actuellement je n'en soupçonne absolument rien). La Bruyère dit très bien : « Toute confiance est dangereuse, si elle n'est pas entière ; il y a peu de conjonctures où il ne faille tout dire ou tout cacher. On a déjà trop dit de son secret à celui à qui on croit devoir en dérober une circonstance[2]. » J'ajouterai que je ne suis pas curieux, même dans le sens le plus élevé du mot. Je ne regretterais qu'un ami me tût un secret que dans un seul cas, celui où je pourrais directement le servir, dans un cas où son cœur ou bien son amour-propre seraient engagés. J'ai dû en effet vous dire souvent que, si maladroit pour moi-même en faisant toujours rater les choses que je désire, j'y suis fort habile pour les autres, parce que j'unis deux qualités qui ne sont généralement pas jointes dans un seul être : une certaine perspicacité d'une part, de l'autre une absence totale d'amour-propre et l'incapacité de tromper un ami. Aussi me suis-je trompé sur ma vocation qui était d'être entremetteur ou témoin patenté dans les duels. C'est du reste souvent la compensation des gens qui échouent à tout pour eux-mêmes, de faire réussir pour les autres. Quant au défaut que vous m'attribuez – et qui est le plus contraire à ma nature ! – l'indiscrétion,

1. Lettre publiée dans *Gide* (66-73) ; *Kolb* (XVII, 64-68).

2. Citation assez exacte d'un passage de « De la société et de la conversation », dans *Les Caractères* de Jean de La Bruyère.

votre erreur a probablement été causée par ceci : Lors de votre dernière visite, j'ai pensé à une page de vous (dans *Isabelle*, je crois) où vous disiez que Jammes vous plaisait par sa manière de raconter les histoires. Pris d'émulation, je vous en ai conté ou voulu conter quelques-unes. Mais elles avaient trait à des gens que je ne connais pas, à côté de qui j'ai pu dîner une fois et que je n'ai jamais revus. Je ne puis appeler indiscrétion le récit de leurs dires nullement confidentiels. – Hélas, je vois revenir à moi, touchant mes amis, des confidences d'eux qu'ils ont faites à tel qu'ils ont cru discret, qui les a redites à un autre et ainsi de suite. Or, je suis justement celui qui ne ferait pas cela. Je peux porter des jugements plus ou moins sévères sur des indifférents. Mais sur un ami (et depuis trois ans, il me semble que vous en êtes un pour moi), cela me serait impossible. Cher ami, je serais désespéré que pour me montrer que je vous ai persuadé, vous me confiiez quoi que ce soit. J'en serais au contraire malheureux. Et vous, si vous êtes heureux, ayez la force de garder votre bonheur pour vous seul. Il y a déperdition dans la simple confidence. En partageant son bonheur, on ne le multiplie pas, au contraire de ce que Hugo dit si bien pour l'amour maternel[1]. En résumé, je vous supplie de ne me rien dire. – Je me figure que je ne pourrais pas vous voir à votre passage à Paris. Voici pourquoi. En ce moment mes crises ne finissent presque jamais avant une heure avancée de la soirée. Par exemple, à l'heure où vous m'avez vu la dernière fois, personne ne pourrait entrer chez moi. Cela tient à ce que je me suis fatigué pour une personne qui a été opérée ; j'ai dû me plier aux heures que le médecin lui permettait, et mon mal a pris sa revanche comme une oscillation de pendule. Je pense que cela ira en s'améliorant (d'ailleurs il y a des jours – mais si rares – de répit relatif) et je le désire d'autant plus que je n'ai toujours

---

1. Allusion au vers du premier poème des *Feuilles d'automne*, où il est question de l'amour d'une mère : « Chacun en a sa part, et tous l'ont en entier ! »

pas reçu mes épreuves de la N.R.F. et que j'aurai un « coup de collier à donner » quand elles arriveront enfin. Surtout ne vous plaignez pas à la N.R.F. de ce retard ; l'imprimeur avait égaré un cahier ; à la N.R.F., on ignorait qui l'avait envoyé, etc. Je me suis déjà plaint, plus peut-être que je n'aurais dû ; je serais donc très fâché que vous ajoutiez vos reproches à mes doléances. Ce serait d'autant plus inutile que l'imprimeur a promis de faire vite. – Cher ami, vous me feriez un grand plaisir et vous me montreriez que vous en attendez un petit de mon livre, en ne le lisant qu'une fois imprimé, ou du moins quand je vous dirai que les épreuves en sont à un point où il n'y aura plus que des changements insignifiants. Actuellement, ce serait vous donner l'idée la plus fausse. D'autre part, même ces épreuves informes ne sont que les épreuves d'un commencement de volume. Or je publie tout l'ouvrage à la fois, malgré tant de raisons que j'aurais de faire autrement, afin qu'on puisse me juger sur le tout. Donc cent pages, même si elles étaient définitives (et elles sont loin de l'être !) lues à part, iraient à l'encontre de ce à quoi je sacrifie des intérêts fort importants. Que si cela vous amuse – bien que mon œuvre n'en vaille guère la peine ! – de voir la figure de mon travail progressif, je ne demande pas mieux, une fois que vous connaîtrez le livre imprimé, de vous communiquer les épreuves. Mais après, je vous en prie, pas avant. Bien entendu, s'il y a tel ou tel morceau qui puisse exciter votre curiosité, je vous en communiquerai volontiers les épreuves dès qu'elles seront nettes. Mais celles que j'attends n'ont nullement trait à ce qui peut vous amuser et n'a de sens qu'à sa place dans l'ensemble. Pardonnez-moi de tant vous parler et de ma santé et de mon livre, qui tous deux ont si peu d'importance. Mais, bien qu'espérant beaucoup vous voir à votre « passage », j'ai voulu que vous sachiez que si par hasard je ne le pouvais pas, ce ne serait pas faute du grand désir que j'en ai. Et que si je recule un peu, d'autre part, le moment de vous soumettre mon ouvrage, c'est justement parce que votre impression m'est tellement précieuse. Mais paraîtra-t-il jamais ? Cet imprimeur, qui pendant plus d'un mois dit que s'il n'envoie pas d'épreuves c'est parce qu'il n'a pas d'ouvriers, puis après que c'est parce qu'il m'a tout envoyé du 1er volume... La N.R.F., d'autre part, assez peu au courant pour croire qu'il en est ainsi et avoir besoin que je lui rappelle qu'il y a un cahier représentant un bon tiers du volume dont je n'ai pas eu les épreuves pour qu'elle s'en souvienne à son tour ! Enfin, j'envoie cahier sur cahier dont je n'ai pas les doubles. Ne se perdront-ils pas en route ? Tout cela, je l'ai dit, écrit et téléphoné à la N.R.F., en l'espèce à Mme Lemarié, il n'y a donc plus à le redire, elle a été très gentille et nous sommes d'accord. Mais il y a eu un moment où j'ai eu bien envie de quitter cet éditeur (la N.R.F.) que je préfère à tous, dont l'estime est mon plus grand honneur, pour quelque autre plus modeste, où du moins ma pensée eût été assurée d'être transmise. Enfin, je crois que je vais recevoir pas mal d'épreuves d'un jour à l'autre. Dans l'état de santé où je suis, il ne faut pas trop perdre de temps, d'autant plus que mes manuscrits sont fort peu déchiffrables, que les premières épreuves arriveront toujours n'ayant aucun rapport avec un texte qu'on n'aura pu lire, et que, moi disparu, personne ne s'y retrouverait. Au revoir, cher ami, je ne vous ai parlé que de moi, et pourtant je ne pense qu'à vous.

Votre admirateur, votre ami,

Marcel Proust.

à madame Dimitri Soutzo

[Avril 1918] [1]

Princesse,

Rendez-moi la justice que je ne figure pas au nombre, je n'ose pas dire des ennuyeux, mais des indiscrets qui vous ont poursuivie. Vous m'aviez écrit en partant une lettre ravissante, mais où vous ne me donniez pas votre adresse. Je n'ai pas cherché à la connaître. À cause de la maladie du mari de Céleste [2] j'ai dîné au Ritz presque tous les deux jours. À personne, à aucun concierge, maître d'hôtel, chasseur, etc., je n'ai demandé où vous étiez, et c'est bien plutôt pour pouvoir répondre aux curieux ou curieuses, où vous n'étiez pas, que je me suis décidé la veille de l'arrivée de votre lettre, il y a trois jours, à demander à Lucien Daudet, qui voit constamment les Beaumont, où vous vous trouviez. Question que j'étais un peu humilié de poser... Les Beaumont eux-mêmes, je ne les ai pas vus, bien qu'invité avec eux si fréquemment que j'en augure du mieux dans le rein de votre ami [3]. Un de ces nombreux dîners était chez Mme Scheikévitch et je regrette d'autant plus de n'y être pas allé que Monsieur votre frère [4] s'y trouvait... Je suis très curieux de ces transpositions dans un autre sexe d'un visage qu'on a aimé [5]. J'aurais tant voulu connaître ainsi le jeune Benardaky qui est mort au commencement de la guerre et dont la sœur a été sans peut-être le savoir l'ivresse et le désespoir de mon enfance. Princesse, je ne vous parle pas de la guerre. Je l'ai hélas ! assimilée si complètement que je ne peux pas l'isoler, je ne peux pas plus parler des espérances et des craintes qu'elle m'inspire qu'on ne peut

---

1. Lettre publiée dans *Morand* (80-83) ; *Kolb* (XVII, 175-178).
2. Céleste Albaret, domestique chez Marcel Proust et épouse d'Odilon Albaret.
3. Allusion à un problème de santé d'Étienne de Beaumont.
4. Jean Chrissoveloni.
5. Voir *supra*, p. 255, note 2.

parler des sentiments qu'on éprouve si profondément qu'on ne les distingue pas de soi-même. Elle est moins pour moi un objet (au sens philosophique du mot) qu'une substance interposée entre moi-même et les objets. Comme on aimait en Dieu, je vois dans la guerre. (Vous savez ces névralgies qu'on ne cesse pas de sentir pendant qu'on parle d'autre chose, même pendant qu'on dort.) Quant au canon et aux gothas [1], je vous avouerai que je n'y ai jamais pensé une seconde ; j'ai peur de choses beaucoup moins dangereuses – de souris par exemple – mais enfin n'ayant pas peur des bombardements et ignorant encore le chemin de ma cave (ce que les autres locataires ne me pardonnent pas), il y aurait affectation de ma part à feindre de les redouter. Malheureusement Céleste ressent de tout cela une impression nerveuse que je ne m'explique pas, mais que je respecte et comme elle a un chez-soi très confortable je crains qu'elle ne me quitte, je ne cherche pas, par scrupule, à l'influencer. Mais à l'ennui de perdre Céleste s'ajoutera l'ennui d'avoir à reprendre Céline [2], Céleste est indignée parce que Mme Catusse (celle pour qui vous avez eu des bontés) m'a offert sa villa au-dessus de Nice qu'elle n'habite pas, et que j'ai préféré rester à Paris. Mais pour vous, Princesse, je trouve que ce n'est pas du tout la même chose. Puisque vous êtes dans un lieu que vous ne m'indiquez pas (j'ai beaucoup aimé : on me fera suivre les lettres) mais qui est loin de Paris, je trouve qu'autant il serait naturel d'y rester, autant puisque enfin vous en êtes absente, il n'est pas urgent d'y revenir. Je parle contre mon cœur, pour mon cœur aussi, davantage même. Car ma joie de vous voir ne sera pas si grande que ma crainte pour vous chaque fois qu'il y aura une alerte, et que le sentiment de votre inconfort. Truelle, que je n'ai malheureusement pas pu recevoir, est venu hier pour me voir, et avec une simplicité charmante a remis à Céleste pour

---

1. Avions allemands mis en service à la fin de la Première Guerre mondiale.
2. Céline Cottin, femme de chambre chez Proust jusqu'en 1913.

moi une lettre à lui adressée par Morand. Or cette lettre, dans son *imperatoria brevitas*[1] est la bulle la plus insolemment autoritaire qu'on puisse recevoir. Truelle ne l'a probablement pas prise de cette façon que je me garderai de lui dire. Mais bulle est trop dire encore, c'est une espèce de « guide-ânes ». Et pour faciliter l'intelligence des explications et l'exécution des ordres, Morand procède par numéros :

1° faites ceci ;

2° vous avez eu tort de ne pas faire ça, etc.

Il y a une phrase toute en majuscules.

Je ne pense pas que Napoléon ait jamais parlé sur un ton plus bref. – Princesse, j'ai un moment de malaise et suis obligé de remettre à plus tard des choses que je voulais vous dire.

Je vous ai fait porter le matin de votre départ *Les Affranchis*[2] d'Hermant. Vous les a-t-on donnés ?

———————

à Jacques de Lacretelle

Paris 20 avril 1918[3]

Cher ami, il n'y a pas de clefs pour les personnages de ce livre[4] ; ou bien il y en a huit ou dix pour un seul ; de même pour l'église de Combray, ma

———————

1. Littéralement : « impériale concision ».

2. *Les Affranchis. Mémoires pour servir à l'histoire de la société*, roman d'Abel Hermant.

3. Lettre-dédicace écrite pour figurer en tête de l'un des cinq exemplaires sur papier Japon de l'édition originale de *Du côté de chez Swann*, publiée dans *Cahier* (I, 190-192) ; *Kolb* (XVII, 193-197).

4. Quelques jours avant d'écrire la présente, Proust avait accusé réception d'un précieux exemplaire de *Du côté de chez Swann* trouvé par Jacques de Lacretelle (voir note précédente), et avait écrit une première lettre à celui-ci : « J'ai été profondément ému par [...] la vue de cet exemplaire qu'il a dû vous être si difficile de trouver. Comme je sais très mal ce qui fait plaisir aux bibliophiles, je voudrais que vous me guidiez un peu. Aimeriez-vous que je

mémoire m'a prêté comme « modèles » (a fait poser)
beaucoup d'églises. Je ne saurais plus vous dire lesquelles. Je ne me rappelle même plus si le pavage
vient de Saint-Pierre-sur-Dives ou de Lisieux. Certains vitraux sont certainement les uns d'Évreux, les
autres de la Sainte-Chapelle et de Pont-Audemer.
Mes souvenirs sont plus précis pour la Sonate. Dans
la mesure où la réalité m'a servi, mesure très faible à
vrai dire, la petite phrase de cette Sonate, et je ne l'ai
jamais dit à personne, est (pour commencer par la
fin), dans la Soirée Saint-Euverte, la phrase charmante mais enfin médiocre d'une sonate pour piano
et violon de Saint-Saëns[1], musicien que je n'aime
pas. (Je vous indiquerai exactement le passage qui
vient plusieurs fois et qui était le triomphe de Jacques
Thibaud). Dans la même soirée, un peu plus loin, je
ne serais pas surpris qu'en parlant de la petite phrase
j'eusse pensé à l'Enchantement du Vendredi Saint[2].
Dans cette même soirée encore (page 241) quand le
piano et le violon gémissent comme deux oiseaux qui
se répondent j'ai pensé à la *Sonate* de Franck[3] (surtout jouée par Enesco) dont le *quatuor* apparaît dans
un des volumes suivants. Les trémolos qui couvrent
la petite phrase chez les Verdurin m'ont été suggérés

transcrivisse telles pages que vous m'indiqueriez ? Et dans ce cas,
si le morceau est très long, y aurait-il inconvénient à ce qu'il débor-
dât un peu sur le texte imprimé (qui se trouverait ainsi un peu
contaminé par mon écriture). Préféreriez-vous des extraits des
volumes suivants ? Ou en marge de celui-ci de rares notes indi-
quant les "clefs", bien peu nombreuses. Des épreuves corrigées,
que vous pourriez coller en tête du volume, ou y intercaler, vous
plairaient-elles mieux ? Je suis à vos ordres, mais crains surtout
d'abîmer cet exemplaire en voulant y ajouter quelque chose de
moi » (*Kolb*, XVII, 189). Il semble que Lacretelle ait opté pour la
copie d'un passage et pour une dédicace sur les « clefs », placée en
tête du volume – donnant à l'écrivain l'occasion de compliquer ou
priver de fondement une lecture qu'il craignait de voir les contemporains appliquer à son livre.

1. Camille Saint-Saëns, *Sonate pour piano et violon en ré mineur*,
op. 75.

2. Richard Wagner, *Parsifal*, III.

3. César Franck, *Sonate pour piano et violon*.

par un prélude de *Lohengrin*[1] mais elle-même à ce moment-là par une chose de Schubert. Elle est dans la même soirée Verdurin un ravissant morceau de piano de Fauré. Je puis vous dire que (soirée Saint-Euverte) j'ai pensé pour le monocle de M. de Saint-Candé à celui de M. de Bethmann (pas l'Allemand – bien qu'il le soit peut-être d'origine – le parent des Hottinguer), pour le monocle de M. de Forestelle à celui d'un officier frère d'un musicien[2] qui s'appelait M. d'Ollone, pour celui du général de Froberville au monocle d'un prétendu homme de lettres – une vraie brute – que je rencontrais chez la Princesse de Wagram et sa sœur[3], et qui s'appelait M. de Tinseau. Le monocle de M. de Palancy est celui du pauvre et cher Louis de Turenne qui ne s'attendait guère à être un jour apparenté à Arthur Meyer, si j'en juge par la manière dont il le traita un jour chez moi. Le même monocle de Turenne passe dans le *Côté de Guermantes* à M. de Bréauté, je crois. Enfin j'ai pensé, pour l'arrivée de Gilberte aux Champs-Élysées par la neige, à une personne qui a été le grand amour de ma vie sans qu'elle l'ait jamais su (ou l'autre grand amour de ma vie car il y en a eu au moins deux[4]) Mademoiselle B..., aujourd'hui (mais je ne l'ai pas vue depuis combien d'années) Princesse R...[5]. Mais bien entendu les passages plus libres relatifs à Gilberte au début de *À l'ombre des jeunes filles en fleurs* ne s'appliquent nullement à cette personne, car je n'ai jamais eu avec elle que les rapports les plus convenables. Un instant, quand elle se promène près du Tir aux Pigeons j'ai pensé pour Mme Swann à une cocotte admirablement belle de

---

1. Richard Wagner, *Lohengrin*, prélude du premier acte.
2. Max d'Ollone.
3. La duchesse Agénor de Gramont.
4. On le voit : l'emmêlement des « clefs » présentées par l'écrivain, censées livrer les modèles des personnages de son roman, s'étend à celles ouvrant sur les secrets de sa vie.
5. Son mariage ayant été dissous le 2 mars 1915, Marie de Benardaky n'était plus princesse Michel Radziwill à l'époque ou Proust rédige la présente lettre-dédicace.

ce temps-là qui s'appelait Clomesnil. Je vous montrerai des photographies d'elle. Mais ce n'est qu'à cette minute-là que Mme Swann lui ressemble. Je vous le répète, les personnages sont entièrement inventés, et il n'y a aucune clef. Ainsi personne n'a moins de rapports avec Mme Verdurin que Mme de B...[1]. Et pourtant cette dernière rit de la même façon. Cher ami, je vous témoigne bien maladroitement ma gratitude de la peine touchante que vous avez prise pour vous procurer ce volume, en le salissant de ces notes manuscrites. Pour ce que vous me demandez de copier, la place manquerait mais si vous le voulez je pourrai le faire sur des feuilles détachées que vous intercalerez. En attendant je vous envoie l'expression de mon amicale reconnaissance.

Marcel Proust.

Décidément la réalité se reproduit par division comme les infusoires, aussi bien que par amalgame, le monocle de M. de Bréauté est aussi celui de Louis de Turenne.

———

à madame Émile Straus

[31 juillet 1918][2]

Chère Madame Straus,

Je ne vous ai pas écrit depuis la mort du pauvre Pozzi[3] et pourtant ce sont des pertes dont on devrait parler souvent puisqu'on y pense toujours. Mais je

———

1. Mme Théodore de Briey.

2. Lettre publiée dans *Corr. Gén.* (VI, 204-207) ; *Kolb* (XVII, 330-333).

3. Le docteur Pozzi, professeur à la Faculté de médecine, avait été assassiné par un ancien patient le 13 juin 1918.

croyais aller à Cabourg. Votre concierge m'avait dit
que vous aviez quitté Saint-Germain pour Trouville
et que vous ne comptiez pas revenir. Alors je pensais
que nous parlerions de vive voix de tout ce qui est
devenu si brusquement le passé. La campagne
autour de Trouville ne me semble pas devoir exprimer forcément un bonheur grossièrement matériel,
une gaieté à la Maupassant. La nature est souple, elle
se prête aussi à la tristesse. J'ai vu naître, grandir,
devenir de plus en plus belle votre demeure d'aujour-
d'hui. Je vous revois encore dans la précédente
le Manoir de la Cour brûlée (que j'aimerais savoir le
sens de ce nom !) de cette pauvre Mme Aubernon
pour qui justement Pozzi fut si bon jusqu'à la dernière heure. Mais voici que Céleste (la femme
d'Albaret) a été obligée d'aller chez elle, elle ne
reviendra que dans une dizaine de jours ; je
commence à croire que dans ces conditions je ne
quitterai pas Paris et à tout hasard je vous écris pour
vous dire que je pense continuellement à vous et à
M. Straus. Je voudrais pourvoir vous donner de
petites nouvelles de Paris, autres que celles que vous
lisez dans les journaux et que celles qu'on doit vous
raconter (comme l'abandon, par Mme A... [1] du domi-
cile conjugal). Mais je sors si peu, et surtout quand
je sors, c'est si habituellement pour dîner seul au restaurant du Ritz afin de ne parler avec personne que
je ne pourrais rien vous raconter, ou bien ces observations infinies comme nous en faisons tous deux et
qui exigeraient tout un volume. J'ai pourtant dîné
trois ou quatre fois en ville et j'ai retrouvé là de vos
amis d'autrefois qui sont devenus des gens différents [2], un duc de Gramont massif vénérable et blanc
avec en revanche une femme plus jeune (il est vrai
que ce n'est pas la même ; et c'est peut-être la trop
grande jeunesse de celle-ci qui l'a vieilli, lui), des
Castellane que je m'obstine à croire jeunes gens et

---

1. Mme Arthur Meyer, née Marguerite de Turenne.
2. Voir, sur ce motif, le développement final du « bal de têtes »
dans la *Recherche* (*RTP*, IV, 503, 509, etc.).

qui ont des fils à la guerre ; Mme de F... [1] vouée aux
reniements puisqu'elle doit maintenant abjurer
l'Autriche comme autrefois, pendant l'affaire Dreyfus, le judaïsme. M. de Gramont m'a dit qu'il avait
perdu trois neveux [2] à la guerre (dont le fils de la
Princesse de Wagram, noyé et qui a reconnu ce que
je trouve très bien un fils naturel qui va hériter de lui).
Mais rien n'est comparable à la douleur des pauvres
Reszké. Vous qui savez comment elle avait élevé et
couvé son fils, vous pouvez penser ce qu'est pour elle
une telle séparation. J'espère que le succès de notre
contre-offensive vous a apporté à tous deux un peu
de joie. Mais j'aimerais savoir comment vont vos
deux santés en attendant le moment si impatiemment
attendu de vous revoir. Veuillez accepter Madame et
faire accepter à Monsieur Straus mes hommages
d'attachement profond, respectueux et reconnaissant

                         Marcel Proust.

   Si jamais vous m'écrivez vous seriez bien gentille
de me dire le nom du domestique qui a soigné mes
tapis.
   Reinach (plus gentil en cela que Bernstein et
Hermant auxquels j'ai demandé d'insignifiants services et qui ne m'ont même pas répondu) m'a écrit
une lettre très affectueuse. Mais comme le cœur à ses
raisons que la raison connaît [3], je préfère tout de
même Bernstein et Hermant. On m'a dit que Reinach
garde les épreuves corrigées de tous ses articles et les
donne comme cadeaux de Jour de l'An. Quoique
étant un journaliste moins fécond, je regrette de
n'avoir pas eu tant de prévoyance. Car on me
demande de faire un volume avec le recueil de mes
articles. Or je n'en possède pas un seul, et je pense

---

   1. Mme de Fitz-James.
   2. Adrien de Gramont-Lesparre, Sanche de Gramont,
Alexandre Berthier, prince et duc de Wagram.
   3. Parodie de : « Le cœur a ses raisons que la raison ne connaît
point » (Pascal, *Pensées*).

que *Le Figaro* ne les a pas non plus conservés. Cela ramène la pensée vers Calmette d'où l'on revient à Pozzi. Quel douloureux enchaînement de souvenirs. Le chagrin que mon frère a eu de la mort de Pozzi est d'une violence qui me surprend chez lui. Cela a pour effet qu'il m'écrit de temps en temps et toujours pour me redire sa désolation de la mort de son malheureux patron.

à madame Anatole Catusse

102, boulevard Haussmann.
[Avril 1919] [1]

Chère Madame,

Je vous écris une lettre d'ordre purement pratique et que je voulais vous écrire depuis des mois. Mais je suis plus que souffrant, j'ai eu des phénomènes d'embarras de la parole que mon médecin attribue à l'abus des toxiques, mais que je crois, moi, au contraire, le début d'un état comme celui où a fini ma pauvre Maman. Quoi qu'il en soit (je m'aperçois avec horreur que l'autre demi-feuille était écornée, donc je dois l'enlever et vous allez me trouver bien mal élevé), voici ce dont il s'agit. Ma tante a vendu, je crois en décembre, sans m'en prévenir, la maison à un banquier [2] qui va en faire une banque, et tous les locataires sont expulsés [3]. Financièrement, c'eût été pour moi un ennui de plus ajouté aux autres sans

---

1. Lettre publiée dans *Catusse* (177-180) ; *Kolb* (XVIII, 177-179).

2. René Varin-Bernier.

3. Mme Georges Weil avait vendu à une banque, au milieu de janvier 1919, l'immeuble que Proust habitait depuis la mort de ses parents.

le dévouement du duc de Guiche qui a consenti à voir à ma place propriétaire, gérants, etc., et m'a fait avoir une assez forte indemnité (ceci entre nous). Mais enfin il faut partir, ce qui, dans mon état, est plus qu'une question de santé, mais de vie. Si, par hasard, je ne trouve rien à Paris, dans les quartiers qui me conviennent (comme la rue de Rivoli, le bruit de la rue ne me gêne pas, assourdit celui des voisins), et comme j'ai peu de temps devant moi, je me permets de vous poser les questions suivantes. Est-ce que la Tour [1] est louée ou pas louée ? Si elle ne l'était pas, malgré les dangers que mon médecin trouve pour moi à être transporté jusqu'à Nice (ce que j'ai n'a quoi que ce soit de contagieux), j'aurai l'avantage (car je suppose qu'elle est isolée de toute autre habitation) d'avoir une maison toute à moi, où, n'entendant pas l'ombre d'un bruit, je pourrais essayer cette diminution de médicaments pour dormir, diminution dont on attend un bien que je crains un peu chimérique. Si donc, la Tour était libre, j'y arriverais vers le milieu de mai, ou même le début de mai (dans le cas où je me déciderais à tenter ce voyage) et à l'entrée de l'hiver (*si fate...* [2]) j'irais voir quelques villes d'Italie, Pise, Sienne, Pérouse, où je me fixerais peut-être. D'autre part, comme je suis terriblement en dehors de la maladie un homme d'habitudes, il est plus probable, si je suis bien à la Tour, que mon bail de mai-novembre expiré, je me décide à relouer. C'est probablement une folie, car je suppose que c'est très cher, et naturellement je ne veux pas que vous me louiez (ni pour cet été, ni pour plus tard) *un franc* de moins qu'à M. Rockefeller. Seulement, pour avoir les éléments d'une décision actuelle, je voudrais savoir si je ne me trompe quant au bruit (je parle bruit des voisins, la route m'est égale). D'autre part, de grandes crises d'asthme ne m'empêcheraient pas moins de dormir que le bruit. Elles sont pour une

---

1. La Tour est le nom d'une villa que la destinataire possédait près de Nice.

2. Ou « *si fata...* » – littéralement : « si les sorts... »

partie imprévisibles, cette maladie étant aussi capri-
cieuse que je ne le suis pas. Mais pour une autre partie : la Tour est-elle à pic sur la mer (et au-dessus),
excellente condition. Ou bien est-elle dans les arbres,
avec feuillages, moustiques, etc. ; est-elle construite
en pierre, sans boiserie, pourrai-je ne pas entendre
monter et descendre Céleste (car je compte habiter
en haut pour ne pas entendre au moins les pas), enfin
seriez-vous assez gentille pour me dire le prix de la
location 15 mai-15 novembre ; d'autre part, si je m'y
acclimatais, de la seconde location qui pourrait être
d'une année. Si vous aviez mieux (pour la première),
15 mai-15 février, je suis tout consentant. Mais je
tâche de ne pas faire la première location trop longue,
afin que, si j'avais des crises telles que je ne puisse
rester, même quelques jours, et qu'il me fallait émi-
grer ailleurs, le prix ne fût pas trop élevé. Je serai très
favorable à un cinquième rue de Rivoli (cinquième,
pour être au-dessus de la Seine, et surtout pour ne
pas entendre tirer des lits au-dessus de la tête). Mais
les cinquièmes qu'on m'indique ont des fenêtres
assez petites, joliment mansardées, mais l'esthétique
et l'asthme font mauvais ménage ensemble. Un
palace à Ripolin[1], ou je n'aurais pas de voisins, est ce
qu'il y aurait de plus sûr pour ne pas mourir tout de
suite et finir mes livres. Malheureusement cela
n'existe pas. Daignez agréer, Madame, ma respectueuse affection et redire toute mon amitié à Charles.

                                              Marcel.

Je souhaite une réponse très prompte, les appartements vacants rue de Rivoli pouvant être pris[2].

----

1. Image plaisante forgée à partir du nom (Ripolin) d'un grand
fabricant de peintures en bâtiments.
2. Le projet d'exil près de Nice, pas plus que celui d'emménagement dans un cinquième étage rue de Rivoli, ne connaîtront de
suite : à la fin de mai 1919, Proust s'installera au quatrième étage
rue Laurent-Pichat, près de l'arc de Triomphe de l'Étoile, dans un
appartement loué à l'actrice Réjane – voir *infra*, p. 285.

à Jacques Rivière

[Fin avril 1919] [1]

Cher ami

D'abord voici les épreuves de *Guermantes*. Que le nouvel imprimeur tienne compte des corrections bien qu'elles ne soient pas complètes, mais qu'il considère ces épreuves comme un simple manuscrit. C'est d'ailleurs ce qu'il aura à faire pour les suivantes (que la Semeuse a dû vous rendre) et qui sont de Grasset. Quant au fragment je crois que ma proposition (honteux de vous ennuyer si longtemps de moi) va vous paraître satisfaisante. Je renonce à Bergotte et pour les rares parties Madame Cottard et avenue du Bois que je vais vous demander, je supprime (je vais vous l'indiquer) un nombre équivalent des pages que vous m'accordiez. Permettez-moi, (comme excuse à toute cette correspondance) de vous en dire la raison principale. Une des choses que je cherche en écrivant (et non à vrai dire la plus importante), c'est de travailler sur plusieurs plans, de manière à éviter la psychologie plane. Les Cottard etc. ne sont donc pas rappelés ici pour insérer de la variété dans l'étendue, mais pour donner (bien imparfaitement dans un tel fragment) un aperçu des substructions et des étagements divers. Donc d'abord pour gagner des pages (et remarquez je vous prie que la suppression du portrait de Gilberte (portrait que vous m'accordiez), en fait déjà gagner) je vous demande de commencer non pas page 133 (Ainsi pas plus du côté des Swann) mais 3 pages 1/2 plus

---

1. Lettre publiée dans *Rivière* (36-38) ; *Kolb* (XVIII, 193-196). Proust répond ici à la demande formulée par le destinataire, de l'autoriser à faire paraître dans *La Nouvelle Revue française* du 1er juin 1919 un extrait de *À l'ombre des jeunes filles en fleurs*. La pagination servant de référence à l'écrivain dans son découpage de celui-ci est celle des dernières épreuves du roman, qui sera lui-même mis en vente le 21 juin 1919.

loin page 137 : J'allais passer par une de ces conjonctures difficiles (4ᵉ ligne de la page 137). Ce n'est pas que je ne regrette un peu la 136-137, mais enfin cela est moins important). Seulement en compensation nous continuerons la page 142 (ce qui fait une 1/2 page puisque vous en gardiez déjà une 1/2). Nous mettrons toute la page 143 (je pourrai sur épreuves ôter quelques phrases) les premières lignes de la page 144 jusqu'à « l'intimité de ses perles », une partie de la page 146 (depuis la ligne 13 : « Les jours où Madame Swann n'était pas sortie du tout » jusqu'à (dans la même page) Henry Gréville (ce qui ne fait pas 1/2 page). À la page 146 nous commencerons à l'alinéa « On ne peut pas s'en aller de cette maison », et les 3 premières lignes de 147 jusqu'à « dans son personnel ». Nous supprimons tout le reste de 147, tout 148 sauf les dernières lignes, depuis « Mais vous me semblez bien belle, *Redfern fecit ?* » Je supprime 149, 150 (dont je laisserai une phrase mais il sera plus simple que je l'indique sur épreuves). Je laisse 152 à partir de « Cependant Madame Bontemps qui avait dit » jusqu'au bas de la page 152 (en supprimant les six dernières lignes). Je supprime le 153, le 154, le 155, et je reprends où vous avez indiqué dans le 156 : « Le 1ᵉʳ janvier me fut particulièrement douloureux ». Pour le reste nous sommes d'accord. Je supprime pourtant, pour vous demander plus après, toute la page 174 (le rêve). Et cela continue à 175 comme vous faites. Mais voici que je vous demande d'ajouter : page 178 « Quand le printemps approcha », la page 179 en supprimant les huit dernières lignes c'est-à-dire en s'arrêtant à : « les quatre ou cinq hommes de club qui étaient venus la voir le matin chez elle ou qu'elle avait rencontrés ». Je supprime tout 180, tout 181, tout 182. Page 183 je recommence à « Alors vous ne viendrez plus jamais voir Gilberte ». Je laisse tout 184 (sauf à supprimer sur épreuves une ou 2 phrases) et 185 que j'arrête 5 lignes avant la fin de l'alinéa « qui n'attendait plus qu'elle pour s'apercevoir qu'il est guéri ». Nous finissons sur ces mots tout le fragment et vous reconnaîtrez que cette page 185 est la conclusion psychologique de la brouille. Pardonnez-moi, je suis tellement

fatigué, deux personnes parlant autour de moi de mon
déménagement[1], j'ai peur de vous avoir mal dit ma
reconnaissance et mon affection.

Marcel Proust.

P.-S. Je ne préfère pas les astérisques aux points de
suspension. Simplement je voudrais ôter à ces points
de suspension le caractère « littéraire » par lequel certains écrivains, à la suite de Loti, croient indiquer
l'ineffable, et montrer qu'il s'agit simplement d'un
manque de place.

à madame Sydney Schiff

8 *bis*, rue Laurent-Pichat
(Mais 37, rue Madame, faire suivre serait plus sûr car
je ne sais si je resterai ici.
Si vous oubliez 37, rue Madame, vous pourriez à
la rigueur m'écrire
à l'hôtel Ritz où on me ferait sans doute suivre)
[Juillet 1919][2]

Madame,

Je suis absolument désespéré que vous ayez
commandé *À l'ombre des jeunes filles en fleurs* et *Pastiches*.
Même si j'avais pu répondre il y a un mois à votre adorable lettre, je vous eusse de toutes façons envoyé mes
livres. Mais n'ayant pu vous écrire pour des raisons que
je vais vous expliquer, je tenais doublement à ce que
mon premier exemplaire de chacun des volumes fût
pour vous. Voici d'abord ce qui m'a empêché de vous

---

1. Voir la lettre précédente.
2. Lettre publiée dans *Corr. Gén.* (III, 7-10) ; *Kolb* (XVIII, 293-
296).

écrire. Je crois avoir dit à M. Schiff – avec cette propension aux confidences inintéressantes qu'on a envers ceux qui vous traitent avec sympathie – que l'immeuble où j'habitais ayant été transformé (changé en banque) j'allais être obligé de déménager. Je ne m'en suis occupé que l'avant-veille du jour où il fallait partir et je me suis aperçu alors avec horreur que j'avais de quoi meubler beaucoup de maisons. À cette première constatation d'un fait que les déménageurs ont atténué en volant une partie et en brisant le reste, j'ai dû en ajouter une autre. C'est qu'aucune maison n'était libre à Paris. C'est par un vrai miracle que Mme Réjane apprenant mon désespoir (je voyais le moment où j'irais habiter le Ritz et où les gens m'inviteraient à déjeuner dans les couloirs) m'a offert de me louer un étage de sa maison. Et je m'y suis précipité. Seulement le déménagement m'avait déjà aux trois quarts tué, la maison de Mme Réjane a consommé le dernier quart. Elle est à côté du Bois ce qui m'a rendu l'asthme des foins, et ses cloisons sont tellement minces qu'on entend tout ce que disent les voisins, qu'on sent tous les courants d'air, que les gothas qui ne m'ont jamais fait descendre une fois à la cave pendant la guerre, faisaient beaucoup moins de bruit, même quand ils tombaient dans la maison voisine, qu'un coup de marteau frappé ici à l'étage au-dessous. Aussi je n'ai pas encore dormi une minute, et je suis dans un état de faiblesse tel que ce soir j'ai pris toute la caféine possible pour pouvoir vous écrire une lettre. J'y joins *À l'ombre des jeunes filles en fleurs* et *Pastiches et Mélanges*, tant pis cela vous fera trop d'exemplaires mais je ne peux pas supporter de ne pas vous en envoyer. La Nouvelle Revue Française ne m'a envoyé que des deuxièmes et troisièmes éditions ! Quelle peine pour en avoir une première. Je veux vous demander à propos de mon livre un conseil qui pourrait m'être infiniment précieux. Comme ni moi ni personne ne peut avoir un seul exemplaire de luxe, parce que tous sont souscrits d'avance par une haïssable société de bibliophiles, la Nouvelle Revue à l'intention de faire une autre édition de luxe. Mais celle-là de beaucoup plus grand luxe. On intercalerait en effet

dans chaque exemplaire plusieurs pages de mon manuscrit (non des fac-similés, mon manuscrit original lui-
même) et aussi une héliogravure qu'on ferait d'après
mon portrait par Jacques Blanche. Seulement cela coû-
terait excessivement cher (peut-être cinq cents francs
l'exemplaire) parce qu'il faudrait tout recomposer et
agrandir le format pour ne pas abîmer le manuscrit,
lequel, malgré mon affreuse écriture (Montesquiou
disait autrefois : il y a des gens qui ont une écriture laide
mais lisible, d'autres une illisible mais jolie, celle de
Marcel réussit d'être à la fois illisible et affreuse), est
ravissant et à l'air d'un palimpseste à cause de la personne qui le collait avec un goût infini. La Nouvelle
Revue française hésite naturellement à faire de tels frais
avant de se rendre compte s'ils seront couverts, d'autant
plus que moi-même j'ai un peu de regret de ne pas
vendre à un amateur le manuscrit complet de *l'épisode*,
au lieu de le morceler ainsi. Comme vous m'avez dit que
vous auriez des amis tout autour de vous qui aimaient
tant *Swann*, peut-être pourriez-vous me conseiller et me
dire ce que vous pensez que je pourrais trouver de sous-
cripteurs et si l'édition vaut la peine d'être faite (le
manuscrit est celui d'une partie de *À l'ombre des jeunes
filles en fleurs*, peut-être de tout le livre, je ne me rends pas
compte parce qu'il n'est pas chez moi). Je crois que vous
sauriez admirablement « sonder » les personnes de votre
groupe qui aiment ce que j'écris et me documenter avec
une certaine précision sur ce que je peux en attendre, sur
ce que je dois conseiller à la Nouvelle Revue française [1].
Je sens que ma caféine ne suffit plus à m'aider à vous
écrire. Mais avant de vous dire adieu je voudrais
répondre à une objection de vous qui m'a beaucoup
ému : « Je sens que je vais avoir bien des chagrins. » Je
pense que vous voulez peut-être dire par là, considérant
trop aimablement Swann comme une personne vivante,

---

1. Une édition in-4° raisin d'*À la recherche du temps perdu. Tome II.
À l'ombre des jeunes filles en fleurs*, tirée à cinquante exemplaires
comprenant chacun des fragments manuscrits du texte prélevés sur
les cahiers de brouillon et les placards corrigés par Proust, devait
paraître en 1920 aux éditions de la Nouvelle Revue française.

que vous avez été déçue de le voir devenu moins sympathique et même ridicule. Je vous assure que cela m'a fait à moi beaucoup de peine de le transformer ainsi.

Mais je ne suis pas libre d'aller contre la vérité et de violer les lois des caractères. « *Amicus Swann, sed magis amica Veritas* [1]. » Les gens les plus gentils ont quelquefois des périodes odieuses. Je vous promets que dans le volume suivant, quand il devient dreyfusard, Swann recommence à être sympathique. Malheureusement, et cela me fait beaucoup de chagrin, il meurt dès le quatrième volume. Et le personnage principal du livre n'est pas lui. J'aurais aimé que ce fût lui. Mais l'art est un perpétuel sacrifice du sentiment à la vérité.

à Robert Dreyfus

[Juillet 1919] [2]

Cher Robert,

Que tu es gentil et combien tu as de talent ! Ce ne sont pas des découvertes ! Je te remercie mal parce que je suis au milieu d'une affreuse crise d'asthme,

---

1. C'est-à-dire : « Swann m'est cher, mais la Vérité encore davantage » ; Proust adapte ici le proverbe latin « *Amicus Plato, sed magis amica veritas* », tiré de l'*Éthique à Nicomaque* d'Aristote (I, 4).

2. Lettre publiée dans *Dreyfus* (325-326) ; *Kolb* (XVIII, 311-313). Proust revient ici sur l'article paru dans *Le Figaro* du 7 juillet 1919, « Une rentrée littéraire », dans lequel le destinataire écrit à l'occasion de la récente parution de *À l'ombre des jeunes filles en fleurs* : « M. Marcel Proust est resté silencieux pendant la guerre. Mais il travaillait, malgré le patriotique souci qui n'a cessé d'absorber son âme, malgré les tourments physiques [...]. Auprès de cette œuvre de création poétique et d'analyse méticuleuse, qui doit continuer de s'élever peu à peu comme un monument de psychologie raffinée et mystérieuse, l'écrivain s'exerce à des essais de fantaisie critique, à des méditations littéraires et morales, où son intense sensibilité, l'acuité de son imagination ardente, son immense mémoire, son goût inné pour l'étude des usages et la

mais je te remercie de tout mon cœur. Quelle indulgence tu as pour moi, avec quel tact tu dis tout et
comme tu le dis bien. Naturellement on voudrait
toujours faire des retouches à son portrait. J'aurais
peut-être omis le côté mauvaise santé qui est trop
personnel, j'aurais peut-être donné plus d'importance
à la *Recherche du temps perdu* qui n'est pas que méticuleuse et qui même ne l'est pas du tout. Mais as-tu
jamais vu un modèle qui ne trouve pas que son
peintre aurait pu, aurait dû... mais comme je connais
ce point de vue et que je le sais faux, je m'évade du
personnage de la mère qui trouve toujours que l'artiste n'a pas assez flatté sa fille [1], et jugeant objectivement, je trouve ton article, admirable, un peu trop
flatteur, ce qui est loin de me déplaire. Cela me plaît
au contraire tant que j'écris à Robert de Flers que les
caractères auraient dû être un peu plus gros (pourquoi est-ce qu'on imprime cela en plus fin que la
journée polonaise à l'Hôtel Doudeauville, je n'ai pas
pensé à le demander à Robert de Flers, le bruit de
mes râles couvre celui de ma plume et d'un bain
qu'on prend à l'étage au-dessous). Et j'aurais été si
content que tu signasses Robert Dreyfus (contreseing
de notre amitié). Bartholo [2] fait de ce magnifique
compliment qui me touche tant un compliment de
comédie.

Je n'ai pas pu trouver de première édition pour
Vonoven. Je vais me résigner à lui en envoyer une
troisième ou une deuxième. Je te redis toute ma
tendre reconnaissance.

Marcel Proust.

---

spirituelle subtilité de sa verve observatrice suscitent à la fois, chez
le lecteur stupéfait et ravi, les plaisirs habituellement étanches de
l'émotion, de l'intelligence et du rire. »
    1. Pour d'autres comparaisons du rapport entre l'écrivain et son
livre avec celui entre la mère – ou le parent – et son enfant, voir
« Le travail nous rend un peu mères » (*Carnets*, 60) et « cet écrivain
[...] devrait préparer son livre, minutieusement, avec de perpétuels
regroupements de forces, comme une offensive, le supporter
comme une fatigue, l'accepter comme une règle [...], le suralimen-
ter comme un enfant » (*RTP*, IV, 609-610).
    2. Pseudonyme sous lequel avait paru l'article cité.

Si tu vois Daniel Halévy dis-lui que j'ai pour lui et qui lui seront portés incessamment mes livres, une lettre sur le sien que je trouve *admirable* et la plaquette qu'il m'a prêtée.

———————

à Paul Souday

44, rue Hamelin
10 novembre 1919[1]

Cher Monsieur,

J'ai été bien touché de la façon si aimable pour moi dont vous discutez mon opinion sur Sainte-Beuve[2], et je vous en aurais remercié immédiatement sans une crise d'asthme prolongée qui m'a rendu, ces jours derniers incapable du moindre mouvement. J'ai été d'autant plus sensible à votre bienveillance que, depuis le malheur qui vous a frappé[3], depuis ce que j'ai appris de votre émouvante douleur, qui ressemble tant aux miennes, vous êtes, si je puis le dire, près de mon cœur comme vous l'étiez de mon esprit. Je ne crois pas vous lasser en vous reparlant de votre deuil, car il n'y a pas de plus absurde coutume que celle qui vous fait plaindre une fois pour toutes, un certain jour, quelqu'un dont le chagrin durera autant que lui-même. Un tel deuil, et ressenti de cette façon, est toujours « actuel » et on n'est jamais en retard pour

———————

1. Lettre publiée dans *Corr. Gén.* (III, 67-70) ; *Kolb* (XVIII, 462-465).
2. Allusion au feuilleton du *Temps* du 31 octobre 1919 dans lequel le destinataire présente le livre de Jacques-Émile Blanche, *Propos de peintre. De David à Degas*, et la préface écrite par Proust.
3. La mort de Mme Paul Souday, le 23 septembre 1919 – Proust avait adressé une lettre de condoléances à Souday le 2 octobre suivant (*Kolb*, XVIII, 407).

en parler, jamais rabâcheur en en reparlant. Pour
revenir à Sainte-Beuve (et vous trouverez, d'ailleurs,
dans mes *Pastiches*, une expression non plus analy-
tique, il est vrai, mais exacte, je crois, de ce que je
pense de lui), je ne dis pas que chacun de ses *Lundis*
pris isolément soit absolument faux. Je ne doute pas
que le comte Molé ou le chancelier Pasquier aient été
des hommes de mérite. Je pense qu'ils font moins
honneur aux Lettres françaises que Flaubert et
Baudelaire, desquels Sainte-Beuve a parlé en laissant
entendre que l'amitié personnelle, l'estime pour leur
caractère dictait en partie les minces éloges qu'il
leur accordait. Je ne trouve pas que se tromper sur
la valeur d'une œuvre d'art soit toujours très grave.
Flaubert méprisait Stendhal qui, lui-même, trouvait
certaines villes du Midi déparées par leurs sublimes
églises romanes. Mais Sainte-Beuve était critique et,
de plus, proclamait à tout propos que le critique se
révèle dans l'appréciation exacte des œuvres
contemporaines.

– Il est aisé, disait-il, de ne pas se tromper sur
Virgile ou sur Racine, mais le livre qui vient de
paraître, etc.

On peut donc lui appliquer le même jugement qu'il
a porté sur des critiques louangeurs seulement du
passé ! Aussi j'ai été désolé quand j'ai vu mon ami
Daniel Halévy célébrer Sainte-Beuve comme le plus
sûr des guides. Si je ne l'avais assommé de lettres de
reproches pour avoir signé le stupide manifeste du
parti de l'intelligence, je lui aurais répondu dans un
journal. Mais, surtout pour le faire, j'étais trop
malade, trop incapable de prendre une plume.

Je vous remercie d'annoncer que vous parlerez de
À l'ombre des jeunes filles en fleurs. Je serai, naturellement, très heureux d'un article de vous, s'il ne doit
pas vous causer de fatigue. Vivre avec votre chagrin,
laisser lentement l'atroce mal se métamorphoser en
une lumineuse et triste méditation, voilà pour vous le
plus important, en ce moment. Si vous fatiguer à
écrire un article aussi long, plein de passages aussi
tristes, doit retarder pour vous d'une heure le miracle

béni, par lequel le souvenir qui causait tant de souffrances devient le doux compagnon de tous les instants, je préfère que vous n'écriviez pas cet article. Au reste, je crains que l'architecture de *À la recherche du temps perdu* ne soit pas plus sensible dans ce livre que dans *Swann*. Je vois des lecteurs s'imaginer que j'écris, en me fiant à d'arbitraires et fortuites associations d'idées, l'histoire de ma vie.

Ma composition est voilée et d'autant moins rapidement perceptible qu'elle se développe sur une large échelle (excusez ce style, je n'ai pas eu la force de signer même une dédicace depuis longtemps, ma première lettre interminable se ressent de ma fatigue) ; mais pour voir combien elle est rigoureuse, je n'ai qu'à me rappeler une critique de vous, mal fondée selon moi, où vous blâmiez certaines scènes troubles et inutiles de *Swann*. S'il s'agissait, dans votre esprit, d'une scène entre deux jeunes filles (M. Francis Jammes m'avait ardemment prié de l'ôter de mon livre), elle était, en effet, « inutile » pour le premier volume [1]. Mais son ressouvenir est le soutien des tomes IV et V (par la jalousie qu'elle inspire, etc.). En la supprimant, je n'aurais pas changé grandchose au premier volume ; j'aurais, en revanche, par la solidarité des parties, fait tomber deux volumes entiers, dont elle est la pierre angulaire, sur la tête du lecteur. La fatigue m'arrive, cher monsieur, et je crains bien d'avoir provoqué la vôtre. Ne prenez surtout pas la peine de me répondre, et veuillez agréer l'expression de mes sentiments admiratifs et reconnaissants.

Marcel Proust.

————

1. Allusion à la scène de « sadisme » de *Du côté de chez Swann* mettant aux prises, devant le Narrateur, Mlle Vinteuil en grand deuil et son amie, à Montjouvain (*RTP*, I, 157-161).

à Jacques Boulenger

Nuit de samedi à dimanche
[10-11 janvier 1920][1]

Cher ami,

(Pouvons-nous nous appeler autrement, sans mensonge, puisque j'aime vos livres et que vous poussez au-delà de toute raison l'indulgence pour les miens ?) ma dernière lettre était pour vous dire : « Ne parlez plus de moi ! » Comme vous avez été gentil de ne pas m'écouter ! Je viens d'avoir une telle joie en lisant votre merveilleux article de *L'Opinion* ! On a un peu honte d'avoir écrit de si gros volumes, comme j'ai fait, quand on voit quelqu'un en deux pages de revue exprimer à peu près tout ce qu'il peut y avoir d'intéressant au monde, trancher le nœud gordien, décapiter l'hydre de Lerne sans qu'elle repousse, et, tout en dessinant le portrait du modèle (moi), faire, grâce aux tons choisis, aux accents inconnus, son propre portrait, celui d'un inimitable saint Georges de la Littérature, ressemblant au saint Georges de Carpaccio que vous avez peut-être vu à Venise lancé sur son cheval[2]. Seulement il arrive ceci qui est insupportable. Jusqu'ici, chaque fois qu'un « ami inconnu » me plaisait à distance, je retrouvais du talent à Sully Prudhomme, et je répondais à l'ami, lequel n'était pas toujours négligeable : « Cher lecteur, ne prenez de moi-même qu'un peu – Le peu qui vous a plu parce qu'il vous ressemble – Mais de nous rencontrer ne formons pas le vœu – Le vrai de l'amitié, c'est de sentir ensemble, – Le reste en est fragile, épargnons-nous l'adieu[3]. » C'était un p.p.c.[4] uniforme, même avant de s'être connus. Mais voici que ce n'est plus du

---

1. Lettre publiée dans *Corr. Gén.* (III, 203-207) ; *Kolb* (XIX, 58-62).
2. Allusion au *Saint Georges* de Vittore Carpaccio conservé à la Scuola di San Giorgio degli Schiavoni à Venise.
3. Sully Prudhomme, « Aux amis inconnus ».
4. « Pour prendre congé ».

tout la même chose à l'égard de ce merveilleux Jacques Boulenger qui semble me dire : « Je t'ai comblé de biens, je t'en veux accabler[1]. » Le désir de le connaître (je ne vous ai même jamais aperçu) me ferait perdre le sommeil, si je n'en étais privé sans cela. Quel malheur que vous ne soyez pas venu à mon dîner chez moi où Polignac et Gaigneron ont dû vous regretter jusqu'à m'en haïr, ni à celui du Ritz dont il faudra reparler ensemble à cause de son extrême comique et où Castellane et Beauvau vous auraient découpé l'Autriche en tranches. Tout cela naturellement se retrouvera, seulement voilà, j'avais fait pour vous voir un effort énorme (énorme pour moi) ; j'ai besoin d'un peu de retraite. Or la semaine prochaine de chers malfaiteurs, à qui je dois beaucoup, m'ont forcé à fixer « une date » (c'est très mal écrit je veux dire que cette date tombe la semaine prochaine). D'ici là je ne me lèverai qu'aujourd'hui dimanche et je n'ose pas vous demander de venir dîner seul avec moi et mon secrétaire[2], vous vous ennuieriez de trop (je n'ai pas besoin de vous dire que ce n'est pas mon secrétaire qui écrit cette lettre, elle serait joliment mieux). Et puis je sais que le dimanche il y a des risques de Chantilly[3], que si je m'endors, et si la chance voulait que vous puissiez, Céleste me répondrait que c'est trop tard, qu'elle ne trouvera plus de langouste à cette heure-là, le dimanche. Cela n'empêche pas que si vous avez envie de venir, venez, nous irons, vous et moi, tout seuls dîner au Ritz et cela ne nous empêchera pas, dans une quinzaine, de dîner avec des « gens ». Donc ce soir si vous voulez. Mais lundi, mardi et mercredi il faut que je reste couché et je m'ennuie de penser que je vais être si longtemps sans vous connaître, car les sorties que ce repos préparera seront elles-mêmes suivies d'un repos forcé. Ne soyez du reste pas trop effrayé de ce désir de vous connaître. Je ne suis pas très gênant parce que je suis toujours malade. Jusqu'à la révélation Jacques Boulenger, je voyais les gens les plus amis une fois tous

---

1. Citation approximative de *Cinna* (V, 3) de Pierre Corneille.
2. Henri Rochat.
3. La mère du destinataire y habitait.

les dix ans. Vous avez tout bouleversé. Mais mes forces ne me permettront tout de même pas de me lever très souvent. Je me levais une fois par hasard pour un dîner, pour un duel. Je n'ai pas été au Louvre depuis vingt-six ans. Vous êtes trop gentil de dire que je suis très raisonnable. Au fond je crois que c'est vrai. Je ne cherche qu'une chose, c'est à éclaircir. Il est vrai que ce sont des choses assez obscures. Mais sans cela il n'y aurait pas de mérite. Je ne sais pas pourquoi on m'en veut tant d'avoir eu le prix Goncourt, je ne l'ai jamais demandé ; les amis de M. Dorgelès ne me pardonnent pas, mais je ne savais pas qu'il était candidat. En tout cas ils devraient être contents, car il a eu le deuxième prix et a bénéficié du premier beaucoup plus que moi. Mais leur antipathie s'exerce d'une façon qui me chagrine. Ainsi, par le plus grand des hasards, j'ai vu d'avance dans une *Revue* le sommaire du *Crapouillot* du 1er janvier. On annonçait un article sur moi de M. Marx. On l'a supprimé. Je ne continue pas à causer avec vous, car cela n'en finirait plus et écrire une lettre dépense mes forces. Donc vous pouvez venir ce soir dimanche dîner très tard, mais sans monde. Et une fois les funestes sorties passées, je vous « ferai appel », comme disait M. Cottard.

Bien affectueusement à vous,

Marcel Proust.

L'article de Souday n'est pas du 3, mais du 1er janvier (31 décembre antidaté). Il en a paru aussi un de lui dans *Paris-Midi* à propos de mon article sur Flaubert[1], très gentil, d'autant plus gentil que je n'avais pas parlé de lui dans cet article sur Flaubert. Je ne suis pas d'accord malgré tout avec lui sur la *Correspondance* de Flaubert. Vraiment ce serait navrant pour Flaubert d'avoir tellement travaillé à ses livres et qu'ils ne fussent pas supérieurs à ses lettres.

----

1. « À propos du "style" de Flaubert », *La Nouvelle Revue française*, janvier 1920 (*Écrits sur l'art*, 314-329).

à Jacques Rivière

[Début juillet 1920] [1]

Cher ami

Je suis triste que vous souffriez encore, heureux que l'électricité vous ait fait du bien, reconnaissant de toutes les charmantes choses que vous me dites, ennuyé à propos de la Revue de ne pas vous répondre comme vous l'auriez peut-être voulu. Il est exact que Jacques Porel a demandé que je fisse un article sur Réjane[2]. Mais cet article pour beaucoup de raisons trop longues à écrire et dont nous causerons vous et moi, mais dont la principale est mon terrible état de santé, je ne pourrai pas l'écrire. Même court, cela me serait impossible. Or Porel m'écrit qu'il compte sur 26 ou 27 pages. Copeau (c'est une simple suggestion) ferait cela beaucoup mieux que moi, *qui ne peux pas le faire du tout.*

Cher Jacques (si vous m'appelez aussi Marcel, sinon je retire le prénom) me permettez-vous de vous parler en toute liberté de la *N.R.F.*[3] ? Votre dernier numéro est superbe, varié, plein, harmonieux. Je n'en suis que plus choqué de notes qui à mon avis, et ceci dit tout à fait entre nous, ont quelque chose de vraiment scandaleux. Voici ce que je veux dire. Dernièrement après une période où le moindre mouvement m'avait été impossible, j'ai repris un instant la plume. Vous pensez peut-être que c'était pour répondre à l'une des centaines de lettres qui attendent toujours. Pas du tout, je venais de lire coup sur coup trois articles de M. de Pierrefeu sur (je crois) Paul Adam, Moréas et Stendhal[4]. Or je ne pus m'empêcher de

---

1. Lettre publiée dans *Rivière* (110-114) ; *Kolb* (XIX, 344-348).

2. L'actrice, mère de Jacques Porel, était morte le 14 juin 1920.

3. Là-dessus, voir aussi la lettre suivante.

4. Les articles en question parurent dans le feuilleton de la « Vie littéraire » que Jean de Pierrefeu rédigeait au *Journal des Débats* (23 juin, 31 mars et 12 mai 1920).

lui écrire que ces articles étaient par trop bêtes, cette
critique tellement superficielle qu'elle allait forcément
de contradictions en contradictions etc. Remarquez
que je connais à peine M. de Pierrefeu que j'ai vu
une seule fois, qu'il m'est tout à fait sympathique
(malgré l'idée bizarre qu'il a eue une fois de m'écrire :
« Ne savez-vous donc pas que je pourrais si je voulais
me faire appeler le Comte de Pierrefeu » – ceci particulièrement confidentiel parce que si touchant de
ridicule). Naturellement le superficiel et brillant critique ne m'avait pas demandé mon opinion. Un
amour stupide de la vérité me fit la lui donner de
moi-même. Je n'ai pas besoin de vous dire qu'il ne
m'a pas répondu et que sa critique du *Côté de
Guermantes* se ressentira, je n'en doute pas, de mes
appréciations spontanées. Je comprends très bien que
tout le monde n'en fasse pas autant et en somme c'est
un de ces auteurs sur lesquels on peut, plus convena-
blement, garder le silence. Mais quelle n'a pas été ma
stupéfaction en lisant (dans votre si beau numéro de
la *N.R.F.*) sous la plume si sévère de M. Allard, un
éloge de M. de Pierrefeu où celui-ci était comparé à
Vélasquez (?) à Tallemant des Réaux, à Bussy-
Rabutin [1]. Quant à Saint-Simon M. Allard reconnaît
que M. de Pierrefeu ne l'a pas été, mais parce qu'il
n'a pas voulu, à cause du sujet et pour des raisons de
convenance. Ah ! si la Garonne avait voulu ! – Je
place trop haut la reconnaissance, l'amitié (j'ignore
absolument si elles ont joué un rôle quelconque dans
le jugement de M. Allard) pour ne pas reconnaître
qu'on peut être obligé à des articles de complaisance.
Pour ma part, si j'avais été moins souffrant, sachant
que des membres de l'Académie Goncourt que je ne
connais pas, comme M. Élémir Bourges, se sont
donné une peine touchante et folle pour me faire
avoir le prix Goncourt, y ont pris des grippes etc., je
ne me serais pas cru déshonoré pour leur octroyer du
génie. Mais si j'avais fait cela, je l'aurais fait au *Figaro*,

---

1. Note sur *G.Q.G., Secteur 1* dans *La Nouvelle Revue française*
du 1ᵉʳ juillet 1920.

ou à *Comœdia*, ou au *Gaulois*, et non dans les
colonnes de la scrupuleuse *N.R.F.* où on ne doit parler que de ce qui le mérite absolument (l'exemple de
M. Élémir Bourges est à ce propos très mal choisi
puisque c'est un grand écrivain). Vous savez pour ma
part le scrupule que j'y mets. Je vous ai recommandé
les vers de Jacques Porel. Ils étaient supérieurs à ceux
que vous publiez, à mon avis. Cet avis ne fut pas le
vôtre, je me serais fait un scrupule d'insister.
J'avais demandé (autre exemple) une note sur
Mlle Charasson, vous n'avez pas été favorable, je me
suis retiré. – Des gens intelligents comme Léon Blum
et bien d'autres, quand j'ai publié *Swann* ont dit :
« Ce n'est pas cela qui peut donner une idée véritable
de Proust. Qu'il publie ses pastiches, ils auront quarante éditions. [»] J'ai insinué qu'on pourrait les
« lancer ». La *N.R.F.* fut d'un autre avis. Ils tombèrent
à plat. Je donne les bonnes feuilles du *Côté de Guermantes* à une Revue belge et à une Revue américaine,
puisque la *N.R.F.* ne me les a pas demandées.

C'est vous dire la haute idée, quasi religieuse que
je me fais de votre Revue. Votre admirable numéro
du 1er juillet n'est pas certes fait pour ébranler ma foi
mais pour l'exalter au contraire, et cela dès la
première page, dès cet admirable « Antoine et
Cléopâtre » que la presse quotidienne a fait tomber
dans des conditions si abjectes qu'elles font pour moi
de M. Régis Gignoux sans que je le connaisse un
véritable ennemi personnel, un démolisseur de
beauté[1]. Mais trouver dans ce numéro, Vélasquez,
Saint-Simon, Tallemant, Bussy pour le gentil et
absurde Pierrefeu (dont les chroniques théâtrales à
L'Opinion sont je le reconnais très supérieures à ce
qu'il fait d'habitude) cela m'a semblé peu encoura-
geant. Je vous admire comme je vous aime,
infiniment.

Marcel Proust.

---

1. Allusion à la critique particulièrement ironique et hostile de
Régis Gignoux, auteur dramatique et critique, parue dans *Le
Figaro* du 15 juin 1920, sur *Antoine et Cléopâtre* de Shakespeare,

Cher ami, vous ai-je jamais rendu *La Nuit des rois*[1] que je devais garder deux jours et que je n'ai pas lue. Sinon où dois-je vous l'envoyer, dans votre villégiature ou rue Froidevaux. Lettres charmantes de Thibaudet qui m'est très sympathique.

Toutes les raisons, accrues *quotidiennement* que j'ai données pour une traduction en anglais ont abouti à un arrangement de traduction... en espagnol ! Ce n'est pas la même chose. L'article que Thibaudet a fait en Suède « Un nouveau *Jean-Christophe*[2] » (ce qui est très alléchant pour la Scandinavie) rendrait désirable une traduction en suédois. Mais ce doit être difficile. J'en parlerai à tout hasard, et sans aucune espérance, à Gaston[3].

à Jacques Rivière

[23-24 juillet 1920][4]

Mon cher Jacques

Je n'ai pas votre lettre sous la main au moment où je vous écris de sorte que je vais y répondre sans doute inexactement. Céleste range mes lettres dans des boîtes, elle est couchée, je le suis aussi (pas dans la même chambre !) et je ne saurais pas trouver vite votre lettre. Or les moments où je peux écrire sont si courts que je profite de l'instant accordé. Tout ce que vous me dites de gentil l'est mille fois trop et me fait naturellement un plaisir que j'appellerais infini s'il n'y

---

tragédie traduite par André Gide, avec une musique de Florent Schmitt.

1. Il s'agit de la pièce de William Shakespeare.
2. Paru dans *Le Forum* de Stockholm de juin 1920.
3. Gaston Gallimard.
4. Lettre publiée dans *Rivière* (120-123) ; *Kolb* (XIX, 370-373).

en avait un plus grand, celui de vous savoir beaucoup mieux. Pourvu que ces horribles temps d'orage n'interrompent pas votre amélioration. Vous serez bientôt guéri et pourrez vous reposer sans plus penser à votre corps. J'ai trouvé très juste ce que vous dites sur les livres dont le sujet est intéressant en dehors de la valeur de l'auteur. J'ai trouvé (bien loin d'être de l'avis que vous supposez) que la *N.R.F.* ne faisait pas encore assez de place à l'œuvre de Rathenau, aux théories d'Einstein. Pour ma part j'aurais volontiers si j'avais su que vous étiez favorable à cela, rendu compte des remarquables articles du Général Mangin sur la guerre. Pour ce qui est du livre de Pierrefeu [1], vous me dites qu'il traite le sujet le plus passionnant qui soit. Je l'ignore car c'est la seule chose de Pierrefeu que je n'aie pas lue. Mais en vous disant que je l'ignore, je m'aperçois que j'ai fait sans le vouloir la critique exacte de l'article d'Allard [2]. L'excuse de l'article est le sujet, soit. Mais alors ce sujet si passionnant, encore faudrait-il l'indiquer. Je n'ai pas plus sous la main le détestable article d'Allard que votre admirable lettre. Mais autant que j'ai cru voir, de ce que le livre de Pierrefeu peut apprendre il n'est pas un instant question. Ou alors (ce qui est possible) je n'ai pas lu l'article sauf quelques phrases. J'y ai pourtant appris que Pierrefeu « dressait un portrait en pied » du maréchal Pétain. Mais ce sont là de ces choses qui ne veulent rien dire. Toutes les métaphores « portraits en pied », « enlevés à l'eau-forte » « longuement burinés » etc. sont généralement le fait de gens qui ne savent pas ce que c'est qu'une eau-forte etc. (J'en dirais autant des métaphores militaires, cynégétiques etc., « faire de la critique en tirailleur etc. »).

Je mets les morceaux doubles pour ne pas me fatiguer. Je relirai ce que vous me dites dans votre lettre pour Lasserre [3], mais je ne crois pas au fond nécessaire que vous en parliez. Son article est si nul !

---

1. *G.Q.G., Secteur 1.*
2. Voir la lettre précédente.
3. Voir lettre suivante et sa note 3, p. 301.

Je supporte sans impatience les imitations de ce que je fais. Mais ne trouvez-vous pas un peu fort que MM. Carco et Derème après m'avoir tant critiqué, fondent une Revue sous le titre : « Le Temps Perdu » (ce qui était d'abord le titre de *Swann*). Je ne peux vous dire toute ma tendresse admirative.

Votre dévoué

Marcel Proust

J'ajoute ce post-scriptum. Comment avez-vous pu penser que je me trouvais trop rarement nommé dans la *N.R.F.* Cher ami si vous saviez toutes les bonnes volontés que j'ai découragées dans des journaux et des revues, tous les critiques dont je me suis fait des ennemis, vous ne croiriez (quand je corrige ainsi les mots c'est pour être plus lisible et je n'arrive qu'au contraire !) vous ne croiriez pas que je me plains de silences précisément dans la seule Revue où des articles seraient sans utilité pour mes livres puisque le lecteur les croirait peut-être dictés par une sympathie partiale[1]. Naturellement cette remarque (que je fais pour ma défense, puisque vous m'« attaquez ») n'ôte rien de son prix au merveilleux article que vous avez écrit sur moi et la Tradition classique. Dès que quelque chose est signé Jacques Rivière, cela suffit pour que chacun sache l'autonomie de l'esprit, que d'ailleurs suffirait à prouver cet admirable enchaîne-ment des pensées que la complaisance n'imite pas. Cher ami je vous redis toute ma reconnaissante et admirative tendresse.

Votre Marcel

Je crois que le *Côté de Guermantes* que vous avez lu est sans les derniers ajoutés. Ils amélioreront peut-être votre impression.

---

1. Cela, depuis que Proust a confié la *Recherche* aux éditions de la Nouvelle Revue française. Sur les sentiments de Proust à l'égard de la politique de *La Nouvelle Revue française*, voir la lettre précédente.

Autre *P.-S.* Je croyais Salmon un très grand écrivain. Je n'ai encore fait que parcourir quelques parties de son dernier livre[1] mais je suis frappé de la banalité fréquente de la formule, souvent lâchée, usée. Je croyais tout le contraire.

J'ai dit à Gaston (pas du tout à propos de Salmon que je n'avais pas encore reçu) qu'il publiait trop de livres. Je ne crois pas que je l'aie fâché. Il m'a donné des raisons qui sont probablement bonnes.

———————

à Jacques Rivière

[Vers le 26 juillet 1920][2]

Cher ami

Je n'ai pas pensé à vous parler des quelques banalités qu'on pourrait répondre à Lasserre[3]. Par exemple ceci.

On éprouve quelque étonnement à lire dans une Revue dirigée par M. Jacques Bainville que notre ami Marcel Proust fait profession d'admirer, un « Marcel Proust humoriste et moraliste » qui est un véritable « éreintement ». Il est vrai qu'un journal (*La Liberté* si nous ne confondons pas) déclare que « la conscience

———————

1. *La Négresse du Sacré-Cœur*, paru en 1920 aux éditions de la Nouvelle Revue française.

2. Lettre publiée dans *Rivière* (123-126) ; *Kolb* (XIX, 374-376).

3. Proust revient ici sur le projet que lui annonçait Rivière dans sa lettre du 13 juillet 1920 (*Kolb*, XIX, 358-361), d'inclure dans le numéro de septembre de *La Nouvelle Revue française* une revue des revues comportant des extraits de l'article de Pierre Lasserre « Marcel Proust humoriste et moraliste », paru dans *La Revue universelle* du 1er juillet 1920, pour proposer, comme il l'avait fait dès le début de juillet, de rédiger lui-même, anonymement, « quelques lignes de réfutation » (*Kolb*, XIX, 349).

des honnêtes gens est enfin soulagée[1] ». Nous igno-
rions que l'*Ombre des jeunes filles en fleurs* pesât si
lourdement sur la conscience des honnêtes gens.
L'Ère nouvelle est également satisfaite et trouve cet
article le meilleur qui ait été écrit sur M. Proust[2].
Nous nous permettrons d'être d'un autre avis. Entre
tant d'articles français et étrangers que nous pré-
férons à celui de M. Lasserre nous extrayons avec
plaisir de *La Revue de Paris* ces lignes de M. Jacques-
É. Blanche :

« Je ne distingue nulle part dans la production d'art
français qui est incommensurable à celle d'aucun
autre siècle, l'équivalent de ce que fut en littérature
l'apparition des romans de Marcel Proust. Cette
trombe ascendante semble retourner la mer à l'endroit où elle crève, obscurcir le ciel, faire baisser le
thermomètre, au moment où le phénomène vous surprend sur la paisible plage d'où vous l'observez. De
tels ouvrages ne peuvent pas nous laisser indifférents, tel écrivain qu'ils irritent trouve de quoi se
nourrir dans ce grenier d'abondance. Un Marcel
Proust entre comme un nouveau propriétaire dans
une maison longtemps inhabitée et ouvre les fenêtres
sur les perspectives d'une vaste terre qu'il va s'agir
d'exploiter. Si le style, imitable après tout, d'un
Marcel Proust, peut faire école, comme la couleur et
la forme d'un Cézanne – mais à Dieu plaise qu'il n'en
soit pas de même ! – *À la recherche du temps perdu*
est un domaine spirituel où plusieurs générations de
psychologues, de littérateurs pourront travailler, sans
gêner leurs voisins et sans se disputer. Il n'y a rien de
tel dans les arts plastiques[3]. »

_____

1. Citation approximative d'une note parue dans *La Liberté* du
4 juillet 1920 (« Cet article soulagera la conscience de beaucoup
d'honnêtes gens »).

2. Allusion à une note parue dans *L'Ère nouvelle* du 8 juillet
1920.

3. Citation d'un passage de l'article de Jacques-Émile Blanche,
« Les Arts et la Vie : Paul Gauguin et Charles Morice, initiateurs »,
paru dans *La Revue de Paris* le 1er mai 1920.

Seul Marcel Proust serait-il d'accord avec M. Lasserre sur plusieurs des critiques que celui-ci lui adressa. On sait à la N.R.F. qu'il déteste le titre général de son ouvrage : « À la Recherche du Temps Perdu », ouvrage qui s'appela d'abord « Le Temps Perdu ». Mais à ce propos, l'influence de Marcel Proust ne se ferait-elle pas déjà sentir, par les plus petites choses, sur ceux qui lui sont le plus sévères. On annonce une revue dirigée par M. Francis Carco et qui s'appellera « Le Temps Perdu[1] ».

Cher ami je n'ai pas eu le courage de discuter tous les contresens de M. Lasserre, mais j'ai eu plaisir (et fatigue) à vous transcrire cette page de ce Jacques Blanche (elle finit là où j'ai rayé les guillemets) que vous n'aimez pas assez et pour qui je suis trop ingrat. Je pense que personne ne l'a lue dans *La Revue de Paris* et qu'elle intéresserait dans la *N.R.F.* si toutefois vous ne la trouvez pas par trop ridiculement louangeuse.

Autre chose et qui est plus important. Vous feriez *très plaisir* à Morand en rendant compte vous-même de son volume *Feuilles de température*[2]. Il craint une note d'Allard, et aimerait tant une note de vous. Mais ceci est dominé par ce qui est le principal : Même cette note sur *Feuilles de température*, ne sera-ce pas une fatigue pour vous ? Songez que vous devez vous reposer. Ne faites rien qui puisse compromettre votre repos. Guérissez doucement, et complètement.

Je vous aime de tout mon cœur et vous admire autant.

Marcel Proust.

_____

1. Allusion à la création de l'éphémère revue *Le Temps perdu*, que devait diriger Francis Carco – voir *supra*, p. 300.

2. Paul Morand, *Feuilles de température*, 1920.

à Natalie Clifford Barney

44 rue Hamelin
[Fin novembre 1920] [1]

Mademoiselle,

Comme je ne pense jamais à moi, je ne me soucie
pas d'être vu, mais de voir. J'ai donc le grand désir
de vous rencontrer, même si vous devez me trouver
déplaisant, certain moi que je vous trouverai délicieuse. J'appelle antimondaine une réunion où nous
serions seuls tous les deux et en tout cas pas de personnes tenant au monde. Après, quand on se connaî-
tra mieux, nous déciderons d'un commun accord qui
nous jugeons digne de notre entente. C'est un peu
retardé, car je me suis empoisonné (pas par désir de
la mort, aimant beaucoup l'affreuse vie à laquelle je
ne tiens plus que par un fil, mais par une rage de ne
plus dormir qui m'a fait prendre en une fois une boîte
entière de cachets de véronal, en même temps de dial
et d'opium) je n'ai pas dormi mais terriblement souf-
fert. Et j'ai devant moi de funestes promesses à des
gens qui m'ont comblé. Ensuite j'irai chez vous (si
vous voulez de moi), je ne sais trop quand. Chez moi
c'est impossible. Le Ritz est bouillant, ce que j'adore.
C'est la maison la plus laide qui existe (après mon
appartement), mais cela m'est tout à fait égal. À vingt
ans j'ai senti que les demeures, laides ou belles me
paraissaient pareilles – sauf les chefs-d'œuvre d'architecture inhabités, de même qu'entre les gens du
monde spirituels et les gens du monde bêtes, il n'y
avait guère de différence, peut-être une légère supériorité devant être accordée à la deuxième catégorie,
plus reposante que celle qui se croit intellectuelle.
Seulement ce qui rend le Ritz – si sain pour moi –
atroce, ce sont les messieurs et les dames qui y dînent.
Le plafond rococo hideusement comique ne dérange

---

1. Lettre publiée dans *Barney* (65-67) ; *Kolb* (XIX, 618-619).

pas mes rêveries et ne menace pas ma tête (depuis que les berthas et les gothas sont finis ou interrompus, mais tel monsieur ou telle[1].

à Louis Martin-Chauffier

[Début décembre 1920][2]

Cher ami,

Je viens d'être tellement malade que je n'ai pas pu vous répondre. J'écris cher ami, j'ignore si c'est le terme usité de nos lettres, en tout cas il répond à mon sentiment et s'il vous convient, je vous demanderai de bien vouloir employer le même quand vous m'écrivez. Cela me fera oublier ma vieillesse prématurée. – J'aurais tout de même pu, certains jours du moins, car il y en a d'autres où un seul mouvement m'était impossible, vous répondre par un petit mot, mais j'avais une autre raison que celle de santé. Vous me parliez d'un article (mais vraisemblablement pour le numéro du 1er janvier) sur *Guermantes*. Je n'étais pas très favorable mais ne voulais vous influencer dans aucun sens. Je trouve vos articles remarquables (votre Bourget[3] étonnant, de premier ordre) et je crois que vous mettriez très bien en lumière que c'est le contraire d'un livre snob que *Guermantes*, car quand un snob écrit un roman il se représente comme un homme chic et prend un air moqueur à l'endroit des gens chics. La vérité c'est que par la

---

1. La fin de la lettre est perdue.
2. Lettre publiée dans *Corr. Gén.* (III, 305-306) ; *Kolb* (XIX, 646-648).
3. Louis Martin-Chauffier, « Notes. *Anomalies*, par Paul Bourget », *La Nouvelle Revue française*, 1er décembre 1920.

logique naturelle après avoir affronté à la poésie du
nom de lieu Balbec la banalité du pays Balbec, il me
fallait procéder de même pour le nom de personne
de Guermantes. C'est ce qu'on nomme des livres peu
composés ou pas composés du tout. (À ce propos,
votre ami M. Marsan est-il l'Orion qui a parlé de
moi ? Si oui vous me feriez plaisir en lui disant que
le goût très vif que j'ai pour son talent me rend entièrement sensible à la gentillesse qui m'était témoignée
dans cet « Orion[1] »). D'autre part on a, depuis
Hervieu, Hermant, etc., tellement peint le snobisme
par le dehors que j'ai voulu essayer de le montrer
à l'intérieur de l'être, comme une belle imagination.
Remarquez (cela ne veut pas dire remarquez dans
votre article, car je ne souhaite pas que vous le fas-
siez) que la seule chose que je ne dise pas du personnage narrateur, c'est qu'il soit à la fin un écrivain, car
tout le livre pourrait s'appeler une vocation ? mais
qui s'ignore jusqu'au dernier volume[2]. La fatigue me
force à arrêter ici une lettre qui telle qu'elle n'a aucun
sens et que je vous envoie pourtant pour que vous ne
pensiez pas que je vous oublie et que vous sachiez
que je vous aime bien.

                                              Marcel Proust.

—————

1. Allusion à l'article signé « Orion », dans *L'Action française* du
20 novembre 1920.
2. Cf. « Ainsi toute ma vie jusqu'à ce jour aurait pu et n'aurait
pas pu être résumée sous ce titre : Une vocation » (*RTP*, IV, 478).

à Jacques-Émile Blanche

16 janvier 1921 [1]

Cher ami,

Ai-je besoin de vous dire que depuis l'annonce de
Dates [2], je ne cesse d'envoyer chez Émile-Paul. Enfin
aujourd'hui on revient avec le livre passionnément
attendu. J'hésite un peu à vous dire que c'est au cours
d'une terrible bronchite prise il y a trois semaines que
j'ai commencé la lecture, – car comme vous avez déjà
dit que j'avais de l'asthme, des insomnies, des maux
d'yeux etc., j'aurais peur que vous parliez aussi de
cette bronchite. Cher ami, en gros, voulez-vous me
permettre de vous parler en toute franchise de cette
admirable préface. Elle me comble d'un honneur
immérité et je vous en sais un *gré infini*. Mais à côté
de cela, elle me contrarie extrêmement à divers
points de vue. D'abord vous, l'homme de si haute et
fine éducation, le fils de tels parents, vous faites, ne
soyez pas fâché de ma franchise, ce que le journaliste
le plus indiscret ne se permettrait pas. Ce qu'on vous
a écrit dans le privé (et même hélas ce qu'on ne
vous a pas écrit), ce que tacitement le destinataire
garde pour lui, vous l'imprimez carrément sans
même demander aucune autorisation. Il est très vrai
qu'à mon avis, étant donné les défauts qu'on vous a
longtemps prêtés et contre lesquels (de vive voix, et
aussi dans la préface même que j'ai écrite à *De David
à Degas*), je me suis toujours inscrit en faux, j'avais
blâmé l'intention que vous manifestiez de répondre
aux insultes de Forain par un redoublement de politesse. Ce blâme je ne l'avais exprimé qu'à vous seul,

---

1. Lettre publiée dans *Corr. Gén.* (III, 170-173) ; *Kolb* (XX, 66-
70).

2. Jacques-Émile Blanche, *Propos de peintre, deuxième série.
Dates. Précédé d'une réponse à la préface de M. Marcel Proust au
De David à Degas*, Paris, Émile-Paul Frères, 1921.

à titre d'amical conseil longuement motivé. Ma stupéfaction de voir que vous imprimez cela n'est pas de l'ennui. Car je prends toute la responsabilité de mon opinion. Mais enfin depuis que j'existe je n'ai jamais vu, fût-ce un petit journaliste échotier, donner ainsi de la publicité à une opinion privée, à plus forte raison celle-ci devant avoir inévitablement pour conséquence de me brouiller à mort avec le même Forain auquel je reparlais depuis deux ans. Je n'insiste pas, par excès de fatigue, sur mille traits qui seront dénaturés (comme le *il* « qu'on pourrait lire elle [1] », etc.). Vraiment l'épuisement m'arrête. Mais je veux que vous sachiez que je n'ai jamais souhaité recevoir personne autant que vous. Vous semblez dire le .contraire, votre mémoire est infidèle, je la rafraîchirai. – En ce moment il me faut soigner cette bronchite, et je ne puis ni me lever ni parler. Mais j'espère qu'elle guérira et alors causer avec vous et vous montrer que je n'ai jamais eu « du monde » sans vous demander d'être le plus bel ornement de ma fête. *Jamais*. Si vous êtes venu rarement, la faute en fut à vous seul qui refusiez, ou vous désinvitiez.

Cher ami ces magnifiques pages me remplissent d'orgueil et de gratitude. Je suis très fier d'avoir inspiré cela à ce que votre amitié indulgente pour moi vous fait prendre pour de l'admiration pour mon œuvre, et à ce que des habitudes singulières (que j'avais essayé dans ma préface parlant, je ne sais plus

---

1. « Il me semble parfois, et dans vos plus belles pages, que vous empruntiez à un sexe les traits d'un autre ; qu'en certaines de vos effigies, il y ait substitution partielle du "genre", si bien qu'on pourrait lire *il* au lieu d'*elle*, et faire passer du masculin au féminin les épithètes qui qualifient un nom, une personne, dans ses gestes et son maintien. Or ceci, qui serait peut-être gênant dans certains livres, devient chez vous une subtilité de plus, vous prête un accent de vérité plus fort, plus large et de généralisation, malgré la minutie de l'analyse, dans la contre-expérience que vous faites sur vous-même. La plus humble de vos créatures, disons Françoise, vous vous l'incorporez avant de la restituer, enrichie par son séjour chez vous » (Jacques-Émile Blanche, *Propos de peintre, deuxième série. Dates. Précédé d'une réponse à la préface de M. Marcel Proust au De David à Degas*, op. cit., p. XV-XVI).

les termes mêmes « que de l'expansion d'un grand cœur et d'un Juste[1] ») vous empêchent de reconnaître pour une malveillance taquine. Je vous remercie, je vous admire et je vous aime. Excusez le style fautif d'un homme qui a quarante degrés de fièvre

Marcel Proust.

P.-S. – J'ajoute encore un post-scriptum craignant que vous trouviez faible la part de ma gratitude qui est immense, et trop crus des reproches que l'affectueux du tête-à-tête mettrait dans leur vraie lumière. Je suis de plus, objectivement, très heureux, d'être, à mon insu cause que vous ayez écrit cette préface qui est ce que vous avez jamais écrit de mieux. Cette espèce de portrait de vous en faisant le mien – c'est le propre des Maîtres – le bourgmestre *Six*[2] de Rembrandt est à la fois lui et Rembrandt – et de notre temps – et de l'esthétique – c'est votre chef-d'œuvre. Je ne voudrais jamais que vous publiiez ce livre sans en avoir lu les épreuves. Votre style à une tendance au centrifuge, au sujet précis, roman ou portrait de peintre, le ramène à son centre. Votre Venise est déjà plus papillotante. Mais c'est le propre de Venise où tout est bercé sur des reflets. Ma première sortie sera pour vous. Mais hélas mes heures sont encore pires qu'avant ma bronchite. (Avant ma bronchite j'ai eu quelques petits dîners à neuf heures et demie au Ritz mais j'ai toujours fait téléphoner chez vous d'abord. Je sais que ce n'était pas très tôt. Mais demandez à mes invités (Mme de Noailles que je n'ai invitée que le jour même et qui est venue)[)].

Votre admirateur reconnaissant

Marcel Proust.

_____

1. Citation approximative (« Quant à la "méchanceté", pour ma part, je n'ai connu que l'invariable expansion d'un grand cœur et la sérénité d'un juste », *Écrits sur l'art*, 296).

2. Rembrandt, *Portrait de Jan Six*, huile sur toile, Amsterdam, Fondation Six.

à Jacques-Émile Blanche

[1921] [1]

Cher ami,

Je vous remercie de votre lettre, je suis heureux que vous me l'ayez écrite. Ce qui rendait si pénible la lecture de la précédente, c'est que je pouvais involontairement supposer que vous étiez si violent dans votre réponse, parce que j'avais été si affectueux, et que vous ne réserviez votre douceur qu'aux méchants. Or votre dernière lettre suffirait à détruire cette supposition si on avait le malheur de la faire. Car, à mes paroles amicales, c'est si amicalement que vous avez répondu ! Par là, votre dernière lettre rétroagit sur la précédente et lui donne un sens plus noble. Je suis trop fatigué pour vous écrire longuement. Mais en attendant de vous voir, je peux vous dire, d'abord que (autant que je me rappelle) la seule (ou une des seules personnes) qui ait pu vous dire avoir dîné avec moi est la princesse Lucien Murat (ce qui ne veut pas dire que je n'aie jamais dîné qu'avec elle). Or il y a plus d'un an que je ne l'ai vue. Notre dernier dîner ensemble doit remonter à treize ou quatorze mois. Celle-là est pour vous une véritable et chaleureuse amie, et qui hors de votre présence parle de vous comme présent, vous ne pourriez pas désirer qu'on fît mieux. D'ailleurs il est fort vraisemblable que je vous ai écrit après que j'étais fort souffrant, puisque c'est pour moi le résultat de toute interruption à mon régime de lit. Le monsieur qui me rencontre au Ritz (dont vous parlez) – c'est le Ritz que je veux dire – dans ce magnifique dernier livre [2] au sujet duquel je

---

1. Lettre publiée dans *Corr. Gén.* (III, 159-162) ; *Kolb* (XX, 86-89).
2. Jacques-Émile Blanche, *Propos de peintre, deuxième série. Dates. Précédé d'une réponse à la préface de M. Marcel Proust au De David à Degas*, op. cit.

ne vous ai pas encore écrit[1] (avec beaucoup de sévérité[2]) ne sait pas combien de jours (et de nuits) sans me lever une demi-heure précèdent et suivent ces deux heures de sortie. Cher ami, pour ce que vous me dites à propos de vos portraits d'Américains, j'espère que vous n'en êtes pas au point de moi qui vends mes fauteuils, mes tapisseries, etc. (Ceci entre nous.) Mais pour ces portraits, ne pourrais-je rien par mon ami M. Walter Berry ? Pour moi-même je ne pourrais lui demander aucun service, mais ne voulez-vous pas que je lui parle de cela ? Ne vous fatiguez pas à me répondre si cela vous paraît inutile. – Pour la modestie, votre lettre en est une assez grande preuve ! Et en tant que c'est malgré tout une orgueilleuse modestie, et une simple appréciation qui cherche à être « objective » de la « situation » dans le monde des marchands, etc. (ce qui naturellement n'a aucun rapport avec le talent) elle peut hélas avoir une part de vérité, de vérité qui ne sera que toute momentanée d'ailleurs. Autant que je puis discerner ce qui se passe derrière mes murs de liège, il me semble qu'il s'est passé pour vous quelque chose d'assez anormal dans le processus de la réputation (et encore si on étudiait les vies de certains peintres, La Tour par exemple, je crois qu'on en trouverait bien d'autres cas). Il me semble (mais encore une fois c'est la réponse par à peu près de l'hystérique qui malgré son bandeau attaché aux yeux lit par hyperacuité sensorielle) que resté trop longtemps dans l'esprit des gens du monde un « délicieux amateur », il y a tout d'un coup sursaturation des admirations invisibles qui ont cristallisé et vous avez été sacré grand peintre. Mais au lieu de le rester (tel qu'en lui-même enfin

---

1. Voir toutefois la lettre précédente, écrite le 16 janvier 1921.
2. Passage tortueux ou obscur : la « sévérité » relevée par Proust s'applique au jugement de Jacques-Émile Blanche sur le « monsieur » du Ritz – Paul Morand – comme à la sévérité de ce monsieur à l'endroit de Proust lui-même et de ses rapports extravagants avec les employés du grand hôtel, telle que Blanche la rapporte dans son livre.

l'éternité le change[1]), il y a eu une troisième période marquée par un reflux provisoire (de réputation). Quelqu'un aura trouvé le mot « pasticheur » et cela suffit. Mais comme ce reflux ne durera pas et que la seconde période est celle qui sera la définitive, j'ai cru inutile dans la préface de faire même allusion à cette troisième période et j'en suis resté à la deuxième (je parle naturellement réputation et non valeur). Il me semble que c'était plus gentil, plus juste et plus simple pour nous épargner l'« aller et retour ». – Enfin, cher ami, quoique mes yeux n'en puissent plus, relativement à ce que vous appelez les x, y, z, je puis vous jurer qu'il n'y a pas parmi eux un seul malveillant. Pour ce que je vous avais dit du théâtre Astruc[2], c'est autre chose. Mais ceux qui m'ont parlé de la préface n'ont pas eu l'ombre de méchante intention ni pour vous, ni pour moi. L'un ou l'une m'a redit en toute gentillesse telle impression que vous aviez eue (ou qu'on avait cru que vous aviez eue) et qui n'avait rien de désobligeant pour moi. C'est moi qui rassemblant tout cela me suis dit : « Si telle chose gêne Blanche, telle autre une autre personne, je ne veux pas "m'imposer". » Vous me dites qu'il n'en est rien et j'en suis enchanté. Mais mon but avait été tout simplement de vous « mettre à l'aise », comme autrefois, quand je pouvais encore quitter Paris, si j'avais appris que quelqu'un qui [m']avait[3] invité à la campagne craignait l'odeur de mes fumigations, j'aurais cru plus gentil de me décommander ou tout au moins d'offrir de le faire. Nous nous connaissons depuis si longtemps que je trouvais absurde de ne pas nous parler en toute simplicité. Vous m'avez mal compris et vous m'avez peiné. Mais je ne le regrette pas, car votre deuxième lettre est si gentille qu'il me semble que nous sommes encore plus amis (moi du moins)

---

1. Vers tiré du *Tombeau d'Edgar Poe* de Stéphane Mallarmé.

2. Gabriel Astruc fut l'initiateur du Théâtre des Champs-Élysées, inauguré en 1913.

3. La première édition de la présente lettre donne « vous avait » au lieu de « m'avait », ce qui n'a guère de sens.

après qu'avant, et je me félicite de vous avoir donné l'occasion de faire à votre insu, dans cette deuxième lettre, le plus sympathique portrait de vous que je connaisse, et où les traits qui m'étaient si chers avant la première se trouvent confirmés avec tant de force.

Croyez-moi, cher ami, votre admirateur affectueux et reconnaissant.

Marcel Proust.

à Louis Martin-Chauffier

[Février 1921][1]

Cher ami,

Jacques Rivière vous dira dans quel pitoyable état de santé je me trouve en ce moment. Il (l'état de santé) m'empêche de répondre à personne, de remercier personne. Mais ne puis-je pas faire pour vous une exception qui n'est dictée que par mon cœur. L'article que je viens de lire dans la *Nouvelle Revue française* (et je l'ai tout aussitôt dit à Jacques Rivière que par un heureux hasard j'ai vu tout à l'heure, moi qui ne le vois presque jamais), votre article est étonnant de profondeur, de richesse, d'infaillible justesse dans le visé[2]. Cette justesse qui élit le réel dans l'infini des possibles – avec la certitude du ramier suivant la route invisible – est ce qui me frappe le plus. Entendez bien que par justes je ne veux pas dire les

----

1. Lettre publiée dans *Corr. Gén.* (III, 306-308) ; *Kolb* (XX, 96-98).

2. Proust fait ici allusion à un compte rendu du *Côté de Guermantes I* paru dans *La Nouvelle Revue française* le 1er février 1921.

louanges (elles me touchent beaucoup mais viennent de l'ami), je veux dire les divinations. Je serai bien impartial (puisque hors de cause), si je cite par exemple la critique du conseil de Montesqui[e]u[1]. Je crois l'être aussi, bien qu'au contraire si intéressé, dans ce que vous dites du passage de la fiction à la réalité et qui est si exactement la réponse que j'adressais à un critique, qu'elle me force à en modifier les termes sinon le sens, afin qu'elle reste mienne. De même du parallélisme entre Balbec et Guermantes. Prenez les meilleures critiques du passé, qui trouverez-vous à nommer qui soit entré si parfaitement dans les intentions d'un auteur ? Vous me dérobez mes secrets, vous vous faites un jeu de pénétrer dans mon clair-obscur, vous êtes mon médium.

Cet article m'a vraiment surpris. Je n'avais pas voulu vous dire dernièrement, pour ne pas vous influencer, que votre style, style de vos lettres surtout et même de vos articles, me semblait courir, à force d'archaïsme et de préciosité abstraite, le risque de se dessécher, de se refroidir. Voilà mes craintes bien dissipées ! Il n'y a pas une phrase qui ne vive, rendue nécessaire par une idée neuve et profonde. La phrase pousse, elle fleurit, et elle a, comme vous dites si bien (comme vous dites trop rarement dans vos lettres et dans vos articles), « les voiles des pétales et des feuilles ».

On n'est jamais assez cérémonieux dans la politesse. On l'est toujours trop quand on décrit... Mes forces ne me permettant pas de vous parler plus longuement de vous (Je peux dire de vous car je n'ai pas songé un instant, dans cette lettre, que c'était sur moi que vous aviez écrit). Mais je vous remercie encore de tout cœur et en espérant vous voir bientôt, vous serre très affectueusement les mains.

Marcel Proust.

---

1. Coquille ici dans la première édition : « Montesquiou » au lieu de « Montesquieu » – c'est bien Montesquieu que Martin-Chauffier cite dans son article : « Montesquieu écrit quelque part : "Il ne faut pas toujours tellement épuiser un sujet qu'on ne laisse rien à faire au lecteur." »

Jacques Rivière, l'ami que je place au plus haut de mon estime intellectuelle et morale, m'a parlé de vous de la façon la plus chaleureuse, et comme je l'ai rarement entendu parler d'un écrivain. – Je reviens de mon opinion propre : songez à éviter l'écueil des phrases trop longues (si drôle dans le pastiche que vous aviez fait de moi) si elles sont abstraites. Évitez la formule dix-septième siècle, ne gardez de cette admirable époque que sa réalité, le fond plein de vie, d'impressions senties et que l'apparente solennité ne doit jamais nous cacher.

––––––––

à Jacques Boulenger

[Mars 1921][1]

Cher ami,

Je vous envoie un petit mot qui arrivera certainement trop tard de toute façon. Mais comme j'ai été très exactement « mort » depuis longtemps je n'aurais pas été physiquement en état de vous écrire. Voici. Dans *La Revue hebdomadaire,* non la dernière mais l'avant-dernière ci-jointe, Mauriac a fait sur « l'art de Marcel Proust » un article où il a tâché de me servir préventivement de bouclier contre les attaques qui ne manqueront pas, je pense, de se produire, à l'occasion de mon prochain livre intitulé *Guermantes, Sodome et Gomorrhe I*[2]. Il dit notamment qu'avec moi,

––––––––

1. Lettre publiée dans *Corr. Gén.* (III, 231-232) ; *Kolb* (XX, 116-118).
2. L'article de François Mauriac dont il est ici question parut dans *La Revue hebdomadaire* du 5 mars 1921 (« [...] l'examen de conscience est à la base de toute vie morale, et Proust projette dans nos abîmes une lumière terrible. Son art a l'indifférence du soleil : tout est tiré de l'ombre et même ce qu'avant lui nul n'osait nommer »).

la question de moralité et d'immoralité n'a pas à se poser. J'aurais été très content que dans les « On dit » (je ne sais pas au juste comment s'intitule cette dernière partie de *L'Opinion*) on citât ce fragment de lui (pas rien que la phrase sur la moralité, ce qui aurait l'air trop tendancieux, mais celle-là avec une ou deux des précédentes ou suivantes)[1]. Seulement comme c'est l'avant-dernière revue peut-être, « il est trop tard pour parler encore d'elle[2] ». Le « joint » serait sans doute de ne pas indiquer la date de *La Revue hebdomadaire*, et de dire seulement : « Dans *La Revue hebdomadaire*, Mauriac etc. » Du reste, si cela doit vous donner l'ombre de tracas, n'en parlons pas, car c'est sans importance. Je suis autrement préoccupé d'avoir laissé tant de lettres, d'invitations, de livres sur moi, sans réponse. Lamartine a bien raison de dire que c'est ennuyeux de mourir plus d'une fois. J'aimerais tant du moins que la dernière, la bonne qui donne le courage « de marcher jusqu'au soir[3] », n'arrivât pas avant que je vous aie connu ! Je ne peux pas vous dire comme je suis content de penser que vous n'allez plus voir de Guermantes dans mon œuvre, mais des gens qui en diffèrent beaucoup. Il y aura encore un coup de Guermantes dans *Guermantes II*, mais vous serez content de moi tout de même.

De cœur à vous.

Marcel Proust.

Vous ai-je écrit à propos de votre admirable article sur les haïkaï. Ah ! le grain de piment !

---

1. Jacques Boulenger citera l'article de Mauriac dans *L'Opinion* du 12 mars 1921.
2. Alfred de Musset, *Poésies nouvelles*, « À la Malibran ».
3. Charles Baudelaire, *Les Fleurs du Mal*, « La mort des pauvres » (« C'est la Mort qui console, hélas ! et qui fait vivre ; [...] / Et nous donne le cœur de marcher jusqu'au soir »).

à Jacques Boulenger

[Fin juin 1921] [1]

Cher ami,

Je crois vous avoir écrit que j'avais été malade de l'aventure Martin-Chauffier [2]. Et, ensuite, que puis-je répondre à Jacques Rivière quand il me dit (faisant allusion aux questions dont je l'avais pressé, si la note Martin-Chauffier était satisfaisante) : « Quand je vous ai répondu, la phrase qui a fâché Boulenger m'avait échappé » (*m'avait* ne veut pas dire : à moi, Marcel Proust qui n'ai rien connu que trop tard, mais veut dire à Jacques Rivière). Et il le dit avec tant de sincérité, qu'on pense à sa fatigue, à son mal, et qu'on comprend tout en déplorant.

Vous me dites que mes sentiments pour vous sont changés ; voilà, cela signifiait deux choses, une à laquelle je ne voulais même pas faire allusion parce que, comme je ne pourrai vous en parler que dans très, très longtemps, je trouvais idiot de ne pas la taire tout simplement.

La seconde chose n'est rien, tout simplement ceci que je vous ai dit le soir où vous êtes venu [3] : je ne vous imaginais pas tel que je vous vois. Cela prouve uniquement que depuis des années j'ai beaucoup pensé à vous, et comme tous les êtres, toutes les villes, toutes les choses auxquelles on a longtemps pensé, on est surpris, quand on les voit, de les trouver autres. C'était fatal. Alors on prend vite une autre voie, on part du réel, au lieu de l'imaginé, et on rend à l'être, à la ville, etc., tous les sentiments qu'on lui avait

---

1. Lettre publiée dans *Corr. Gén.* (III, 251-256) ; *Kolb* (XX, 370-373).

2. Allusion au compte rendu désagréable du livre du destinataire, *Mais l'art est difficile*, que Louis Martin-Chauffier avait fait paraître dans *La Nouvelle Revue française* du 1er juin 1921.

3. Un jour du mois de juin 1921, il semble.

voués et qui passent seulement du monde de la rêverie dans celui de l'expérience. Je crois donc que, non
pas ma déception, mais mon « changement », part de
quelque chose de très gentil. Et je suis sûr si nous
nous voyions souvent que vous sentiriez pour le nouveau Jacques Boulenger, ma vraie amitié (n'imaginez
rien de Charlus, je vous prie !).

Je voudrais, si fatigué que je me trouve, vous
demander quelque chose, non pour moi bien
entendu, mais pour quelqu'un que je ne vois plus (ne
lui dites pas que je vois quelquefois des gens) depuis
bien des années, quelqu'un qui a un tel caractère (pas
avec moi, car je suis un des seuls êtres avec qui il
n'ait jamais eu de brouilles) qu'il me fera sous peu
un grief de mon intention gentille, mais enfin je lui
aurai fait, je crois, un grand plaisir, et cela m'en fera
par là à moi. C'est Robert de Montesquiou. On
épaissit autour de sa vieillesse (démunie, de plus,
d'argent, je crois) le plus injuste des silences, car c'est
un critique d'art, un essayiste merveilleux, qui peint
comme personne, en prose, l'œuvre d'un peintre,
d'un sculpteur qu'il aime. Or pensez à ceci (et tout
ce qui va suivre est confidentiel) : j'ai connu à dix-
huit ans, étant encore petit jeune homme sous la
férule de ses parents, et n'ayant écrit que *Les Plaisirs
et les Jours* (bien mieux écrits, il est vrai, que *Swann*)
Robert de Montesquiou qui se croyait parti pour la
gloire, et pour qui j'étais tellement un enfant, qu'il est
resté pour moi ce que sont pour les enfants « une
grande personne ». Ceci se marque par exemple dans
le fait que (bien qu'il y ait entre nous une énorme
différence d'âge) je ne finis jamais une lettre à lui
sans l'adjectif « respectueux » que je ne mettrais pas à
quelqu'un ayant la même différence d'âge, mais que
j'aurais connu plus tard, et non, comme lui, quand il
venait chez mes parents[1]. – Aussi, navré de cette
espèce d'ostracisme dont il est victime, chaque fois
qu'on parle de moi dans un journal, je me dis :

---

1. Proust avait seize ans de moins que Robert de Montesquiou,
huit de plus que Jacques Boulenger.

« Comme cela doit le fâcher. » Et j'aimerais tant que son nom reparût. Comme il le mérite vraiment j'ai pensé que vous pourriez peut-être lui demander des essais sur des artistes. Même si cela ne peut pas se réaliser pratiquement, je suis sûr que votre seule demande adoucirait sa vieillesse qui doit être bien dure. Si vous ne le connaissez pas, vous pourriez lui écrire : « Nous disions justement l'autre jour avec Marcel Proust, comme il est malheureux que vous soyez si avare de vos essais d'art, etc. », mais plutôt : « nous disions » que : « Marcel Proust me disait », car il serait froissé d'avoir l'air d'avoir été recommandé. Et aussi d'être plaint. De sorte qu'il serait plus délicat de considérer son abstention comme volontaire. Ceci n'est que la moitié de ce que je voudrais vous dire à son sujet, mais je suis trop fatigué, et il me semble en tout cas que c'est suffisant, si toutefois vous avez de la place chez vous pour lui et le désir de l'y introduire. J'ai recommencé à lui écrire des lettres d'autant plus gentilles qu'on a eu l'absurdité de dire que je l'avais peint en Charlus. Ce qui serait d'autant plus mal que si j'ai connu dans le monde un nombre énorme d'invertis dont personne ne le soupçonnait, jamais depuis tant et tant d'années que je connais Montesquiou, je ne l'ai jamais vu, ni chez lui, ni dans une foule, ni nulle part donner le moindre signe de cela. Malgré cela, je crois (?) qu'il se figure que j'ai voulu le peindre. Comme il est infiniment intelligent, loin d'avoir l'air de le croire, il est le premier à m'avoir écrit les lettres les plus chaleureuses sur *Guermantes* et *Sodome*[1]. Mais je crois qu'il n'en pense pas moins.

---

1. Proust vient de recevoir une lettre dans laquelle Robert de Montesquiou choisit en effet d'évacuer la question du modèle du personnage de Charlus sous un entrelacs de jeux de mots autour de la notion de « clef » et en réveillant le souvenir du baron Albert (dit Jacques) Doäzan (1840-1907), homosexuel notoire du Paris de la fin du XIXᵉ siècle : « Vos intéressantes digressions sur les *clefs* prouvent bien que ces moyens d'effraction n'ont, en eux-mêmes, pas plus d'intérêt que la branche de pin dans les salines du Harz, même quand elles sont la branche *de pine* du Baron. Je ne l'ai jamais qu'entrevu, et ses moustaches *au cirage*, sur des cheveux *de cire* : il manquait de toute *la race* que vous lui avez conférée, et qui donne de l'allure à son vice » (*Kolb*, XX, 320).

Aussi la gentillesse de ses lettres me martyrise-t-elle. D'autant plus que je lui ferais le plus grand des affronts en ayant l'air même de soupçonner qu'on le dit et de m'excuser. – C'est un homme méchant, qui par folie a fait souffrir beaucoup de ses parents. Mais sa triste vieillesse, sevrée non seulement de la gloire à laquelle il s'imagine qu'il avait droit, mais de la stricte justice, me fend le cœur.

Adieu, Jacques Boulenger.

Marcel Proust.

Dans une de ses dernières lettres il me disait en parlant de nos temps où il est ignoré : « Cette époque où, ô ineffable comble ! on parle d'un *Cr...* *méconnu*[1] ! »

Son adresse, à tout hasard, est « Palais rose, Le Vésinet, Seine-et-Oise ». Je ne suis jamais allé au Palais rose. C'est vous dire qu'il y a longtemps que nous ne nous sommes vus. Notre dernier entretien date d'une visite qu'il me fit la première année de la guerre, en me promettant de ne rester que cinq minutes pour ne pas me fatiguer et où il resta sept heures auprès de mon lit, boulevard Haussmann où j'habitais encore. – Aussi ne lui dites pas qu'on peut pénétrer chez moi rue Hamelin, adresse qu'il sait parfaitement, mais dont il n'use pas parce que je lui ai dit que j'étais trop souffrant.

Brûlez cette lettre, car il y a de quoi fâcher jusqu'à la damnation ce comte à qui je voudrais tant faire plaisir.

---

1. Le *Croisset méconnu* mentionné sous une forme elliptique dans la première édition de cette lettre (*Corr. Gén.* III, 255) est identifiable : Proust cite ici de façon approximative une lettre du 7 juin 1921 dans laquelle Robert de Montesquiou le saisissait de la médiocrité du « goût du jour » attentif aux moindres pièces de Francis de Croisset (*Kolb*, XX, 321 et note 9, p. 322).

à Jacques Rivière

[12 ou 13 septembre 1921][1]

Mon cher Jacques

Je vous ai télégraphié parce que je vous ai deviné nerveux et que je ne voulais pas ajouter même un rien à votre énervement. Soyez certain qu'il n'y a pas *un mot* (je ne dis pas d'inconvenant) mais même de libre, dans ce que j'ai envoyé à Paulhan[2]. Je ne sais si cela correspond ligne pour ligne à ce que vous vouliez. En tout cas c'est la même chose. C'est le morceau en question. Dans la crainte que cela dépasse un peu (mais je ne crois pas) Gaston[3] s'est chargé de dire à Paulhan de me réserver au besoin deux pages de plus.

Je continue à être « franc ». Tout dans votre lettre de l'autre jour m'a choqué. Votre recommandation d'éviter l'indécence était tellement superflue. Ne vous souvenez-vous pas que c'est moi qui pour ne pas nuire à la *Revue* vous ai dit que je ne donnerai pas les Hommes-Femmes (c'est de l'ancien). D'autre part je déplore qu'ayant clos l'incident Boulenger[4] par une lettre extrêmement vive, et à qui on ne pouvait reprocher que d'être un peu insolente, vous trouviez « inglorieux » (après trois semaines, car ce n'était pas votre réponse avant le numéro de septembre) que je lui écrive. Cela eût permis un livre de critique en me permettant de continuer Flaubert. Les « Œuvres

---

1. Lettre publiée dans *Rivière* (208-211) ; *Kolb* (XX, 450-452).
2. Il s'agit des extraits de *Sodome et Gomorrhe II* qui devaient paraître dans le numéro d'octobre 1921 de *La Nouvelle Revue française*. Au début de septembre 1921, Jacques Rivière s'était ému auprès de Proust de la « licence croissante » de la *Revue* – selon toute vraisemblance après une protestation de Paul Claudel (*Kolb*, XX, 435 et note 2, p. 436, appelée p. 435).
3. Gaston Gallimard.
4. Voir au sujet de cet incident la lettre à Jacques Boulenger de [fin juin 1921] – *supra*, p. 317.

libres » de Duvernois[1], plus libres que la *N.R.F.*
m'ont demandé un extrait et des nouvelles, me l'ont
fait accepter, avec permission de Gaston. Malheureusement une fois tout arrangé, Gaston m'a écrit qu'il
n'avait pas voulu me dire pour ne pas m'empêcher,
que cela le contrariait beaucoup. J'en suis doublement désolé comme je le lui ai écrit, d'abord de le
contrarier, ensuite que ce 1er gain reste le seul car si
j'avais continué pour les livres suivants c'eût été une
fortune. En tous cas pour ce qui vous concerne leur
extrait n'a aucun rapport avec le vôtre et ne paraîtra
même pas sous le titre *Sodome et Gomorrhe*. Je suis
ennuyé de vous sentir nerveux, voudrais savoir si
Aimée[2] marche bien. Morand qui me promet la gloire
trouve l'article d'Allard[3] « au-dessous du médiocre ».
Étant d'un avis contraire j'ai écrit une lettre très chaleureuse à Allard.

Je n'ai pas reçu le renseignement mythologique de
Thibaudet. J'ai aussi écrit deux lettres très affectueuses à Paulhan.

Vous ai-je raconté par quel comique itinéraire j'ai
mis une heure à trouver l'article d'Allard ? Il était à
vrai dire introuvable. Vous ai-je signalé l'article où
Daudet me compare à un lion[4] (!) Au reste ce que je
vous signale n'est jamais signalé[5], et j'ai trouvé à la
place de l'article du M. de Rennes[6] sur mon livre
(j'oublie son nom) un sixième ou septième article
d'Allard (extrait de *La Revue universelle*) sur
Fragonard. Cher Jacques tout cela ce sont des plaisanteries d'ami à ami. Le sérieux c'est que vous alliez

---

1. Au sujet de la collaboration aux *Œuvres libres*, voir *infra* la
lettre à Gaston Gallimard de [juillet 1922], et notamment la note 1,
p. 334.

2. Roman de Jacques Rivière paru en 1922 aux éditions de la
Nouvelle Revue française.

3. Compte rendu du *Côté de Guermantes II – Sodome et Gomorrhe I* paru dans *La Nouvelle Revue française* du 1er septembre 1921.

4. Léon Daudet, « L'orientation du roman contemporain. Premier article », *L'Action française*, 1er septembre 1921.

5. Sous-entendu : par *La Nouvelle Revue française*.

6. J. Gahier.

bien, c'est que votre livre s'achève merveilleusement
sans vous fatiguer. Le reste n'est pas même littérature. Tendrement à vous

Marcel

Mes respectueux hommages à Madame Rivière si
comme je le crois elle est avec vous. Je vous en prie
ne jugez pas mon livre sur cette fausse dactylographie. Tout ce qui n'est pas mal, n'y figure pas. Vous
le lirez dans le livre si vous n'êtes plus fatigué quand
il paraîtra, en mai je pense.

––––––––––

à André Lang

[Seconde quinzaine d'octobre 1921][1]

Monsieur et cher confrère,

L'expression *roman d'analyse* ne me plaît pas beaucoup. Elle a pris le sens d'étude au microscope, mot
qui, lui-même, est faussé dans la langue commune, les
infiniment petits n'étant pas du tout – la médecine le
montre – dénués d'importance. Pour ma part mon instrument préféré de travail est plutôt le télescope que le
microscope[2]. Mais j'ai eu le malheur de commencer un

––––––––––

1. La présente lettre répond à deux questions posées à Proust
par le journaliste André Lang – « Y a-t-il encore des écoles littéraires ? » et « Quand on établit une distinction entre le roman
d'analyse et le roman d'aventures, cela veut-il, à votre avis, dire
quelque chose, et quoi ? » – et fut publiée dans *Les Annales politiques et littéraires* du 26 février 1922 ; *Kolb* (XX, 496-499).

2. Sur la référence aux instruments d'optique, je me permets de
renvoyer à ma présentation des *Écrits sur l'art* de Marcel Proust (« À
la façon des oculistes », Paris, GF-Flammarion, 1999, p. 9-47). Sous
une formulation proche de celle ici employée, le contraste du microscope et du télescope se retrouve dans *Le Temps retrouvé* : « Même
ceux qui furent favorables à ma perception des vérités que je voulais
graver ensuite dans le temple, me félicitèrent de les avoir découvertes

livre par le mot « je » et, aussitôt, on a cru qu'au lieu de chercher à découvrir des lois générales, je « m'analysais » au sens individuel et détestable du mot. Je remplacerais donc si vous voulez bien le terme *roman d'analyse* par celui de *roman d'introspection*. Quant au *roman d'aventures*, il est bien certain qu'il y a dans la vie, dans la vie extérieure, de grandes lois aussi et si le roman d'aventures sait les dégager, il vaut le roman introspectif. Tout ce qui peut aider à découvrir des lois, à projeter de la lumière sur l'inconnu, à faire connaître plus profondément la vie, est également valable. Seulement un tel roman d'aventures est, sous un autre nom, introspectif aussi. Ce qui semble extérieur, c'est en nous que nous le découvrons. *Cosa mentale*, dit par Léonard de Vinci de la peinture peut s'appliquer à toute œuvre d'art. Il faut pourtant concéder que le roman d'aventures, même quand il n'a pas ces hautes visées, s'imprègne aisément de la distinction de l'esprit qui le manie. Stevenson a écrit de grands chefs-d'œuvre, mais aussi de simples romans d'aventures qui ont un charme délicieux. Ils tournent autour du prince Florizel de Bohême[1], que l'auteur pour ôter à sa fiction l'ombre de niaiserie qu'y pourrait mettre le snobisme, fait finir dans une boutique à Londres, où il vend des cigarettes.

Pour dire un dernier mot du roman dit d'analyse, ce ne doit être nullement un roman de l'intelligence pure, selon moi. Il s'agit de tirer hors de l'inconscient pour la faire entrer dans le domaine de l'intelligence, mais en tâchant de lui garder sa vie, de ne pas la mutiler, de lui faire subir le moins de déperdition possible, une réalité que la seule lumière de l'intelligence suffirait à détruire semble-t-il[2]. Pour réussir ce travail

---

au "microscope", quand je m'étais au contraire servi d'un télescope pour apercevoir des choses, très petites en effet, mais parce qu'elles étaient situées à une grande distance, et qui étaient chacune un monde » (*RTP*, IV, 618).

1. Protagoniste du *Diamant du Rajah*.

2. La présente considération sur « l'intelligence » peut être rapprochée de plusieurs passages du projet proustien d'essai contre Sainte-Beuve abandonné à la fin de la décennie 1900 – « Chaque jour j'attache moins de prix à l'intelligence » ; « [...] l'intelligence ne

de sauvetage, toutes les forces de l'esprit, et même du corps, ne sont pas de trop. C'est un peu le même genre d'effort prudent, docile, hardi, nécessaire à quelqu'un qui, dormant encore, voudrait examiner son sommeil avec l'intelligence, sans que cette intervention amenât le réveil. Il y faut des précautions mais bien qu'enfermant en apparence une contradiction, ce travail n'est pas impossible.

Enfin vous me questionnez sur les « écoles ». Elles ne sont qu'un symbole matériel du temps qu'il faut à un grand artiste pour être compris et situé entre ses pairs, pour que l'*Olympia*[1] honnie repose auprès des Ingres, pour que Baudelaire, son procès révisé, fraternise avec Racine (auquel il ressemble du reste, surtout par la forme). Racine est plus fertile en découvertes psychologiques, Baudelaire plus instructif en ce qui concerne les lois de la réminiscence, que je trouve exposées du reste, d'une façon plus vivante, chez Chateaubriand ou Nerval[2]. Chez Baudelaire la réminiscence est à l'état statique, elle existe déjà

---

peut rien pour ces résurrections, [...] ces heures du passé ne vont se blottir que dans des objets où l'intelligence n'a pas cherché à les incarner » (*Contre Sainte-Beuve*, 211 et 213).

1. L'*Olympia* d'Édouard Manet fut offerte à l'État en 1890 et exposée au musée du Louvre à partir de 1907. À plusieurs reprises, dans la *Recherche*, l'évolution du statut de cette peinture jugée d'abord scandaleuse puis admise parmi les plus grands chefs-d'œuvre de l'art – au rang même de ceux résolument classiques d'Ingres – sert à souligner l'ampleur des mouvements du goût. Ainsi la duchesse de Guermantes s'exclame-t-elle, devant la princesse de Parme : « [...] l'autre jour j'ai été avec la grande-duchesse au Louvre, nous avons passé devant l'*Olympia* de Manet. Maintenant personne ne s'en étonne plus. Ç'a l'air d'une chose d'Ingres ! » (*RTP*, II, 812). Pour un autre exemple, voir *RTP*, II, 713.

2. Parvenu à la conclusion du développement sur la réminiscence qu'il amorçait dans l'épisode de la madeleine trempée dans le thé au début de *Du côté de chez Swann*, Proust exprime dans *Le Temps retrouvé* un jugement proche : « Un des chefs-d'œuvre de la littérature française, *Sylvie*, de Gérard de Nerval, a, tout comme le livre des *Mémoires d'outre-tombe* relatif à Combourg, une sensation du même genre que le goût de la madeleine [...]. Chez Baudelaire [...] ces réminiscences, plus nombreuses encore, sont évidemment moins fortuites et par conséquent, à mon avis, décisives » (*RTP*, IV, 498).

quand la pièce commence (Quand les deux yeux fermés[1] etc., Ô toison moutonnant[2], etc. etc.). Dernière et légère différence : Racine est plus immoral.

Aussitôt le novateur compris, l'école dont on n'a plus besoin, est licenciée. Du reste même tant qu'elle dure, le novateur a le goût beaucoup plus large qu'elle. Hugo brandissait le romantisme pour son école, mais goûtait parfaitement Boileau et Regnard, Wagner n'avait nullement pour la musique italienne la sévérité des Wagnériens.

Veuillez agréer, monsieur et cher confrère, l'expression de mes sentiments les plus sympathiques.

Marcel Proust.

———————

à Camille Vettard

[Vers mars 1922][3]

Mon cher ami,

Je voudrais bien répondre longuement à vos questions, mais je suis à peu près mourant, et c'est un vœu d'agonisant qui sera ma réponse[4]. Ce que je voudrais que l'on vît dans mon livre, c'est qu'il est sorti tout entier de l'application d'un sens spécial (du moins je le crois) qu'il est bien difficile de décrire (comme à un aveugle le

———————

1. Charles Baudelaire, *Les Fleurs du Mal*, « Parfum exotique ».

2. Charles Baudelaire, *Les Fleurs du Mal*, « La Chevelure ».

3. Lettre publiée dans *Corr. Gén.* (III, 194-195) ; *Kolb* (XXI, 77-78).

4. Fonctionnaire, physicien et écrivain, Camille Vettard souhaitait mettre en rapport certaines considérations développées dans l'œuvre de Proust avec les théories d'Albert Einstein. Il devait donner à *La Nouvelle Revue française* du 1ᵉʳ août 1922 une « Correspondance » sur ce sujet (« Proust et Einstein »).

sens de la vue) à ceux qui ne l'ont jamais exercé. Mais ce n'est pas votre cas et vous me comprendrez (vous trouverez certainement mieux vous-même) si je vous dis que l'image (très imparfaite) qui me paraît la meilleure du moins actuellement pour faire comprendre ce qu'est ce sens spécial c'est peut-être celle d'un télescope qui serait braqué sur le temps, car le télescope fait apparaître des étoiles qui sont invisibles à l'œil nu, et j'ai tâché (je ne tiens pas d'ailleurs du tout à mon image) de faire apparaître à la conscience des phénomènes inconscients qui, complètement oubliés, sont quelquefois situés très loin dans le passé [1]. (C'est peut-être, à la réflexion, ce sens spécial qui m'a fait quelquefois rencontrer – puisqu'on le dit – Bergson, car il n'y a pas eu, pour autant que je peux m'en rendre compte, suggestion directe).

Quant au style, je me suis efforcé de rejeter tout ce que dicte l'intelligence pure [2], tout ce qui est rhétorique, enjolivement et à peu près, images voulues et cherchées (ces images que j'ai dénoncées dans la préface de Morand [3]) pour exprimer mes impressions profondes et authentiques et respecter la marche naturelle de ma pensée.

Je vous dis très mal tout cela, car je suis obligé de dicter avec une peine inouïe qui ne me laisse plus que la force de vous redire mon admirative et reconnaissante affection.

Marcel Proust.

———————

1. Sur la référence à des instruments d'optique pour expliquer la *Recherche*, voir *supra*, p. 323-324, note 2.

2. Sur la notion d'« intelligence », voir *supra*, p. 324-325, note 2.

3. Le texte « Pour un ami (remarques sur le style) » fut publié une première fois dans *La Revue de Paris* du 15 novembre 1920, puis repris – légèrement modifié – comme préface au recueil de nouvelles de Paul Morand *Tendres Stocks* (Paris, éditions de la Nouvelle Revue française, 1921). Sur les « images », Proust y énonce : « Le seul reproche que je serais tenté d'adresser à Morand, c'est qu'il a quelquefois des images autres que des images inévitables. Or tous les à peu près d'images ne comptent pas » (Marcel Proust, *Écrits sur l'art*, 340).

à André Gide

44, rue Hamelin,
[11 avril 1922] [1]

Pardonnez-moi ces pages déchirées qui vous obligeront hélas à faire attention à la pagination.

Mon bien cher ami,

J'ai été très ému par la délicatesse de votre intention, et votre lettre m'a été bien douce, en donnant à ce mot le sens qu'il avait autrefois, quand je connaissais encore la joie ou du moins l'apaisement à la souffrance. Vous me dites que si j'imaginais le plaisir que vous auriez (dites-vous trop gentiment et bienveillamment) à me voir, etc... Vous devriez plutôt imaginer l'immense plaisir que j'aurais de vous voir et vous dire que si je me suis refusé de chercher à l'obtenir, c'est que j'ai dû me trouver en présence d'une impossibilité matérielle. Je suis resté sept mois sans me lever une heure, et n'en disons pas davantage. Il est vrai que même alors il s'est trouvé des moments, par exemple une fois par mois, où j'ai pu avoir auprès de mon lit un ami. Et quand je l'ai fait, ce ne sont pas toujours les amis les plus chers que j'ai vus, mais ceux que dans la soudaineté d'un mieux passager, limité à quelques heures, je savais pouvoir atteindre soit par téléphone, soit autrement. Hélas, ce n'est pas parmi ceux-là que votre lettre (empreinte d'une délicieuse bonté où je crois retrouver ce qu'il y a de plus noble dans votre charme) vous place, puisque non seulement vous ne me dites même pas vos heures, ni aucune indication pratique permettant une conjonction si désirée de moi, mais qu'encore jusqu'à votre adresse est absente de votre lettre, de sorte qu'à supposer qu'un soir j'aille mieux, je ne saurais même pas où vous adresser mon appel. La dernière fois que je vous vis – et ces entrevues si rares et si belles font

1. Lettre publiée dans *Gide* (82-85) ; *Kolb* (XXI, 125-126).

épisode et époque dans le douloureux néant de mes jours – vous comptiez déménager. Pour aller où ? vous ne m'en aviez rien dit. Quant à parler d'*importunité*, c'est un mot cruel, car il semble indiquer que j'ignore tout ce que mon affreux état me fait perdre. J'aurai vécu à la même époque que vous, et sauf des regards, des sourires, des mots, inoubliés mais si espacés, je n'aurai connu de vous que vos livres. C'est énorme ; mais ce n'est pas assez puisque ce n'est pas tout. (À ce propos, comme on doit la vérité amie même à Platon[1], j'ai trouvé que vous parliez sur un ton bien dédaigneux à Wilde. Je l'admire fort peu. Mais je ne comprends pas les réticences et les rudesses en parlant à un malheureux.)

Cher ami, je n'ai pu vous écrire qu'à l'aide d'une piqûre dont l'effet s'épuise (je n'ai pas osé dicter à ma dactylographe) et je n'ai plus la force de vous parler de ce qui faisait justement l'objet de cette lettre, celle de M. Curtius. Tout ce qu'il dit de mon remerciement, c'est au contraire ce qu'il vous a écrit qui le mérite et qui m'a, en effet, ému et ravi (et transcrit par vous, dans une intention si charmante, quelle délicatesse nouvelle, surajoutée à la sienne, cela ne prenait-il pas !). Mais ce qui me rend honteux, c'est qu'il trouve ma lettre satisfaisante. Je ne lui ai rien écrit de ce que je pensais (et que je compte lui écrire) tant j'étais souffrant. C'était un martyre pour moi de tracer ces mots stupides, et pourtant, ne sachant pas quand je serais en état de le remercier, je les ais envoyés provisoirement. Et il ne me juge pas mal là-dessus ; il devine ; il comprend ; qu'il est indulgent et bon !

Tendrement à vous

Marcel Proust.

———

1. Aristote, *Éthique à Nicomaque*, I, 4 (« *Amicus Plato, sed magis amica veritas* » : « Platon m'est cher, mais la vérité plus chère encore »). Voir *supra*, p. 287, note 1.

à Laure Hayman

[Mi-mai 1922][1]

Chère Madame,

Après un accident qui m'est arrivé la semaine dernière (par un médicament dont j'ignorais qu'il fallait
le diluer, que j'ai pris pur et qui m'a causé des douleurs à perdre connaissance), j'espérais souffrir paisi-
blement et ne pas écrire une seule lettre. Mais
puisque des personnes, dont vous ne me dites pas le
nom, ont été assez méchantes pour réinventer cette
fable, et vous (chose qui, de vous, me stupéfie) assez
dénuée d'esprit critique pour y ajouter foi, je suis
forcé de vous répondre pour protester une fois de
plus, sans plus de succès, mais par sentiment de
l'honneur. Odette de Crécy, non seulement n'est pas
vous[2], mais est exactement le contraire de vous. Il
me semble qu'à chaque mot qu'elle dit, cela se devine
avec une force d'évidence. Il est même curieux
qu'aucun détail de vous ne soit venu s'insérer au
milieu du portrait différent. Il n'y a peut-être pas un
autre de mes personnages les plus inventés de toute
pièce, où quelque souvenir de telle autre personne
qui n'a aucun rapport pour le reste, ne soit venu
ajouter sa petite touche de vérité et de poésie. Par
exemple (c'est je crois dans les *Jeunes filles en fleurs*)
j'ai mis dans le salon d'Odette toutes les fleurs très
particulières qu'une dame « du côté de Guermantes »
comme vous dites a toujours dans son salon. Elle a
reconnu ces fleurs, m'a écrit pour me remercier et
n'a pas cru une seconde qu'elle fût pour cela Odette.
Vous me dites à ce propos que votre « cage » (!) ressemble à celle d'Odette[3]. J'en suis bien surpris. Vous

---

1. Lettre publiée dans *Corr. Gén.* (V, 220-223) ; *Kolb* (XXI,
208-210).

2. Sur Laure Hayman, voir *supra*, p. 50, note 2.

3. Il est de fait que Laure Hayman, au début des années 1890,
habitait rue Lapérouse, comme Odette dans *Du côté de chez Swann*.

aviez un goût d'une sûreté, d'une hardiesse ! Si j'avais
le nom d'un meuble, d'une étoffe à demander je
m'adresserais volontiers à vous, plutôt qu'à n'importe
quel artiste. Or, avec beaucoup de maladresse peut-
être, mais enfin de mon mieux, j'ai au contraire
cherché à montrer qu'Odette n'avait pas plus de goût
en ameublement qu'en autre chose, qu'elle était toujours (sauf pour la toilette) en retard d'une mode,
d'une génération. Je ne saurais décrire l'appartement
de l'avenue du Trocadéro, ni l'hôtel de la rue
Lapérouse, mais je me souviens d'eux comme du
contraire de la maison d'Odette. Y eût-il des détails
communs aux deux, cela ne prouverait pas plus que
j'ai pensé à vous en faisant Odette que dix lignes,
ressemblant à M. Doasan enclavées dans la vie et le
caractère d'un de mes personnages auquel plusieurs
volumes sont consacrés ne signifient que j'ai voulu
« peindre » M. Doasan[1]. J'ai signalé dans un article
des *Œuvres libres* la bêtise des gens du monde qui
croient qu'on fait entrer ainsi une personne dans un
livre[2]. J'ajoute qu'ils choisissent généralement la personne qui est exactement le contraire du personnage.
J'ai cessé depuis longtemps de dire que Madame G.[3]
« n'était pas » la duchesse de Guermantes, en était le
contraire. Je ne persuaderai aucune oie. C'est à cet
oiseau que vous vous comparez, vous m'aviez plutôt
laissé le souvenir d'une hirondelle pour la légèreté (je
veux dire la rapidité), d'un oiseau de paradis pour la
beauté, d'un ramier pour l'amitié fidèle, d'une
mouette ou d'un aigle pour la bravoure, d'un pigeon
voyageur pour le sûr instinct. Hélas, est-ce que je

---

1. Le baron Doasan (ou Doäzan), que Proust connut au cours
des années 1890 chez Mme Aubernon de Nerville, semble avoir
servi de modèle physique au Charlus de la *Recherche*.

2. Allusion à l'extrait de *Sodome et Gomorrhe II* paru dans les
Œuvres libres de novembre 1921, où figure la phrase suivante :
« Les gens du monde se représentent volontiers les livres comme
une espèce de cube, dont une face est enlevée, si bien que l'auteur
se dépêche de "faire entrer" dans son livre les personnes qu'il
rencontre. »

3. La comtesse Henri Greffulhe.

vous surfaisais ? Vous me lisez, et vous vous trouvez une ressemblance avec Odette ! C'est à désespérer d'écrire des livres. Je n'ai pas les miens très présents à l'esprit. Je peux cependant vous dire que dans *Du côté de chez Swann* quand Odette se promène en voiture aux acacias [1], j'ai pensé à certaines robes, mouvements, etc. d'une femme qu'on appelait Clomenil [2] et qui était bien jolie, mais, là encore, dans ses vêtements traînants, sa marche lente devant le Tir aux Pigeons, tout le contraire de votre genre d'élégance. D'ailleurs sauf à cet instant (demi-page peut-être), je n'ai pas pensé à Clomenil une seule fois en parlant d'Odette. Dans le prochain volume, Odette aura épousé un « noble », sa fille deviendra proche parente des Guermantes avec un grand titre. Les femmes du monde ne se font aucune idée de ce qu'est la création littéraire, sauf celles qui sont remarquables. Mais dans mon souvenir vous étiez justement remarquable. Votre lettre m'a bien déçu. Je suis à bout de forces pour continuer, et en disant adieu à la cruelle épistolière qui ne m'écrit que pour me faire de la peine, je mets mes respects et mon tendre souvenir aux pieds de celle qui m'a jadis mieux jugé.

Marcel Proust.

———

1. L'avenue des acacias, au bois de Boulogne.
2. Léonie de Closmenil.

à Gaston Gallimard

[Juillet 1922][1]

Lire jusqu'à la fin.

Mon cher Gaston,

Votre lettre me touche sans me convaincre. La publicité de *Sodome et Gomorrhe II* a été faite uniquement grâce à l'amitié que certains écrivains me portent. Quant à M. Havard de La Montagne, je ne peux pas parler d'amitié, mais j'étais justement hier matin mercredi en correspondance avec lui. Et précisément comme sa lettre, suivant de la rue Laurent Pichat ou du boulevard Haussmann (je n'ai pas l'enveloppe là, mais je ne l'ai pas jetée et pourrai vous montrer par là la rigoureuse exactitude de mon dire), me remercie d'une amabilité que j'ai à son égard, je souhaite beaucoup qu'il fasse payer comme publicité la note qu'il insérera, s'il en insère une[2] (il est fort possible qu'il n'en insère aucune, ce ne sera que plus intéressant pour moi à cause du dessous des cartes que je suppose et où vous n'êtes pour rien. Dans ce cas il faudra se garder d'insister, ne pas renouveler la demande et se rabattre sur la publicité de l'*Œuvre*, qui est excellente) de façon à ne pas avoir l'humiliation de paraître lui demander dans les vingt-quatre heures le remerciement de ma petite amabilité. Robert de Flers[3] m'a dit qu'il se refusait à recevoir un centime de moi ; au reste, à quoi bon commencer une énumération ? La note simili Morand pour *Ève* : « À ne pas laisser lire

---

1. Lettre publiée dans *Cahier* (VI, 236-242) ; *Kolb* (XXI, 367-371). La date indiquée par les premiers éditeurs, sans mention du jour, reste approximative.

2. Robert Havard de La Montagne écrivait dans *L'Action française*.

3. Robert de Flers avait fait paraître dans le *Supplément littéraire* du *Figaro* du 16 juillet 1922 un article de Jean Schlumberger intitulé : « *À la recherche du temps perdu* : une nouvelle *Comédie humaine* ».

aux jeunes filles » n'a jamais paru non plus que les
« Pour emporter en voyage » qui inondent les journaux mais pas pour moi. Enfin vous allez me trouver
bien insupportable, mais les Extraits dont vous me
parlez pour le numéro d'août de la *N.R.F.* ne me
font pas plaisir. 1° Du *moment qu'on les* faisait, j'aurais aimé choisir moi-même ; 2° Mais pourquoi les
faisait-on ? Les lecteurs de la *N.R.F.* sont précisément mes lecteurs. Vous me parlez même gentiment,
de faire envoyer ces extraits à la Librairie Gallimard.
Mais ne voyez-vous pas que c'est simplement mirer
notre propre reflet ? Écrire aux lecteurs de la Librairie Gallimard : « *La Revue de Paris* par la plume de
M. H. Bidou a fait un grand éloge de M. Proust »
n'est-ce pas un peu ce petit jeu qu'on faisait enfant et
où on se mettait à la poste pour soi-même des lettres
d'amour qu'on avait écrites[1] ? Sur un point particulier j'ai à m'excuser, car j'ai eu l'air, à ce qu'il vous a
semblé, [de] trouver que Tronche faisait mieux ces
démarches (Tronche qu'entre parenthèses je n'ai pas
vu depuis des mois, j'espère qu'il va bien[2] ?) Or je ne
voulais nullement dire cela, ne supposant pas que
vous auriez la gentillesse de vous déranger vous-
même. Je voulais dire : « Envoyez non pas tel secrétaire malhabile, mais quelqu'un ayant le tact ferme de
Tronche. » Vous n'étiez nullement en cause,
comment pourriez-vous le penser ! Je ne voudrais pas
davantage que vous crussiez Tronche en cause dans

---

1. Sous le couvert de reproches techniques, politiques et de ges-
tion, Proust marque ici à Gallimard sa ferme intention – la suite
de la lettre le montre – de tirer davantage d'argent de ses livres.
Plutôt que de donner des extraits de ses romans, avant publication,
à la *N.R.F.*, l'écrivain souhaite pouvoir vendre ces extraits à des
éditeurs concurrents, ainsi les *Œuvres libres* qui ont publié « Jalousie » – extrait de *Sodome et Gomorrhe II* – en 1921, et publieront
« Précaution inutile : roman inédit par Marcel Proust » – extrait de
La Prisonnière – en 1923, quelque semaines après sa mort. Sur
cette question, voir aussi *supra*, p. 322, la lettre à Jacques Rivière
du [12 ou 13 septembre 1921].
2. Jusqu'à son départ de la maison d'édition de la N.R.F., décidé
en avril 1921, Gustave Tronche s'était occupé de l'édition des
livres de Proust.

ce que je vais vous dire et que j'ai appris par une toute autre voie. Que des écrivains de la valeur de Gide et semblables soient payés autant ou plus que moi, cela me semble plus que naturel. Mais j'ai été peiné, je l'avoue (avec contrecoup matériel fort cuisant) d'apprendre que tel de vos auteurs, homme intelligent, compétent en questions ouvrières, mais que vous-même jugez un écrivain de troisième plan[1] (en quoi je prenais au contraire sa défense contre vous qui, à mon avis, attachiez trop d'importance à son français, à son style) était beaucoup plus payé que moi[2]. Je n'ai nullement insisté l'autre jour sur la question des tirages non réglés. C'est certainement vous qui avez raison. J'avais compris que mes mensualités étaient pour régler le passé mais que les ouvrages nouveaux seraient payés au tirage, selon le traité (sans quoi nous n'arriverons jamais à nous rejoindre !). Certainement j'avais mal compris, j'ai même honte de revenir sur mon erreur. Mais que d'autres aussi me passent devant me semble cruel. Cher Gaston, cette éternelle question de gros sous me remonte comme une boue dont je voudrais me laver en une fraternelle poignée de mains avec vous (le comique d'une métaphore aussi incohérente me console un peu de dire des choses si vulgaires). Et je suis sûr que si vous me donniez de bons conseils pratiques, vous me rendriez plus service qu'en me payant davantage. On s'enrichit autant en diminuant ses dépenses qu'en augmentant ses revenus. Ce n'est peut-être pas d'un très bon homme d'affaires de vous le dire, mais c'est l'épanchement d'un ami qui est très à vous.

Vous me faites beaucoup de peine en me disant que votre vie est niaise. Elle est superbe. Vous avez attaché votre nom au plus marquant des mouvements littéraires de notre temps. À l'étranger (et j'ai de

---

1. Il s'agit vraisemblablement de Pierre Hamp.
2. Sur ce point, Gaston Gallimard répondra à Proust qu'il est « de *très loin* le plus payé ici » (Marcel Proust et Gaston Gallimard, *Correspondance*, Paris, Gallimard, 1989, p. 568).

bonnes raisons – que je ne vous dis pas parce que sur un autre point cela rallumerait des divergences entre nous – pour le savoir) la *N.R.F.* est quelque chose comme le Parnasse ou le Symbolisme. Je comprends qu'attacher son nom à une œuvre puisse ne causer aucun plaisir quand c'est gâché, comme c'est le cas pour moi, par des souffrances physiques constantes qui empêchent pour moi la production même du plus léger plaisir. Dans ce cas, séparé, par le malaise constant, du bonheur, on ne peut rien éprouver. Mais ce n'est pas, Dieu merci, votre cas ; non seulement vous avez une bonne santé, mais vous êtes un sage qui prenez du Vittel. De plus votre nom n'est pas attaché à une seule œuvre individuelle, mais à un Cycle, la *N.R.F.* Voyez la vie sous cet angle, et vous serez fier et heureux. Le bonheur est en effet à condition qu'on ne le prenne pas pour but, mais une grande cause. Je connais des gens malheureux parce qu'ils calculent qu'ils ont un an de plus, ou des choses de ce genre. Le bonheur pris comme but se détruit à pleins bords. Il coule à pleins bords chez ceux qui ne cherchent pas la satisfaction et vivent en dehors d'eux pour une idée. Je vous répète qu'on ne peut tabler sur mon cas qui est une pure exception. Quelqu'un qui mène ma vie et souffre sans cesse est presque un monstre (je ne veux pas dire de méchanceté car je suis tout le contraire). Mais il me faut raisonner sur ces exceptions qui sont heureusement si rares. Sans cela à tout on pourrait objecter un exemple absurde. La pauvreté, la médiocrité peuvent favoriser la vie intellectuelle. Cela ne veut pas dire que la misère noire, les jours sans pain, les nuits sans toit, sont féconds. Cher Gaston, je m'arrête, car dans mon désir de vous persuader (parce que j'en suis convaincu) que votre vie est très belle, je me suis un peu trop fatigué. Un dernier mot, j'aurais besoin de savoir dans le plus bref délai si la *Revue rhénane* a publié en français une partie de l'article de Curtius [1].

---

1. Ernst Robert Curtius, « Marcel Proust », *Der Neue Merkur*, février 1922.

Nombre de mes envois me sont revenus par erreur d'adresse. C'est navrant. Votre liste[1] était atroce. Avez-vous les *Confessions d'un mangeur d'opium* de Quincey ? Pour *Les Possédés*, je crois que Morand va me les prêter. Je n'en peux plus.

Tout à vous.

Marcel Proust.

à Paul Brach

[Fin juillet 1922][2]

Cher ami,

C'est bien peu la peine que vous passiez demain vendredi[3]. Il n'y a aucune chance que je puisse vous voir avant votre départ. Vous avez été moins gentil l'autre soir mais vous avez auprès de moi un tel « solde créditeur » de bontés que vous pouvez être de moins en moins gentil pendant quelques temps. C'était ce soir jeudi que vous deviez passer. Je m'étais fait éveiller tout exprès (ce que je ne devrais jamais faire). Il en est résulté un tel changement d'heure que, trompé comme par l'heure d'été, Odilon[4] est parti deux heures plus tôt me chercher de la bière, etc...

---

1. Liste de personnes à qui envoyer *Sodome et Gomorrhe II*, sorti le 29 avril 1922.

2. Lettre publiée dans *La Revue universelle* (1er avril 1928, p. 10-13) ; *Kolb* (XXI, 385-386).

3. Le destinataire, jeune poète et futur éditeur avec Robert Proust de la *Correspondance générale* de Marcel Proust, fut l'un des proches de l'écrivain dans les derniers mois de sa vie.

4. Odilon Albaret, domestique et chauffeur de Proust.

Je ne vais pas très bien. Comme chaque fois que je reste trop longtemps au lit, car je suis alors dans une telle nage qu'il faut me « changer », comme dirait « l'agréable personne[1] », tous les quarts d'heure, de sorte que je prends froid, ce qui ne m'arrive jamais dehors. J'ai un nouveau torticolis. Il a été de cinq à sept désagréablement caressé par un grand nombre de portes dont aucune ne fut malheureusement ouverte par vous. Je pense avec horreur à ma vie. Depuis *Sodome II*, je n'ai pas eu le courage de corriger *Sodome III*, ce qui me fatiguerait beaucoup moins que de faire à Odilon des cours d'histoire de France.

Vous dites que vous n'avez pas de papier ; je ne dois pas avoir de plume car je ne puis arriver à tracer lisiblement ces lignes, d'ailleurs mornes et vides. Je ne sais où vous allez, quand vous reviendrez. Si je ne me décide pas à changer la charmante famille à qui je fais l'école du soir, sans préjudice de l'angélus de l'aube, peut-être partirai-je ; et quand je pars, je ne reviens plus, grand débarras pour mes amis.

Votre tout dévoué

Marcel Proust.

Je vous ai dit que j'avais écrit à M.D...[2]. J'ai oublié d'ajouter que je ne suis pas certain qu'il ait eu ma lettre, car il avait indiqué rue Greuze une adresse où il n'est pas. Le concierge ne le connaît pas, mais a accepté à tout hasard d'Odilon, de l'argent et ma lettre, probablement par un mélange de curiosité et de cupidité. J'ai oublié aussi, dans mes remerciements de vous dire combien j'avais trouvé le poulet bon. Il est regrettable qu'après l'avoir si bien rôti, on

---

1. Surnom de la domestique de Proust Céleste Albaret, convenu entre Proust et Brach.

2. La lettre en question est une réponse de Proust à une lettre d'excuses que lui avait adressé ce M.D... à la suite d'une altercation à l'intérieur du restaurant alors en vogue, *Le Bœuf sur le toit*.

se croit obligé de vous en jeter le plat à la tête. Je n'ai pu identifier l'affreux serveur que je sens connaître si bien.

Votre Marcel.

Tournez encore, voulez-vous ?

Le poulet dont je parle est celui du *Bœuf sur le toit*[1] et ce poulet sous le toit m'a fait penser à Sem que j'avais, une nuit, ramené de Trouville à Cabourg en taxi. Comme les routes sont très noires, et à chaque coin de route, un bœuf en liberté ; il se jette sur la voiture. Sem n'était qu'à demi enchanté et me dit : « Vous me proposez une promenade et m'emmenez dans une corrida donnée en pleins pampas. » Grâce à votre bravoure et à votre sagesse, nous avons évité qu'un poulet bien chaud fût suivi d'un seau à glace dans la tête, ce qui arriva précisément il y a quelques années dans une maison de fous que vous connaissez peut-être à cause de la sublime entrée sculpturale qui la précède et qui s'appelle – d'un titre préventif, car c'est du seizième siècle – le puits de Moïse.

P.-S. – Pensez-vous que si Montesquiou m'attaque dans ses *Mémoires*, je puisse faire un procès à M.P...[2] ? Si je vous le demande, c'est que ce dernier m'a écrit très longuement et très gentiment, il y a une huitaine de jours. Je crois que X... me croit de l'Académie, tant je reçois de livres de lui.

———

1. Voir note précédente.
2. Le premier éditeur de la présente lettre précise qu'il s'agit de l'exécuteur testamentaire de Montesquiou.

à Paul Brach

[Début août 1922][1]

Cher ami,

Quelle plume, jointe à une difficulté, ce matin,
d'écrire ! Voici : vous m'aviez dit que vous viendriez
lundi. J'y croyais tellement que quand, Jacques Rivière
étant auprès de mon lit, on a sonné je n'avais aucun
doute que ce fût vous. C'était mon ami Reynaldo Hahn.
Comme je ne peux pas rester tant de jours couché, je me
suis décidé à sortir aujourd'hui mardi (hier, car les jours
où je sors je reste la nuit dehors et le matin levé). Au
moment de partir j'ai eu votre petite carte qui avait l'air
un peu éloignante : « Ne viendrez-vous pas faire un tour
du côté[2], etc. » J'interprétai : « Ne venez pas. » C'est du
reste la seule partie du Ritz que je ne connaisse pas, je ne
sais pourquoi. Le pauvre Vespis (ou l'heureux Vespis,
comme vous considérez la chose, il est mort, est-ce un
bonheur ? Je ne sais pas) le dirigeait et voulait toujours
que j'y vinsse ; enfin cela n'a pas eu lieu. Je connais les
cuisines, je descends près du glacier mettant en fuite
les cafards (j'ai même en 1906 fait apporter le piano de
Risler pour faire osciller de compétence le plumet de
Mme d'Haussonville). Je sais manœuvrer les douches,
etc. Seul, dans votre local de ce soir, stupidement, je ne
suis jamais allé. Ce qui m'a surtout empêché ce soir,
c'est que j'ai de la sympathie pour M. Serge André. Si
je l'avais vu, je lui aurais demandé de donner dans
L'Opinion un extrait de l'article de Vettard dans la
N.R.F.[3] J'aime mieux que ma sympathie garde une
forme désintéressée. Vous m'avez enchanté avec la
découpure de *L'Illustration*[4]. Je n'ai connu, des gens qui

---

1. Lettre publiée dans *La Revue universelle* (1er avril 1928,
p. 8-9) ; *Kolb* (XXI, 409-410).

2. Du côté du grill-room de l'hôtel Ritz.

3. « Proust et Einstein », *La Nouvelle Revue française*, 1er août
1922.

4. Paul Brach avait procuré à Proust la reproduction du tableau
de James Tissot, *Le Balcon du Cercle de la rue Royale en 1867*,

sont là, que Haas, Edmond de Polignac et Saint-Maurice ; mais quel plaisir de les revoir ! Tout le temps je demande cette coupure, elle me fait un plaisir infini.

Maintenant que je suis sorti (dans un état atroce, il est deux heures de l'après-midi, mercredi et je n'ai pas encore ôté mon chapeau ni mon manteau) quand pourrai-je me lever de nouveau ? À ce moment-là vous serez reparti à Domfront. Du reste, c'est très bien, on pense aux gens et on s'en passe si facilement ! J'avais quelque chose à vous demander et je ne sais plus quoi. Je commence à dire un peu moins souvent : « je vous noierai dans un océan de m...[1] » Adieu cher ami.

    Votre

                                    Marcel Proust.

————

à Gaston Gallimard

                              [Mi-septembre 1922][2]

Mon cher Gaston

Je ne sais si je vous ai écrit depuis que j'ai recommencé à tomber par terre à chaque pas que je fais et à ne pouvoir prononcer les mots. Chose

————

offerte à ses lecteurs par *L'Illustration* le 10 juin 1922. Il s'agit d'un portrait collectif sur lequel on reconnaît, entre autres, le prince Edmond de Polignac et Charles Haas.

1. Suivant le premier éditeur de la présente lettre, Proust brandissait régulièrement cette menace devant son personnel.

2. Lettre publiée dans *Cahier* (VI, 247-249) ; *Kolb* (XXI, 475-477). La mention de la lettre des Schiff (voir la note qui suit) au sujet de l'annonce de la traduction anglaise de la *Recherche*, permet de préciser la datation – « été 1922 (?) » – proposée par les premiers éditeurs (*Cahier*, VI, 247).

affreuse. Mais ayant ce matin un moment de répit j'en profite pour vous écrire.

Hélas ! je ne vous écris pas ce que je voudrais car il est atroce qu'une tendre amitié comme la nôtre soit tout le temps traversée d'incidents qui n'en altèrent pas le fond mais en corrompent les joies.

Les choses dont je veux vous parler sont au nombre de deux. La deuxième est sans importance. Mais vous êtes trop lettré pour ne pas saisir que quelqu'un qui ne vit plus que pour son œuvre ne peut laisser passer la première. Des amis anglais à moi, les Schiff – amis de mes livres surtout – m'écrivent une lettre désolée que je n'ai pas sous la main (elle doit être dans mes draps). Ils ont vu annoncé mon livre avec un titre qui signifie (je vous dis à peu près) au lieu de À *la recherche du temps perdu*, *Souvenirs des choses passées*[1]. Cela détruit le titre. Mais ce qui est plus grave (et il faut que je retrouve cette lettre pour voir), *Du côté de chez Swann* serait traduit en anglais par : À *la manière de Swann*. Cela je ne peux pas le croire ni l'admettre. Vous savez ce que signifie le titre *Du côté de chez Swann*, dont le sens principal est qu'à Combray il y avait deux buts de promenade, un chemin qui menait vers le château des Guermantes et un autre vers la propriété de Swann. Le titre qu'on me dit (mais il y a sûrement erreur, informez-vous) serait un non-sens et le premier un titre d'Henry Bordeaux. Mes amis m'écrivent qu'il y avait pourtant bien des façons de traduire exactement mes titres (qu'ils admirent, mais cela c'est leur affaire). En tous cas un éditeur en donnant le droit de traduire un livre ne donne pas celui de le déformer. Et les titres inquiètent mes amis Schiff sur la traduction de l'ouvrage.

La chose pas importante est celle-ci. J'ai un frère chirurgien qui m'aime bien. Il est venu à son retour

---

1. Le 9 septembre 1922, Sydney Schiff avait adressé à Proust une coupure de *The Athenaeum* du même jour annonçant le début de la publication d'une traduction en anglais de la *Recherche*, par Scott Moncrief, chez Chatto & Windus, accompagnée de ses réserves sur le titre d'ensemble choisi, *Remembrance of Things Past* (*Kolb*, XXI, 469-470).

me voir et m'a dit « Partout j'ai vu le livre de Morand (ce qui lui a fait plaisir comme à moi). Dans toutes les gares, et j'ai fait un chemin énorme, j'ai demandé *Sodome*. Dans aucune on n'a pu me le donner. Tu peux te vanter d'avoir un éditeur qui ne fait pas un sou de publicité pour tes livres. Et avec la triste vie si dispendieuse que tu mènes, je ne te comprends pas de ne pas t'en plaindre. »

Mais encore une fois ceci est très secondaire. Je tiens à mon œuvre, que je ne laisserai pas des Anglais démolir, et à votre affection. Car je suis très tendrement à vous.

Marcel Proust.

C'est un si gros effort d'écrire après de telles crises, que je vous envoie une lettre incomplète. Pardon.

———————

à Ernst Robert Curtius

[Septembre 1922] [1]

Cher Monsieur,

Ce petit mot qui accompagne l'envoi de *Sodome et Gomorrhe II* est seulement pour m'excuser auprès de vous que j'admire tant, que j'aime tant si j'osais dire, du grand retard de cet envoi. Mais bien que je déteste parler de moi et de mes maux, je détesterais plus encore que vous m'estimiez indifférent. J'ai été privé successivement de la parole, de la vue, du mouvement (à moins de faire des chutes à chaque pas). J'aime mieux ne pas m'appesantir sur cet enfer. Mais

———————

1. Lettre publiée dans *Corr. Gén.* (III, 312-313) ; *Kolb* (XXI, 478-480).

j'en ai assez dit pour que vous me pardonniez.
Maintenant comme la médecine est vraiment une
science (?) excessivement comique la raison de tout
cela serait ce qu'on vient de constater que ma cheminée est crevée et comme je n'ouvre jamais ma fenêtre,
que j'aspire chaque jour, précieuse inhalation ! de
grandes quantités d'oxyde de carbone. Je ne veux pas
parler sans respect des médecins, mon père était professeur à la Faculté de médecine, et mon frère, également professeur à la Faculté de médecine, est
l'homme le plus courageux, le plus savant, le plus
intelligent. Mais hélas mon père est mort et quant à
mon frère je suis trop malade pour le recevoir. Il est
vrai que certains jours je peux me faire transporter
dehors. Mais c'est toujours vers quatre heures du
matin. Et je ne veux pas le faire réveiller comme il
faut qu'il soit à huit heures à son hôpital. Vraiment
c'est odieux de parler ainsi de soi et des siens, intaris-
sablement. Mais précisément c'est cette admirative
amitié pour vous qui s'épanche. J'ai lu un très bel
article de vous, où vous parlez en termes profonds et
magnifiques de ce que doit être l'Allemagne depuis la
guerre. Vous voyez que malgré les éloges infiniment
exagérés, mais bien touchants aussi, que Léon
Daudet me donne constamment dans *L'Action française*, malgré l'affection de mon frère pour le général
Mangin, affection scellée sur les champs de bataille,
je ne suis nullement (et mon frère non plus) un « na-
tionaliste ». C'est assez mal élevé de vous dire tout
cela, mais c'était utile pour déblayer le terrain.
D'ailleurs nous n'avons nullement besoin de parler
politique. La littérature est notre part et c'est une part
très féconde. Renan dirait que nous souffrons *morbo
litterario*[1], c'est absurde. La mauvaise littérature
rapetisse. Mais la vraie fait connaître la part encore
inconnue de l'âme. C'est un peu le mot de Pascal que

---

1. « *Morbus litterarius* ! le trait caractéristique de ce mot est
qu'on aime moins les choses que l'effet littéraire qu'elles pro-
duisent » (réponse de Renan au discours de réception à l'Académie
française de Jules Claretie, 1889).

je cite à faux, n'ayant pas de livre ici : « Un peu de science éloigne de Dieu, beaucoup de science y ramène. » Il ne faut jamais avoir peur d'aller trop loin car la vérité est au-delà.

Mais vous savez cela bien mieux que votre affectionné

Marcel Proust.

————

à Jacques Rivière

[20-21 septembre 1922] [1]

M. Marcel Proust fait dire à M. Jacques Rivière d'une façon confidentielle qu'ayant depuis trois jours des crises d'asthme comme il n'a jamais eus, il lui a été pendant ces trois jours-là impossible de s'occuper du livre qu'il reprend pour la quatrième fois et des extraits, et il espère d'ici deux ou trois jours être en état de voir M. Rivière d'autant plus que ces crises d'asthme si atroces qu'elle est été semble ne pas avoir atteint son état général. À vue d'œil il lui semble que le *Sommeil d'Albertine* est un peu court et devrais être corsé de morceaux contigue. En tous cas pour une raison qu'il dira à M. Rivière, mais à M. Rivière seulement. Lui, qui était jusqu'ici si indifférent à passer à n'importe quelle place, il tient cette fois-ci à être mis en première. Si c'est impossible à M. Rivière ce que M. Proust comprendra très bien il est probable

————

1. Lettre publiée dans *Rivière* (284-285) ; *Kolb* (XXI, 482). Proust dicte ici à Céleste Albaret, à l'intention de Jacques Rivière, ses instructions concernant l'extrait de *La Prisonnière* qui paraîtra le 1ᵉʳ novembre 1922 dans *La Nouvelle Revue française*, sous le titre « La regarder dormir. Mes réveils » (on a laissé plusieurs fautes d'orthographe).

que M. Rivière n'aura aucun extrait, car Xbre et Janvier sont par trop jour de l'an.

Il est heureux que M. Rivière est passé de bonnes vacances, ce qui est une consolation à ces souffrances.

                                                    Marcel Proust.

─────────

à Gaston Gallimard

                                          [Début octobre 1922] [1]

Mon cher Gaston,

Au lieu de la longue lettre que je vous dois depuis assez longtemps et que je n'ai pu vous écrire ayant été mourant, ce que vous ignorez sans doute, et je trouve que tout cela traîne effroyablement, je veux vous transmettre des renseignements qu'on me demande :

1° Le fisc me demande ce que j'ai touché comme droits d'auteur en 1921. Je ne vous aurais jamais transmis cette demande, étant excédé de ces niaiseries de l'État, si des hasards physiologiques combinés ne m'avaient permis d'être assez tonifié pour vous écrire ces choses vaines. Mais du moment que je vous l'écris, je vous serais obligé par retour du courrier de me répondre afin que nous marchions toujours bien ensemble, et que l'un de nous deux, à son grand regret – je suppose que ce serait un regret pour vous comme pour moi – risque de démentir l'autre.

─────────

1. Lettre publiée dans *Cahier* (VI, 268-270) ; *Kolb* (XXI, 493-495). Deux réponses du destinataire (*Gaston*, p. 624-626 : lettres des 4 et 6 novembre 1922) permettent de préciser la datation proposée par les premiers éditeurs – « Octobre (?) 1922 » (*Cahier*, VI, 268).

2° Des amis m'écrivent n'avoir pu trouver nulle part ni *Guermantes I*, ni ce qui est plus inouï le tome II de *Sodome* (les trois volumes en caractères clairs) de *Sodome II*[1]. Ces deux ouvrages, dont le dernier est si récent, seraient donc épuisés ? Je vous demande de faire diligence, cette carence m'étant extrêmement défavorable. D'autres que moi, et je m'en réjouis, ont la jouissance de l'univers. Je n'ai plus ni le mouvement, ni la parole, ni la pensée, ni le simple bien-être de ne pas souffrir. Ainsi, expulsé pour ainsi dire de moi-même, je me réfugie dans les tomes que je palpe à défaut de les lire, et j'ai, à leur égard, les précautions de la guêpe fouisseuse, sur laquelle Fabre a écrit les admirables pages citées par Metchnikoff et que vous connaissez certainement. Recroquevillé comme elle et privé de tout, je ne m'occupe plus que de leur fournir à travers le monde des esprits l'expansion qui m'est refusée. Donc, cher Gaston (ce qui n'a aucun rapport avec la lettre promise), j'attends d'urgence : 1° mes droits d'auteur de 1921, d'autre part un mot de vous à l'imprimeur pour qu'il tire (au lieu d'une telle quantité de choses qu'il ferait mieux de « retirer », modeste calembour) *Guermantes I* (il y a encore, avec des *Guermantes II*, *Sodome I*) et *Sodome II* (le tome en trois volumes).

Bien affectueusement à vous.

Marcel Proust.

J'ai dit bêtement, écrivant mal, j'attends mes droits d'auteur de 1921, or je n'attends nullement ces droits, mais bien que vous me disiez le chiffre des droits que j'ai touchés[2]. Si je me sentais moins faible

---

1. Les deux livres ici mentionnés sont *Le Côté de Guermantes I* et *Sodome et Gomorrhe II*, respectivement publiés en 1920 et 1922.

2. Insistant sur la distinction entre les droits d'auteur touchés en 1921 (ceux auxquels s'applique la déclaration fiscale qu'il doit rédiger) et les droits d'auteur acquis par lui au titre des ventes de ses livres effectuées au cours de l'année 1921, Proust revient ici de façon indirecte à la question de la dette accumulée à son égard par Gallimard et sa maison, et sur les différends d'argent qui subsistent entre eux (cf. *supra*, p. 335, la question des « mensualités [...] pour régler le passé »).

un des jours de la semaine, dans la soirée, pourrais-je vous demander de venir un instant pour que nous parlions de tout cela ? Mais sans attendre, répondez-moi.

———

à Jacques Rivière

[25 octobre 1922][1]

Cher Jacques, je profite d'un intervalle de quintes (qui durent depuis tant de jours) pour vous dire que dans ce que vous m'envoyez de *Mes réveils*[2] est rien [*sic*] ; ce que je vous envoie d'utile est votre mise en page. Ne mettez *rien des dernières lignes*. Mais si vous pouvez pouviez faites remonter l'homme qui court en descendant du train, avant : « Ô miracle Françoise n'avait [pu] supposer la mer d'irréel etc. » (Surtout n'oubliez pas la Déesse Mnémotech) et finir sur « j'avais réintégré le réel ». N'attachez pas trop d'importance à ces changements de place ; mais ne laissez pas une seule des lignes d'Eliot et ses crétineries et le monde de la veille etc. il faut une fin frappante. On a sauté au moins douze pages.

Et puis Jacques laissez un malheureux qui n'en peut plus et qui se sentant mieux hier a corrigé un livre entier pour Gaston et écrit pour vous pour le prix Balzac. Vous m'avez trompé en faisant croire à des corrections dont aucune n'a été faite. Laissez-moi ma souffrance aujourd'hui va jusqu'à la détresse. Je n'ai plus confiance en vous.

———

1. Lettre publiée dans *Rivière* (297-298) ; *Kolb* (XXI, 518-519).
2. Voir *supra*, p. 345, note 1.

Cher Jacques pardonnez-moi. Mais on vous prend en haine quand on voit que la vie des autres, l'âme des autres n'existe pas pour vous, mais seulement dix lignes, quand même elles seraient si mauvaises qu'elles détruiraient tout.

Pensez à m'envoyer les frais faits pour moi. Je les réglerai aussitôt.

CHRONOLOGIE

1871 : Naissance à Auteuil, le 10 juillet, de Marcel Valentin
Louis Eugène Georges Proust, fils d'Adrien Proust, professeur agrégé de médecine, d'origine provinciale et
modeste, et de Jeanne Weil, issue de la grande bourgeoi-
sie juive parisienne, apparentée à Adolphe Crémieux.
L'enfant est baptisé le 5 août à l'église Saint-Louis
d'Antin, à Paris.

1873 : Naissance de Robert Proust, frère de Marcel. La
famille Proust s'installe définitivement à Paris, dans un
appartement situé près de l'église de la Madeleine. Dans
les années qui suivent, Marcel retourne régulièrement à
Auteuil dans la maison du grand-oncle maternel Louis
Weil, et passe des vacances dans la maison de la tante
paternelle Élisabeth Amiot, à Illiers, près de Chartres.

1879 : Le professeur Adrien Proust est élu à l'Académie de
médecine.

1880 : 5 septembre : première lettre connue, à une cousine.

1881 : Première crise d'asthme, à l'occasion d'une promenade au bois de Boulogne. Se lie avec Jacques Bizet, fils
du compositeur et de Geneviève Halévy, future
Mme Straus.

1882 : Entre au lycée Fontanes, futur lycée Condorcet.
Toute la scolarité de Marcel Proust, plutôt brillante en
dehors des périodes de maladie et d'absence, se dérou-
lera dans l'établissement.

1885 : Suit une cure avec sa mère, à Salies-de-Béarn.
Adrien Proust est nommé professeur d'hygiène à la
faculté de médecine de Paris.

1886 : Mort d'Élisabeth Amiot. Dernier séjour à Illiers.

1888 : Éprouve une passion amoureuse pour plusieurs de ses camarades de Condorcet. Fonde avec eux diverses feuilles de lycéens, *La Revue verte, La Revue lilas*. En classe de philosophie, devient l'élève d'Alphonse Darlu. Se déclare amoureux de Laure Hayman. Lit Renan, Loti, Leconte de Lisle. Se rend de nombreuses fois au théâtre.

1889 : Est reçu au baccalauréat ès lettres. Rencontre Anatole France. Devance l'appel et s'engage pour un an de service militaire.

1890 : Mort de Mme Nathé Weil, grand-mère maternelle. S'inscrit à la faculté de droit et à l'École libre des sciences politiques, où il recevra notamment l'enseignement d'Albert Sorel. Fonde la revue *Le Mensuel*. Entame une carrière mondaine dans les salons parisiens.

1891 : Commence à fréquenter le cercle de Mme Straus. Publie dans *Le Mensuel* de nombreux textes courts, sous son nom et différents pseudonymes. Passe le début de l'automne sur la côte normande, où il se rendra régulièrement jusqu'en 1914.

1892 : Fonde la revue mensuelle *Le Banquet* avec plusieurs anciens camarades et condisciples de Condorcet parmi lesquels Daniel Halévy, Jacques Bizet, Robert Dreyfus, Fernand Gregh. Publie des portraits ; écrit la nouvelle *Violante ou la Mondanité*.

1893 : Rencontre Robert de Montesquiou dans le salon de Madeleine Lemaire. Publie plusieurs « études » dans *La Revue blanche*. Projette d'écrire en collaboration un roman par lettres. Obtient sa licence en droit ; effectue un stage comme clerc d'avoué.

1894 : Rencontre Reynaldo Hahn. Début d'une brève passion et d'une vie d'amitié avec le jeune pianiste et compositeur. Écrit des textes sur le monde. Robert Proust effectue son internat en médecine.

1895 : Condamnation d'Alfred Dreyfus. Lit Carlyle et Emerson, Balzac et Flaubert. Est reçu à la licence ès lettres. Commence à travailler comme attaché non rétribué à la bibliothèque Mazarine ; chroniquement absent, il renoncera par la suite à cet emploi. Fréquente de nombreux salons, dont ceux de la princesse Mathilde, de Mme Lemaire et de la princesse de Polignac. Se rend à l'Opéra à de nombreuses reprises. Au cours d'un séjour en Bretagne, entreprend un roman autobiographique qui restera inachevé, *Jean Santeuil*.

1896 : Publie *Les Plaisirs et les Jours*, recueil de textes anciens, avec des illustrations de Madeleine Lemaire et une préface d'Anatole France. Publie « Contre l'obscurité » dans la *Revue blanche*. Mort de Louis Weil et de Nathé Weil, ses grand-oncle et grand-père maternels. Fréquente Lucien Daudet. En octobre, séjourne à Fontainebleau.

1897 : Début de l'affaire Dreyfus.

1898 : Se rend à Amsterdam pour visiter l'exposition *Rembrandt* organisée au Stedelijk Museum.

1899 : Commence à travailler sur l'œuvre de Ruskin. Lit *L'Art religieux du XIIIᵉ siècle en France* d'Émile Mâle.

1900 : Mort de John Ruskin. Publie d'importants articles sur Ruskin dans *La Gazette des Beaux-Arts*. Entreprend deux voyages en Italie, dont un avec sa mère, au cours desquels il séjourne à Venise et visite Padoue. Traduit en français *La Bible d'Amiens* de Ruskin, avec l'aide de sa mère et de Marie Nordlinger, cousine de Reynaldo Hahn. Les Proust emménagent dans un très bel et grand appartement à proximité du parc Monceau.

1902 : Se rend une seconde fois en Hollande, accompagné durant une partie du voyage par Bertrand de Fénelon. À La Haye, voit la *Vue de Delft* de Vermeer. Achève la traduction de *La Bible d'Amiens*, que le *Mercure de France* accepte d'éditer. Fréquente la comtesse de Noailles.

1903 : Mariage de Robert Proust avec Marthe Dubois-Amiot : à la fin de l'année naît la fille unique du couple, plus tard surnommée « Suzy ». Publie le premier d'une série de « salons » dans *Le Figaro*. Visite la Bourgogne. Victime d'un accident vasculaire le 24 novembre, le professeur Adrien Proust expire le 26.

1904 : Écrit plusieurs articles mondains, publiés dans *Le Figaro*. Parution de *La Bible d'Amiens*. Agrégé et docteur en médecine, Robert Proust devient l'assistant du docteur Pozzi à l'hôpital Broca.

1905 : Achève la traduction de *Sésame et les lys*, et en rédige la préface, qui paraît avant l'ouvrage, en juin, dans *La Renaissance latine*. Malade depuis plusieurs années, sa mère meurt le 26 septembre.

1907 : Après une année de deuil, passée en partie à l'Hôtel des Réservoirs de Versailles et achevée par un emménagement boulevard Haussmann, près de l'église Saint-Augustin, recommence à écrire. Prête attention à l'affaire du matricide Blarenberghe. Rencontre un jeune chauffeur de taxi, Alfred Agostinelli. Visite des églises en

Normandie. Fait paraître dans *Le Figaro* « Impressions de route en automobile ».

1908 : Rédige et publie ses plus importants pastiches. Révèle à quelques proches le « travail très important » auquel il va se consacrer avant longtemps. Ébauche ce qui deviendra le *Contre Sainte-Beuve*, essai critique et romanesque qui aboutira à la *Recherche*. S'installe à nouveau à l'Hôtel des Réservoirs. Parution du *Chancelier de fleurs* de Robert de Montesquiou, où figure une lettre écrite par Proust à l'auteur en 1905.

1909 : Poursuit la rédaction du *Contre Sainte-Beuve*. Transforme l'essai en roman vers juin. Rédige quelques pages qui prendront finalement place dans *Le Temps retrouvé*.

1910 : Met au point un « premier chapitre » de son roman ; échoue à le faire paraître dans *Le Figaro*, malgré la promesse d'un feuilleton que lui avait faite l'année précédente Gaston Calmette, directeur du journal.

1911 : Achève une première rédaction de son roman. Suit désormais de nombreux concerts, notamment de musique lyrique, grâce aux retransmissions du théâtrophone – le théâtre par téléphone.

1912 : Met au point la première partie de son roman ; trois extraits en paraissent, sous forme de textes indépendants, dans *Le Figaro*. Entre en rapport avec Fasquelle et avec Gallimard pour le faire éditer ; reçoit des réponses négatives.

1913 : Publie à compte d'auteur *Du côté de chez Swann*, première partie d'*À la recherche du temps perdu*, chez Bernard Grasset. Poursuit la mise au net de la suite. Devenu son secrétaire et installé chez lui avec sa compagne Anna, Alfred Agostinelli quitte brusquement Paris le 1er décembre.

1914 : Bernard Grasset fait composer des épreuves de *Du côté de Guermantes*. Alfred Agostinelli disparaît accidentellement au large d'Antibes, le 30 mai. Début de la Première Guerre mondiale. Travaille à ce qui deviendra *La Prisonnière*. Installe auprès de lui Céleste Albaret, épouse de son chauffeur Odilon – mobilisé –, qui lui servira d'intendante, de gouvernante et de confidente jusqu'à la fin de sa vie.

1915 : Travaille à ce qui deviendra *Sodome et Gomorrhe*, *La Prisonnière* et *La Fugitive*.

1916 : Renonce à faire éditer la suite de son roman par Bernard Grasset et décide de confier cette tâche à Gallimard et sa maison, revenus sur leur ancien refus.

Rencontre à plusieurs reprises Jean Cocteau et Paul Morand.

1917 : Gallimard entreprend une nouvelle édition de *Du côté de chez Swann*, et fait imprimer les premières épreuves de *À l'ombre des jeunes filles en fleurs*. Proust devient un habitué de l'hôtel Ritz, qu'il fréquente depuis l'avant-guerre.

1918 : Fin de la première rédaction complète d'*À la recherche du temps perdu*. Retourne dans le monde et accepte de préfacer *Propos de peintre. De David à Degas*, de Jacques-Émile Blanche.

1919 : Gallimard met en vente *Du côté de chez Swann*, *À l'ombre des jeunes filles en fleurs*, et *Pastiches et mélanges*, recueil de pastiches et de textes brefs, notamment autour de Ruskin. Contraint de quitter son appartement, s'installe provisoirement près de l'Étoile dans un immeuble appartenant à Réjane, et où habitent, entre autres, la comédienne et son fils Jacques Porel. Emménage près du Trocadéro à la fin de l'année, où il mourra. Reçoit le prix Goncourt pour *À l'ombre des jeunes filles en fleurs*.

1920 : *La Nouvelle Revue française* publie son essai « À propos du "style" de Flaubert ». Est nommé chevalier de la Légion d'honneur. *Le Côté de Guermantes I* paraît à l'automne. Fait paraître « Pour un ami. Remarques sur le style », préface à *Tendres stocks* de Paul Morand, dans *La Revue de Paris*.

1921 : Visite l'exposition hollandaise du musée du Jeu de Paume. *Le Côté de Guermantes II – Sodome et Gomorrhe I* paraît au printemps. *La Renaissance politique, littéraire, artistique* publie sa réponse à une enquête sur « classicisme et romantisme » ; *La Nouvelle Revue française* publie sa lettre à Jacques Rivière « à propos de Baudelaire ».

1922 : *Sodome et Gomorrhe II* paraît au printemps, et *Sodome et Gomorrhe III – La Prisonnière* à l'automne. Affaibli par une bronchite, Marcel Proust meurt chez lui, le 18 novembre, en présence de son frère Robert et de Céleste Albaret ; ses dernières lettres ont été écrites quelques jours plus tôt.

1925 : Parution en deux volumes d'*Albertine disparue*.

1926 : Parution des *Souvenirs sur Marcel Proust* de Robert Dreyfus, nourris de lettres et d'extraits de lettres reçues de Proust.

1927 : Parution en deux volumes du *Temps retrouvé*. Robert Proust réunit d'anciens articles de son frère, qu'il fait paraître dans *Chroniques* chez Gallimard.

1928 : Parution de *Autour de soixante lettres de Marcel Proust* (Lucien Daudet).

1930 : Parution des *Lettres et conversations* (Robert de Billy).

1930-1936 : Parution des six volumes de la *Correspondance générale de Marcel Proust*, éditée sous la direction de Robert Proust, puis de sa fille.

1942 : Parution de *Lettres à une amie* (Marie Nordlinger).

1946 : Parution de *Lettres à Mme C...* (Madame Anatole Catusse).

1948 : Parution de *À un ami* (lettres à Georges de Lauris).

1949 : Parution du *Visiteur du soir* de Paul Morand – nourri de lettres reçues de Proust –, des *Lettres à André Gide*, des *Lettres de Marcel Proust à Bibesco*.

1953 : Parution de la *Correspondance avec sa mère*.

1956 : Parution des *Lettres à Reynaldo Hahn*.

1970-1993 : Parution des vingt et un volumes de la *Correspondance de Marcel Proust*, éditée par Philip Kolb.

1998 : Parution de *l'Index général de la correspondance de Marcel Proust*, sous la direction de Kazuyoshi Yoshikawa.

BIBLIOGRAPHIE SOMMAIRE
ET TABLE DES ABRÉVIATIONS

I. ŒUVRES DE MARCEL PROUST

RTP
À la recherche du temps perdu, édition publiée sous la direction de Jean-Yves Tadié, 4 tomes (I à IV), Paris, Gallimard, « Bibliothèque de la Pléiade », 1987-1989.

Carnets
Carnets, édition établie et présentée par Florence Callu et Antoine Compagnon, Paris, Gallimard, 2002.

Contre Sainte-Beuve
Contre Sainte-Beuve, précédé de Pastiches et mélanges et suivi de Essais et articles, édition établie par Pierre Clarac et Yves Sandre, Paris, Gallimard, « Bibliothèque de la Pléiade », 1971.

Écrits de jeunesse
Écrits de jeunesse, textes rassemblés, présentés et annotés par Anne Borrel, Illiers-Combray, Institut Marcel Proust international, 1991.

Écrits sur l'art
Écrits sur l'art, textes rassemblés, présentés et annotés par Jérôme Picon, Paris, GF-Flammarion, 1999.

Jean Santeuil
Jean Santeuil, précédé de Les Plaisirs et les Jours, édition établie par Pierre Clarac et Yves Sandre, Paris, Gallimard, « Bibliothèque de la Pléiade », 1972.

II. Éditions de la correspondance
de Marcel Proust

Barney   Natalie Clifford Barney, *Aventures de l'esprit*, Paris, Émile-Paul Frères, 1929.

Bibesco   *Lettres de Marcel Proust à Bibesco*, Lausanne, Éditions de Clairefontaine, 1949.

Billy   Robert de Billy, *Marcel Proust : lettres et conversations*, Éditions des Portiques, 1930.

Bordeaux   Henry Bordeaux, *Histoire d'une vie*, Paris, Plon, 1951-1973.

Bulletin   *Bulletin de la Société des amis de Marcel Proust et des amis de Combray*, Illiers-Combray, Société des amis de Marcel Proust et des amis de Combray, Imprimerie de Launay, 1950-.

Cahier   *Cahiers Marcel Proust* (I à VIII), 1927-1935.

Catusse   Marcel Proust, *Lettres à Mme C.*, préface de Lucien Daudet, Paris, Janin, 1947.

Corr. Gén.   *Correspondance générale de Marcel Proust*, 6 tomes (I à VI), éd. Robert Proust et Paul Brach, Paris, Plon, 1930-1936.

Dreyfus   Robert Dreyfus, *Souvenirs sur Marcel Proust, accompagnés de lettres inédites*, Paris, Grasset, 1926.

Empreintes   *Empreintes* [revue trimestrielle], Bruxelles, 1946-.

Gide   Marcel Proust, *Lettres à André Gide, avec trois lettres et deux textes d'André Gide*, Neuchâtel et Paris, Ides et Calendes, 1949.

Hahn   Marcel Proust, *Lettres à Reynaldo Hahn*, Paris, Gallimard, 1956.

Kolb   *Correspondance de Marcel Proust*, texte établi, présenté et annoté par Philip Kolb, 21 tomes (I à XXI), Paris, Plon, 1970-1993.

Le Disque vert	*Le Disque vert* [revue mensuelle], Bruxelles, Éditions Les Écrits, 1941-1955.
La Table ronde	*La Table ronde* [revue mensuelle], Paris, Éditions de la Table ronde, 1948-1969.
Lauris	Marcel Proust, *À un ami*, Paris, Amiot-Dumont, 1948.
Les Annales politiques et littéraires	*Les Annales politiques et littéraires* [revue hebdomadaire puis bimensuelle], Paris, 1883-1939.
Mère	Marcel Proust, *Correspondance avec sa mère*, Paris, Plon, 1953.
Mes Cahiers	Maurice Barrès, *Mes Cahiers*, Paris, Plon, 1929-1957, 14 vol.
Morand	Paul Morand, *Le Visiteur du soir, suivi de 45 lettres inédites de M. Proust*, Genève, La Palatine, 1949.
Nordlinger	Marcel Proust, *Lettres à une amie*, Manchester, Éditions du Calame, 1942.
Rivière	Marcel Proust et Jacques Rivière, *Correspondance 1914-1922*, éd. de Philip Kolb, Paris, Plon, 1955.
Stratégie	Léon Pierre Quint, *Proust et la stratégie littéraire*, Paris, Corréa, 1954.

III. Ouvrages critiques

Bouillaguet, Annick, et Rogers, Brian (collectif, sous la direction de), *Dictionnaire Marcel Proust*, Paris, Honoré Champion, 2004.

Buisine, Alain, *Proust et ses lettres*, Lille, Presses universitaires de Lille, 1983.

Fraisse, Luc, *La Correspondance de Proust*, Besançon, Annales littéraires de l'université de Franche-Comté, 1998.

–, *Proust au miroir de sa correspondance*, Paris, SEDES, 1996.

KAUFMANN, Vincent, *L'Équivoque épistolaire*, Paris, Minuit, 1990.

TADIÉ, Jean-Yves, *Proust et le roman*, Paris, Gallimard, 1971 (rééd. coll. « Tel », 1986).

YOSHIKAWA, Kazuyoshi (collectif, sous la direction de), *Index général de la correspondance de Marcel Proust*, Kyoto, Presses de l'université de Kyoto, 1998.

IV. ARTICLES ET REVUES

Bulletin d'informations proustiennes [revue annuelle], Paris, Éditions rue d'Ulm.

LERICHE, Françoise, « Le dernier volume de la *Correspondance* », *Bulletin Marcel Proust* n° 43, 1993.

REEVE-KOLB, Katherine, « L'avenir de la collection Kolb à l'université de l'Illinois », *Bulletin Marcel Proust* n° 43, 1993.

ROBITAILLE, Martin, « Études sur la correspondance de Marcel Proust : une synthèse », *Bulletin Marcel Proust* n° 46, 1996.

Romantisme, revue du dix-neuvième siècle, n° 90 (« J'ai toujours aimé les correspondances »), SEDES, 1995.

INDEX DES NOMS
DES DESTINATAIRES DES LETTRES
ET DES PERSONNES CITÉES

TABLE

CORRESPONDANCE

TABLE 381

Composition et mise en page

NORD COMPO
m u l t i m é d i a

GF Flammarion

07/09/131922-IX-2007 – Impr. MAURY Eurolivres, 45300 Manchecourt.
N° d'édition L.01EHPNFG1251N001. – octobre 2007. – Printed in France.